진심이 닿다 ⓒ예거 / 케이 ⓟ예원북스
LINC

진심이 닿다

진심이 닿다 1

초판 1쇄 찍은 날 | 2018년 7월 31일
초판 2쇄 펴낸 날 | 2019년 1월 30일

지은이 | 예거
펴낸이 | 예경원

편집 | 박수희 · 주승아

펴낸곳 | 예원북스
등록번호 | 제396-2012-000132호
등록일자 | 2012. 7. 25
YRN | 제1-0225호

주소 | 경기도 고양시 일산동구 호수로 646-24 위너스 21-Ⅱ 206A호 (우) 10401
전화 | 031-819-9431 팩스 | 031-817-9432
http://cafe.naver.com/yewonromance
E-mail | yewonbooks@naver.com

ISBN 979-11-89348-73-1 04810
ISBN 979-11-89348-72-4 (세트)

※ 이 도서의 국립중앙도서관 출판시도서목록(CIP)은 서지정보유통지원시스템 홈페이지(http://seoji.nl.go.kr)와 국가자료공동목록시스템(http://www.nl.go.kr/kolisnet)에서 이용하실 수 있습니다.

1

예거
장편 소설

Goldline
Romance
Story

진심이 닿다

LINE

CONTENTS

프롤로그

❀

전성기는 스물일곱, 겨울까지였다.

"오윤서 씨! 어떻게 된 겁니까? 이번 사건에 대해 해명 좀 해 주시죠!"

어느 날 눈을 떠 보니 드라마의 제작발표에서나 있을 법한 수많은 기자들이 집 앞을 둘러싸고 있었다.

찰칵거리는 플래시 세례에도 불구하고 우아한 몸짓으로 나가려던 그녀를 향해 흥분한 기자가 소리쳤다.

연예계에 데뷔한 지 거의 10년이 될 동안 단 한 번도 구설수에 오르내린 적이 없었던 그녀는 내심 충격을 받았다.

'해명? 무엇을? 내가 대체 무슨 잘못을 했길래?'

의아한 표정을 지으며 그들에게 답을 하기도 전에, 카메라를 든 기자들을 뚫고 매니저가 나타났다. 그것도 다 죽어 가는 사람처럼 창백하게 질린 얼굴로.

그녀는 의아함을 가득 품은 자신을 얼른 밴에 태우는 매니저 혁준에게 물어야 했다.

"오빠. 다들 왜 저래? 무슨 일 있어?"

오늘따라 유난스럽네.

신이 직접 빚었다는 말이 돌 만큼 아름다운 외모의 소유자인 그녀는 어릴 적부터 수많은 사람들에게 관심을 받아 왔다. 남녀노소 할 것 없이 그녀가 가는 모든 곳은 전부 그녀 중심으로 돌아갔다.

시기와 질투를 베이스로 깔았지만 대부분의 사람들이 그녀를 좋아했다. 그녀는 정말로 완벽한 미모의 소유자였으니까.

마음만 먹으면 어느 누구라도 쉽게 홀릴 수 있는 미인.

대한민국 최고의 미녀이자, 대한민국을 대표하는 미녀, 오윤서.

그녀를 칭하는 수식어는 수도 없이 많았지만 공통된 것은 '미녀' 혹은 '미인'이라는 타이틀이었다.

그녀는 그것을 너무도 잘 알고, 너무도 잘 이용하여 연예계에 쉽게 데뷔하고 쉽게 최정상의 자리에 올랐다. 그런 이유로 그녀는 남들의 이목을 쉽게 끄는 스타일이었다.

물론 그것이 싫지만은 않았기에 그녀는 꺼려 하기보다는 즐기는 편이었지만 스물일곱 살의 겨울, 그날은 뭔가 이상했다.

눈치가 빠른 그녀는 쉽게 알아차렸다. 녹음기를 들이밀던 기자들의 눈빛이 호의보다는 적의에 가깝다는 사실을.

"윤서야."

오랜 시간 동안 그녀와 함께 일을 해 왔던 혁준은 어리둥절해하는 그녀를 향해 무언가를 내밀었다.

"뭔데 그래?"

혁준의 낯빛이 그리 좋지 않다고 속으로 생각하던 그녀는 액셀러레이터를 밟기 직전, 제게 스포츠 신문 몇 개를 내미는 그에게서 그것을 받아

들었다.

각 신문마다 1면을 장식한 제 얼굴을 흐뭇하게 응시하던 그녀의 눈동자는 곧 헤드라인을 발견하고선 튀어나올 정도로 큼지막해졌다.

『톱스타 O양, 재벌 3세와 은밀한 밤의 밀회!』

『청순가련의 대표자, O양! 알고 보니 불여우?』

『대한민국 대표 여배우 O양의 대형 스캔들! 진실일까, 혹은 거짓일까?』

❖

"그거 나 아니에요."

소곤소곤.

어딜 가나 들리는 음성들이 귓가를 자극했다.

방송국을 갈 때도, 라디오 스케줄을 갈 때도, 영화관을 갈 때도, 커피숍을 갈 때도, 심지어 마트를 갈 때도.

사람들은 그녀를 향해 손가락질을 했다.

해명을 해 보지 않은 것은 아니다. 공식 기자회견을 열어 루머의 주인공은 자신이 아니라고 말했고, 재벌 3세 따윈 만난 적도 없다고 했으나 어찌 된 셈인지 소문은 점점 더 부풀어 갔다.

스물여섯 살, 봄에 출연했던 드라마가 종영한 뒤 공백기를 가졌던 기간 동안 해외로 출국해 출산까지 했다는 허무맹랑한 소리까지 그녀의 귀에 들어올 정도였다.

"고소해."

"뭐?"

"그런 헛소문 퍼뜨린 놈들, 하나부터 열까지 다 잡아서 고소해 버리라고!"

결국 폭발한 것은 순식간이었다.

열일곱, 꽃다운 나이에 데뷔하여 스물일곱이 될 때까지 '청순함'을 유지했던 그녀가 표독스럽게 물들자 사람들의 의심은 더욱 짙어졌다. 무언가 켕기는 것이 있기에 그렇게 대응하는 거라고.

한번 심어진 이미지는 쉽게 정상을 차지했던 것만큼이나 빠른 속도로 오염되어 갔다.

루머의 진원지는 놀랍게도 그녀와 소문이 돌던 재벌 3세 쪽이었다. 하나부터 열까지. 그녀가 자신을 만나 주지 않자 그가 앙심을 품었다고 했다. 하여 제 집안의 재력을 이용하여 철저하게 그녀를 무너뜨리려 했다고.

그 사실이 명명백백하게 밝혀졌음에도 불구하고 어찌 된 셈인지 그 많던 시나리오가 그녀에게는 더 이상 쏟아지지 않았다. 끊이질 않던 CF 출연 제의도 스물일곱 겨울을 기준으로 뚝 끊어져 버렸다.

"자숙 기간을 가져 보는 게 어떨까?"

대한민국 최고의 여배우에서 순식간에 하릴없는 여배우로 전락한 그녀를 향해 소속사 대표는 말했다.

소속사를 지탱해 오던 그녀가 10년 만에 흔들리는 것을 대표도 걱정하는 듯했다.

당연히 싫다고 말하려 했으나, 그녀는 결국 들끓는 여론을 가라앉히기 위해 1년간 휴식을 취하기로 결심했다.

그것이 작년 봄, 그녀 나이 스물여덟 때의 일이었다.

❖

"야. 요즘 오윤서 소식 들었어? 대체 뭐 하고 지내나 몰라."

선글라스와 마스크, 그리고 모자로 얼굴을 무장한 그녀의 귓가에 익숙한 이름이 들려왔다.

순간 자신을 알아봤나 싶어 흠칫 놀랐지만 뒤쪽 테이블에 앉아 있던 사람들은 아직 거기까지 눈치채진 못한 것 같았다. 모른 척하려고 했지만 자신을 거론하는 데 무표정할 사람은 없었으니까.

'어쩌면 기회일지도 몰라.'

그 사건이 일어난 이후 벌써 일 년이 지났다.

일 년 정도 강제적으로 쉬었으니, 슬슬 복귀를 생각해 볼 시점.

고등학생으로 보이는 두 남자의 대화는, 표본은 작지만 대중들이 자신을 어떻게 생각하고 있는지 알아볼 수 있는 기회였다.

윤서는 등 뒤의 테이블 쪽에서 들려오는 대화에 집중했다.

"글쎄. 알 게 뭐야. 이제 한물간 배우잖아."

남자 고등학생들의 대화이니만큼, 자신의 변치 않는 미모를 거론할 것이라 여겼던 그녀의 눈이 동그래졌다.

'방금 내가 무슨 소리를 들은 거지?'

그녀는 충격에 휩싸인 얼굴로 앉아 있었다.

"하긴 그건 그래. TV에도 잘 안 나오는 걸 보니 완전히 가긴 했나 봐. 그런데 오윤서 나이가 몇이랬지?"

"서른인가? 아니다. 서른하나? 맞아, 서른하나일 거야."

"대박. 그렇게 많았어? 완전 늙다리네!"

"그렇지. 서른 넘으면 여자가 아니라 아줌마라며."

"그럼 오윤서도 아줌마야?"

"당연하지. 서른하나니까. 아무리 오윤서라도 예외는 아니지. 그동안 아마 화장으로 숨겨서 그렇지, 주름도 엄청날걸?"

이것들이 듣자 듣자하니 진짜 너무하네! 아줌마라니! 주름이라니!

그리고…… 서른이라니!

난 아직 스물아홉이라고!

물론 지난 1년을 은둔 생활을 하며 지낸 것은 사실이지만 서른 살이 되기에는 아직 1년이나 더 남아 있었다. 여자의 나이 앞자리가 바뀌는 것은 몹시 민감한 일이었기에 그녀는 흥분할 수밖에 없었다.

해명 없이 가만히 듣고만 있으니 가마니로 보였던 게 틀림없다.

"오윤서는 아직 30대가 아니……!"

참다 참다 못해 벌떡 일어난 그녀는 뒤를 돌아보며 외치려다 자신을 멀뚱히 바라보고 서 있는 여자를 발견하곤 멈칫했다.

"자…… 작가님."

"안녕하세요. 오랜만에 뵙네요."

그녀를 향해 옅은 미소를 짓고 있는 여자는 방송국에서 몇 번 얼굴을 부딪쳤던 적이 있는 사람이었다. 오늘 그녀가 오랜만에 집을 벗어나 시내의 카페까지 오게 된 원인이기도 한 사람.

대한민국 시청자들이 믿고 보는 몇 안 되는 방송작가, 이세진 작가의 등장에 그녀는 어색한 표정을 지으며 고개를 까딱였다.

"일단 앉으시죠."

"예? 아, 네."

먼저 도착한 사람은 자신이건만 상황을 주도하는 것은 이세진 작가다.

그녀는 잠시 움찔거렸으나 이내 곧 평정을 되찾고는 일어났던 의자에 다시 엉덩이를 붙였다.

'왜 이러지.'

이상하게 가슴이 뛰었다.

자신의 맞은편에 앉아 여유롭게 커피를 주문하는 이 작가를 쳐다보고 있다 보니, 어느새 등 뒤에서 자신을 두고 이야기하던 소리도 들려오지 않았다.

그녀는 유려한 미소를 지으며 자신을 응시하고 있는 이 작가의 시선에 저도 모르게 침을 꿀꺽 삼켰다. 연예계에서 오래 지내며 웬만한 사람들과 자주 부딪쳤다고 생각했지만 이 사람과의 대면은 어딘가 모르게 긴장하게 된다.

"저기……."

"그동안 마음고생이 많이 심하셨나 봐요."

"예?"

"얼굴이 많이 야윈 것 같네요."

어렵게 자신을 여기까지 불러낸 이유가 무엇이냐 물어보려고 하던 그녀는 대뜸 건네는 이세진 작가의 말에 눈을 동그랗게 떴다.

"호, 호호. 자숙이 뭐 그렇죠……."

"심지어 자신감까지 하락했군요. 제가 알던 오윤서 씨가 아닌 것 같아요."

정곡을 찌르는 이 작가의 말에 더 이상 억지웃음을 지을 수 없었다.

그녀는 떨리는 눈으로 이세진 작가를 응시했다.

이 작가는 굳어진 그녀의 얼굴을 빤히 쳐다보다 다시 말을 이었다.

"제가 왜 오윤서 씨를 만나고자 했는지 궁금할 것 같은데. 서론은 이 정도로 하고, 바로 본론으로 들어가도록 할게요."

딱딱하게 물든 그녀의 표정을 직시하던 이 작가가 일말의 망설임도 없이 말을 뱉어 내자 그녀는 살짝 고개를 끄덕였다.

안 그래도 이세진 작가를 본 순간부터 들었던 의문이었다. 사실 그녀와 자신은 안면도 없었기에 이런 만남이 익숙하지 않았다. 게다가 잘나가는 드라마 작가인 그녀가 하락의 길을 걷고 있는 자신을 만날 일은 더더욱.

"제가 오윤서 씨를 뵙자고 한 건, 묻고 싶은 게 있어서예요."

"네?"

"왜 제 제안을 거절한 거죠?"

가만히 이 작가의 말을 듣고 있던 그녀의 눈이 동그래졌다.

'거절이라고?'

의아함을 감추지 못하는 그녀를 향해 이세진 작가는 말을 이어 나갔다.

"윤서 씨 소속사를 통해서 함께 작업을 하고 싶다고 전했었는데, 얼마 전 거절의 의사를 받았거든요. 솔직히 윤서 씨가 제 제안을 받아들일 거라 자신하던 터라 많이 놀랐어요. 그래서 뵙자고 한 겁니다. 윤서 씨, 왜 거절한 거예요?"

❖

"유, 윤서야! 잠깐만!"

혁준이 앞서 나가는 그녀의 팔을 잡으려 했으나 행동은 그녀가 더 빨랐다.

"뭐야."

날카로운 눈을 빛내며 서류를 검토하고 있던 비너스 엔터테인먼트의 연준석 대표가 갑자기 열리는 문소리에 고개를 들었다.

검은 털이 펄럭이는 코트를 입고 선 자신을 향해 미간을 좁히는 연 대표를 응시하던 그녀는 빨간 구두를 앞으로 내밀며 성큼성큼 걸어갔다.

"하아."

그녀의 모습을 지켜보던 혁준이 고개를 아래로 떨구는 소리가 들려왔지만 그녀는 멈추지 않았다.

그녀의 고운 입술은 인상을 쓰고 있는 연 대표와 시선을 마주하자 곧 열리기 시작했다.

"사실이에요?"

대뜸 말을 던지는 그녀를 보고 연 대표가 눈을 일렁였다.

"뭐가."

"내년에 방영될 이세진 작가 신작 드라마 대본, 원래는 나한테 올 거였다는 거?"

"……!"

"말해 봐요. 사실이에요?"

신경질적으로 외치는 그녀의 말에 연 대표는 문 쪽에 서 있는 혁준을 흘긋거렸다. 혁준이 두 손을 마주 대며 연신 고개를 조아리고 있었다.

연 대표는 성난 기색을 숨기지 않는 그녀와 혁준을 번갈아 응시하다 혁준에게 나가라는 손짓을 보냈다.

머뭇거리던 혁준이 문을 닫고 대표실을 나서자 연 대표는 들고 있던 서류를 책상 위로 올려 두었다.

그녀의 눈빛이 한층 더 매서워졌다.

"어차피 거절할 거 아니었어? 한동안 드라마는 쉬고 싶다며."

"이세진 작가 복귀 드라마잖아요! 화제가 될 게 분명한데, 왜 거절해요!"

몇 달 전, 두 번째 출산을 하여 잠시 집필을 멈추었던 유명 드라마 작가 이세진의 신작 드라마가 내년쯤 방영될 것이라는 소문은 이미 방송계에 파다했다.

어느 방송사가 그녀의 신작을 꿰차고, 또 어느 배우가 드라마의 주인공이 될 것인지에 대한 이야기가 매일 연예계 기사를 장식하는 지금, 이 작가의 복귀 드라마의 여자 주인공은 틀림없이 대중의 환심을 살 것이 분명했다.

오염된 이미지를 정화해야 할 필요성이 있었다.

마음에 들지 않는 오점을 말끔히 지워 내기 위해서는 이 작가의 복귀 드라마가 제격이었기에 더더욱.

버럭 화를 내던 그녀를 향해 연 대표는 긴 한숨을 흘렸다.

"이미 끝난 일이야. 그러니 진심이 너도 너무 신경 쓰지 마. 그리고 같은 회사 후배가 좋은 드라마에 출연하면 좋지. 안 그래?"

좋기는 개뿔!

"안 좋아요. 내가 왜 김윤미가 잘되는 걸 좋아해야 해요? 대표님. 정말 이러기예요? 요즘 나한테 너무하는 거 아니에요!"

10년 전, 그녀를 캐스팅한 사람은 눈앞의 연 대표였다. 그는 세상 물정 모르는 시골 소녀를 연예계로 데려와 데뷔를 시키고, 당시 쟁쟁하던 수많은 여배우들을 제치고 대한민국을 대표하는 여배우로 자리 잡게 만들어 주었다. 물론 연기 측면이 아니라 미모 면에서.

"진심아."

"윤서예요! 오윤서!"

그녀, 오진심이 가장 듣기 싫어하는 것이 바로 본명을 부르는 거라는 걸 뻔히 알고 있으면서도 연 대표는 매번 그녀를 본명으로 부르곤 했다.

「익숙해져서 말이야. 어쩔 수가 없네.」

10년 전 그녀를 처음 만났을 때도 그랬고, 10년 후인 지금도 그랬다.

회사 설립 시절부터 그와 함께했었기에 이젠 그를 가족처럼 느끼고 있기는 했으나 할 말은 해야지.

진심은 불만에 가득 찬 얼굴을 하고선 연 대표를 노려봤다.

"오진심."

연 대표는 잔뜩 성이 나선 씩씩거리고 있는 그녀의 예쁜 얼굴을 마주하기 위해 고개를 치켜들었다.

진심은 입술을 잘근 깨물면서도 연 대표에게서 시선을 거두지 않았다.

연 대표의 닫혀 있던 입은 서서히 열리기 시작했다.

"이 작가가 진심이 널 캐스팅하고 싶어 한 건 사실이야."

"그럼 왜……."

"하지만! 조건이 있었어."

조건?

진심은 이어지는 연 대표의 말에 눈을 동그랗게 떴다. 얼른 말하라며 인상까지 쓰는 진심을 향해 연 대표는 입을 열었다.

"연기."

"네?"

"수준급의 연기가, 그 조건이었어."

진심은 명치를 맞은 것처럼 멍한 표정을 지었다. 그런 진심의 반응을 예상했다는 듯 짧게 한숨을 내쉰 연 대표는 중얼거렸다.

"우리 오진심이는 마스크도 좋고 분위기도 참 좋은데…… 연기를 못하잖아."

윽.

쯧 혀를 차며 말하는 연 대표에게 불같이 날뛰고 싶은 마음이 굴뚝같았지만 이를 악물며 입을 꾹 다무는 수밖에 없다.

그래. 그랬다.

현재 연예계에서 오진심, 아니 예명인 오윤서로 활동하는 그녀는 대한민국 최고의 CF 스타이자 최고의 미인이라는 이미지를 확고히 하기는 했으나 연기로써는 인정받지 못한 케이스였다.

고등학생 시절, 연예계를 발칵 뒤집어 버린 화려한 데뷔를 하면서 나름 수많은 대표작들을 만들기는 했지만 그녀는 언제나 '발연기 논란'에 휘말렸다. 물론 근래엔 연기 실력이 꽤 늘어 조금씩 인정을 받는 추세라고는 하나, 여전히 톱급 여배우들에 비해서는 한없이 부족했다.

그러한 이유로 죽어 가는 배우들도 살린다는 '배우 한정 프로 소생러' 이세진 작가의 드라마 주연을 맡기에 모자란 것은 부정할 수 없는 사실이었다.

입을 꾹 닫고 미간을 찌푸리는 그녀를 향해 연 대표가 슬쩍 입을 열었다.

"진심아. 내 입장도 이해해 줘. 까놓고 말해서 연기로만 비교했을 땐 진심이 너보다 윤미가 호평을 받는 건 사실이지 않……."

"그럼 모두가 만족할 만한, 수준급의 연기만 하면 되는 거예요?"

은근히 윤미의 연기 실력을 마음에 들어 하는 듯한 연 대표를 노려보며 진심이 외쳤다.

"제가 그런 연기만 한다면 이세진 작가 신작에 들어갈 수 있는 거냐고요!"

이 정도 말하면 진심이 스스로 꼬리를 내릴 것이라 여겼던 것이 분명하다. 진심의 음성에 잠깐 당황한 표정을 짓던 연 대표는 망설이다 입술을 움직였다.

"물론 수준급의 연기라면 오케이지. 하지만 네가 만족하는 선이라면 곤란해."

"무슨 소리죠?"

"이 작가가 원하는 게 또 하나 있었어."

고운 미간을 좁히는 진심에게 연 대표가 말했다.

"다른 사람들이 트집을 잡지 못하는 완벽한 실력."

“……!”

“네가 자기 드라마에 출연해 주었으면 하는데, 대신 논란이 일지 않도록 본격적인 연기 트레이닝을 받고 제대로 역할에 몰입해 주기를 원하더라고.”

진심은 입을 다물었다.

연 대표는 놀라 대답하지 못하는 진심을 향해 말을 덧붙였다.

“쉽게 말해서 네가 다른 생각을 하지 못하게. 오로지 그 역할에만 몰입할 수 있도록 몇 달만이라도 좋으니 직접 그곳에서 생활해 주기를 원하더군. 간단하게 말하자면, 이 작가는 우리 잘난 오진심이가 배역 체험하기를 원했다는 소리야.”

뭐……라고?

쯧 혀를 차는 연 대표를 보며 진심은 대답하지 못했다. 연 대표의 말은 이어졌다.

“하지만 진심이 너, 데뷔 이래 그런 식으로 트레이닝을 한 적은 단 한 번도 없잖아. 실전 경험 따위는. 안 그래?”

연 대표의 말은 사실이었다. 그랬기에 더더욱 대꾸하지 못했던 것이고. 연 대표는 입술만 꽉 누르고 있는 진심을 주시하다 한숨을 내쉬었다. 그러고는 자존심이 상했는지 아무 말도 하지 않는 진심을 달래려 했다.

“그래서 내 선에서 막은 거야. 고고한 네 자존심을 지켜 주기 위해서. 너 그렇게까지 해서 이 작가 드라마에 나오고 싶은 건 아니잖아.”

더 이상 진심의 이미지가 하락하는 것은 연 대표로서도 사양하는 바였다. 그랬기에 그의 선에서 새로운 ‘발연기 논란’ 에 휩싸일지 모르는 그녀를 보호하려 했다. 특히 대중들의 반응이 호의적이지 않은 지금 이 상황에서는 더더욱.

“할게요.”

그때였다. 연 대표는 웅얼거리듯 말하는 진심의 목소리를 듣고 고개를 갸웃거렸다.

의아해하는 연 대표를 노려본 진심은 그가 기다리고 있는 다음 말을 꺼내기 위해 입을 크게 벌렸다.

"할 거라고요!"

트레이닝도, 몰입도, 직접 생활하는 것도, 그 실전이라는 거, 전부!

"그러니까 당장 거절했던 거 물려요! 나 무슨 일이 있어도 이 작가 드라마에 출연할 거니까!"

치명적인 오점을 지워 내기 위해서라도 그 드라마에 반드시 출연해야 해!

놀라는 연 대표를 응시하며 진심은 주먹을 불끈 쥐었다.

오진심.

이쯤에서 그녀가 누구인지에 대해 알아볼 필요성이 있다.

그녀는, 과연 누구인가.

"여신이지. 우리 비너스가 자랑하는 대한민국 최고의 여신!"

그녀의 매니저로서 오랫동안 함께해 온 혁준은 있는 힘껏 외쳤다. 그 말은 결코 틀린 것이 아니다.

그녀는 대한민국이 자랑하는 최고의 미인이었다. 대한민국 연예계에서 '오윤서'라는 예명으로 활동하고 있는 그녀는 경상북도 영양군에서 나고 자란 시골 토박이였다.

고등학교 1학년인 꽃다운 열일곱 살, 우연히 영양에 행사차 들렀던 현 비너스 엔터테인먼트 대표 연준석에 의해 캐스팅 제안을 받게 되면서 별들의 세계라는 연예계에 데뷔하게 되었고, 스캔들에 휘말렸던 스물일곱이 될 때까지 줄곧 톱의 자리를 지킨 대한민국 최고의 여배우였다.

연준석이 데려가지 않았다고 하더라도 언젠가는 연예계에 데뷔했을 것이 분명한, 최고의 마스크를 지닌 환상적인 여배우.

천상의 선녀가 환생했다는 말이 거부감이 없을 정도로 극강의 미모를 지닌 그녀는 대한민국 남자들이 만나고 싶어 하는 넘버원의 자리를 열일곱 살, 데뷔 이래 한 번도 놓쳐 본 적이 없었다.

게다가 이젠 거짓으로 밝혀진 재벌 3세와의 추잡스러운 스캔들이 터지기 전에는 동료 배우들과 스캔들 한 번 나지 않을 정도로 깨끗한 연애 생활을 자랑하고 있었다.

그것으로도 모자라 진심은 대한민국 최고의 대학이라 불리는 대한대학교 법학과를 입학했던 수재 중의 수재.

연예계 생활을 계속 이어 나가려면 여태껏 그랬던 것처럼 최상의 성적을 유지해야 한다는 어머니와의 약속으로 인해, 진심이 대한대학교에 입학한 걸로도 모자라 법학과를 지원했다는 사실은 대한민국 국민이라면 모르는 것이 이상할 정도였다.

대한민국이 자랑하는 절세미인이자 똑똑하기까지 한 오진심.

그러나 완벽하기 그지없는 미인에게 존재하는 한 가지 흠은, 그렇게 오랫동안 연예계 생활을 해 왔음에도 불구하고 연기를 못한다는 사실이었다. 지독하게.

"너 진심이야?"

흥분한 진심을 가만히 주시하던 연 대표가 한참 동안 그녀를 바라보다가 물었다.

진심은 씩씩거리며 여전히 그를 응시하고 있었다. 놀라던 그의 얼굴이 차분해지는 것을 지켜보던 진심은 세차게 고개를 끄덕였다.

'당연히 진심이지!'

연예계를 데뷔한 이래, 10년 동안 진심은 연 대표가 만들어 준 꽃길을 사뿐히 걸어왔다 해도 과언은 아니었다.

다른 이들과는 급이 다른 미모 덕분에 수월하게 톱스타로 잡은 것도 사실이지만, 연 대표의 힘과 수완으로 톱스타가 된 것 역시 부정할 수 없었다.

진심은 지금까지 연 대표가 던져 주는 스케줄대로 움직이고, 최대한 그의 의견을 따르며 작품을 선택했다. 그렇게 해도 최고의 자리를 유지하는 데는 충분했기에 단 한 번도 반항이라는 것을 하지 않았다.

그런 그녀가 처음으로 반항을 했다. 그것도 극도로 꺼려 하던 연기 실력을 향상시키겠다며.

“이거 천지가 개벽할 일이군.”

연 대표가 불같이 번뜩이는 눈을 하고, 제 주장을 굽히지 않고 있는 진심을 보며 헛웃음을 터뜨린 것은 지극히 당연했다. 연기력 논란이 나올 때마다 연기 트레이닝에 대한 이야기만 흘리면 눈에 쌍심지를 켜며 반대했던 오진심이 아닌가.

「난 그런 거 없어도 괜찮아요! 연기를 잘하지 않아도 사람들은 날 좋아해 주잖아요?」

어쩌면 오만방자하게 느껴지는 말을 아무렇지도 않게 하던 진심의 모습이 떠올라 연 대표는 쓴웃음을 흘렸다.

“설마 네가 그 제안을 받아들일 거라고는 상상도 해 본 적이 없어.”

나지막하게 중얼거리는 연 대표의 말에도 확실히 일리는 있다고, 진심은 생각했다.

만약 그 어이없는 스캔들로 깨끗하기 그지없던 자신의 이미지가 오염되지 않았더라면 진심 역시 연기 트레이닝이라든가, 직접 체험을 한다든가 하는 귀찮은 일 따위는 꿈도 꾸지 않았을 테니까.

비록 연기 실력은 바닥을 길지 몰라도 그녀는 존재 자체만으로도 극의 분위기를 살리는 천생 배우 체질이었었다.

"할 거예요. 꼭 하고 말겠어요. 반드시 해내고 말 거니까 대표님도 거절 물려 줘요."

흑요석처럼 반짝이는 아름다운 검은 눈동자를 연 대표에게 고정시키며 진심은 소리쳤다.

연 대표가 움찔하는 모습이 보였다.

"대표님!"

"……좋아."

소리치는 진심을 말없이 바라보던 연 대표는 평소와는 달리 진지하기 그지없는 그녀의 눈빛에 감동했는지 이내 고개를 끄덕였다.

"네 뜻이 그렇게 확고하다면 이세진 작가한테 그렇게 말해 둘게. 이 작가의 작품 네가 할 거라고."

"정말이죠?"

"내가 언제 오진심이 너한테 거짓말한 적 있어?"

글쎄. 곰곰이 생각해 보면 그런 적은 없다. 조용히 고개를 가로젓는 진심을 보던 연 대표는 중얼거렸다.

"윤미 씨한테는 미안하다고 말해야겠군. 흠. 뭐라고 하지?"

고민하며 구레나룻을 긁적이는 연 대표를 와락 안아 주고 싶은 심정이었다. 진심은 활짝 웃으며 고맙다는 말과 함께 그에게 엄지를 치켜들었다.

그렇게 한창 기쁨을 나누던 진심은 문득 스치는 생각에 낮은 탄성을 터뜨리며 입을 열었다.

"그런데 대표님."

고심하던 연 대표가 그녀를 응시했다.

진심은 배시시 웃으며 물었다.

"제가 이번에 맡게 될 역할이…… 뭐죠?"

❖

"오진심 씨."

하암, 길게 하품을 하고 있던 진심은 저를 부르는 소리에 몸을 움찔거렸다.

'서, 설마 본 건 아니겠지?'

천하의 '오윤서'가 하품을 하고 있는 장면을 보이는 것은 치욕 중의 치욕이다. 진심은 긴장한 기색으로 슬며시 고개를 들었다.

'아.'

파르르 눈꺼풀을 떨던 그녀의 시야로 웬 냉랭한 얼굴의 남자가 들어왔다. 그것도 서늘하기 그지없는 눈빛으로 저를 내려다보고 있는.

고운 미간을 좁힌 채 그녀를 쳐다보는 남자의 검은 눈에서는 그동안 진심이 받아 왔던 수많은 사람들의 다정한 시선과는 달리, 단 1%의 호의도 느껴지지 않았다.

'이 망할 인간이 또 무슨 일로.'

저절로 욕설이 흘러나올 뻔했지만 진심은 얼른 흐트러지려는 마음을 다스렸다.

'참아야 하느니라, 오진심.'

오진심.

그녀는 카메라 앞에서는 부자연스러운 연기를 보여 주곤 했지만, 놀랍게도 사람을 마주할 때면 나름 천연덕스러운 연기를 할 수 있는 편이었다.

순식간에 마음을 누그러뜨린 그녀는 경직된 입꼬리를 억지로 말아 올리며 눈이 부실 정도로 화사한 미소를 지은 채, 그를 향해 입술을 달싹였다.

"어머, 변호사님! 저 부르셨구나? 무슨 일이신지…… 헉!"

"복사해 와요. 각각 네 부씩."

서늘한 얼굴을 하고 있던 남자는 생글생글 미소를 짓는 진심의 책상 위로, 어디서 났는지 모를 엄청난 양의 서류를 내려놓고선 명령했다.

'이게 다 뭐야?'

황당한 얼굴로 의자에 앉아 있던 진심은 제 머리끝과 비슷한 높이로 쌓인 서류를 뚫어지게 응시하다 고개를 갸웃거렸다.

"제가요……?"

"그럼 누가 합니까? 설마 복사도 못하는 겁니까?"

"그, 그건 아니지만……."

진심은 자신을 무시하는 것이 분명한 남자의 발언에 반사적으로 인상을 썼다.

머뭇거리는 그녀를 지켜보던 남자의 눈빛이 더욱 날카로워졌다.

"한 시까지 해 놓으세요. 내가 법원에 다녀올 때까지."

"예? 하, 한 시요?"

진심은 서둘러 탁상 위의 시계를 쳐다보았다.

현재 시각, 오전 12시.

책상 위를 차지한 서류들의 양으로 짐작해 보건대, 복사를 하는 데만 장장 1시간이 넘게 걸릴 것이 분명하건만. 이 남자는 타인에 대한 배려심이라곤 없는 걸까.

진심은 울상을 지었다.

"그럼 제 점심은……."

몸을 돌려 집무실 밖을 나가려던 남자의 몸이 멈췄다. 그러고는 인상을 쓰며 말했다.

"대충 샌드위치라도 사 드세요. 우리 회사 옆 건물 1층에 토스트집 있습니다."

"……."

"왜요. 싫습니까?"

'그래. 싫다.'

주저하는 진심을 바라보던 남자는 입술을 움직였다.

"어쩔 수 없죠. 오진심 씨가 주어진 업무에 소홀했다고 위에 보고할 수밖에."

"네?"

"그럼 우리의 이별도 빨라지겠군요. 사실상 제가 가장 바라는 일이기도 하고."

"한 시라고 하셨죠? 지금 당장 복사실로 갑니다! 법원, 자알! 다녀오세요, 권 변호사님!"

"……."

진심은 그가 딴소리를 늘어놓기 전에 얼른 자리에서 일어났다. 가만히 내버려 두었다가는 그가 또 무슨 말을 할지 몰랐으니까.

'나쁜 인간!'

그녀는 책상 위에 산더미같이 쌓인 서류를 향해 손을 뻗고는 숨을 크게 들이마신 뒤 그것을 번쩍 들어 올렸다.

혼자 들기 버거운 서류 더미들을 품 안 가득 안아 들고선 낑낑거리며 남자를 지나친 진심은 그의 집무실을 나와 어딘가로 쭈뼛쭈뼛 움직이기 시작했다.

“하아, 후우.”

시야를 가리는 서류 더미를 꽉 안아 든 채, 숨이 차오르는 것을 억지로 가라앉히던 진심은 복도 끝에 위치한 복사실로 가기 위해 힘겨운 발걸음을 옮겼다. 팔 힘이 약한 탓인지, 조금만 휘청거려도 서류가 쏟아질 것처럼 위태로웠다.

만일 그녀가 한 장이라도 떨어뜨린다면, 저 멀리서 달려와 불같이 화를 내는 걸로도 모자라 독설을 늘어놓을 누군가의 얼굴이 떠올랐다.

‘무지 무겁네.’

안간힘을 쓰며 움직이던 진심은 갑자기 가벼워지는 서류의 무게에 눈을 동그랗게 떴다.

“어?”

“복사실까지만.”

문 앞에 서선 팔짱을 끼고 차가운 눈으로 진심이 나가는 모습을 지켜보던 남자가 어느새 그녀의 옆으로 다가와 그녀의 시야를 가리던 서류 더미의 반을 덜어 주고 있었다.

깜짝 놀라 그를 쳐다보는 진심을 향해 검은 눈의 남자는 말했다.

“딱 복사실까지만 들어 주는 거니 성급한 오해는 마시죠.”

그는 퉁명스레 말을 뱉은 뒤, 진심에게서 시선을 돌려 성큼성큼 복사실을 향해 발걸음을 옮겼다.

진심은 멀어지는 그의 등을 멍하니 응시하다 콧방귀를 뀌었다.

‘하여간 재수 없는 인간.’

재수가 없어도 저렇게 재수가 없는 사람은 난생처음이다. 도와줄 거면 기분 좋게 도와주지, 저런 식으로 말할 게 뭐람.

「네가 맡게 될 역할?」

이미 한참은 앞서간 남자를 쳐다보던 진심의 머릿속에 연 대표의 목소리가 울렸다.

「뭐…… 딱히 어려운 역할은 아니지만 그렇다고 또 쉬운 역할은 아니야.」

「그러니까 대체 그게 뭔데요?」

의아해하는 진심을 바라보며 연 대표는 말했다.

「대형 로펌 변호사의 비서. 한마디로, 이 작가 다음 드라마는 법정물이란 소리지. 어때, 할 수 있겠어?」

할 수 있다.

아니, 할 수 '있어야' 한다.

잠시 멈추어 선 진심은 빠른 걸음으로 움직이는 남자를 쳐다보다 다시 앞으로 걸어가기 시작했다. 행여나 또 트집을 잡을 것을 대비해서, 힘차게 걷는 진심의 발걸음은 확실히 조금 전보다는 가벼워져 있었다.

제1장
구제불능 오 비서

“아직도 못 구했습니까?”

지금으로부터 두 달 전, 꿈에 그리던 아이를 낳아 육아 휴직계를 낸 황 비서 이후, 정록의 비서 자리는 줄곧 비어 있었다.

로펌 『올웨이즈』가 설립되기 시작할 무렵부터 함께 일을 해 온 황 비서의 부재는 곧 정록의 일이 두 배로 늘어남을 뜻했다.

자신을 찾아온 의뢰인의 이야기를 들어야 하고, 시도 때도 없이 법원을 들락거리는 데도 한계가 있건만 잡일까지 해야 하다니.

하루 빨리 후임 비서를 들여 달라고 재촉했으나 예산 부족을 핑계로 로펌 『올웨이즈』의 연준규 대표는 정록의 새 비서 영입을 미루고 또 미뤄 왔었다.

“조금만 기다려, 조금만. 곧 좋은 소식이 들릴지도 모르니까.”

“좋은 소식이요?”

“하하, 그런 게 있어. 그런 게 있으니까 나만 믿어!”

얼굴을 마주칠 때마다 '비서'를 요구했던 정록을 향해 연 대표는 호탕한 웃음을 흘려 댔다.

그러나 연 대표가 언급한 '조금만'은 하루가 지나고 이틀이 지나고, 한 달, 그리고 무려 두 달까지 이어졌다. 결국 정록은 연 대표의 멱살을 잡아서라도 비서를 요구하기로 결심했다.

"권 변호사님."

오늘은 절대로 물러나지 않겠다.

드르륵 열리는 엘리베이터 문을 바라보던 정록은 주먹까지 꽉 쥐며 생각했다.

그런 정록이 엘리베이터에서 내리기 무섭게 그를 부르는 소리가 들려왔다. 고개를 돌리자 옆방 최윤혁 변호사의 비서이자 현재 임시로 그의 잡일을 도와주고 있던 은지가 특유의 무신경한 음성으로 그를 불렀다. 정록과 눈이 마주친 은지는 심드렁하게 말했다.

"대표님이 출근하시면 바로 대표실 올라오시라셨어요."

"저 말입니까?"

"네."

가슴이 두근거린 것은 드디어 올 날이 왔다는 생각에서였다. 그간 연 대표는 이런저런 핑계를 대며 정록과의 대담을 회피하고 있었다. 그러나 오늘. 바로 여기. 지금 이 순간 정록은 그렇게 자신을 피해 왔던 연 대표와 마주할 수 있게 됐다.

드디어 업무에 집중할 수 있을 것 같은 예감에 정록의 입가에 미소가 서렸다.

들고 있던 브리프케이스를 아무렇게나 던져둔 뒤 대표실로 향하던 정록의 발걸음이 가벼워진 까닭은 바로 그 이유 때문에서다.

"지금…… 뭐라고 하셨습니까?"

하지만 이런 상황이 닥치리라고는, 예상하지 못했는데.

고대에 가득 찬 정록의 얼굴은 대표실을 노크하기가 무섭게 유난히 자신을 반기는 연 대표를 발견하고서 의아함에 물들었다.

하하 웃으며 정록을 반기던 연 대표의 말에 정록이 미간을 찌푸리자, 연 대표는 하얀 이를 드러내며 말했다.

"못 들었어? 어휴. 우리 권 프로, 이비인후과 한 번 가야겠네."

이비인후과 같은 소리 하네.

정록은 껄껄거리는 연 대표를 죽일 듯 노려보다 생긋 웃으며 되물었다.

"그러니 넓은 아량을 베풀어 다시 한 번 말씀해 주시죠, 대표님. 방금 뭐라고 하신 겁니까? 누가…… 황 비서의 후임 비서가 됐다고요?"

억지로 올라간 한쪽 입꼬리가 가늘게 떨렸다. 아무리 이해하려 애써도 도저히 믿을 수가 없다. 정록은 제 귀를 의심하며 연 대표를 바라봤다.

연 대표는 정록이 그를 알아 왔던 시간 중 가장 환한 웃음을 그리며 똑똑히 그 이름을 입 밖으로 냈다.

"오윤서! 권 프로. 오윤서 씨 몰라?"

오윤서.

대한민국에서 가장 아름다운 여배우 1순위에 당당하게 올라 있는 엄청난 미모의 소유자.

대한민국 남자 중 그런 여자를 모르는 사람은 아무도 없을 것이라고 믿어 의심치 않는다.

열일곱 살에 데뷔하여 지금으로부터 1년하고도 조금 전인 스물일곱 살까지. 장장 10여 년이 넘도록 연예계를 휘어잡았던 여자.

연기는 더럽게 못하지만, 타고난 미모와 분위기 덕분에 여전히 톱스타의 자리에 올라 있는 여자.

심지어 연예계에 대해 손톱만큼도 관심이 없는 권정록마저 이름 정도는 한 번쯤 들어본 유명한 배우였다. 모르면 간첩이라는 소리를 들을 만큼.

'그래도 그렇지…….'

이 인간, 진짜 제정신인가?

정록은 웃지 않으면 병에 걸리는 사람처럼 미소를 잃지 않는 연 대표를 노려보며 속으로 생각했다.

연 대표는 절망을 맞이한 정록의 마음을 아는지 모르는지 제 말을 이어 가고 있었다.

"앞으로 권 프로의 새 정식 비서 알아볼 동안, 윤서 씨가 권 프로 비서 대행을 해 주기로 했어!"

지독하게 태연한 얼굴로.

"그러니 협조하도록 해. 참, 윤서 씨는……."

구구절절.

누가 실력 있는 변호사들을 모아 놓은 로펌 회사 대표 아니랄까 봐 정록이 대답하기도 전에 변명부터 해 댄다.

번지르르한 연 대표의 말을 가만히 듣고 있기는 했지만 결국 결론은 한 가지다. 각종 미사여구를 사용하여 앞을 수식한다 할지라도 결론은 변하지 않는다.

정록은 열변을 토하던 연 대표의 말을 묵묵히 듣고 있다, 그의 말이 끝나자마자 싱긋 미소를 지었다. 그러고는 힘껏 누르고 있던 입술을 달싹였다.

"대표님. 딱 한 마디만 하겠습니다."

"어. 뭔데?"

연 대표가 흔쾌히 하라는 듯 고개를 끄덕이자 정록은 환한 웃음과 함께 살벌하기 그지없는 말을 끄집어냈다.

"미치셨습니까?"

"……어?"

미친 게 분명하다.

그게 아니라면.

"요즘 급증한 의뢰 때문에 정신이 나가신 게 틀림없군요."

"어어?"

"죄송하지만, 방금 전 얘기는 듣지 못한 걸로 하겠습니다. 그럼."

아침부터 재수 없게.

홱 돌아서는 정록의 몸짓은 재빠르기 그지없다.

안 그래도 바빠 죽겠는데, 굳이 저를 불러서 하는 이야기가 그런 허무맹랑한 소리였다니.

곰곰이 다시 생각해 보아도 짜증이 치밀어 올라 정록은 고운 미간을 좁혔다.

"야, 권정록! 너 인마 거기 안 서?"

길쭉길쭉한 다리를 쭉쭉 뻗으며 정록은 앞으로 나아갔다. 커다란 손으로 문고리를 잡고 나가려고 할 때 들려오는 연 대표의 외침이 아니었더라면 이미 그의 몸은 완벽하게 대표실을 나섰을 것이다.

"왜 그러십니까."

정록은 제 몸뚱이의 반은 대표실 안에, 그리고 반은 대표실 밖 복도에 걸친 채 연 대표를 쳐다봤다.

연 대표는 날카롭기 그지없는 정록을 빤히 응시하더니 이내 히죽 입꼬리를 올렸다.

"이봐, 권 프로. 나 아직 얘기 안 끝났어."

"저는 끝났는데요."

"인마!"

"아니, 말이 됩니까!"

냉정하게 내치려 했으나 그런 제 말을 거들떠도 보지 않고 자신을 설득하려는 연 대표에게 정록은 결국 소리를 내질렀다.

평정을 유지하던 정록이 버럭 외치자 연 대표는 눈을 동그랗게 떴다.

하지만 해야 할 말은 해야지.

정록은 이를 갈며 말을 이어 나갔다.

"황 비서가 육아 휴직계 내고, 대표님이 저한테 비서 붙여 준다고 한 지가 언제입니까! 벌써 두 달 전이에요! 오늘 아침에 드디어 대표님이 비서 얘기 꺼내길래, 이제 좀 살 수 있겠다고 여겼는데…… 뭐요? 누구?"

"오윤서."

"제가 그 여자 이름을 모르는 게 아니잖습니까!"

침을 튀기는 정록의 반응에 연 대표는 쳇, 하고 입술을 삐죽였다.

들뜬 표정으로 도톰한 입술을 달싹이는 연 대표가 얄미웠던 적은 재작년 연봉 협상 때를 제외하곤 실로 오랜만이었다.

정록은 자신을 하아, 길게 한숨을 내쉰 뒤 머리를 벅벅 긁었다.

"어쨌든 저는 싫습니다. 비서를 구해 주시려면 제대로 구해 주시죠. 제가 무슨 여기 초짜 변호사도 아니고 일한 지 5년째입니다. 정 비서 구하는 게 귀찮으시면 그냥 은지 씨한테 제 일도 좀 담당하라고 하든가. 회사에 돈이 없는 것도 아닌데, 왜 이렇게 쩨쩨하게 구십니까."

대한민국 남자들의 이상형 부동의 넘버원, 오윤서.

그러나 그 천하의 오윤서도 스물일곱 겨울을 기준으로 곤두박질친 지 오래다. 작년부턴 잘 찍던 CF도 들어오지 않는다는 이야기도 들은 기억이 났다.

아니. CF가 들어오지 않는 것을 떠나, 그 여자는 은퇴한 거 아니었나?

예의 스캔들이 일어난 이후 1년이 지났고, 또 새로운 해가 밝았다. 지금까지 활동이라고는 하지 않던 여자가 돌연 제가 다니고 있는 회사의 비서직에 들어온다는 소리는 근래 정록이 들었던 가장 말도 안 되는 일 중 넘버원이라 해도 과언은 아니다.

정록은 혹시 얼마 전 연 대표가 한 의뢰인한테 소송을 당해서 돈이 별로 없나 하는 생각까지 하며 인상을 썼다.

"권 프로. 잘 생각해 봐."

매섭게 제 말을 마친 채 자신의 집무실로 돌아가려던 정록은 한 번 더 그를 잡아 세우는 연 대표의 말에 고개를 돌렸다.

연 대표는 이번엔 정록의 바짓가랑이라도 잡을 생각인지 간절하기 그지없는 눈빛을 보냈다.

"이건 기회야!"

"기회?"

"그것도 그냥 기회가 아니라, 엄청난 기회!"

"……."

"이제 막 성장하기 시작한 우리 올웨이즈가 대중들에게까지 인지도를 쌓을 수 있는 기회! 권 프로도 알잖아. 오윤서 씨가 얼마나 인기가 많은지! 윤서 씨가 우리 회사의 비서라는 게 알려진다면 아마도 클라이언트들이 너도나도……."

"기회는 무슨."

신이 난 표정으로 말을 잇던 연 대표는 제 말을 툭 자르는 정록을 멍하니 응시했다.

정록은 콧방귀를 뀌었다.

"오윤서 주가 떨어진 지가 언젠데. 게다가 대표님은 뉴스도 안 봅니까?"

"응?"

"그 여자, 은퇴했답니다!"

연예계라면 치를 떠는 정록도 오윤서가 가파른 내리막길을 걷다 결국 몇 달 전, 잠정 은퇴 선언을 한 것은 너무도 잘 알고 있었다.

연 대표의 눈이 동그래졌다.

"아. 마, 맞다. 그, 그랬지……."

연 대표는 어색하게 고개를 끄덕였다.

정록은 당황하는 연 대표를 바라보며 한숨을 내쉬었다.

"다시 한 번 말씀드리지만, 저는 싫습니다."

"……."

"베이비시터는 다른 변호사한테 맡기십시오. 전 업무를 수행하는 데 있어 기본도 안 되어 있는 사람과는 얽히고 싶은 마음 따윈 추호도 없으니까."

권정록.

주위 사람들에게 완벽한 남자라 불리는 그가 세상에서 가장 싫어하는 사람은 눈치 없는 사람이다.

하지만 그보다 더 혐오하는 사람은 업무 수행 능력이 없는 사람이다.

그리고 그가 세상에서 가장 경멸하는 사람은 눈치도 없고, 해야 할 일도 제대로 수행하지 못하는 사람이다.

소문으로 듣던 '오윤서'라는 배우는 애석하게도 마지막 유형에 속했다.

그러니 가까이하고 싶지도, 함께 일하기도 싫다.

정록의 의지는 확고했다.

마음 같아선 연 대표가 자신을 잡든 말든, 그의 손을 뿌리치며 이 문밖을 나서고 싶다. 이제 절반 정도 복도 쪽으로 나가 버린 몸은 조금만 움직이면 완전히 밖으로 내보낼 수 있을 듯싶었다.

"흐음."

잠시 고민하던 정록의 귀로 연 대표가 나지막한 신음을 흘렸다.

이번엔 어떤 감언이설로 자신을 설득하려 들까. 쉽게 넘어가지는 않을 거다.

의지를 다지며 정록이 눈썹을 꿈틀거릴 때, 연 대표가 말했다.

"권 프로의 입장이 그러하면 뭐…… 어쩔 수 없지."

예상했던 답변이 아니었기에 정록이 눈을 가늘게 떴다.

연 대표는 고개를 아래로 떨구며 중얼거렸다.

"난 권 프로가 힘들 때 두말 않고 권 프로를 받아 줬었는데……. 권 프로는 내게 곤란한 일이 생겼음에도 불구하고 모른 척하고 싶다면…… 내가 어쩌겠어."

코웃음 치며 돌아서려던 정록의 몸이 딱딱하게 굳어졌다.

'제길.'

설마하니 5년 전의 일을 거론하면서 저를 붙잡을 줄은 몰랐다. 정록은 경직된 얼굴로 연 대표를 응시했다.

연 대표는 그가 들으라는 듯 하아아, 길게 숨을 흘리며 자신을 흘긋거리고 있었다.

정록은 이를 갈며 말했다.

"그게 왜 곤란한 겁니까?"

"응?"

모르는 척하지 말고, 이 작자야.

"꼭 그 여자를 받아 줘야 하는 이유라도 있는 겁니까?"

아마도 제게서 이 말이 터져 나오기를 연 대표는 기다리고 있었을지도 모른다. 왠지 덫이 걸려드는 느낌이었지만 마냥 무시할 수만은 없었기에 정록은 물었다.

그러자 눈에 띄게 밝아진 얼굴의 연 대표가 말했다.

"아아. 그게 말이지, 권 프로!"

'……미치겠군.'

정록은 신이 나서 말을 잇는 연 대표를 주시했다. 연 대표의 말이 이어졌다.

"권 프로가 아는지 모르겠는데…… 이번 일 제안한 녀석이 내 사촌 동생이거든. 왜 한 번 말한 적 있지 않나? 연예계에서 일하고 있다던. 그 녀석이 오윤서 씨의 소속사 대표거든."

연 대표와의 회식 자리에서 얼핏 들은 기억이 나긴 했다. 연 대표의 고종사촌 중 한 명이 연예계에서 내로라하는 배우들을 데리고 있는 기획사 대표라고.

'그런데 그게 왜?'

"사실 말이야. 그 녀석이 나한테 아주 간절히 부탁하는 거야. 더도 말고, 덜도 말고 딱 육 개월만. 딱 육 개월만 오윤서 씨를 우리 회사 변호사의 비서로 일하게 해 달라고 말이지."

"……."

"그 녀석은 자기가 키운 최고의 배우가 그렇게 재기불능으로 망가지니 매우 안타까운 모양이더라고. 그녀가 다시 연예계로 돌아갈 것 같지는 않고……. 어떻게 해서든 살 길을 찾아 주려고 이리저리 머리를 굴리다가 나한테 왔지 뭐야. 참! 권 프로, 오윤서 씨가 법대 출신인 건 알지? 그것도 대한대. 어? 그러고 보니 대한대 법대면, 권 프로 후배 아니야?"

정록은 손뼉을 치며 말하는 연 대표의 말에 입을 닫은 채 미간을 좁혔다.

연 대표는 대꾸하지 않는 정록을 주시하다 흠흠, 하며 헛기침을 흘렸다.

"뭐, 녀석이 말하기를, 연예계 활동으로 결국 학교를 그만두었다고는 했지만……. 어쨌든 그 전공을 살려서 은퇴 이후에는 이쪽 일을 할 생각인가 보더라고."

'……뭐?'

정록은 과장된 표정을 지으며 말을 이어 나가는 연 대표를 황당한 눈으로 바라보았다.

능구렁이보다 더 능청스러운 연 대표는 씩 웃었다.

정록은 불길한 예감에 입을 열었다.

"대표님. 대체 무슨 말씀을 하고 싶은 겁니까?"

좋지 않은 예감이 든다. 그것도 '아주' 좋지 않은.

미간을 좁히며 묻는 정록의 말에 연 대표는 갑자기 눈을 빛냈다. 돌변한 그의 태도에 정록이 몸을 움찔거리자 연 대표는 말했다.

"간단하게 말할게, 권 프로. 오윤서 씨를 몇 달만 데리고 있으면서 이 업계의 일을 좀 알려 주고, 흥미를 좀 붙여 줘. 권 프로 바쁜 건 알지만, 내가 믿고 부탁할 사람이 권 프로밖에 없어서 그래. 나도 녀석한테 진 빚이 있어서 마냥 안 된다고는 말 못 하겠더라고."

"……."

"아, 물론! 딱 육 개월만 오윤서 씨랑 일하고 난 뒤에는 내가 사례도 톡톡히 해 줄게! 그렇지! 권 프로, 사무실 비좁다고 하지 않았나? 내가 사무실도 업그레이드시켜 줄게! 대표 다음으로 크고 좋은 사무실로 말이지! 하하하하!"

정록은 일부러 큰 웃음을 터뜨리며 소리치는 연 대표를 주시했다.

'뭔가 있는데…….'

웃는 것이 왠지 부자연스러운 연 대표에게선 수상한 냄새가 났다.

정록은 그렇게 한참을 웃다가 미동 없는 제 눈치를 살피며 돌연 얼굴에서 미소를 지우는 연 대표의 행동 변화를 지켜보았다.

연 대표는 '정말…… 안 되겠나?' 하고 조심스럽게 말을 건네며 정록의 대답을 기다렸다.

"제길."

끝내 입 밖으로 상스러운 소리를 흘리고야 말았다. 정록은 제 욕설에 흠칫 놀라는 연 대표를 내려다보며 검은 눈을 빛냈다.

"딱 반년입니다."

"어어?"

"반년 동안만 그 여자와 일하겠습니다."

"궈, 권 프로!"

다 죽어 가던 연 대표의 얼굴에 화색이 돌았다.

정록은 방심하지 말라는 듯 손을 내저었다.

"하지만 저도 조건이 있습니다."

"조건? 뭔데? 뭐야?"

히죽 웃는 연 대표를 향해 정록은 말했다.

"만약 반년 동안 제 밑에서 일하면서 업무량이 많아 그 여자가 먼저 나가겠다고 한다면, 굳이 말리지 마십시오."

"……어?"

"그 여자가 제 밑에 들어오게 된다면, 저는 그 여자를 단순히 시간만 축내게 만들진 않을 거니까요. 그래도 괜찮으시다면……."

"당연히 괜찮지! 괜찮고말고! 암, 괜찮아!"

연 대표는 힘차게 고개를 끄덕였다. 무엇이 그리 자신만만한지, 가슴까지 탕탕 치며 연 대표는 헤벌쭉 웃었다.

정록은 그런 그를 쳐다보다 눈썹을 꿈틀거리더니 몸을 돌렸다. 냉정하게 돌아서서 대표실 밖을 나서는 정록의 발걸음은 처음 이곳에 발을 디딜 때보다 훨씬 무겁게 느껴졌다.

'대체 내가 왜…….'

"어이, 권 프로!"

그런 정록의 등을 향해 연 대표가 소리쳤다.

"잘 생각했어! 정말 잘 생각한 거야! 반년만 데리고 있으면 우리 권 프로 통장에 동그라미가 엄청나게 될 거라고! 게다가 오윤서잖아! 얼마나 예쁘겠어? 안 그래? 하하하하!"

정록은 몇 번이고, 소리치는 연 대표의 얼굴을 향해 주먹을 날리고 싶은 마음을 가라앉혀야 했다.

❖

오늘 아침의 일이다.

「편하게 생각해. 왜, 요즘 로펌에서는 법대생들 인턴으로 받잖아? 오윤서 씨도 그의 일환이라 생각하면 마음이 편할 거야! 법대생이니…… 간단한 법률 용어는 아마 알고 있겠지? 하지만 오랜 연예계 생활로 잊었을 수도 있으니, 간단한 용어집 정도는 던져 주는 게 좋겠네. 그런 것도 싫다면 잡일이나 시키면서 대충 회사가 어떻게 돌아가는지 파악하게만 만들어. 그래, 그러는 게 좋겠다. 그냥 편한 일을 시키면 될 것 같아, 권 프로. 변호사의 비서는 어떤 일을 하는지 경험시켜 주라고. 아! 복사 정도 시키면 되겠다. 안 그래? 하하하하!」

출근하는 길에 저와 마주치자마자 그의 등을 탕탕 두드리며 말하던 연 대표의 말이 귓가를 맴돈다.

정록은 코웃음 쳤다.

'말이야 쉽지. 처리해야 할 일이 산더미 같은데 어떻게 복사만 시켜.'

하고 싶은 말이 목구멍까지 차올랐지만, 정록은 꾹 참아야 했다. 좋으나 싫으나, 결국 연 대표의 제안을 받아들인 것은 자신이었으니까.

째깍째깍. 벽에 걸린 시계의 초침은 일정한 속도로 움직이고 있었다. 도통 멈출 기미 따위는 보이지 않는 시계의 시침과 초침은 어느새 9시 정각을 훌쩍 넘긴 상태.

정록은 고요하기 그지없는 제 방을 둘러보았다. 그리고 그 방 앞에 위치한 작은 공간도.

'흠…….'

로펌 올웨이즈의 비서들이 출근해야 할 시간은 변호사들의 출근 시간보다 30분 정도 빠른 8시.

미리 변호사들 집무실의 컴퓨터를 켜고, 오늘 해야 할 스케줄을 정리한 서류를 책상 위에 올려 둔 뒤 집무실 내의 창문까지 열어 두어 환기시키는 일을 해야 했기 때문이었다.

하지만…….

'……늦군.'

현재 시각, 정확히 아침 9시 45분.

정록은 도무지 열릴 생각이 없어 보이는 제 집무실 문을 뚫어져라 응시하며 인상을 썼다.

'대체 왜 이렇게 안 오는 거야?'

엘리베이터 앞에서 마주쳤던 연 대표에게 듣기로는 천하의 '오윤서'가 정록의 비서 대행 업무를 시작하는 것은 바로 오늘.

오전 8시부터 시작하여, 정확히 앞으로 180일째가 되는 날의 오후 7시에 끝나야 할 비서 업무는 어찌 된 셈인지 오전 10시가 가까워질 때까지 시작되지 않고 있었다.

'쯧.'

한참의 기다림 끝에 결국 정록은 자리에서 일어날 수밖에 없었다. 그 여자를 특별 대우할 생각은 추호도 없었지만 이대로 내버려 두었다가는 자신의 업무에 방해가 될 것이 분명했다.

자신의 집무실 의자에 앉아, 여유로운 자세로 요주의 인물을 맞이하려 했던 정록의 계획은 안타깝게도 성사되지 못했다.

삑삑.

정각을 울리는 손목시계 소리가 들려왔다.

열 시가 되자마자 결의를 다진 정록은 집무실의 문고리를 잡아 돌렸다.

터벅터벅 본능적으로 휴게실 쪽으로 발걸음을 옮기던 그는 휴게실 직전의 모퉁이에서 휴게실 쪽을 바라보고 있던 최윤혁 변호사의 비서, 은지를 향해 말을 걸었다.

"아, 은지 씨."

자신의 부름에 몸을 돌린 은지의 얼굴이 이상할 정도로 뚱한 것은 그의 착각일까.

정록은 '권 변호사님.' 하고 입술을 내민 채 저를 쳐다보고 있는 은지에게 고개를 갸웃거렸다.

"무슨 일…… 있습니까?"

양은지는 원래 표정 변화가 없기로 유명했다. 얼음 인형이랑 일하는 것 같다며 최 변호사가 투덜거리는 것을 몇 번이고 목격했던 적이 있었던 정록은 평소보다 더욱 굳어 있는 은지에게 물음을 던졌다.

그 순간, 은지의 눈이 가늘어졌다.

"권 변호사님."

"예?"

"저거, 권 변호사님네 식구죠?"

"저거?"

무슨 소리를 하느냐는 눈으로 은지를 바라보던 정록은 휴게실 쪽을 가리키던 그녀의 손가락을 따라 시선을 옮겼다.

"최고입니다!"

그 시선의 끝에 익숙한 얼굴의 누군가가 앉아 있는 것을 발견한 정록의 눈이 큼지막해졌다. 그리고 이어, 잔뜩 들뜬 것이 분명한 최윤혁 변호사의 음성 역시 들려왔다.

"이렇게 실물을 보게 될 줄은 몰랐는데. TV보다 더 아름다우십니다!"

아직 주변의 살벌한 상황을 파악하지 못한 윤혁은 수줍게 말을 이어갔다.

"저기, 실은 제가 오래전부터 팬이었습니다. 하하하. 실례되지 않는다면 흠흠, 사인 하나만…… 부탁드려도 될까요?"

뒷머리를 긁적이며 말하는 윤혁은 평소의 그와는 확연한 차이가 있었다. 쑥스럽게 웃으며 말을 한 뒤 허둥지둥 재킷 안쪽을 뒤적이며 메모지를 꺼내려 하는 그의 모습이 어이없어 정록은 잠시 서 있었다.

"칫."

그때 정록의 곁에서 작은 잇소리가 들렸다. 깜짝 놀라 고개를 돌리니 무표정한 얼굴을 더욱더 살벌하게 구기고 있는 은지가 보였다.

"잠깐, 최 변. 혼자만 받지 말고 차례를 기다려."

못마땅한 기색이 가득한 것은 비단 은지뿐만이 아니다. 윤혁이 들고 있던 메모지를 '누군가'에게 건네려는 순간 그는 어디선가 나타난 웬 정장 무리에 의해 저지당했다.

"그래, 최 변. 우리 여기 서 있는 거 안 보이나?"

"한둘이 아니라고."

"찬물도 위아래가 있는 법이지. 후배는 후배답게 굴면 어떻겠나?"

정록은 어느샌가 나타난 『올웨이즈』소속 변호사들이 윤혁의 어깨에 손을 얹는 것을 지켜봤다.

"맞죠?"

이윽고 은지가 말없는 정록을 향해 툭 말을 던졌다.

'주가 떨어진 거 아니었나?'

오윤서가 누구인지 정록은 단 한 번에 알아봤다. 아니, 알아보지 못할 수가 없었다. 저렇게 존재감을 뿜어내고 있는데 못 알아보는 것이 이상하지.

정록은 제 곁에 서서는 이를 갈고 있는 은지를 흘긋 내려다보았다. 은지가 왜 저렇게 똥 씹은 얼굴을 하고 있었는지 이제야 이해가 간다.

정록은 속으로 숨을 삼키며 조금 더 앞으로 발을 뻗었다. 그제야 반밖에 보이지 않던 휴게실 안의 광경들이 완벽하게 시야로 들어왔다.

'아.'

무심코 오윤서의 복장을 확인한 정록의 얼굴에 당혹감이 스쳤다.

가관.

그 단어만큼 적당한 표현이 있을까.

정록은 저도 모르게 미간을 찌푸렸다.

현재 대한민국 최고의 여신이라 불리는 그녀가 입고 있는 복장에 대해 간략히 서술해 보자면 다음과 같다.

먼저 공기 중으로 흩날릴 만큼 풍성한 검은 털 코트는 한겨울의 시상식이나 애프터 파티에서나 볼 법만큼 과했다. 그 아래 입고 있는 셔츠는 강렬한 레드빛이었던지라, 눈을 의심할 수밖에 없었다. 게다가 약간 짧은 감이 있다 싶은 검정 스커트는 아슬아슬하게 허벅지를 가리는 중이다.

어디 그뿐이겠는가.

화려하게 번쩍이는 저 액세서리들은 대체 무엇이고, 이곳의 분위기와는 어울리지 않는 부츠는 또 무엇인가.

화룡정점으로 노란빛이 감도는 선글라스를 낀 채 의자에 앉아 다리를 꼬고 있는 여자는 누가 보아도 '나 연예인이다.' 하는 포스를 풍기고 있었다.

'정도껏이어야지.'

선글라스로 모두 가려질 만큼 조막만 한 얼굴을 지닌 여자가 어째서 저런 차림으로 이곳에 등장했는지는 대충 예상이 간다. 한물갔다고는 하지만 본인의 예전 명성이 있으니 아무래도 무시당하고 싶지는 않았겠지. 그래도 지금과 같은 모습은 정록이 예상했던 모습과는 거리가 있었다.

'잘들 하는군.'

그리고 그 여자 주변을 옹기종기 둘러싸서는 헤헤 웃고 있는 다섯 명의 변호사들 역시 마찬가지. 정록은 혀를 찼다. 창피하게도, 저 다섯 명의 변호사들이 그와 한 층에서 일하고 있는 올웨이즈의 동료 변호사들이었다.

"다들 너무 과찬이세요. 저는 아주 평범한데요, 뭘."

남자 변호사들이 건네는 커피를 호로록 마시는 여자의 몸짓은 확실히 우아하다 못해 한 왕국의 왕비를 보는 듯했다. 칭송받는 것이 전혀 부자연스럽지 않은 그 모습에 은지가 눈에서 레이저를 쏘아 대는 것이 당연해 보일 정도였다.

'후우.'

왠지 머리가 지끈거리는 것을 느끼며 정록은 짧게 숨을 내쉬었다.

그는 말도 안 되는 겸손을 떨고 있는 오윤서를 향해 눈이 부시다고 찬양에 찬양을 거듭하는, 윤혁 외 4인을 서늘하게 바라보다 발을 내디뎠다.

"헉! 궈, 권 프로!"

화려한 여자를 향해 배시시 웃음을 그리고 있던 변호사들은, 어느새 그들 뒤로 다가온 정록을 발견하고선 소스라치게 놀랐다.

"뭐야. 벌써 왔어? 누가 이 녀석 불렀어!"

"이런! 아직 나 사인 못 받았는데!"

"권 변. 조금 이따 다시 오면……."

"오진심 씨죠?

제 등장에 기겁하는 동료 변호사들의 말을 깔끔하게 무시하며 성큼성큼 휴게실 한가운데로 걸어간 정록은 커다란 그림자가 드리우자 고개를 위로 드는 여자를 향해 말했다.

아주 짧은 순간이었지만, 정록은 다른 남자들에게 싱긋 웃고 있던 여자의 입꼬리가 미세하게 일그러지는 것을 발견했다.

"오윤서인데요."

오전 8시까지 출근임에도 불구하고 10시까지 사무실에 모습을 드러내지 않은 주제에, 느긋한 자세를 취하며 의자에 앉아 있던 그녀는 퉁명스레 대답했다.

'듣던 거랑은 많이 다르네.'

청순가련의 대표적인 여배우라는 수식어와는 거리가 먼 까칠함에 잠시 흔들리기는 했으나 정록은 '야, 인마!' 하고 눈을 크게 뜨며 고개를 젓는 동료들의 행동을 못 본 체하며 입술을 움직였다.

"일어나시죠, 오진심 씨."

"예?"

"일어나시라고요."

"……!"

정록은 고운 미간을 좁힌 채 저를 올려다보는 그녀를 향해 말했다.

"이미 업무 시간 시작된 지 두 시간이 지났습니다. 슬슬 일을 해야 한다는 생각은 들지 않습니까?"

그녀를 데려가지 말라며 징징거리는 다섯 명의 남자 변호사들을 떼어 낸 뒤 쾅 문을 걸어 잠갔다.

서운함을 가득담아 소리치는 그들을 깔끔하게 무시한 뒤 저를 빤히 바라보고 있는 진심에게서 등을 돌렸던 정록은 말을 늘어놓고 있었다.

"매니저라는 사람에게 들었는지는 모르겠지만, 오진심 씨가 내 비서 대행 업무를 하면서 지켜야 할 몇 가지 룰이 있습니다. 일단 첫 번째로 출근 시간을 반드시 지킬 것. 저는 지각하는 사람을 혐오합니다. 두 번째로 퇴근 시간을 반드시 지킬 것. 저는 해야 할 업무를 업무 시간 내 소화하지 못하는 사람 역시 혐오합니다. 그리고 세 번째로 오진심 씨가 정말 지켰으면 하는…… 지금 뭐 하는 겁니까?"

그리고 그가 마지막 세 번째 룰에 대해 이야기를 하려 다시 고개를 돌리는 순간, 정록은 어느새 선글라스를 비롯한 검은 털 코트를 훌렁 벗어던진 여자, 진심을 발견했다.

생글생글 웃는 그녀를 보고 반사적으로 얼굴을 일그러뜨린 정록과는 달리 그녀는 딱딱해지는 정록을 향해 한쪽 입꼬리를 슬며시 올리며 말했다.

"소개가 늦었네요."

뭐?

"만나서 반가워요, 권 변호사님. 오윤서예요."

여유가 넘치는 그녀의 말에 정록은 잠시 벙찐 표정을 지었다. 그녀는 말을 이어 나갔다.

"저희 대표님께 간략한 이야기는 들었어요. 권 변호사님께서 앞으로 절 제대로 지도해 주실 예정이라고. 그리고 듣던 대로……."

"……."

"권 변호사님은 정말 멋진 분이시네요. 저, 권 변호사님께 거는 기대가 커요. 그러니 앞으로 잘 부탁해요."

제게 손을 내밀고 있는 여자를 물끄러미 응시하던 정록은 머리가 지끈거리는 것을 느꼈다.

만만치 않겠군.

쓴웃음이 입안을 맴돈다.

"권 변호사님?"

먼저 악수를 청했음에도 불구하고 반응하지 않는 정록의 모습에 의아함을 느낀 모양이다. 그녀가 큰 눈을 더욱더 동그랗게 뜨며 고개를 갸웃거렸다.

정록은 어리둥절해하는 여자를 향해 잠시 닫고 있던 입술을 달싹였다.

"오진심 씨."

"호호, 변호사님. 이미 한 번 말씀드렸지만 저는 오진심이 아니라 오윤……."

"이곳은 회사입니다."

"……네?"

그래서, 알려 줄 필요성이 있었다.

제 이름을 정정하려던 그녀가 멈칫했다. 정록은 차갑고도 서늘한 목소리로 말을 이었다.

"오진심 씨의 대표님께 대체 무슨 소리를 들은 건지는 모르겠지만 우리 『올웨이즈』는 오진심 씨가 하루 종일 놀고 쉴 수 있는 곳이 아닙니다."

"예?"

"『올웨이즈』에 소속된 변호사들과 그들을 돕는 보조들이 눈코 뜰 새 없는 나날을 보내고 있는 곳입니다."

"아, 네. 저도 그건 알……."

"각자 사정이 있는 클라이언트들의 의뢰를 최대한으로 충족시키기 위해 바쁘게 움직이는 곳이기도 하죠. 그러니 오진심 씨처럼 이 일을 가볍게 보는 분은, 솔직히 그리 반갑지는 않습니다."

"……!"

정곡을 찌른 정록의 발언에 진심의 입술이 파르르 떨렸다.

하지만 정록은 그에 그치지 않았다.

"말이 나온 김에 말씀드리자면, 저는 오진심 씨를 단순한 임시 비서 그 이상도 그 이하로도 생각하지 않습니다. 당신이 TV에 나올 만큼 유명한 인물이라지만, 그건 어디까지나 이곳 밖의 일이니까요. 그러니 오진심 씨도 정신을 차렸으면 좋겠군요."

"저, 정신이요?"

"네. 자의로 비서가 되겠다며 『올웨이즈』에 들어온 이상 적어도 이 일을 '진심으로' 하고 있는 사람에게는 민폐를 끼치지 말아야지 않겠습니까?"

"……!"

정록의 말이 강력했는지 여자의 몸이 휘청거렸다. 이 정도면 알아들었겠지. 한 번쯤 따끔하게 지적할 필요성을 느꼈던 정록은 그 말을 뱉은 후 잠시 숨을 골랐다.

"……도."

그때였을까.

심호흡을 한 후 멈추었던 주의사항에 대해 일러 주려 했던 정록은 입술을 꽉 악물고 있던 그녀가 천천히 목소리를 내자 시선을 아래로 내렸다.

꽈악.

어느새 있는 힘껏 주먹을 움켜쥐고 있던 여자가 그를 노려보고 있었다. 부들부들 어깨를 떨던 그녀의 눈동자는 거세게 일렁였다.

"저도, 놀러 온 건 아니에요!"

부정하는 그녀의 외침에 정록은 눈썹을 꿈틀거렸다.

"여기까지 온 이상 저도 열심히 할 거라고요! 변호사님은 저에 대해 잘 알지도 못하시는 분이, 제가 일하는 것도 한 번도 본 적 없으신 분이 어떻게 그런 말씀을 하시는 거죠?"

뭐?

"그거 편견 아닌가요? 보이는 것만으로 모든 걸 판단하지……!"

"그래요. 보이는 것만으로 당신이 누군지, 어떤 사람인지 판단해서는 안 됐습니다. 하지만 오진심 씨."

정록은 성난 얼굴로 외치는 진심을 향해 한 걸음 다가갔다.

갑자기 제게 다가오는 정록의 행동에 진심이 움찔거리며 입술을 악물었다. 정록은 냉랭하게 그녀를 내려다보며 말했다.

"그럼 적어도 제가 그런 편견을 가지지 않게, 출근 시간 정도는 지키지 그랬습니까."

"……!"

하고 싶은 마음이 있었다면, 제대로 할 마음이 들었다면 그를 기다리게 만들 일은 없었을 거다. 정록은 대꾸하지 못하는 그녀를 무심하게 내려다보더니 차갑게 응수했다.

"이곳 밖에서 당신이 어떤 존재인지는 몰라도, 적어도 『올웨이즈』의 건물 안에서 오진심 씨는 신입 사원 그 이상도 그 이하도 아닙니다. 아니, 기간이 한정된 저의 '임시 비서' 이니 정식 사원보다 못한 취급을 받을 수도 있겠군요. 그런 분이 신입이라면 지켜야 할 가장 기본적인 '출근 시간' 도 엄수하지 못했는데. 제가, 당신을 편견을 가지고 보지 않을 방법이 있었겠습니까?"

"윽."

"아, 그리고."

진심에게 주의를 준 정록은 무언가 생각났는지 다음 말을 덧붙였다.

"비서라는 사람 꼴이…… 그게 뭡니까."

"……예?"

"제정신입니까?"

여자는 싸늘하게 쏘아붙이는 정록을 보며 발끈했다.

"뭐, 뭐라고요? 내 꼴이 뭐가 어때서요!"

"정말 몰라서 묻는 겁니까?"

진심은 코웃음을 치며 되묻는 정록의 반응에 말을 잇지 못했다.

정록은 일갈했다.

"아주 꼴불견입니다. 그 모습으로 서류 정리나 제대로 할 수 있을지 걱정이군요. 뭐, 딱히 그럴 마음도 없어 보이는 것 같지만."

"이, 이봐요! 당신 지금 말 다 했어요?"

"오진심 씨."

"오진심 아니에요! 오윤서라니까!"

"오진심 씨."

정록은 조금 전 자신 앞에서 당당히 말하던 여자의 얼굴이 휴지 조각처럼 일그러진 것을 전혀 개의치 않으며 말을 이었다.

"정말로 잠시나마라도 내 비서로 일하고 싶은 마음이 있다면, 일단 복장부터 제대로 하시죠. 아니면 반년 동안 그냥 놀다 가시든가. 그것도 아니면 먼저 백기 들어 올리고 가 버리는 것도 나쁘진 않겠네."

"뭐…… 뭐라고요?"

못 들은 것도 아닐 텐데, 굳이 묻는 저의는 무얼까.

정록은 부들부들 온몸을 떨며 자신을 노려보는 여자의 표독스러운 눈을 바라보다 이내 흥미를 잃은 듯 몸을 돌렸다.

그가 돌아선 지 얼마 되지 않아 바로 집무실의 전화가 울렸고, 정록은 집무실 안에 있던 진심을 본체만체하며 수화기를 집어 들었다.

"네, 권정록입니다."

❖

"아아악!"

여자 화장실 거울 앞에 선 진심은 주위를 살피더니 아무도 없다는 것을 확인하곤 소리를 내질렀다.

'그 인간, 도대체 뭐야!'

있는 힘껏 소리를 내질러도 분이 풀리지 않는다. 씩씩거리며 거울을 응시하고 있던 진심은 얼굴을 일그러뜨렸다.

'미간 좁히면 주름 생기는데!'

서둘러 미간을 손으로 꾹꾹 짓누르던 진심은 입술을 삐죽였다.

'세상에 그런 황당하고 무례한 인간이 있을 줄이야!'

대한민국 이 땅에, 아무리 잘난 사람은 많다지만 그렇게 오만하고 차가운 태도로 자신을 대하는 사람은 본 적이 없다.

저 혼자 잘났어?

'나도 어디 가서 머리는 숙이지 않는다고!'

자신이 누군가. 대한민국의 여신이라 불리는 톱배우 오윤서가 아니었던가.

그런 제가 처음 보는 남자에게 비난 아닌 비난을 받다니.

진심은 이를 꽉 악물며 거울 속 제 모습을 노려봤다. 불현듯, 며칠 전의 일이 눈앞을 스쳐 지나갔다.

「이 작가의 프로젝트를 수행하기에 앞서서, 진심이 네가 기억해야 할 것이 있어.」

모레쯤 회사에 첫 출근을 할 거라는 말을 하러 온 진심을 향해 연 대표는 진지하기 그지없는 표정을 지으며 말했다.

'뭔데요?' 하고 고개를 갸웃거리자 연 대표는 말을 이었다.

「지금 네가 잠정 은퇴 상황이라는 건 알고 있지?」

「모를 리가 있나요. 기자 회견까지 했었잖아요. 그 나쁜 놈 때문이라는 건 쏙 빼먹고, 일신상 힘겨운 나머지 은퇴를 할 거라고.」

「그래. 하지만 1년 뒤에 너는 이세진 작가의 신작 드라마에 당당하게 캐스팅되어 화려하게 복귀를 할 거야. 그렇지?」

「당연하죠! 아주 두고 보라지. 내가 얼마나 반짝반짝 빛나는지, 대놓고 보여 주고 말 테니!」

주먹을 불끈 쥐는 진심의 외침에 웃음을 흘리던 연 대표는 그제야 본론을 꺼내 들었다.

「그래서 말인데…… 네가 로펌을 다니는 동안, 회사의 전폭적인 지원은 아마도 힘들 것 같다.」

미안하다는 기색이 역력한 연 대표의 얼굴을 보고 진심은 한숨을 내쉬었다.

「……뭐, 대충 예상은 했어요. 아무래도 대표님 차원에서 나서기는 쉽지 않겠죠. 기자들 눈도 있고. 잠정이라지만 대표님이나, 회사가 일단은 은퇴한 나한테 계속 신경 써 주는 걸 기자들이 가만히 두고 볼 리 없을 테니. 그래도 그걸 감수하고서라도 비서 대행인가 뭔가를 하려는 거니까.」

「오진심이 네가 그걸 알고 있다니 천만 다행이다. 하여간 무슨 일이 있더라도 버텨야 해. 너, 이번 기회 놓치면 진짜 답 없는 거 알지?」

「흥. 대표님은 날 대체 뭘로 보시는 거죠? 나 오윤서예요. 다른 사람도 아니고 오윤서라고요. 내가 그깟 비서 일도 제대로 못 할 거라고 보는 건 아니죠?」

「하하. 자신만만한 건 좋네.」

「자신만만한 게 아니라 사실이니까. 어쨌든 걱정하지 마세요. 잘할 수 있을 거니까. 『올웨이즈』라고 했었죠? 훗. 내가 거기 사원들은 전부 내 편으로 만들어 버리고 말 테니까 대표님은 걱정 붙들어 매세요.」

씩 입꼬리까지 올려가며 웃었던 과거의 제 모습과는 달리 현재 진심은 흥분을 제대로 가라앉히지도 못한 채 화장실 거울을 보며 서 있다.

'망했네.'

앞으로 일하게 될 로펌 『올웨이즈』의 사원들을 사로잡겠다는 야심찬 계획은 와르르 무너져 버렸다. 가장 친밀하게 지내야 할 사람, 그녀의 직속 상사의 미움을 사 버렸으니.

이를 어쩌면 좋아.

「적어도 제가 그런 편견을 가지지 않게, 출근 시간 정도는 지키지 그랬습니까.」

서늘하게 울리는 남자의 목소리가 미간을 좁아지게 만든다.

진심이라고 왜 출근 시간을 지킬 마음이 없었겠냐. 이제 와 변명을 해 보자면 한 번도 회사원으로서 생활해 본 적이 없었기에 그만 긴장을 해 버렸다. 중요한 출근을 앞두고 제대로 잠을 자지 못한 것은 확실히 그녀의 실수였다.

그러나 원래도 진심은 아침잠이 많았고, 연예계 활동을 할 때에도 모든 스케줄이 그녀에게 맞춰 움직이는 상태였던지라 '지각'에 대한 감각이 무뎌졌다. 이러한 생활 패턴에 익숙해진 상태로 출근을 했으니 지적을 받을 만도 하다.

'그렇지만 그렇게 공세를 하는데 어떻게 외면하냐고!'

로펌 『올웨이즈』가 있는 건물에 들어서는 순간부터 진심은 몸가짐에 유의해야 했다. 그녀는 다른 누구도 아닌 오윤서였으니까.

물론 자신이 이곳에 도착했다는 것을 아는 이는 없었지만 요즘 세상이 좀 무섭나.

혹여나 그녀를 목격한 이들이 사진 등을 인터넷에 올릴 가능성이 있었기에 출근 시간을 조금 넘겼다 할지라도 헉헉거리며 뜀박질하는 것은 불가능했다. 선글라스와 마스크로 얼굴을 가렸어도 마찬가지.

「헉. 서, 설마 오, 오윤……서 씨?」

리셉셔니스트의 안내를 받고 자신의 직속 상사가 기다리고 있다는 곳으로 움직이려던 순간 그녀의 팬으로 보이는 변호사들과 부딪친 것은 악재나 마찬가지였다.

평소라면 '안 됩니다.' 하고 그녀의 앞을 막아 줄 매니저 혁준도 동반

하지 않았기에 진심이 그들의 접근을 거부할 수 있을 리 만무했다.

그래. 그래서 늦었던 건데.

「비서라는 사람 꼴이…… 그게 뭡니까. 제정신입니까?」

저를 경멸하듯 내려다보던 남자의 얼굴이 눈앞을 아른거렸다.

그렇게 혹독한 눈빛은 지금으로부터 1년하고도 몇 달 전, 기자들이 집 앞을 둘러쌌을 때 보았던 그 차가운 시선을 떠올리게 만들었다.

백 보 양보하여 옷차림에 대해 '약간의' 문제가 있었던 것은 인정한다.

제가 생각해도 과하게 느껴졌던 옷차림은 한없이 바닥을 기는 그녀의 패션 센스에 의한 것이었으니까.

「정말 안 도와줘도 돼?」

「어. 괜찮아. 내가 어떻게든 해 볼게.」

「윤서야.」

「오빠 나 못 믿어? 나 오윤서야. 내가 출근할 옷도 제대로 못 고를까 봐?」

흥 코웃음을 쳤던 과거의 제 모습이 이렇게 후회스러울 줄이야.

진심은 부르르 온몸을 떨며 입술을 깨물었다.

'이대로는 안 돼.'

이렇게 있을 순 없었다. 좋게 보이려고 했던 '첫인상 작전'이 실패로 돌아갔다.

로펌 올웨이즈의 연준규 대표에게 듣기로는 그녀를 벌레 보듯 응시하던 남자가 바로 앞으로 반년 동안 진심과 함께 일하게 될 예의 '상사'였다. 권정록이라는 그 남자와 사이가 틀어지게 된다면 그녀의 비서 역할 수행에도 차질이 생길 수 있었다.

"후하, 후하."

가쁘게 숨을 고르던 그녀는 결심한 듯 세면대 근처에 올려둔 털 코트에서 핸드폰을 꺼내 들었다.

— 어. 윤서야!

마치 그녀의 전화를 기다리고 있었던 사람처럼 매니저 혁준이 크게 소리쳤다. 진심은 핑 눈물이 돌려는 것을 겨우 참고 말을 하려고 했다.

그러나 그녀의 말이 시작되기도 전에 혁준은 말을 이어 나갔다.

— 너 괜찮아? 어떻게, 잘하고 있어? 나 걱정돼 죽겠다. 우리 윤서, 이상한 말 늘어놓지 않을까 하고. 알려진 것과는 달리 사실 바보인 거, 티 안 났지? 우리가 하라는 말 다 했어?

혁준이 한숨을 푹 내쉬며 말을 쏟아 내자 진심의 얼굴이 구겨졌다.

"누가 바보야! 내가 왜 바보야!"

— ……어? 내, 내가 그랬어? 헉. 미안. 나도 모르게 무심코…….

무의식적으로 생각하던 말을 했던 것이 틀림없다.

그것이 더 기분이 나빠 진심은 욕설 한 바가지를 퍼부으려다 말았다. 물론 학창 시절 열심히 공부했던 그녀가 지금은 연예계에 물들어 공부라고는 멀리한 것이 사실이었으니까.

'그렇다고 바보는 아니라고!'

진심은 반박하려던 입술을 꾹 다물고 있다 숨을 고르며 원래 하려던 말을 꺼냈다.

"혁준 오빠."

— 응! 뭐? 뭔데? 말만 해! 다 들어줄게!

매번 말은 번지르르.

진심은 생각을 목구멍으로 삼키며 말을 이었다.

“잠깐…… 여기 좀 들러 줄 수 있어? 좀 필요한 게 있는데.”

❖

‘하, 진짜.’

울화가 치밀어 오른다. 얼마나 화가 나는지 아직까지도 이가 갈렸다. 아무래도 자신이 잘못된 선택을 한 것이 틀림없다. 정록은 욱신거리는 관자놀이를 꾹꾹 누르며 미간을 좁혔다.

‘그래. 차라리 생각을 말자. 이럴 때는 일에 매진하는 것이 상책이지.’

저를 똑바로 올려다보던 여자의 커다란 눈동자를 애써 머릿속에서 지워 내기 위해 고개를 저어 보았지만 왜인지 쉽게 떠나가질 않는다.

‘젠장.’

정록은 인상을 썼다.

조막만 한 얼굴에 눈, 코, 입이 다 박혀 있다는 것도 충분히 놀라운 일이건만 그 큰 눈이 더욱 큼지막해지는 모습을 지켜봐야 했던 그는 괜히 기분이 나빠져 그 여자를 자신의 집무실에서 쫓아내야 했다.

그리고 두 시간.

똑똑.

어느덧 점심시간이 되었다는 사실도 잊을 만큼 서류 작업에 매진하던 정록은 귓가를 울리는 노크 소리에 고개를 들었다.

그 여자를 쫓아낸 뒤, 정록은 은지에게 오늘 처리해야 할 서류를 부탁했다. 미간을 찌푸리는 은지에게 다음에 밥 한번 사겠다는 약속까지 해 준 뒤에야 겨우 안도한 그는 집무실로 돌아올 수 있었다.

“들어와요.”

아마도 은지겠지, 정록은 대수롭지 않게 생각하며 고개를 들었다. 그런 그의 얼굴이 일그러진 것은 문을 열고 들어오는 여자를 발견했기 때문이다.

"변호사님!"

생글생글. 눈이 부실 정도로 환한 후광이 진심의 뒤에서 쏟아졌다.

정록은 저도 모르게 미간을 찌푸렸다.

'이 여자가 아직 안 갔나?'

연 대표의 거의 반 협박에 가까운 행동들로 얼떨결에 그녀를 맡기는 했지만, 사실 그녀가 제 집무실 앞에서 일하는 것은 그리 원치 않는다. 차라리 신경 쓰이는 여자가 사라지는 것이 더 마음이 편해 신랄하게 말을 한 것도 있었다.

그럼에도 불구하고 아직까지 남아 고개를 빼꼼 내미는 모습은 전혀 예상하지 못했다.

정록은 2시간 전, 제게 독설을 퍼부었던 자신을 향해 차분히 걸어오는 진심을 바라봤다.

"무슨 일입니까, 오진심 씨."

"오윤서예요!"

"오진심 씨. 용건이 뭡니까."

"……."

여자가 뚱한 표정을 지었다.

이런 싸늘한 태도가 아마도 익숙하지 않겠지. 그러나 그런 여자에게 일일이 부드러운 미소를 지어 줄 만큼 정록의 마음은 넓지 않다.

정록은 진심을 싸늘하게 응시하다 뭔가 이상한 점을 발견했다.

'어?'

그가 혀를 차며 지적했던 요란한 복장이 비교적 차분하게 가라앉아 있었다.

휘황찬란했던 검은색 털 코트와 얼굴을 반쯤 가리고 있던 큰 선글라스는 온데간데없이 사라졌고, 붉은 셔츠는 베이지색 셔츠로 갈아입은 상태였다.

하지만 여전히 시선을 앗아 갈 만한 액세서리, 그러니까 과하게 큰 목걸이와 귀걸이를 빼지 않고 있는 그녀를 보며 속으로 고개를 내저었다.

'그렇게 말했는데 아직까지.'

은퇴했다면서 여전히 자신이 연예인임을 온몸으로 드러내고 있는 여자가 그리 마음에 들지는 않는다. 정록은 한숨을 내쉬었다.

"아까보단 나아지긴 했지만, 여전히 구제불능이군요. 그래, 문을 두드린 이유는 뭡니까."

정록은 고개를 절레절레 저으며 중얼거렸다.

"구, 구제……불능이요?"

"오진심 씨. 별 얘기 아니라면 난 점심을 먹으러 갈 겁니다만. 좀 비켜 주시죠?"

마침 점심시간이 찾아온 것을 확인한 정록은 제 말을 곱씹고 있는 진심에게 다가가며 말했다.

충격에 휩싸인 얼굴로 자신을 바라보고 있던 긴 머리카락의 여자가 침을 꿀꺽 삼키며 그녀의 곁을 지나치려던 정록을 향해 외쳤다.

"저기, 변호사님!"

"뭡니까."

정록은 쌀쌀맞기 그지없는 표정을 지으며 걸음을 멈추었다.

스읍, 고개를 돌린 정록의 눈빛이 너무도 차가웠는지 흠칫 놀라던 여자가 어색한 얼굴로 말했다.

"저…… 뭘 하면 되죠?"

점심시간이니 밥을 먹으러 가겠다며 사라지려나. 차라리 그게 낫겠군.

홀로 생각하며 진심의 말을 기다리던 정록의 눈빛이 흔들렸다.

진심은 예쁜 눈동자를 반짝이며 물었다.

"비…… 비서로서 할 일 말이에요! 이제부터 하려고 하는데…… 어떤 일을 하면 될까요? 네?"

맑고 검게 느껴지는 눈동자가 마치 별과도 같았다. 잠시 혹할 뻔했으나 정록은 콧방귀를 뀌었다. 그는 제게로 다가오며 입술을 달싹이는 그녀가 더 이상 오지 않도록 홱 몸을 돌렸다.

"이상하군요. 오진심 씨, 여기 놀러 온 거 아니었습니까?"

"……!"

"대충 시간 때우다 퇴근하시죠. 오진심 씨 좋아하는 사람들 많은 것 같던데, 그 사람들이랑 대화나 나누시든가. 하지만 제 귀에까지 들어오는 일은 없도록 했으면 좋겠습니다. 그리고 퇴근은 7시니 그건 꼭 지키십시오."

정록은 당황하는 그녀를 향해 차가운 독설을 흘린 후 집무실을 나서려 했다.

'아, 그렇지.'

그러다 문득 생각난 것이 있어 집무실 문턱 사이에 반쯤 걸쳐져 있던 몸을 뒤로 물렸다. 그의 말이 어지간히 충격적이었는지 진심은 여전히 우뚝 서 있었다.

정록은 그런 진심을 못 본 체하며 책상 위에 놓아 둔 서류를 집어 들었다. 점심 먹고 돌아오는 길에 법원에 들를 생각이었다.

"벼, 변호사님!"

다시금 진심을 지나쳐 걸어가던 그를 향해 그녀가 소리쳤다.

자꾸만 자신을 불러 세우는 그녀가 귀찮아져 정록은 인상을 썼다.

"왜요."

"그거, 뭐죠?"

진심은 정록을 향해 밝은 미소를 보냈다.

그녀가 웃는 것이 신경 쓰여 정록은 저절로 인상을 썼다.

"서류입니다만."

"무슨 서류요?"

"그걸 오진심 씨가 알아서…… 후우. 뭐, 알려는 드리죠. 소송장입니다. 오늘 법원에 제출할."

'소송장이라는 말을 알기나 할까.'

연예인이었던 특수한 전직업으로 인해 고소와는 연관이 꽤나 있어 보이니 그 정도는 알 것 같기도 하다.

정록은 문득 스치는 생각에 피식 실소를 터뜨렸다.

갑자기 웃는 정록을 놀란 눈으로 응시하던 진심이 그를 향해 다가왔다.

"뭡니까."

"그거 제가 할게요!"

"……예?"

"저 점심 안 먹거든요! 그러니 변호사님이 점심 드실 동안, 제가 그거 제출하고 오겠습니다!"

'무슨 말을 하는 거야, 이 여자가.'

성큼성큼 제게로 다가와서는 갑자기 그가 들고 있던 서류를 잡아채려는 진심의 행동에 정록은 어이없는 숨을 터뜨렸다.

"괜찮습니다. 그리고 이건 제가 할 일입니다."

"아니에요! 오전에 너무 죄송했으니까 제가 할게요!"

"……오진심 씨가 할 수 없는 일이라고요."

"저 잘할 수 있다니까요? 맡겨 주세요, 변호사님!"

"이봐요. 말씀드렸잖습니까. 이건 오진심 씨가 할 수 없는……."

두 남녀가 하나의 서류를 두고 다투기 시작했다. 진심에게 갔다가, 정록에게 가기를 반복하던 노란 서류 봉투가 지이익 소리를 내며 찢어진 것은 당연한 일이었다.

"헉!"

정록은 정확히 반으로 찢어진 서류 봉투를 발견하곤 반사적으로 손을 떼는 진심으로 인해 그녀가 들고 있던 서류의 반쪽이 바닥으로 내려가는 것을 지켜보아야 했다.

'미치겠네.'

두통이 좀 전보다 더욱 심해졌다. 입술을 잘근 깨물며 무릎을 굽힌 정록은 그녀가 신고 있던 빨간 구두가 뒤로 물러나는 것을 알아차렸지만 침묵을 유지했다.

찢어진 서류를 한데 모으며 긴 숨을 흘린 그는 천천히 무릎을 폈다.

"저, 저기……."

가녀린 사슴처럼 파르르 떠는 여자가 보였다. 어찌할 바를 모르고 입술을 깨물고 있어서인지 그녀의 치아에 붉은 립스틱이 스며들었다.

말없이 자신을 내려다보고 있는 정록을 마주하기 위해 용기 내어 고개를 들어 올린 진심의 눈동자는 금방이라도 눈물방울을 톡 떨어뜨릴 정도로 먹먹해진 상태.

발연기의 대가라 들었는데, 그래도 나름 10년 넘게 연예 활동을 해서 그런지 우는 연기는 나름 수준급이다. 정록은 속으로 픽 웃어 버렸다.

"정말……."

그러나 지적해야 할 것은 해야지.

정록은 냉정하게 그녀를 바라보며 말하기 시작했다.

"제대로 하는 게 없네요, 오진심 씨. 뭐, 기대도 안 했지만."

"……!"

"제발. 부디 제발, 그냥 가만히 앉아 있는 게 오히려 제게 도움이 될 것 같습니다만.”

진심이 숨을 크게 들이마셨지만 정록은 개의치 않았다. 흔들리는 그녀를 무심하게 내려다보던 정록은 들고 있던 서류를 책상에 내려놓은 채 주머니에서 핸드폰을 꺼내 들었다.

“안녕하십니까, 수민 씨. 올웨이즈의 권정록입니다. 몹시 죄송한 말씀이지만 잠시 뵈어야겠습니다. 저희 쪽 직원이 실수를 저질러 소장을 다시 작성을 해야 해서요. 아뇨. 제가 직접 계시는 곳으로 가겠습니다. 어디서 뵈면 될까요?”

❖

째깍째깍.

로펌에서의 비서 체험 시간은 속절없이 흘러갔다.

「오윤서, 파이팅!」

제게 그나마 평범한, 베이지색 셔츠를 가져다준 혁준은 주먹을 불끈 쥐며 외쳤다.

진심은 이 복장으로 갈아입으면 괜찮을 거라 다독이던 그의 말을 듣기로 했다.

그러나 예상과는 달리 그녀의 상사는 가소로운 듯 자신을 비웃었다. 그것으로도 모자라…….

「제대로 하는 게 없네요, 오진심 씨.」

또다시 예의 경멸에 가까운 눈빛을 받아야만 했다.

콕콕. 가슴이 따끔거렸다. 물론 아까 전의 그 일이 모두 그녀 탓이라는 것은 확실했다. 그래서 진심이 이렇게 고개를 들지 못하고 어깨를 축 늘어뜨렸던 것이다. 그러나 그 눈빛만은 도저히 적응되지 않는다.

진심은 한숨을 푹 내쉬며 고개를 아래로 숙였다.

'무서워…….'

차갑게 내리꽂는 시선. 그것이 비단 권정록 변호사의 눈에서 흘러나와서 무섭다는 건 아니다. 그런 눈빛을 불과 얼마 전까지 겪었으니까. 아니, 지금도 충분히 겪고 있으니까, 라는 이유가 더 적절할 것이다.

「한번 물든 이미지를 쉽게 회복시키기는 쉽지 않아. 이 업계가 작은 스캔들에도 잘 흔들리는 건 특성 탓이지. 하지만 너도 들었지? 장채원 같은 배우들도 있는 거. 그쪽은 우리보다 더 심했어. 그래도 우뚝 섰잖아? 난 믿어. 우리 진심이가 이 작가 드라마에 출연해서 이전보다 훨씬 좋은 연기를 보여 준다면, 돌아섰던 대중들도 서서히 다시 마음을 열 거라는 거. 애초에 우리가 잘못한 일도 아니고. 안 그래?」

그녀에게 용기를 심어 주려던 생각이었는지, 연 대표는 갖은 미사여구를 사용하며 진심을 응원했다.

진심은 그의 말에 힘차게 고개를 끄덕이며 의지를 다졌다.

그래. 만약 이곳에서 로펌 비서가 무슨 일을 하는지 제대로 알고, 그 경험을 살려서 드라마에 출연하게 된다면 대중들도 더 이상 자신을 '발연기의 대명사'라고 부르지 않을 것이다.

하지만 첫 단추부터 잘못 꿰었다. 진심은 상사인 그 남자가 저를 무시해도 철저하게 무시하고 있다는 것을 뼈저리게 느꼈다.

"첫날이니까……."

'내일 다시, 제대로 시작하자. 이번이 마지막 기회야. 이번에야말로 정신 차려야 해.'

진심은 슥 고개를 들어 올렸다. 얼른 집으로 돌아가 로펌 비서들이 하는 일 정도를 인터넷에 검색해 볼 생각이었다.

어느새 7시를 가리키고 있는 탁상 위의 시계를 발견한 진심은 벌떡 자리에서 일어났다. 셔츠와 함께 혁준에게 받은 회색 코트를 걸쳐 입고 마지막으로 한 번 더 고개를 돌렸다.

점심시간 이후 줄곧 외근 상태였던 권정록 변호사의 집무실은 불이 꺼진 상태.

7시 퇴근은 철저하게 지켜 달라고 했던 정록의 말을 떠올리며 복도로 나가 엘리베이터 쪽으로 걸음을 옮긴 진심은 스르륵 열리는 엘리베이터 사이로 익숙한 얼굴이 나오자 낮게 탄성을 터뜨렸다.

"아."

꽤 피곤해 보이는 얼굴의 정록이 넥타이를 만지작거리며 엘리베이터 안에 서 있었다.

"저, 변……."

"퇴근합니까?"

"예? 아, 네!"

진심은 싱긋 웃었다. 티 없이 맑은 그녀의 미소에 반하지 않는 사람은 거의 없다 봐도 무방했기에 최대한 환한 미소를 지으려 애썼다.

정록은 그런 그녀를 위아래로 훑더니 무심하게 시선을 뗐다.

"그래요. 잘 가요. 이왕이면 다시 안 왔으면 하지만, 뭐."

"……!"

"천운이 따른다면, 내일 보도록 하죠."

진심은 퉁명스레 말하는 정록을 황당하게 응시했다.

정록은 어이없어하는 그녀의 반응에도 불구하고 신랄한 말을 이어 나갔다.

"오늘 하루 지켜보니 오진심 씨가 내일 8시에 출근할 것 같지 않군요. 그래도, 적어도 점심시간 전까지는 오시죠. 그럼."

정록은 당황해 굳어 버린 진심을 내버려 두고 엘리베이터를 벗어나 제 사무실로 걸어갔다.

진심은 제가 꺼 두었던 권정록 변호사 집무실의 불이, 그가 들어가자마자 환해지는 것을 발견하곤 얼굴을 구겼다.

"저…… 저 재수 없는 인간!"

고작 첫날일 뿐이지만,

첫인상일 뿐이지만,

왠지 저 남자와는 친해질 수 없을 것 같은 기분이 든다.

그것도, 아주.

❖

"어?"

대문을 열고 집 안으로 걸어 들어오던 혁준의 눈이 의아함으로 물들었다.

진심이 좋아하는 빨간 구두가 아직 현관에 있는 것은 다른 구두를 신고 나갔을 뿐이라고 여겼는데, 왠지 제 생각과는 다른 일이 일어나고 있는 것 같았기 때문이다.

혁준은 왠지 수상하게 느껴지는 주변을 흘긋거리다 가장 가까운 곳부터 문을 똑똑 두드리기 시작했다.

일단 욕실부터.

"윤서야?"

침실과 드레스 룸.

"오윤서?"

손님용 침실.

"윤서야. 너 여기 있니?"

그리고 진심이 가장 들어가기 싫어하는 서재까지.

"오윤서…… 헉!"

한 곳, 한 곳 혹시나 싶어 문을 두드렸던 혁준은 서재의 문을 여는 순간 두 눈을 동그랗게 떴다. 고급스러운 책장 안에 꽂힌 책들은 얼마 없었지만 책장 맞은편에 위치한 컴퓨터 책상 앞에서 엎드리고 있는 낯익은 이를 발견했기 때문이다.

혁준은 당황한 얼굴로 엎드려 자고 있는 진심을 향해 성큼성큼 다가갔다.

"윤서야? 오윤서!"

"으음……."

"일어나. 일어나, 윤서야!"

평소 정자세가 아니면 잠도 못 잔다던 녀석이 책상에서 자고 있는 모습은 그녀와 함께 일한 지 10년 만에 처음 봤다.

잠을 제대로 자게 해 주는 것은 진심의 계약 조건이기도 했었기에 크게 놀라며 혁준은 정신없이 그녀를 흔들었다.

몇 번 뒤척이던 진심은 고운 미간을 좁히며 겨우 고개를 옆으로 돌렸다.

"아. 오빠 왔어?"

하암. 입을 크게 벌려 하품까지 하는 진심은 느긋해도 너무 느긋했다.

혁준은 눈을 부릅뜬 채 물었다.

"대체 뭐 한다고 여기서 잤어? 너 서재 오는 거 싫어하잖아."

진심은 서재라면 치를 떨었다. 연예계 활동을 위해서는 대학에 입학해야 한다는 조건으로 몇 달 동안 서재에서 밤낮없이 지냈었기 때문에 더더욱 그랬다. 이사를 할 때에도 서재는 오로지 인테리어용일 뿐이라며 혁준에게 책을 구매하는 것까지 맡겼던 진심은 아직 덜 깬 얼굴로 어색하게 웃었다.

"별건 아니고…… 그냥."

헤헤. 진심은 얇은 입술을 길게 늘이며 혁준을 응시했다.

그 모습이 안쓰러워 한마디 하려던 혁준은 고개를 가로저으려다 우연히 마우스를 건드렸다. 검은 화면이었던 모니터가 밝아지는 것은 순식간이었다.

혁준은 모니터 속에 뜬 페이지를 발견하고 깜짝 놀랐다.

"윤서, 너……."

"헉! 오, 오빠!"

모니터에서 눈을 떼지 못하는 혁준의 시선이 왠지 부끄러워 딴청을 피우던 진심은 불현듯 떠오른 생각에 크게 숨을 들이마셨다.

의자에서 벌떡 일어나는 진심의 행동에 덩달아 뒷걸음질 치던 혁준은 큰일이라도 난 표정을 지으며 제 손을 붙잡는 진심을 쳐다봤다.

진심은 다급히 물었다.

"지금, 지금 몇 시야?"

"아. 여덟 시."

"왜 진작 말 안 했어!"

"어?"

"나 늦었잖아! 아, 어떡해. 이, 일단 샤워부터 할 테니까 저기, 저 메모지에 써 놓은 옷 준비 좀 해 줘!"

"뭐?"

혁준은 울상을 지으며 책상 위의 어느 한 곳을 가리키던 진심의 말에, 쌩 나가는 그녀를 쳐다보다 이내 고개를 숙였다.

그녀가 손가락질을 했던 곳에는 웬 메모지 하나가 놓여 있었다. 혁준은 그것을 집어 들다 픽 웃음을 흘렸다.

[단정한 비서룩: 검정색 H라인 스커트, 흰 셔츠, 검정색 정장 상의. 그리고 검은 구두. (반드시 검은 구두!)]

❖

"어제 그 코트는 왜 안 입어?"

선글라스를 끼고 조수석에 앉아 있던 진심을 향해 혁준이 의문 섞인 음성을 흘렸다. 진심은 그런 혁준의 말을 듣고 발끈했다.

"그 코트에 대해선 입도 뻥긋하지 마. 다시는 그거 안 입을 거니까!"

"왜? 그거 엄청 따뜻한 건데."

"오빠! 나 저기 세워 줘!"

"주차장까지 안 들어가고?"

"응. 여기서 뛰어가면 돼!"

힘차게 고개를 끄덕이는 진심을 흘긋거리던 혁준은 망설이다 핸들을 틀었다.

천하의 오윤서가 제 스스로 제대로 된 비서 복장을 준비한 것도 충분히 놀라운 일이건만, 직접 뛸 생각까지 하다니. 정말 제가 알고 있는 오윤서가 맞기는 한 걸까.

혁준이 무슨 생각을 하고 있든 전혀 개의치 않고 창밖만 응시하던 진심은 끼이익, 차가 멈춰 서자마자 기다렸다는 듯 내려 창문을 향해 살짝 인사를 한 뒤 고개를 들어 올렸다.

걸어서 3분 거리쯤에 위치한 그녀의 새로운 직장이 눈에 들어왔다. 진심은 크게 숨을 들이마신 뒤 손에 쥐고 있던 선글라스를 쓰고선 뛰어가기 시작했다.

"하아, 하아."

'발 너무 아프다…….'

지금 진심이 신고 있는 구두는 하이힐까지는 아니었지만 굽이 꽤 있는 검은색 구두였다. 하필 소유하고 있는 구두가 하나같이 높은 굽들뿐이라 혁준에게서 오늘 편한 신발을 구해 온다는 소리를 들었던 그녀는 조금 뛰자 금방 신호가 오는 발바닥을 의식하며 인상을 살짝 썼다.

그러나 더 이상 시간을 지체해서는 안 된다.

「오늘 하루 지켜보니 오진심 씨가 내일 8시에 출근할 것 같지 않군요. 그래도 적어도 점심시간 전까지는 오시죠.」

자신을 내려다보며 냉정하게 말하던 그 남자의 말대로 되어 버렸으니까.

진심은 손목에 찬 시계가 어느덧 9시 30분을 가리키고 있다는 사실에 절망하며 잠시 느려졌던 속도에 다시 박차를 가했다.

'무진장 머네.'

혁준의 차에서 내릴 때까지만 하더라도 코앞처럼 보이던 건물은, 뛰어가니 두 배 이상은 멀게 느껴졌다.

오랜만에 운동 아닌 운동을 해서 땀이 줄줄 흐르고 숨이 가득 찼지만 그래도 힘껏 뛰어가던 진심은 헉헉거리며 건물 안으로 달려 들어오는 자신을 의아한 눈으로 쳐다보는 몇몇 사람들의 시선에 우뚝 멈춰 섰다.

「오진심. 아무리 잠정 은퇴 상황이라고는 하지만, 그래도 네가 '오윤서'라는 걸 잊어선 안 돼. 언제 기자들의 눈에 띌지 모르는 상황이니까. 어딜 가나 품위 유지. 알지?」

이세진 작가의 드라마에 출연하기 위해 비서 체험을 불사르겠다는 의지를 다지는 진심이 당당하게 밖을 벗어나는 모습을 보며 연 대표는 마지막까지 주의를 주었다.

돌연 떠오른 그 말로 인해 진심은 순간적으로 갈등하기 시작했다.

갈 길이 구만리인데 다른 사람의 눈을 의식하지 않고 뛰어 사무실에 도착할 것인가, 아니면 고고한 학과도 같이 품위 있는 '오윤서'로 유유하게 걸어갈 것인가.

'……어쩔 수 없지.'

진심은 후자를 선택했다.

"좋은 아침이에요."

"우와, 맞구나! 네! 윤서 씨도 좋은 아침이에요!"

"팬이에요!"

고민하던 진심이 쓰고 있던 선글라스를 벗고 빙긋 웃으며 로비의 리셉셔니스트들을 쳐다보자 두 명의 남녀가 환하게 웃으며 화답했다.

진심은 옅은 미소와 함께 그들에게서 시선을 뗀 뒤, 조금 전 로비에 들어왔던 것과는 반대로 천천히 걷기 시작했다. 물론 그녀의 심장은 쉴 새 없이 빠르게 뛰고 있었지만.

'틀림없이 혼 나겠네.'

그 차디찬 눈을 다시 마주할 생각을 하니 심장이 콕콕 아려 왔다. 진심은 막막해진 앞날에 한숨을 길게 내쉬고 싶었으나 뜻대로 하지 못하고 꾹꾹 삼켜야만 했다.

출근 시간을 훌쩍 넘겼던 터라 주변은 몹시 한산했다. 엘리베이터를 기다리는 사람은 진심 그녀뿐. 그러나 어찌 된 셈인지 엘리베이터는 10층에 멈춰 서선 내려올 생각을 하지 않고 있었다.

"오윤서 씨?"

속으로 발만 동동 구르며 엘리베이터의 안내 전광판만 응시하던 그녀는 등 뒤에서 들려온 음성에 고개를 돌려야만 했다.

'아!'

뒤를 돌아본 진심의 눈에 로펌 올웨이즈의 대표 변호사, 연준규 대표가 싱긋 미소 짓고 있었다.

회사에서 가장 높은 사람이자, 그녀를 권정록 변호사의 임시 비서로 채용해 주었던 그는 진심의 소속사인 비너스 엔터테인먼트 대표인 연준석 대표와 사촌 지간이었다. 그리고 연준석 대표를 제외하면, 진심이 왜 로펌 비서 대행 업무를 해야 하는지 알고 있는 유일한 사람이기도 했다.

진심은 얼른 인사를 했다.

"안녕하세요, 대표님."

"윤서 씨 맞네. 이제 출근해요?"

"네? 아…… 네."

진심은 정확히 9시 42분을 가리키고 있는 연 대표의 시계를 흘긋거리며 어색하게 웃었다.

'내가 너무 많이 늦었지…….'

아마도 틀림없이 연 대표에게 지각에 대한 꾸중을 들을 것이라 생각하며 진심은 눈을 질끈 감았다.

"어제 하루는 어땠어요?"

"예?"

"우리 애들이 잘해 줘요? 일은 좀 어때. 할 만해요? 구내식당 음식은 먹어 봤나? 우리 회사 음식 맛있다고 소문났는데."

마침 도착한 엘리베이터를 타고 올라가는 내내 연 대표는 진심에게 어제 하루 있었던 일에 대해 묻기 시작했다.

지각 사유를 물으며 화를 낼 거라고 생각했던 예상과는 달리 잠시도 웃음을 잃지 않은 그의 태도에 놀라면서도 진심은 하나하나 답해 주기 시작했다.

"다들 친절하고 좋으세요."

단 한 사람만 빼고.

"구내식당은 가 본 적이 없는데…… 오늘 가 볼까 생각하던 중이었고요."

"오, 그래요?"

"일은 아직 제대로 해 보지 않아서 어떻게 말씀드릴 수가 없네요."

"하하. 괜찮아, 괜찮아. 아마 윤서 씨는 똑똑해서 권 프로 아니, 권 변이 무슨 일을 시키든 잘 해낼 거예요. 내가 다른 사원들 보고도 윤서 씨를 도와주라고 말해 놨으니까 도저히 못 하겠으면 다른 사원들 시키고."

탕탕. 제 가슴을 크게 두드리며 연 대표가 환하게 웃었다.

진심은 감사하다는 인사와 함께 고개를 끄덕였다.

얼마 지나지 않아 로펌 올웨이즈가 있는 15층에서 엘리베이터가 멈췄고, 대표실은 17층에 위치해 있었기에 진심은 그에게 한 번 더 묵례를 한 뒤 엘리베이터를 벗어났다.

'늦어도 너무 늦었어.'

두근두근, 심장 소리가 빨라졌다. 호통보다는 경멸에 가까운 시선을 흘릴 것 같은 권정록 변호사의 얼굴이 눈앞을 아른거렸다.

'이럴 줄 알았으면 어제 그렇게 늦게까지 인터넷을 검색하지 않는 건데.'

오랜만에 컴퓨터를 사용하려니 뭐가 뭔지 몰라 헤맸던 자신을 자책하며 입술을 잘근 깨문 그녀는 다른 변호사들의 환영 인사에 일일이 화답한 후 정록의 집무실 문 앞에 도달했다.

'……어?'

똑똑, 노크하기까지 몇 번을 망설이다 문을 두드린 진심은 대답 없는 집무실 문고리를 잡아 돌렸다. 주저하던 그녀는 크게 숨을 들이마시며 그의 집무실 안으로 발을 내디뎠다.

"죄송합니다, 권 변호사님! 제가 많이 늦었……!"

❖

"미안, 이런 부탁을 해서. 나도 웬만하면 거절하려고 했는데 미진 선배가 좀 급했어야지."

화사한 웃음을 지으며 절레절레 고개를 젓던 여자의 말에 정록이 그녀를 응시했다.

"네가 무진장 잘나가는 이혼 전문 변호사라는 게 거기까지 퍼졌나 봐. 너도 알지? 미진 선배가 꽤 좋은 집안에 시집간 거."

"어디 쪽 자회사랬지?"

"RA 그룹 계열 건축사."

"지저분해지겠군."

"뭐……. 어쨌든, 선배가 다시 연락할 거야. 그나저나 어쩌니. 몹시 바쁜 애를 여기까지 오게 만들어서."

여자가 미안함을 가득 담아 말하자 정록은 픽 웃음을 터뜨렸다.

"상관없어. 다른 사람도 아니고 네 부탁이잖아."

"이야. 엄청 감동적인 말을 하는데?"

"강 검은 잘 있냐?"

무심하게 던진 그 말에 여자의 눈동자가 살짝 떨렸다.

그녀는 제 대답을 기다리는 정록을 빤히 바라보다 이내 과장된 손동작을 취하기 시작했다.

"어휴, 말도 마. 그 인간 요즘 나랑 싸워서 말도 안 해. 하여간 쪼잔해 가지고는."

툴툴거리면서도 언급한 사람에 대한 애정을 엿볼 수 있는 그녀의 반응에 정록은 쓴웃음을 흘렸다. 왠지 가슴이 따끔거렸다.

"그나저나 권정록 씨."

입을 굳게 다물며 그녀를 쳐다보고 있던 정록은 갑자기 짓궂게 변해 가는 여자의 표정에 미간을 꿈틀거렸다.

아니나 다를까, 그녀는 입술을 씰룩거리며 눈을 가늘게 뜬 채 정록의 배를 쿡 찔렀다.

"왜 이래."

"흐흐. 이 녀석. 나 다 들었다."

"……뭘?"

"너한테 엄청 재미있는 일 생겼다며?"

"무슨 소리야."

"다 안다고, 인마. 너한테 웬 혹이 달렸다고 하던데……?"

낮게 웃는 그녀를 황당한 눈으로 응시하던 정록의 얼굴이 휴지조각처럼 일그러졌다.

순간, 골칫덩이의 얼굴이 눈앞을 스쳐 지나갔기 때문이다.

생글거리던 오윤서를 겨우 머릿속에서 지워 낸 뒤 그는 눈앞에 서 있는 그녀에게 인상을 썼다.

"그게 거기까지 들어갔어?"

"응. 윤혁 씨가 말해 주던데?"

"……하."

최윤혁 이 자식, 하여간 입이 가벼워.

잠정 은퇴까지 한 여배우가 그의 비서 대행으로 들어왔다는 소식은 비밀 중 비밀이라며, 오윤서의 출근 첫날 있었던 오전 회의에 언론에 유출되지 않기를 신신당부한 연 대표의 말이 무색해질 지경이다.

"걱정 마. 나 비밀 지킬 거니까."

난처한 얼굴을 하는 정록에게 그녀가 작게 속삭였다. 확실히 눈앞의 여자는 쉽게 무언가를 떠벌리고 다닐 성격은 아니었다.

정록은 쓴웃음을 흘리며 대답했다.

"알아."

네가 그런 말을 하고 다닐 리 없다는 것 정도는.

"그런데 말이야…… 어때?"

다시금 가늘어지는 여름의 눈빛에 정록은 반사적으로 주춤거렸다.

"뭐가."

장난을 가득 담은 여름의 미소가 얼굴 전체로 퍼져 갔다.

"오윤서 말이야. 진짜 예뻐? TV에서 보던 거 그대로야? 아님 실물이 더 나아? 대한민국 최고 미인인 거 맞지? 눈은 얼마나 커? 다리는 기냐? 가슴은? 야. 나 궁금해 미치겠어! 연예인이랑 같이 일하는 기분 어때?"

"……."

"왜! 궁금한 건 궁금한 거지!"

반짝반짝. 눈을 빛내며 외치는 여름을 내려다보던 정록은 길게 한숨을 내쉬었다.

「만나서 반가워요, 권 변호사님. 오윤서예요.」

그 여자가 꽤 많은 사람, 아니 대한민국 사람 대부분을 홀리고 다녔을 법한 얼굴을 지녔다는 건 부정하지 못하겠다. 그도 내심 당황하기는 했으니까.

그럼에도 불구하고.

"구제불능."

호기심 가득한 눈으로 제 대답을 기다리는 여름을 향해 정록은 나지막하게 중얼거렸다.

"완전 구제불능이야."

"구제불능?"

'그래. 아주 손쓸 방도가 없는, 구제불능 중에서도 왕 구제불능.'

정록은 치가 떨린다는 듯 몸을 부르르 떨었다.

여름은 그런 그를 한참 동안 응시하다 픽 웃음을 흘렸다.

"에이. 설마. 구제불능이라니. 그러고 보니 오윤서 씨 우리 후배라고 들은 것 같은데?"

"후배는 무슨. 그 여자랑 우리랑 나이 차가 얼마인데. 같이 수업 들은 적도 없을 거야."

"그런가? 그래도 우리 학교 들어오기 쉬운 건 아니잖아. 게다가 우리 과라면 공부도 엄청 잘했을 텐데."

"순전히 운이었겠지. 수능 잘 찍어서 들어온 애들 몇몇 있잖아."

"뭐야, 권정록. 너 이상하게 가시가 돋아 있다? 혹시 오윤서 씨한테 무슨 악감정 있어? 왜 이렇게 까칠해?"

"오윤서라고 특별 대우 해 줘야 하는 법 있어?"

"뭐?"

"간다. 다음에 꼭 밥 사라."

제 말에 당황하는 여름을 내버려 둔 채 정록은 뒤도 돌아보지 않고 회사로 돌아왔다.

여름이 무언가 말하기 위해 입을 벌리는 것 같았지만 이미 그는 떠난 뒤였다.

'여기도 오윤서, 저기도 오윤서.'

노이로제가 걸릴 지경이다. 정록은 얼굴을 찌푸리며 차 키의 한쪽 버튼을 꾹 눌렀다. 삑 소리와 함께 문이 닫히는 걸 확인한 그는 지하 주차장과 연결된 엘리베이터 쪽으로 걷기 시작했다.

'짜증나네.'

하루에 몇 번이나 그 여자에 대한 질문을 듣는지 모르겠다. 철저한 비밀이라더니 그의 웬만한 지인들은 그 여자가 제 임시 비서가 된 것을 모두 알고 있는 것만 같았다.

'이렇게 귀찮은 짐을 떠안게 되다니.'

오래전 연 대표에게 빚을 지지만 않았더라도 이런 일은 생각도 하지 않았을 거다.

사무실 건물에 도착해 15층 버튼을 누른 정록의 머리가 지끈거렸다.

"……!"

현재 시각 오전 11시 15분.

친구인 여름이 일하고 있는 서울중앙지방 검찰청에 들렀다 오느라 출근 시간이 조금 늦었다. 제 비서가 아닌 윤혁의 비서인 은지에게 미리 말은 해 두었기에 딱히 문제될 것은 없다고 여겼던 그는 엘리베이터 문이 열리자마자 보이는 광경에 무의식적으로 멈칫했다.

그 여자.

일을 한 지 고작 하루 만에 그의 신경을 자극했던 바로 그 여자가 오늘도 어김없이 수많은 남자 변호사들에게 둘러싸여 있었던 것이다.

'비서는 무슨.'

어쩌면 저 여자는 장차 미래를 생각해 올웨이즈로 들어온 것이 아니라, 미혼 남자 변호사들을 유혹하기 위해 온 건지도 모르겠다는 생각이 머릿속을 스쳤다.

정록은 남자 변호사들의 말을 경청하며 무언가를 써 내려가는 그녀를 흘긋거리다 제 집무실로 발길을 돌렸다.

"어? 권 변호사님!"

차라리 없는 편이 낫다고 여길 때쯤, 정록은 시커먼 사내들 사이에서 굳이 자신을 발견한 진심의 외침에 미간을 찌푸렸다. 순간 낮은 욕설이 입 밖으로 흘러나올 뻔했다.

"오늘은 늦으셨네요?"

어제 그에게서 그런 독설을 들었음에도 불구하고 진심의 얼굴은 밝아 보였다.

'성격이 좋은 건지, 아님 멍청한 건지.'

정록은 그녀가 제게로 달려오자마자 험악한 표정을 짓는 동료 변호사들의 매서운 시선을 아무렇지 않게 감내해 내며 진심을 내려다보았다.

"외근 갔다가 온 겁니다."

"네? 외근이…… 아. 그, 그러셨구나."

정록의 말을 되짚어 보던 진심이 어색하게 웃음을 흘렸다.

정록은 서늘한 눈으로 그녀를 쳐다보다 이내 몸을 돌리려 했다. 하지만 그 전에 시선을 잡아끄는 것이 있었다.

"좀 낫네."

"예?"

'……아, 이런.'

실수다. 그것도 명백한 실수.

저도 모르는 사이 입 밖으로 속내를 드러내고야 말았던 정록은 눈앞이 아찔하게 물드는 것을 느꼈다.

귀는 밝았는지, 의아함이 가득한 얼굴로 자신을 올려다보는 여자가 보였다. 움찔할 뻔했으나 특유의 뻔뻔한 태도를 유지했던 정록은 진심에게 말하기 시작했다.

"어제보단 복장이 단정하군요, 오진심 씨."

화려해서 눈살을 찌푸리게 만들었던 어제의 복장은 온데간데없다. 검은 계열로 온몸을 칭칭 감은 그녀의 복장은 여타 비서들과 다를 바 없었다. 아니, 오히려 조금 더 보수적이라고 해야 할까.

아슬아슬하게 허벅지를 가리던 스커트는 겨우 무릎을 덮을 정도로 길어진 상태.

"그, 그래요?"

진심은 그의 말이 듣기 좋았던 건지 배시시 웃음을 흘렸다.

눈에 띄게 좋아하려는 것을 억지로 감추려고 노력하는 그녀가 왜 연기를 못한다는 말을 듣는 건지, 정록은 조금 알 것 같았다.

그는 말없이 진심을 응시하다 다시 집무실로 돌아가기 위해 몸을 돌렸다. 진심은 그런 정록의 뒤를 졸졸 따랐다.

"뭡니까."

"네?"

"할 말이 있어서 따라 들어온 거 아닙니까, 오진심 씨?"

뒤를 따르는 인기척이 느껴졌지만 무시하려 했다. 하지만 그 구두 소리가 제 집무실 안에까지 들려오자 결국 책상 위에 브리프케이스를 놓아 둔 그는 뒤를 돌아보며 말했다.

날이 선 정록의 음성에 흠칫 놀라던 진심은 주저하다 책상 위의 무언가를 가리켰다.

정록의 시선이 그녀의 손끝을 따라 움직였다. 진심은 입술을 달싹였다.

"어…… 저기, 변호사님이 오지 않으시는 동안 정리를 좀 해 봤어요."

'정리?'

정록은 수줍게 말하는 진심을 쳐다봤다.

진심은 볼을 빨갛게 붉히며 다음 말을 이었다.

"아직은 아는 게 없어서 서류 정리 같은 건 좀 힘들 것 같고…… 무엇을 도와 드리면 될지 고민하다가 책상 위의 명함들이 아무렇게나 널브러져 있는 걸 발견했거든요. 마침 할 일도 없고, 변호사님도 안 계시고 해서 이거라도 도와 드릴까 하고 정리해 봤는데, 어떠세요? 인터넷에 보니까 이런 식으로 정리하는 게 무척 도움이 된다고……."

"왜……."

"네?"

"왜 남의 물건에 함부로 손을 댑니까?"

"……!"

버럭 소리를 지르는 정록의 외침에 진심의 얼굴이 하얗게 물들었다.

정록은 짜증이 가득한 표정을 지으며 명함 박스 안에 빼곡하게 들어가 있는 명함들을 내려다봤다.

정록은 타인이 자신의 물건들을 함부로 만지는 것을 그리 좋아하지 않는다. 그에게는 그만의 방식이 있었고, 명함을 그렇게 올려 둔 것도 책상 앞에 앉았을 때 명함의 위치가 정록의 손에 닿는 가장 편한 곳이었기 때문이다.

괜한 화가 치솟아 정록은 얼굴을 구겼다.

“시키지도 않은 일을 왜 했냐는 말입니다!”

“아, 벼, 변호사님. 그게 아니라, 저, 저는 변호사님을 도와 드리려고…….”

“오진심 씨의 도움 따위는 필요 없습니다.”

정록은 파르르 입술을 떠는 여자에게 속에 든 말을 모두 쏟아 냈다.

“어차피 반년 뒤면 여기 있지도 않을 텐데 도움은 무슨. 그냥 오진심 씨가 배정받은 자리에 앉아 있다 나가시는 게 오히려 절 도와주는 겁니다.”

“……!”

“앞으로 다시는 이런 일 하지 마십시오.”

“…….”

“나가 봐요.”

입술을 세게 악물고 있는 진심이 보였으나 모르는 척 고개를 돌리며 정록은 그녀를 쫓아내기 위해 손을 휘휘 저었다.

정돈되어 있는 명함 박스는 아직 제대로 보지 않았지만 틀림없이 엉망진창으로 만들어 놓았을 것이 분명했다. 저걸 다시 일일이 정리할 생각에 막막해져 한숨을 내쉬던 정록은 여전히 우뚝 서 있는 진심을 발견하고선 미간을 좁혔다.

“안 나갑니까?”

“권 변호사님.”

“왜요.”

퉁명스러운 정록의 말에 움찔거리던 진심은 그를 조금 전과는 달리 정록을 빤히 바라보며 입술을 움직였다.

"변호사님 말이에요."

'말을 해.'

나가 보라는데도 불구하고 계속 서 있는 진심이 신경 쓰였다. 정록은 불만에 가득 찬 얼굴로 그녀를 노려봤다. 진심은 주춤하다 곧 결심한 듯 생각하던 말을 꺼냈다.

"혹시 여자 싫어하세요?"

"그게 무슨 소립니까?"

황당한 질문이 아닐 수 없었다. 정록은 어이없는 숨을 터뜨리며 진심을 바라봤다. 감정이 복잡했는지 다시 한 번 입술을 잘근 깨물던 진심은 말을 이었다.

"여자 자체를 싫어하시는 거예요, 아니면 제가 마음에 안 드시는 거예요?"

"……!"

"저, 지금껏 저한테 이렇게 못되게 구는 사람 처음 봤어요."

어쩐지 그녀의 음성이 떨리는 것 같았지만 정록은 진심의 말을 끊어내지는 않았다.

진심은 다음 말을 이었다.

"저도…… 저도 나름 열심히 하려고 한 건데, 그렇게 화를 내지 마시고 차라리 어떻게 하는지 알려 주셨다면 좋았잖아요!"

"……."

"저, 권 변호사님이 생각하는 것처럼 그런 바보는 아니라고요!"

정록은 소리치는 여자의 커다란 눈이 세차게 흔들리는 것을 지켜봤다. 진심은 멈추지 않았다.

"게다가 오늘 아침도 그래요. 저한텐 외근 나가신다고 말씀 안 하셨으면서……. 제가 지각한 줄 알고 얼마나 뛰어…… 헙!"

말을 잇던 여자가 제 발언에 놀라 흠칫거렸다.

정록은 당황한 나머지 입을 다무는 여자가 제 눈치를 살피자 픽 실소를 터뜨렸다.

'그러니까, 오늘도 지각을 하기는 한 거네.'

차라리 자신이 외근이었다는 것을 다행스럽게 여겼는지 모르겠다. 정록은 어쩔 줄 몰라 서 있기만 하는 진심의 앞으로 터벅터벅 걸어왔다.

"오진심 씨."

"오윤서예요."

"오진심 씨."

꾹. 이를 악무는 그녀가 자신을 노려보는 게 보였다.

'귀찮은 여자야.'

정록은 속으로 한숨을 삼키며 빙긋 입꼬리를 올렸다. 밝아지는 그의 얼굴에 진심이 큰 눈을 더욱 크게 뜨는 게 보였다. 정록은 슬쩍 허리를 굽히곤 그녀를 향해 얼굴을 들이밀었다.

"뭐, 뭐 하는 거예요……."

"예상을 빗나가서 안타깝겠지만 저는 여자 좋아합니다. 아주 좋아합니다. 완전 좋아합니다."

두근두근. 열심히 작동하는 진심의 심박 수가 그에 귀에 닿을 듯했다. 숨결을 느낄 만큼 가까운 거리였기에 진심이 당황하는 것은 당연했다.

정록은 파르르 떨리는 그녀의 속눈썹을 무심하게 쳐다보더니 이내 굽혔던 허리를 다시 세웠다.

"단지 오진심 씨에게 관심이 없을 뿐이죠."

"……!"

"그러니 이제 그만 귀찮게 굴고 좀 나가 주시겠습니까? 보시다시피 제가 좀 바쁜 사람이라서요."

❖

꼬르륵.

귀를 울리는 뱃고동 소리에 정록은 고개를 들었다.

적막이 흐르는 집무실 안에서 중앙지검의 유여름 검사가 연결해 준 옛 학교 선배의 의뢰 내용에 대해 살펴보던 그는 점심시간이 어느덧 막바지로 향하고 있다는 것을 알아차렸다.

간단하게 배를 채울까 고민하며 망설이던 정록은 슬쩍 얼굴을 들어 창밖을 응시했다.

'역시나.'

아니나 다를까, 유리창 밖에 위치해 있는 책상과 의자는 주인 없이 내팽겨진 상태였다.

정록은 고개를 절레절레 젓고선 자리에서 일어났다. 하필 재벌 2세와 얽힌 이혼 소송건이라 아무래도 살펴봐야 할 게 많아서 오후 내도록 밥을 먹을 시간이 없을 거라는 생각이 들었기 때문이다.

다른 직원들이 식사를 거의 다 끝낼 시간이니 지금쯤 구내식당은 꽤나 한산할 것이다. 복작복작한 것을 좋아하지 않았던 그는 책상 뒤편 옷걸이에 걸어 두었던 슈트 상의를 집어 들고선 집무실을 벗어나려 했다.

「정리를 좀 해 봤어요.」

순간적으로 머리를 스치는 음성은 그런 그의 발을 잡아끌었다. 정록은 반사적으로 책상 위의 명함 박스로 향하는 제 시선을 막지 못했다.

「마침 할 일도 없고, 변호사님도 안 계시고 해서 이거라도 도와 드릴까 하고 정리해 봤는데, 어떠세요?」

수줍게 미소 짓던 여자의 얼굴이 눈앞을 아른거렸다. 불쾌감이 치밀어 올랐지만 이상하게 생각이 났다.

정록은 그 여자를 쫓아낸 뒤, 한 번도 눈길을 주지 않았던 명함 박스를 뚫어져라 응시했다. 책상 위에 빼곡하게 쌓여 있는 서류들 틈에 파묻혀 보이지 않았던 박스 안의 명함은 확실히 아무렇게나 꽂아 두었던 이전과는 달리 질서정연하게 배열된 상태였다.

흥, 하고 콧방귀를 뀌며 눈을 떼려 했지만 어찌 된 셈인지 그의 손은 명함 박스로 쭉 뻗어 가고 있었다.

대체 뭘 어떻게 정리했기에 그리도 자신만만했던 건지.

열심히 해 봤자 그의 기대를 충족시킬 수는 없을 것이다. 은근한 자신감을 드러내던 그녀가 왠지 가소롭게 느껴져 피식 실소를 터뜨리던 정록의 눈꺼풀이 파르르 떨렸다.

"……하."

그는 나지막하게 한숨을 뱉었다.

❖

「단지 오진심 씨에게 관심이 없을 뿐이죠.」

적지 않은 세월을 살아오면서 그런 이야기는 난생처음 들었다. 자신을 바라보는 눈빛이 서늘하고, 말투가 무뚝뚝한 건 그렇다 치더라도 관심이 없다니.

'어떻게? 어떻게 내게 관심이 없을 수가 있지?'

아무리 생각해도 이해가 되지 않는다. 진심은 인상을 쓰며 결국 젓가락질을 멈추었다.

'이해가 안 돼.'

단 한 번이라도 진심과 실제로 접했던 대부분의 사람들은 그녀가 자신의 옆을 스쳐 지나가면 무의식적으로 고개를 돌렸다. 얼굴을 마주 보면 미소를 지었고, 대화를 나누면 그 어떤 사람이라도 버터처럼 녹아내렸다.

같은 업계에서 일하는 사람들은 물론이거니와 거의 모든 직종의 남자들이 그러했다. 노소를 가리지 않은 것은 당연한 일. 심지어 그녀와 같은 여자들 역시 진심을 처음 마주하면 넋을 놓았다.

그러나 그 남자는 달랐다.

'재수 없어.'

긴 시간 동안 지켜 왔던 고고한 자존심에 스크래치가 났다. 겉보기에는 미세할 정도로 작은 흉터였지만 자세히 들여다보면 깊숙하게 파여 있다는 것을 알아차릴 만큼의 크기.

진심은 굳은 얼굴로 수북이 쌓여 있는 밥을 응시했다.

"어때요, 윤서 씨?"

냉정하게 말을 끝내곤 자신을 집무실 밖으로 쫓아내던 남자를 원망하며 미간을 좁히던 진심은 곁에서 들려오는 누군가의 목소리에 정신을 차렸다.

놀라 고개를 들자 호탕한 웃음을 흘리며 자신에게 호감을 가득 표현하고 있는 남자가 보였다. 권정록 변호사의 바로 옆 집무실에서 근무하는 최윤혁 변호사였다.

"예?"

갑작스러운 질문에 놀라 눈을 크게 뜨자 윤혁이 생글생글 웃으며 말을 던졌다. 모두의 시선이 진심을 향해 쏟아졌다.

"너무 맛있죠?"

"아."

"아마 맛있을 거예요. 그것도 그럴 것이, 우리 회사 영양사님들이 아주 쩔어 주거든요! 윤서 씨, 그거 알아요? 제가 여기서 일하는 가장 큰 이유가 웬만한 음식점 뭇잖은 구내식당 때문입니다! 아하하하!"

크게 웃으며 외치는 윤혁의 발언에 그녀의 주변을 둘러싸고 있던 동료 변호사들이 맞장구를 쳤다.

그녀는 눈을 내리깔며 자신의 앞에 놓여 있는 식판을 응시했다. 진심을 보고 호들갑을 떨며 다른 직원들보다 훨씬 많은 양의 밥과 반찬을 덜어 주던 식당 아주머니들이 눈앞을 스쳤다.

'이거 다 못 먹을 텐데…….'

몸매 관리 때문에 먹지 못할 음식들을 어떻게 처리해야 할지 난감해하며 진심은 어색하게 웃음을 흘렸다.

식당 아주머니들의 호의를 무시할 수는 없는 노릇. 이미지를 위해서라도 식판을 깔끔하게 비워야겠다고 생각하며 크게 결심한 진심이 수저를 움직이려 할 때, 주위를 살피던 사기 전문 정규원 변호사가 조심스럽게 물었다.

"그나저나 윤서 씨. 권 변이 잘해 줘요?"

막 밥에 숟가락을 꽂던 진심의 미간이 좁아지려다 말았다. 진심은 빙긋 웃었다.

"권정록 변호사님은 어떤 분이세요?"

'이틀 겪어 보니, 아주 거지 같은 인간이던데.'

제게 호의를 가지고 있지 않다는 것은 잘 알겠다. 그러나 다른 사람에게도 그럴까?

쌀쌀맞다 못해 찬바람을 뿜어내던 정록의 냉랭한 시선이 떠올라 몸을 움찔거리며 진심은 입을 다물었다.

진심의 눈부신 미소에 잠시 넋을 놓고 있던 남자 변호사들은 뒤늦게 정신을 차리고는 말들을 쏟아 냈다.

"권 변이요? 음. 권 변은……."

"한 마디로 왕 싸가지."

"가끔 함께 일하면서 느끼는 건데, 아주 살벌한 사람이에요. 동료라도 실수 한 번 하면 가차 없다니까?"

"제가 볼 땐 철저한 프로 같더라고요. 게다가 엄청난 워커홀릭. 대표님이 좋아하시는 이유가 있죠."

진심이 그 질문을 하기만을 기다렸다는 듯 말을 쏟아 낸 몇몇 변호사들은 혀를 끌끌 찼다. 저마다 무언가 안 좋은 생각이 난 건지 온몸을 부르르 떨기까지 하며.

"다들 왜 겁을 주고 그래."

저마다 한마디씩 거드는 그들에게 웃음을 흘리며 윤혁이 끼어들었다. 당황한 진심이 그를 쳐다보자 윤혁은 손을 내저으며 말을 이었다.

"하하. 오해 말아요, 윤서 씨. 정록이, 아니 권 변, 그렇게 무서운 사람 아니에요. 단지 그렇게 친화력이 있는 성격은 아니라서."

"그러고 보니 점심도 같이 안 드시네요."

12시가 되자마자 제게만 식사를 하러 가자고 속삭이던 변호사 무리들을 떠올리며 진심이 물었다.

윤혁은 쓰게 웃었다.

"권 변은 자기 일할 때 건드리는 거 진짜 싫어하거든요. 하지만 기본적으로는 괜찮은 녀석이에요."

"이야, 최 변. 최 변 집무실 옮긴 이후로 권 변 엄청 변호해 주는 거 알아?"

"예?"

"정말 권 변이랑 친해진 거야, 아님 윤서 씨한테 잘 보이려고 좋은 사람인 척하는 거야?"

"하하. 선배님도 참."

"윤서 씨. 최 변 말 믿지 마요. 최 변이 포장한 것처럼 권 변은 단순히 '친화력 있는 성격이 아니라서' 라는 것 이상이니까. 실력만 좋으면 뭐해. 인성이 좋아야……."

아무래도 정록에게 단단히 앙심을 품고 있는 것이 틀림없다. 진심은 단지 어떤 사람이냐고 물었을 뿐인데, 정록의 동료 변호사들은 물 만난 고기처럼 말을 이었다.

속으로 혀를 끌끌 차며, 냉기 서린 그의 눈빛을 떠올리던 진심은 갑자기 입을 다무는 이준호 변호사를 쳐다봤다. 이준호 변호사의 시선 끝에는 막 구내식당 안으로 들어오는 정록이 있었다.

마침 출입구 쪽 테이블에 앉아 식사를 하고 있던 여자 직원들이 그에게 손짓하며 함께 밥을 먹자 제안하는 듯했지만 정록은 냉정하게 사양하며 식판을 들고 텅 빈 테이블에 착석했다.

심드렁하게 그를 쳐다보던 진심의 눈동자는 갑자기 자신이 앉은 쪽으로 시선을 돌린 정록으로 인해 큼지막해졌다.

'……!'

진심은 그런 그가 수저를 들고 식사를 하기 전, 자신과 허공에서 눈이 마주치자 흠칫 놀랐다.

'어떻게 해야 하지.'

정록과 눈을 마주쳤던 그 짧은 시간 동안 머릿속에 온갖 생각들이 떠돌아다녔다.

점심 식사 직전 일어났던 서러운 일도, 방금 전 들었던 정록에 대한 험담에 가까운 말들도, 앞으로 일어날지도 모르는 일들도 생각해 보던 진심이 선택한 것은 싱긋 웃으며 그에게 고개를 끄덕이는 것이었다.

정록은 그런 그녀를 빤히 쳐다보다 홱 고개를 돌리며 수저를 집어 들었다.

'뭐 저런 인간이 다 있어!'

진심은 얼굴을 굳히려다 타인의 시선을 의식하고는 이내 식사에 집중했다.

마치 처음부터 눈을 마주치지 않은 것처럼.

❖

"쉬엄쉬엄해요. 윤서 씨 못한다고 뭐라 할 사람 여기 아무도 없으니까."

"파이팅, 오윤서!"

"내일도 점심 같이 먹어요!"

15층에 도착한 엘리베이터에서 내리는 진심을 향해 함께 점심을 먹었던 변호사들이 외쳤다. 윤혁을 따라 내리려던 진심은 그런 그들을 응시하며 옅은 미소를 그렸다.

'귀찮아.'

일일이 그들에게 화답하며, 정록의 바로 옆 집무실로 들어가는 윤혁의 뒷모습을 바라보던 진심은 왠지 피곤함이 밀려오는 것을 느꼈다. 두텁게 쌓아 놓은 이미지를 관리하기 위해서라도 얼굴에서 웃음을 잃으면 안 되지만 오늘은 그것이 쉽지만은 않다.

억지로 식판 위의 음식을 비우느라 배가 더부룩하기도 한 것 같고, 왠지 속이 울렁거린다 생각하며 앞으로 반년간 사용할 제 책상을 향해 걸어간 그녀는 긴 한숨을 내쉬었다.

'오후엔…… 뭘 해야 하나.'

앞이 막막했다.

새벽까지 이어졌던 예습은 아무짝에도 쓸모가 없었다. 칭찬은커녕 함부로 제 물건에 손을 댔다고 욕을 먹었다. 제게 화를 내는 사람 역시 많지 않았기에 진심은 책상에 얼굴을 파묻으며 입술을 잘근 깨물었다.

「어차피 반년 뒤면 여기 있지도 않을 텐데 도움은 무슨.」

지금부터 반년 뒤면 여기 있지도 않을 거란 그의 말을 부정할 수는 없었다. 대꾸하려던 의욕이 사라진 이유는 그의 말이 사실이었기 때문이다.

단지 '비서 체험'을 하기 위해, 진짜 일을 하고 있는 그들의 세계에 발을 들인 것은 바로 진심이었다.

고작 이틀밖에 되지 않았지만 숱한 사고를 쳤고, 장장 반년 동안 상사가 되어 줄 남자에게 잔뜩 밉보였다.

'그래도 나름 도와주기 위해 애를 써 봤는데.'

혁준에게 기계치라고 불리던 진심은 밤새도록 끙끙거리면서까지 인터넷을 뒤적였다. 소유하고 있던 스마트 폰은 단지 전화를 받거나 게임을 하기 위해서만 사용하곤 했는데, 오늘은 달랐다. 제 행동에 의문을 느끼면 바로바로 인터넷을 켜서 검색했다. 노력을 하지 않은 것은 아니라는 말이다.

「그냥 오진심 씨가 배정받은 자리에 앉아 있다 나가시는 게 오히려 절 도와주는 겁니다.」

철저하게 자신을 무시하던 남자의 싸늘한 음성이 귀에 콕콕 박혀 왔다. 따끔거리는 가슴의 통증을 느끼며 진심은 구겼던 얼굴을 펴질 못했다.

'정말 아무것도 하면 안 되는 건가……. 그럼 비서 체험이라는 게 다 무슨 소용이지.'

"오진심 씨."

"네!"

회의감이 들어 고개를 푹 숙이고 있던 진심은 바로 앞에서 들려오는 소리에 벌떡 일어났다.

진심은 저를 빤히 바라보고 있는 낯익은 남자를 발견할 수 있었다. 정록이었다.

"아까……."

"변호사님! 커피 드실래요?"

"예?"

"식후에는 역시 커피죠! 저 아까 인터넷에서 맛있게 커피 내리는 법 검색했었거든요? 잠깐만요. 제가 얼른 타 올게요!"

두근두근, 심장이 뛰었다. 그가 무어라 말하기도 전에 벌떡 일어나 웃음을 흘렸던 것은 왠지 정록의 눈을 제대로 바라볼 수가 없었기 때문이다.

잠깐. 아주 잠깐의 시간이 필요했다.

적어도 점심 전에 있었던 그 일을 아무렇지 않게 받아들일 수 있도록 숨을 돌릴 시간.

'너무 부자연스러웠나……?'

또각또각. 바닥과 만난 검은 구두에서 소리가 길게 울려 퍼졌다.

하지만 가만히 그의 말을 듣고 있다간 또 무슨 소리를 들을지 몰랐다.

세차게 뛰는 마음을 가라앉히기 위해서는 이게 최선이라 여기며 진심은 일전에 보아 둔 탕비실 쪽으로 걸어갔다.

혹시나 해서 검색해 둔 커피 내리는 법이 명함 정리보다 빛을 발할지는 모르겠지만 자신이 아예 놀고 있지만은 않다는 것을 보여 주고 싶었다. 그 남자가 호의를 가지고 있든 없든 상관없이.

'커피 내리는 건 전문적 기술이 필요한 것이 아니니까 이 정도로 트집을 잡지는 않겠지.'

진심은 결의를 다지며 어느새 도착한 탕비실 안으로 힘차게 들어서려 했다.

"……봤어?"

"아까?"

"완전 고수지 않아?"

절반쯤 닫혀 있는 탕비실 문고리를 잡으려는 순간 진심의 귀에 대화가 들려왔다. 진심은 자연스럽게 멈춰 섰다.

"회사 변호사님들, 다들 아주 넋을 놓은 것 같던데."

"이 변호사님은 왜 오윤서가 자기 비서로 안 온 거냐며 매일같이 징징거린다더라. 오죽하면 그 착한 태은이가 점심 먹으면서 나한테 하소연을 할까."

"그런 거 보면 찌라시가 아주 헛소리는 아니었나 봐. 그 재벌 3세가 오윤서한테 미쳐서 그 일 저지른 게, 오윤서가 남자 홀리는 기술이 아주 대단해서라는 말이 있던데. 한번 빠지면 벗어날 수가 없다는 거."

"앞으로가 좀 걱정이야. 우리 변호사님도 나랑 오윤서 비교하면 어쩌지?"

"자기, 그걸 말이라고 해? 우리랑은 급이 다르지! 그쪽은 흉내 내기, 우린 전문 비서인데? 아니 그것보다, 흉내 내기도 제대로 하려나 모르겠어.

듣기로는 권 변호사님이 오윤서 엄청 싫어한다며?"

"법대 출신이면 뭐 해. 듣자 하니 졸업도 못 하고 자퇴를 했다며?"

"어차피 잠시 있다가 금세 흥미 떨어져서 도망갈 게 분명해. 비서 일? 제대로 할 리가 없지. 자기 일이었던 연기도 제대로 못했던 사람이 비서는 무슨."

깔깔 웃으며 나누는 대화가 귓가로 흘러 들어왔다. 아마도 커피 잔에 물을 붓는 듯, 또르르 흐르는 물소리도 함께.

이미 점심시간이 끝나고 각 사무실마다 오후 근무에 들어섰던 터라 탕비실을 찾을 이들이 없다고 여겼던 걸까. 엿듣고 싶은 마음은 없었지만 진심은 손을 움직이지 않았다.

"오진심 씨."

들어갈까, 말까 잠시 고뇌하던 그녀는 자신을 부르는 목소리에 고개를 돌렸다.

"왜 그러고 있습니까."

진심은 마치 저를 책망하는 듯한 그의 말에 빙긋 웃었다.

"무슨 소리를 하는 건지 모르겠네요, 권 변호사님."

"오진심 씨도 듣지 않았습니까?"

"뭐를요?"

"저기 저 안에서……."

"어머, 윤서 씨! 변호사님! 대체 언제부터 여기 계셨던 거예요?"

탕비실 밖에서 대화가 들려오는 것을 수상히 여겼는지 안에 있던 비서 두 명이 문을 벌컥 열어젖혔다. 그들의 눈동자는 문밖에 서 있는 진심과 정록을 발견하고 당연히 커져 갔다.

당황한 표정을 지으면서도 방금 전의 대화가 없었던 것처럼, 생글생글 웃는 그녀들을 향해 진심은 입꼬리를 올렸다.

"방금이요. 권 변호사님께 드릴 커피를 타러 왔는데, 그게 걱정이 되셨나 봐요. 저 커피는 제대로 탈 수 있는데."

호호, 낮은 웃음을 터뜨리며 눈꼬리를 휘는 진심을 그는 말없이 내려다보았다.

그녀의 대답에 어머, 하고 작게 탄성을 흘리던 두 명의 비서들을 향해 진심은 맑게 미소 지었다.

"두 분, 바쁘시겠지만 저 좀 도와주실래요? 아무래도 그래야 권 변호사님이 안심하고 집무실로 돌아가실 것 같네요."

진심은 미묘한 표정을 짓고 있는 정록을 힐끔거리다 그녀들에게로 다가갔다.

❖

째깍째깍 흘러가는 초침 소리가 거슬렸다. 아니, 사실은 그 전부터 줄곧 거슬리는 것이 있었다.

정록은 아래로 숙였던 고개를 들어 창밖을 응시했다. 밝았던 밖이 어느새 어둠으로 물들어 있었다.

'슬슬 퇴근할 시간인가.'

현재 시각 오후 8시.

정신없이 서류를 훑다 보니 퇴근 시간을 훌쩍 넘겨 버렸다. 남은 업무는 집으로 돌아가서 봐야겠다고 생각하며 그는 자리에서 일어나 브리프케이스 안으로 서류를 집어넣기 시작했다.

그 여자를 향해 말했던 퇴근 시간은 7시. 지금쯤 틀림없이 자리를 비웠을 것이라 생각하며 창밖은 확인도 하지 않은 채 집무실 내부의 스위치를 누른 그는 문을 열고 나서 걸음을 멈췄다.

분명 비어 있을 거라 여겼던 책상 앞에는 긴 머리의 여인이 꾸벅꾸벅 고개를 까딱이며 앉아 있었다.

'대체 왜…….'

멈칫하던 정록은 그녀를 향해 다가갔다. 다른 소리를 듣기 싫었기 때문이다. 길게 숨을 흘리던 정록은 결국 입술을 움직였다.

"이봐요, 오진심……."

콕콕, 그녀의 팔을 찌르려고 손가락을 뻗던 정록의 눈길이 책상 위로 향했다. 그의 검은 눈동자는 여전히 책상 위의 노트에 박혀 있었다.

"으음. 뭐야. 오빠, 나 더 잘…… 헉! 벼, 변호사님!"

인기척을 느꼈는지, 미간을 좁히던 여자가 몸을 뒤척이다 스르륵 눈을 떴다. 무심하게 자신을 내려다보고 있던 정록의 눈과 그녀의 눈이 허공에서 부딪혔다. 요란한 반응과 함께 자리에서 벌떡 일어나려던 그녀가 휘청거렸다.

정록은 손을 뻗어 잡아 줄까 하다 말았다.

"오진심 씨."

"네? 네!"

"지금 몇 신지 압니까?"

서늘한 그의 말에 여자가 고개를 돌린다. 정록은 '몇 시지?' 하고 작게 중얼거리던 그녀가 책상 위의 탁상시계를 발견하고 눈을 크게 뜨는 모습을 가만히 바라보았다.

그는 긴 한숨을 내쉬었다.

"퇴근은 왜 안 한 겁니까."

"예? 아……. 벼, 변호사님이 퇴근을 안 하셔서요. 저도 왠지 하면 안 될 것 같아서……."

뭐?

“그게 무슨 소립니까. 오진심 씨가 내 정식 비서도 아니고, 퇴근 시간 되면 퇴근하시면 된다고 말씀드렸잖습니까. 게다가 정식 비서도 퇴근 시간엔 퇴근시켜 줍니다.”

“그래요? 그럼 지금 같이 퇴근하면 되겠네요!”

“……네?”

“어? 퇴근하시는 길 아니셨어요?”

할 말을 잃었다. 정록은 큰 눈을 반짝이는 여자를 가만히 내려다보았다.

금세 잠이 깬 것인지 몽롱하던 눈동자에서는 빛이 뿜어져 나오고 있었다. 왠지 헛웃음이 나올 것 같았지만 그는 꾹 참아야 했다.

‘순진한 건지, 아니면 계산적인 건지.’

도무지 속을 알 수 없는 여자의 맑은 미소에, 말없이 서 있던 그는 ‘예, 맞습니다.’ 하고 대답한 뒤 그녀에게서 시선을 뗐다.

정록은 진심이 제게 말을 걸기 전 이곳을 벗어날 생각으로 복도를 향해 걸어가기 시작했다. 그런 그의 등 뒤에서 무어라 중얼거리며 진심이 제 물건들을 챙기는 소리가 들려왔다.

‘……후우.’

“오진심 씨.”

입을 굳게 다문 채 성큼성큼 엘리베이터로 걸어가던 정록의 발이 멎었다. 그는 제가 생각해도 한심하기 그지없는 생각들을 떨치기 위해 노력했으나 그것이 힘들다는 것을 깨닫고는 왔던 길을 되돌아갔다.

서둘러 책상을 정리하던 진심의 눈동자가 돌아온 정록을 발견하곤 동그래졌다.

정록은 떨떠름한 목소리로 그녀에게 말했다.

“저녁 먹을 겁니까?”

❖

"이모님. 부대찌개 하나랑요, 밥 두 공기랑 아, 맞다. 부대찌개에 햄이랑 당면 사리 추가해 주시고요. 그리고 요즘 매운 족발도 시작하셨다면서요? 맛은 어때요?"

"다들 호평이야. 멀리서도 사러 온다니까?"

"후후. 그럼 족발도 하나 추가해 주세요! 소(小) 자 있죠?"

"총각, 이 아가씨 말대로 하면 되나?"

아니 주문한 건 난데, 왜 저 인간한테 확인을 받아.

"……예."

"오케이. 금방 준비해 줄게! 13번에 부대찌개 하나, 족발 소 자 하나, 공깃밥 두 개, 햄, 당면 사리 추가요!"

홀을 가득 울리는 우렁찬 외침이 귓속으로 스며들자 진심은 흐뭇한 표정을 지었다. 그동안 관리해 오던 식단이 무색할 정도로 많은 음식을 주문한 것은 모두 점심때 먹었던 수북한 양의 음식들 때문이다.

'어쩔 수 없어. 한번 폭발했으니까, 절제가 안 되는 거라고.'

애써 합리화를 시키며 불안해하는 이성을 달랜 뒤 진심은 눈앞을 응시했다.

"왜 그렇게 보세요?"

황당하다는 표정을 짓고 있는 남자가 그녀의 맞은편에 앉아 있었다. 진심은 뚱한 얼굴로 그를 응시했다.

"다 먹을 수 있습니까?"

미간을 살짝 좁히는 그의 반응에 괜히 기분이 나빠졌다. 진심은 인상을 쓰며 퉁명스럽게 대답했다.

"당연하죠. 설마 남자가 공깃밥 하나도 못 드시는 건 아니시죠, 변호사님?"

"공깃밥 하나요? 저는 그거 하나만 먹습니까?"

"응? 그럼 다른 것도 드시려고 했어요? 아. 뭐, 부대찌개 정도는 같이 먹으면 되겠네요."

"……."

"왜요."

"아뇨. 아무것도 아닙니다."

눈을 치켜뜨는 진심을 보던 그가 손을 내저었다.

흥. 진심은 그런 그를 흘겨보다 콧방귀를 뀌었다.

'족발은 내 거야.'

양보는 할 수 없었다.

「저녁이요?」

정록의 예기치 못했던 제안은 진심을 충격에 빠뜨리기 충분했다.

'이 남자가, 무슨 소리를 하는 거지?'

눈만 깜빡이며 그를 응시하자 주저하던 정록은 고개를 끄덕였다.

「예. 저녁. 사 드리겠습니다.」

「변호사님이요? 왜요?」

「…….」

「왜 사 주시는 건데요? 아까 저 보고는…….」

「미안해서요.」

「네?」

「오진심 씨한테 화낸 게 미안해서, 저녁 사 드리려는 겁니다. 제가 조금, 아니 조금 많이 지나쳤던 것 같기도 하고.」

어리둥절해하는 진심을 향해 그는 말을 이어 나갔다.

줄곧 제게 오만한 자세를 유지하던 남자의 얼굴에 난처한 기류가 흐르자 진심은 슬쩍 한쪽 입꼬리를 올렸다. 명함 박스 건으로 제게 침을 튀기던 그가 제 행동을 반성한 모양이었다.

그동안의 행적이 괘씸해서 거절을 할까 생각하기는 했지만 진심은 그의 제안을 받아들이기로 했다. 앞으로 좋든 싫든, 반년간 얼굴을 마주해야 할 사람이니까.

진심이 가고자 하는 식당이 있다면 어디든 가겠다고 말하는 정록에게 그동안 식단 관리 때문에 가지 못했던 야식집이 생각났다. 회사와는 꽤 거리가 있기는 하지만 이 남자가 제게 진심 어린 사과를 할 생각이라면 그곳까지 가 줄 거라는 생각도 들었다.

특정한 장소를 언급하는 그녀를 보고 망설이던 그가 못마땅한 표정을 애써 숨기며 알겠다고 대답하자 진심은 쾌재를 부르짖었다. 혁준에게 데리러 올 필요가 없다고 미리 말해 둔 것이 천만다행이었다.

"그런데 오진심 씨."

조만간 영접할 부대찌개와 매운 족발을 떠올리며 속으로 웃음을 흘리던 진심은, 물끄러미 저를 바라보던 남자가 입을 열자 정신을 차렸다.

그는 눈을 가늘게 뜨며 제게 툭 말을 던졌다.

"그거 안 불편합니까?"

'그거? 아!'

자신의 눈 쪽을 가리키는 정록의 행동에 진심은 픽 웃음을 흘렸다. 이윽고 주위를 두리번거리던 진심은 살짝 고개를 숙였다. 작게 말을 하려는 듯 그에게 얼굴을 가져다 대며 손짓하자 머뭇거리던 남자 역시 목을 굽혔다.

진심은 작게 속삭였다.

"변호사님이랑은 다르게 저는 몹시 유명한 사람이잖아요."

지금은 조금, 아니 조금 많이 내리막을 타고 있다고 하지만 그래도.

"시끄러워지는 걸 방지해야 한다고요. 그러니 이 선글라스는 필수죠."

스윽, 콧등의 반까지 내려갔던 선글라스를 다시 위로 올리며 진심은 싱긋 웃었다.

그 모습을 바라보던 정록은 입술을 달싹였다.

"이 홀에는 지금 저랑 오진심 씨밖에는 없습니다만."

그의 말대로 오늘따라 식당에는 손님이 없었다. 파리가 날릴 뻔했던 야밤의 식당을 복작거리게 만든 것은 바로 진심과 그였다.

'꼭 그걸 지적해야 하나.'

머쓱한 표정을 지으며 다음 말을 고민하던 진심의 귀에 그의 음성이 들어왔다.

"뭐 어쨌든 그건 그렇고, 다시 한 번 사과드리죠. 아깐 제가 너무 성급했습니다. 미안합니다, 오진심 씨."

무뚝뚝하지만 군더더기 없는 사과였다.

진지하기 그지없는 눈동자로 저를 빤히 응시하며 말하는 정록에게서 진심은 눈을 떼지 않았다.

"다른 건 사과 안 하세요?"

쿨한 사과와 용서.

그가 제 행동이 지나쳤다는 것을 인정한 것처럼, 저 역시 그의 사과를 받아들이고 싶었지만 자꾸 머릿속을 아른거리는 게 있었다.

진심의 말에 정록이 눈썹을 꿈틀거렸다.

"관심이요."

"예?"

"저한테 관심 없다고 하신 그 말, 사과하셔야죠."

"……!"

"그거 홧김에 한 말이죠? 그렇죠?"

그렇지 않고서야 이 남자가 지금 제게 사과를 하고, 밥까지 사 주겠다는 말을 할 리가 없었다. 무심한 척하기는 했으나 결국 그도 다 똑같은 남자라 이거지.

진심은 여유로운 눈웃음과 함께 싱긋 입꼬리를 올렸다. 얼굴까지 들이밀며 답변을 요구하는 그녀의 태도에, 겉으로 표현하진 않아도 정록이 내심 놀란 듯 보였으나 진심은 멈추지 않았다.

"사실 말이에요, 권 변호사님. 저 그런 말 들은 건 난생처음이에요. 면전에 대고 그런 말을 들을 줄이야. 그래서 기분도 나빴다고요. 아니, 어떻게 저한테 관심을 가지지 않을 수가 있어요?"

"……."

"하지만 그 말이 홧김이었다면 뭐, 이해는 할게요. 화나면 무슨 말이든 할 수 있으니까. 아니야. 그래도 역시 기분이……."

"그 말은 사과할 생각이 없습니다만."

호호 웃으며 말하던 진심의 얼굴이 뚝 제 말을 끊어 버리는 정록에 의해 굳어졌다.

정록은 제 귀를 의심하는 진심을 향해 다음 말을 내뱉었다.

"홧김에 한 말이 아니라, 정말 관심이 없으니까요. 이 세상 모든 남자들이 오진심 씨에게 관심을 가질 거라 생각하는 건 꽤 성급한 일반화인 것 같네요. 아니면 그렇게 만들 수 있다는 자신감이 넘쳐흐르거나."

'지나치게 솔직하거나, 아니면 지나치게 싸가지가 없거나. 둘 중 하나

다, 이 사람은.'

1차 스크래치에 이어 2차 스크래치가 났지만 처음 받았던 충격보다는 회복이 빨랐다. 그의 말에 저 스스로도 어느 정도 인정을 했기 때문이다.

'얄미운 남자.'

진심은 마치 제 말이 틀렸냐는 듯한 표정으로 자신을 쳐다보고 있는 그를 빤히 응시하다 입술을 삐죽였다.

쏟아지는 관심은 흘러넘쳤다. 아무것도 모르고 살았던 유년기 시절을 제외하고는 줄곧 길을 지나갈 때면 주목을 받았다. 남녀노소 할 것 없이 자신을 좋아하기는 했지만 시기도 간혹 있기는 했다. 잘나가는 사람일수록 그런 법이라 여기며 진심은 크게 개의치 않았다.

연예인이 된 후로는 더 그랬다. 너무 어린 나이에 최고의 자리에 올라서인지 스스로가 생각하기에도 오만해진 것도 사실이었다.

진심은 대답하지 않는 저를 응시하다 눈앞의 물 컵에 손을 뻗는 정록을 흘긋거렸다.

기다란 손끝이 손잡이에 닿았다. 꿀꺽꿀꺽 넘어가는 물 때문에 남자의 목젖이 들썩였다. 멍하니 들여다보고 있으니 기분이 이상해져서 진심은 홱 고개를 돌렸다.

마침 쟁반 한가득 반찬과 메인 메뉴를 내오는 식당 아주머니가 시야로 들어왔다.

"자, 기다리고 기다리시던 음식 대령이오! 맛있게들 드셔. 근데 분위기가 왜 이래?"

싸늘하게 식어 버린 테이블을 흘긋거리며 아주머니가 고개를 갸웃했지만 진심은 환하게 웃으며 손을 내저었다.

"그럼 먹어 볼까요?"

아무 일도 없었던 것처럼 태연하게 행동하는 진심을 그는 말없이 주시했다.

꼬르륵, 울리는 뱃고동 소리가 점점 커져 가고 있었으므로 진심은 따가운 시선에도 아랑곳하지 않고 젓가락을 쭉 앞으로 뻗었다.

'진짜 맛있네.'

오랜만에 먹는 부대찌개와 족발은 기대 이상으로 맛있었다. 항상 품위를 유지해야 한다고 제게 경고하던 연 대표의 말은 이미 진심의 머릿속에서 완벽하게 사라진 뒤였다.

그녀는 정록이 앞에 있다는 것을 망각하며 열심히 뼈다귀를 쥔 채 힘차게 뜯었다. 달콤하고도 매콤한 향이 입안 가득 퍼져 나갔다.

"한 가지 물어도 되겠습니까?"

그의 앞에 놓여 있는 것은 공깃밥 한 공기. 부대찌개 정도는 먹는 걸 허락해 준 진심에게 슬쩍 고개를 까딱이며 식사를 시작한 정록은 자신과 함께 있다는 것도 잊었는지 저돌적으로 뼈다귀를 뜯어 먹는 진심에게 말을 걸었다.

족발을 뜯던 선글라스의 미인이 정록에게 겨우 시선을 돌렸다.

"어애여?"

"……다 먹고 얘기하죠."

"옥 그애야 대여?"

"기다리겠습니다."

'거참 까다로운 사람이네.'

진심은 단호하게 고개를 내젓는 정록을 흘끔거리다 흔쾌히 그의 제안을 따르기로 했다. 일단 배고픔은 없애야 했으니까.

"하아, 배부르다."

대한민국 연예계에서도 신비주의로 유명세를 떨치고 있는 여인은 자신의 기간제 상사가 된 남자의 앞에서 포만감을 과시하며 빙긋 웃었다.

저를 빤히 바라보고 있는 그가 다른 곳에 이 이야기를 하지 않을 것이라고 확신하면서.

진심은 얼굴을 굳히고 있는 정록을 향해 환한 미소를 그리더니 다시 콧등의 반쯤 내려갔던 선글라스를 위로 올리며 입술을 달싹였다.

"많이 기다리셨죠? 묻고 싶은 게 뭔가요?"

"다 먹었군요."

깨끗하게 비어 있는 그릇이 꽤 놀라웠는지 정록은 나지막하게 중얼거렸다.

'그게 뭐 잘못됐나?'

진심은 망설임 없이 답했다.

"사실 저 진짜 배고팠거든요. 게다가 혁준 오빠가 안 볼 때 많이 먹어둬야 해서. 식단 관리할 때는 이렇게 많이 못 먹어요. 하루에 방울토마토 열 개가 다예요. 참, 혁준 오빠는 제 매니저예요."

이젠 방울토마토만 생각하면 치가 떨려 입술을 파르르 떨던 진심이 말을 덧붙이자 정록은 그녀를 바라보기만 했다.

다음 말을 이을까 하다가 정록이 하려던 말을 떠올리며 진심은 그가 말을 잇기를 잠자코 기다렸다.

잠시 무언갈 생각하던 정록은 천천히 굵은 목소리로 이야기를 꺼냈다.

"오진심 씨."

한참 동안 입을 다물고 있던 정록이 그녀를 불렀다.

이젠 익숙해진 본명을 듣고 진심은 화답했다.

"네. 권정록 변호사님."

"왜 우리 회사로 들어온 겁니까?"

"……네?"

"저는 그게 궁금합니다. 왜 변호사의 비서여야 했습니까?"

정곡을 찌르는 정록의 말에 생글생글 웃고 있던 진심의 입꼬리가 아래로 내려갔다.

'정말 잠시도 쉴 틈을 안 주네.'

쓴웃음이 흘러나올 뻔한 것을 진심은 겨우 참아야 했다. 날카로운 질문을 흘린 뒤 정록은 진심의 대답을 기다리는 듯했다.

'말해도 되는 걸까……. 아니. 아직은 그럴 수 없어. 하지만 조금은 흘려도 되겠지.'

고민하던 진심은 크게 심호흡을 한 뒤 그를 쳐다봤다.

"권 변호사님."

"예."

"혹시 오윤서라는 배우가 그동안 어떤 드라마에 출연했고, 어떤 영화를 찍었는지 알고 계세요?"

정록은 자신을 타인처럼 칭하는 진심의 말에 조금 당황하는 듯했다. 그러나 그는 곧 난처함과 무심함이 섞인 얼굴로 진심을 바라봤다. 그가 입술을 달싹였다.

"죄송하지만 TV나 영화는 잘 보지 않아서……."

"전제가 잘못됐네요. 하긴, 변호사님들은 많이 바쁘니까 TV나 영화를 볼 시간은 없겠다. 저도 한창 촬영할 때는 정신이 없어서 컴퓨터를 할 시간이 없어요. 그러다 보니 주변에서 컴맹 소리도 듣는데…… 아, 이거 너무 투 머치인가요? 호호호!"

정록은 대답하지 않았다. 진심은 말을 이었다.

"변호사님은 오윤서라는 여자가 뭐 하는 사람인지는 아시죠?"

"예? 네. 뭐……."

얼떨결에 대답하는 정록에게 진심은 웃었다.

"그럼 변호사님에게 '오윤서' 하면 떠오르는 이미지 같은 게 있나요?"

진심은 제 말을 듣자마자 미간을 좁히는 정록을 빤히 쳐다봤다. 그가 무슨 말을 할 것인지 대충은 짐작이 갔다. 콕콕, 심장이 쓰려 와 입술을 잘근 깨물던 진심은 쓰게 웃으며 중얼거렸다.

"저 말이에요, 변호사님. 열일곱, 아무것도 모르는 나이에 연예계에 데뷔했어요."

길을 걷던 그녀에게 힘차게 걸어와 명함을 내밀던 비너스 엔터테인먼트 연준석 대표의 얼굴이 순간 눈앞을 스쳤다.

"연예계라니. 이제 막 상경한 시골 촌년한테 연예계는 너무 반짝거리다 못해 눈이 부셨죠. 서울도 충분히 화려한데, 연예계는 어떻겠어요. TV에 내가 출연할 수 있는 거잖아요. 당연히 캐스팅 제안을 받아들였어요. 나도 TV의 예쁜 사람들처럼 반짝반짝 빛나고 싶었거든요."

정록은 입을 열지 않고 그녀의 말을 들어 주고 있었다.

고요한 가슴이 울렁거렸지만 진심은 멈추지 않았다.

"사실 저희 부모님은 연예계 생활을 그리 마음에 들어 하지 않으셨어요. 아무리 시골 분들이셔도 들은 게 적지 않았으니까. 그럼에도 불구하고 저는 연예계 생활을 고집했고, 그분들은 조건을 거셨죠. 바로 대한민국 최고의 대학에 입학하는 거였어요. 저 그때 정말 온 힘을 다해서 공부했어요. 촬영 갔다가 돌아오면 잠도 안 자고 교과서만 팠다니까요? 그 얘기 들으신 적 있으세요?"

씩 웃는 진심의 말에 정록은 대답하지 않았다. 진심은 말을 이었다.

"다행히 원하던 대학, 원하던 과에 입학을 했지만 제가 관심을 가지고 있던 건 오로지 연예계였어요. 조금 더 유명해지고 싶었고, 조금 더 화려해지고 싶었고, 조금 더 반짝이고 싶었죠. 그래서 결국 입학 1년 만에 대학을 그만뒀고, 제게 손짓하는 화려하기 그지없는 그 세계로 힘차게 발을 내딛었어요. 그리고 10년이 흘렀죠."

진심은 피식 실소를 터뜨렸다. 파노라마처럼 머릿속을 스치는 예전의 일들이 떠올랐기 때문이다.

그녀는 묵묵히 침묵을 유지하는 정록을 응시했다.

"10년 뒤 제게 남은 게 뭔 줄 아세요?"

정록은 대답하지 않았지만 연예계를, 아니 오윤서를 조금이라도 아는 사람이라면 이런 말을 하겠지. 진심은 다시 말을 시작했다.

"얼굴값 못하는 CF 스타. 강산이 변할 동안 통 발전 없는 허접한 연기 실력. 그리고 어디서 시작됐는지 도무지 알 수 없는 숱한 루머들."

그의 눈이 동그래졌다. 놀란 걸까? 고작 이틀 만났을 뿐이지만 바늘로 찔러도 끄떡하지 않을 것만 같은 남자가 움찔거리니 조금 우습다.

진심은 눈을 내리깔며 중얼거렸다.

"다 가졌다고 생각했는데 아이러니하게도 지금 제게 남은 것이라고는 아무것도 없어요."

"……."

"환멸이 났어요. 이제 뭘 먹고 살아야 할지 막막해졌거든요. 그때 제게 예전 전공을 살려서 그때 미처 해 보지 못한 일을 다시 하는 게 어떻겠냐는 제안이 왔어요. 그게 바로 법학 공부죠."

"……."

"이건 저한테 있어 도전이나 마찬가지예요. 변호사님도 아시겠지만…… 저 정말 너무 오래전에 대학을 그만둬서 하나도 기억나지 않거든요. 그래서 법학 공부를 본격적으로 시작하기에 앞서서 경험을 해 보자고 생각했어요. 로펌 비서로 일하다 보면 이 일에 흥미를 가질 수 있지 않을까 하는 생각도 들었거든요."

물론 여기에는 약간의 과장과 거짓이 첨가되어 있지만, 그에게 자신의 모든 사실을 알려 줄 필요는 없었다.

'그래. 어쩌면 그가 모르는 편이 더 나을 수도 있어.'

진심은 정록을 똑바로 바라봤다. 이 남자와의 시작이 잘못되었다는 것을 알고 있다. 처음 그를 마주했을 때부터, 아니 이 회사로 발을 내딛었을 때부터 문제가 있었다. 그때는 알지 못했지만 이제는 그것이 잘못되었다는 것을 똑똑히 알고 있다.

그러니 더더욱 그에게, 짧겠지만 앞으로 제 상사가 되어 줄 이 남자에게 자신의 의지를 피력하는 것이 중요하다. 그 누구에게도 제대로 털어놓지 못했던 그녀의 진심을.

"도와줘요, 변호사님."

진심은 미동 없는 검은 눈동자를 정록에게 꽂으며 가슴 깊숙한 곳에서부터 흘러나온 말을 꺼냈다.

"제가 다시 시작할 수 있도록. 다시 무언가를 할 수 있도록……."

도와줘요, 변호사님.

❖

「미쳤어. 저 정말 제정신 아니었나 봐요. 으아, 어떡하지. 너무 솔직했네.」

검게 물든 하늘을 올려다보던 여자의 눈동자는 별처럼 반짝였다.

정록은 흐리게 웃으며 중얼거리는 그녀를 바라보았다.

「우리 대표님이 안 친한 사람들 앞에서는 말 길게 하지 말라고 했는데…….」

「왜죠?」

「깬다더라고요. 겹겹이 쌓아 놓은 신비로운 이미지랑은 너무 다르다고.」

하하, 웃으며 말하는 그녀의 얼굴이 약간은 애처로웠다.

'연예인들은 다 그런 걸까?'

저 역시 이 업계에서 일하며 숱한 연예인들을 만나 오기는 했지만 이 여자처럼 브라운관에 비치는 모습과 실제 모습이 완벽하게 다른 사람은 처음이었다.

'용케도 언론에 들키지 않았네.'

「변호사님. 오늘 있었던 일은 변호사님과 저만의 비밀로 해 주세요. 이 일이 알려지면 저뿐 아니라 우리 대표님이 곤란해질 것 같거든요. 우리 회사 먹여 살리는 건 저뿐이라서. 아! 물론 요즘 이상한 여자애가 하나 치고 올라오고 있기는 한데…… 흥. 걔는 성격이 못돼서 잘 안 될 거예요. 헉. 이것도 비밀로 해 주세요. 미쳤어. 나 왜 자꾸 말하는 거지?」

그는 입 한 번 벙끗하지 않았건만 스스로 줄줄 은밀한 이야기를 꺼내던 여자가 화들짝 놀라며 호들갑을 떨었다. 정록은 무표정한 얼굴로 그런 그녀를 내려다보며 고개를 끄덕여야 했다.

"오, 권 프로!"

눈을 뜨자마자 샤워를 하고, 전날 준비해 둔 군청색 슈트 정장을 입고 집을 나섰다.

로펌 올웨이즈가 있는 서초동까지 걸린 시간은 30분. 오전 8시 15분을 가리키는 손목시계를 흘긋거리며 건물 로비로 들어선 그는 자신을 부르는 목소리에 고개를 들었다.

지하 주차장에서 올라온 건지 이미 엘리베이터에 타고 있던 올웨이즈의 연준규 대표 변호사가 손을 높이 들었다.

정록은 짧게 묵례를 하며 엘리베이터에 올라탔다.

"출근하는 길이냐?"

"예."

"성실하네."

"뭡니까."

"어?"

"저한테 용건 있으시잖아요."

"……귀신같은 놈."

연 대표는 톡 쏘아 대는 정록을 올려다보며 혀를 내둘렀다. 아끼는 후배이기는 하지만 가끔 보면 정말 저 자신도 대하기 어려울 때가 있었다.

냉기를 폴폴 풍기는 그를 바라보던 연 대표는 머쓱한 얼굴과 함께 입술을 움직였다.

"너 인마, 다 들었다."

"뭐를요."

"요즘 심술 엄청 부리고 다닌다며?"

심드렁한 표정을 짓던 정록의 눈동자가 살짝 흔들렸다.

연 대표는 말을 이어 나갔다.

"신비주의 이미지 때문에 방송 활동도 잘 안 한다던 오윤서 씨가 직접 우리 회사까지 와서 비서 체험을 하겠다는데, 도와주지는 못할망정 심술은 무슨. 넌 인마, 그래서 심장 없는 자식이라는 소리를 듣는 거야. 그냥 비서도 아니고, 대한민국에서 제일 예쁜 얼굴을 가진 임시 비서한테 심술이 뭐냐, 심술이."

"예쁜 비서는 아껴 줘야 합니까?"

"어?"

"요즘 밖에 나가서 그런 말 꺼내시면 몰매 맞습니다."

"뭐 인마?"

"게다가 능력에 따라 봉급이 달라진다고 했던 건 대표님이었던 걸로 기억하는데……."

눈을 가늘게 뜨며 말끝을 흐리자 연 대표가 하하, 하며 큰 웃음을 터뜨렸다.

몹시 당황한 얼굴이다. 정록은 한 방 먹였다는 생각에 픽 웃으면서도 겉으로 내색하지는 않았다.

흠흠, 헛기침을 하던 연 대표가 어느덧 15층에 다다른 엘리베이터의 전광판을 흘끔거리더니 다음 말을 이었다.

"어쨌든 살살해. 고작 반년이잖냐."

반년. 날짜로 따지면 180일이나 된다. 정록은 고개를 절레절레 젓는 연 대표를 쳐다봤다.

연 대표는 간절한 눈빛으로 정록에게 말했다.

"어차피 너도 나중에는 이번 일에 대한 사례도 받게 될 텐데, 왜 그렇게 야박하게 굴어? 이왕 하기로 결심한 거, 남자답게! 멋지게! 우리 회사 간판 변호사답게! 프로처럼 굴라고, 자식아. 윤서 씨 너무 구박하지 말라는 소리야. 그쪽도 얼마나 당황스럽겠냐? 제 전문도 아닌 생판 모르는 세계에 뚝 떨어졌는데."

—15층입니다.

스르륵 열리는 엘리베이터 전광판에서 가느다란 여성의 목소리가 울려 퍼졌다. 정록은 '알겠지?' 하고 자신의 등을 힘차게 두드리는 연 대표를 바라보다 발을 앞으로 내디뎠다.

제발 부탁한다며 그에게 계속해서 애원하는 연 대표의 곁을 지나치던 정록은 엘리베이터에서 내려 정확히 연 대표의 맞은편에 섰다.

연 대표는 엘리베이터 밖에서 저를 쳐다보는 정록을 의아하게 응시했다. 그가 빙긋 웃었다.

"그러네요. 이왕 하는 거…… 제대로 해야겠죠."

"어?"

"알겠습니다. 제대로. 구색 갖춰서 하겠습니다. 그럼 되겠네."

그 말을 끝으로 정록은 연 대표에게 목을 숙여 인사한 뒤 돌아서서 제 집무실로 걸어갔다.

뜬금없는 말을 던지고 떠나는 그의 뒷모습을 쳐다보던 연 대표가 닫히는 엘리베이터 문 사이를 응시하며 뒷머리를 긁었다.

"뭔 소리야?"

❖

[미안해, 윤서야. 아마도 오늘은 데리러 못 갈 것 같아. 내일 아침에 잠깐 들를까?]

문자가 왔다. 아직 제 상사는 출근 전이었고, 집무실 환기는 이미 시켜 놓은 뒤라 여유로운 상태에서 의자에 앉아 있던 진심의 얼굴이 구겨졌다.

어젯밤 혁준의 배웅을 받지 못한 것은 진심에게 사유가 있었기에 그렇다 치더라도, 간혹 혁준이 사정상 자신을 데리러 오지 못한다는 이야기를 할 때는 항상 그녀에게 기분 나쁜 일들이 일어나곤 했었다.

불쾌한 옛 기억이 떠오르는 바람에 진심은 신경질적으로 문자를 보냈다.

[왜?]

답장은 얼마 지나지 않아 도착했다.

[윤미 화보 촬영에 따라가야 할 것 같아서. 알지? 요즘 우리 회사 인력 달리는 거.]

[뭐? 오빠가 거길 왜 가! 태정 씨 있잖아!]

[태정이는 내년 상반기에 나올 신인 애들 연습 스케줄 관리해야 해서 한가한 내가 맡았어. 이해하지?]

[이해는 무슨! 연 대표 이 자식, 일부러 그러는 거 아니야? 나 혼자 여기 덩그러니 내버려 두고 김윤미 밀어주려고!]

[아니라는 거 알잖아.]

'아니기는 무슨. 돌아가는 꼴이 그런데!'

진심은 씩씩거렸다.

'김윤미라니. 다른 사람도 아니고, 내 매니저가 왜 김윤미의 스케줄까지 담당해야 하는 거냐고!'

피식거리며 저를 바라보던 윤미의 얼굴이 눈앞을 스쳐 지나가 무의식적으로 핸드폰에 힘을 줬다.

대답 없는 진심을 달래기 위해 혁준이 문자를 하나 더 보냈다.

[겨우 삼 일밖에 안 흘렀지만 그래도 열심히 하고는 있지? 대표님도, 우리도 기대가 커. 윤서 네가 정말 제대로 거기 일 배워 오면, 경험이 쌓여서 연기도 많이 늘 거라고. 이세진 작가한테도 대표님이 그런 식으로 말 많이 하고 있나 봐. 그러니까 힘내서 제대로 배워. 알았지?]

꽤나 장문의 문자를 보내온 혁준은 제 관리하에 있던 진심이 시야를 벗어났다는 것이 쉽게 적응되지 않는 듯했다. 친오빠처럼 저를 아껴 줬던 혁준의 마음이 느껴져서 한동안 문자를 내려다보고 있던 진심은 답장을 하려다 느껴지는 인기척에 고개를 들었다.

"어, 변호사님! 오셨어요?"

멀리서 그녀가 있는 책상 쪽으로 걸어오고 있는 남자는 틀림없이 낯익은 사람이었다. 진심은 얼른 핸드폰을 책상 위에 던져두고선 탁상 위 시계를 흘긋거렸다. 현재 시각 오전 8시 24분.

'정말 칼 같은 출근이네.'

어젯밤, 그에게 속마음을 털어놓았던 저녁 식사 이후 조금은 가까워졌을 거라고 생각했다. 일부러 벌떡 일어나 생글생글 웃으며 아침 인사를 건넸건만 군청색 슈트를 입은 남자는 그런 저를 말없이 흘긋거리더니 이내 인사 한 번 하지 않고 자신의 집무실 안으로 들어가 버렸다.

진심은 저를 본체만체하는 그의 뒷모습을 바라보다 입술을 삐죽였다.

'참 대하기 어려운 사람이네.'

나름 한발 앞으로 나아갔다고 여겼는데, 아무래도 그것은 제 착각이었나 보다.

진심은 긴 한숨을 내쉬며 다시 의자에 엉덩이를 붙였다.

[알겠어. 열심히 할 테니까 걱정 마. 김윤미한테 너무 잘해 주지 말고.]

아직 업무가 시작되기 전이기도 하고, 업무가 시작되더라도 자신에게 주어질 일은 없을 것 같다. 일찍 온 보람도 없이 온종일 넋을 놓고 있어야 할지도 모른다는 사실에 기가 죽었지만 걱정할 혁준을 위해 친히 키패드를 두드려 주었다.

전송 버튼을 누르고 난 뒤, 텅 비어 있는 책상을 하염없이 내려다보던 진심은 갑자기 드리우는 검은 그림자에 고개를 들었다.

"헉!"

탁, 하고 수많은 서류 뭉치들이 그녀의 책상 위로 쏟아졌다.

인기척도 없이 갑자기 나타난 남자의 존재도 충분히 놀랍건만, 눈앞이 보이지 않도록 쌓인 서류 더미들을 발견하곤 진심은 탄성을 흘렸다.

눈을 동그랗게 뜨는 진심을 향해 그는 말을 내뱉었다.

"일단 제일 쉬운 것부터 시작합시다."

"……네?"

진심은 앞뒤를 다 잘라 버린 그의 말에 어리둥절한 표정을 지었다.

'지금 이 남자가 무슨 소리를 하는 거야?'

여전히 냉기를 잃지 않고 서 있던 남자는 그녀에게 다음 말을 이었다.

"어제 오진심 씨가 한 명함 정리 방법, 솔직히 말해 기대 이상이었습니다. 기대치가 낮아서가 아니라, 정말로 놀랐습니다. 어제 말하려고 했는데 타이밍이 좋지 못했군요. 그건 사과하죠. 그리고 잘했습니다."

"……!"

"한 번도 해 보지 않았던 일을 잘 해낸 걸로 보아서는 다른 일도 할 수 있을 거라는 생각이 들었습니다. 그러니 이번 일도 할 수 있겠죠. 저기 겹겹이 쌓여 있는 서류 더미들 보이시죠?"

"예? 아…… 네!"

"지금부터 오진심 씨가 할 일들은 저 서류들 중에서 양육권과 관련된 판례들만 선별하는 겁니다. 그리고 날짜별로 정리해 주시면 감사하겠습니다."

"……."

"왜요. 할 수 없습니까?"

두근. 심장이 뛰었다.

눈을 내리깔며 저를 내려다보는 그의 눈동자가 온몸을 스캔하듯 훑는 것이 보였다. 혈관을 흐르던 피가 들끓는 기분이어서, 진심은 잠시 말을 잇지 못하다 얼른 고개를 내저었다.

"아뇨, 할 수 있습니다!"

힘차게 외치는 제 모습이 낯설게 느껴졌다. 진심은 여전히 두근거리는 가슴 소리 때문에 귀가 먹먹해지는 듯했지만 똑바로 서 있었다.

알 수 없는 표정을 짓던 정록은 그런 그녀를 향해 낡은 노트 한 권을 내밀었다.

"그리고 이건 오진심 씨 이전의 비서가 사용하던 비서 매뉴얼입니다.

그분께 특별히 부탁해서 잠시 빌린 거니 잃어버리면 곤란합니다."

"……."

"뭐 합니까. 안 받습니까?"

"아, 네! 바, 받아요! 받아요!"

진심은 얼른 소리치며 그에게서 갈색 노트 한 권을 건네받았다. 정록은 그것을 소중히 갈무리하는 진심을 쳐다보다 몸을 돌렸다.

"다 되면 말하세요."

터벅터벅. 태연하게 제 집무실로 들어가는 그의 뒷모습을 진심은 멍하니 바라보아야 했다.

진심은 미친 듯이 뛰는 심장을 제어하려 애썼지만 소용이 없었다. 그녀는 거의 반쯤 닫힌 정록의 집무실 안으로 달려갔다.

"뭐 또 할 말 있습니까?"

정록이 제 뒤를 따라온 진심에게 미간을 좁혔다. 진심은 울컥하는 마음을 겨우 가라앉히며 물었다.

"도와주시는 거예요?"

두근두근. 입술이 떨릴 만큼의 흥분이 차올랐다. 진심은 제 말에 정록의 검은 눈동자가 요동치고 있음을 알아차렸다.

정록은 그런 진심을 가만히 내려다보더니 짧은 숨을 터뜨리며 중얼거렸다.

"이제 와 인정하기 부끄럽지만, 저도 오진심 씨에게 편견을 가지고 있었습니다. 정식으로 사과드리죠. 까칠하게 굴어서 미안합니다."

"아."

진심은 허리를 굽히는 정록을 따라 얼른 고개를 숙였다. 그는 얼떨결에 인사를 해 버린 진심을 향해 성큼성큼 다가왔다.

"그러니 오늘부터 새로 시작하도록 합시다."

정록은 커다란 손을 그녀에게 내밀며 입술을 달싹였다.

"만나서 반갑습니다, 오진심 씨. 저는 권정록입니다."

빙긋이 올라가는 입꼬리가 시야에 박혀 들었다.

"새로 시작하고 싶다던 오진심 씨의 말이 마음에 들었습니다. 그러니 협조해 드리죠, 오진심 씨가 꿈꾸는 그 계획. 제대로 도와 드릴진 모르겠지만, 모르는 것이 있으면 언제든 물어도 좋습니다."

진심은 허공을 가르고 있는 그의 손을 빤히 내려다보았다. 정록이 한 번도 보여 준 적 없었던 미소를 지으며 저를 응시하고 있었다. 숨이 막혔다.

"앞으로 잘 부탁드……!"

말을 잇던 정록의 입이 벌어진 채로 굳어졌다. 갑자기 그에게 달려든 한 여자의 어택 때문이었다.

돌발 상황에 다음 말을 잇지 못하는 정록을 와락 끌어안으며 진심은 소리쳤다.

"잘 부탁드려요, 변호사님! 저 진짜 열심히 할게요! 무슨 일이든 할게요! 정말 최선을 다해서 앞으로 6개월 동안 열심히 일할게요!"

눈물이 핑 돌 것만 같았다.

'그래. 하면 되는 거야.'

어긋났던 첫 시작이 이제야 제대로 맞물리기 시작했다.

진심은 숨을 크게 들이마시며 환하게 웃었다. 제 마음을 알아준 상사가 너무 고마워서 눈물이 핑 돌려는 것을 꾹 참던 그녀는 자신이 안고 있던 그가 아무런 말을 하지 않고 있다는 걸 알아차렸다.

"저…… 변호사님?"

그녀는 그의 목을 껴안던 팔을 스르륵 풀며 뒤로 살짝 물러났다. 정록이 석고상보다 더 딱딱한 얼굴을 하고 서 있는 것이 보였다.

"권정록 변호사님!"

"……예."

진심은 흔들리던 눈동자를 겨우 가라앉힌 그가 입술을 달싹이자 빙긋 웃었다.

"왜 그러세요?"

의아한 진심의 물음에 정록이 살짝 미간을 찌푸리더니 이내 그녀에게서 한 걸음 멀어지며 중얼거렸다.

"아무것도 아닙니다. 그럼 나가서 일 보시죠."

정록은 홱 몸을 돌리며 싸늘하게 말한 뒤 손을 휘휘 저으며 그녀를 쫓아냈다.

진심은 수상하기 그지없는 그의 뒷모습을 바라보다 고개를 끄덕이며 힘찬 발걸음으로 집무실을 벗어났다.

무슨 일이든 할 수 있을 것만 같은 아침의 시작이었다.

제2장

환골탈태 오 비서

대한민국 세 손가락 안에 꼽히는 것은 아니지만, 그래도 가정 법률 쪽에서는 세 손가락 안에 든다는 로펌 '올웨이즈' 소속 변호사 권정록의 임시 비서 오진심의 하루는 평소 그녀가 누려 왔던 시간보다는 이르게 시작된다.

때는 새벽 5시 13분경.

전날 진심에게 본의 아닌 분노를 안겨 주었던 그녀의 매니저 혁준은 조심스럽게 진심의 집 문을 열고 들어왔다. 예민한 진심의 아침 식사를 만들어 주기 위해서다.

매번 그녀의 아침을 준비하는 것은 아니었지만, 화가 났을 때는 이런 그의 행동이 진심의 화를 풀어 주는 데 도움이 되고는 했다.

오늘도 역시 그럴 것이라 여기며 살금살금 현관문의 비밀번호를 누르던 혁준은 집 안으로 발을 내딛다 화들짝 놀랐다.

"헉! 유, 윤서니?"

혁준은 제 눈을 의심했다. 어두컴컴한 집 안에서 유일하게 불이 켜져 있는 거실을 수상쩍게 여기기는 했으나 설마 진심이 거실 소파에 앉아 있을 것이라곤 생각하지 못했다.

갈색으로 된 노트 하나를 손에 쥐고 중얼거리고 있는 진심은 기이하다 못해 기괴스러웠다. 긴 머리를 차르륵 늘어뜨린 진심이 스윽 고개를 들자 흡사 큰 눈을 지닌 귀신과도 같아 혁준은 숨을 크게 들이마셨다.

"아, 오빠야?"

"너…… 뭐 하는 거야?"

"뭐 하기는. 예습이지."

"예습?"

영문을 알 수 없는 진심의 말에 혁준은 미간을 좁혔다.

흰색 원피스로 된 잠옷을 입고 있는 것으로 보아 잠은 제대로 잔 것 같기는 한데, 아침부터…… 공부라고?

대학 자퇴 이후로는 스스로 공부에 손을 뗐다고 말하던 진심이 싱긋 웃으며 말하자, 그는 제 귀를 의심했다.

진심은 길게 하품을 하더니 자리에서 벌떡 일어났다.

"그나저나 오빠."

"어?"

"내가 부탁한 의상들은? 갖고 왔어?"

진심과 일한 지 10년 만에 처음 보는 광경이라 멍한 눈을 하고 서 있던 혁준은, 입을 두드리던 진심이 어느덧 제 앞에까지 다가와 있자 뒷걸음질 쳤다.

그는 뒤늦게 고개를 끄덕이고선 마침 들고 있던 정장 케이스를 내밀었다. 진심은 환하게 웃으며 그에게 달려왔다.

"왕 선생님한테 겨우겨우 부탁했다. 네가 꼭 필요하다고 하니까 무슨 오피스 드라마라도 찍을 거냐고 물으시더라."

"뭐, 틀린 말은 아니네. 저번에 오빠가 구해 준 그 옷들은 너무 타이트해서 입기 불편하더라고. 역시 옷은 왕 선생님이 만드신 게 최고지! 오빠, 나 대신 왕 선생님한테 감사하다고 꼭 전해 드려!"

"직접 가서 말씀 안 드리고?"

"그럴 시간이 있나. 이거 외우기도 바쁜데."

"외워?"

어리둥절해하는 혁준에게 의미심장한 미소를 날려 준 진심은 몸을 돌려 들고 있던 정장 케이스와 함께 드레스 룸으로 달려갔다. 혁준은 꽤나 들떠 있는 진심의 뒷모습을 가만히 바라보다 고개를 절레절레 흔들었다.

'좋아, 완벽해!'

확실히 이전보다 더 나아진 모습이다. 진심은 거울 앞에 선 제 모습을 흡족한 얼굴로 응시했다.

어제의 복장도 나쁜 편은 아니었지만 업계에서 알아주는 디자이너인 왕 선생님의 옷을 입으니 진정한 비서가 된 기분이었다.

'옷이 날개라더니.'

씩 웃으며 엄지를 치켜든 진심은 한참 동안 전신 거울 앞을 서성이다 몸을 돌렸다.

"어머. 윤서…… 씨?"

"일찍 왔네요?"

진심이 로펌 올웨이즈가 있는 서초동에 도착한 시각은 7시 45분경.

지하 주차장에 자신을 내려 준 혁준에게 손을 흔들고 엘리베이터를 탄 후, 사무실이 있는 15층에 내린 진심은 자신을 발견하곤 눈을 동그랗게 뜨는 몇몇 비서들을 발견했다.

그녀들은 첫날엔 출근 시간을 훌쩍 넘겨서 등장했던 진심의 일화를 잊지 못한 건지 몹시 당황한 표정을 지으며 말을 걸었다.

진심은 화사한 미소와 함께 그들을 향해 고개를 끄덕였다.

"좋은 아침이에요."

무릎 아래를 살짝 덮는 A라인의 검정색 스커트와 하얀 와이셔츠, 그리고 허리를 살짝 덮는 검정색 슈트 상의까지. 긴 생머리를 하나로 묶고 미소 짓는 여성은 충분히 단정해 보였다.

옅은 화장을 하고 있지만 특유의 아름다움을 숨길 수는 없었던 그녀를 보고 움찔거리던 두 비서들은 몸을 돌려 사무실로 들어가는 진심의 뒷모습을 그저 바라보고 있어야만 했다.

'그러니까 가장 먼저 해야 할 일은…….'

진심이 권정록 변호사 사무실에 도착한 시각은 정확히 7시 50분.

비서들의 출근 시간인 8시보다는 10분 빨랐고, 변호사들의 출근 시간보다는 40분이나 빠른 시간이었다.

들고 있던 핸드백을 제자리에 내려놓은 그녀는 심플한 느낌의 집무실 안으로 들어갔다.

[집무실에 들어가면 가장 먼저 해야 할 일: 창문 열고 공기 환기시키기. 변호사님이 쾌적한 환경에서 업무를 수행할 수 있도록 집무실 청결 유지하기.]

어젯밤 늦게까지 살펴보고, 오늘 새벽에도, 혁준의 배웅을 받으면서까지 놓지 않던 갈색 노트의 내용을 떠올리며 진심은 주위를 두리번거렸다. 그러고는 성큼성큼 책상 뒤편에 위치한 커다란 창으로 걸어가서는 힘차게 창문을 열었다.

'상쾌해!'

창문을 열자마자 느껴지는 시원한 공기가 진심의 얼굴을 강타한다. 그녀는 환하게 웃으며 생각했다.

'고작 창문 하나 열었을 뿐인데 온 세상이 이토록 반짝반짝 빛나다니!'

종이 냄새로 가득하던 집무실 안은 순식간에 아침 공기로 가득 찼다. 어제도 이미 한 번 해 본 일이지만, 이상하게 오늘은 새삼 다르게 다가오고 있었다. 진심의 얼굴에 웃음꽃이 번져 나갔다.

'그럼 다음 할 일은…….'

화분이나 장식품 같은 것은 존재하지 않는, 비교적 단조롭다 싶은 집무실이었기에 더더욱 청결을 유지해야 했다.

아직 8시가 채 되지 않은 시간을 확인하며 진심은 의지를 다졌다.

그녀는 마침 복도를 지나가던 청소부 아주머니에게 걸레를 하나 빌린 후 집무실로 돌아왔다.

'집무실 청소도 완료. 부족한 물품도 다 채워 넣었고 그럼 이제…….'

기다리는 일만 남은 건가.

권정록 변호사의 책상 옆에 위치한 작은 휴지통은 이미 깨끗이 비워져 있었다. 그가 사용하는 용지와 사무용품들은 넉넉하게 채워 넣었고, 연필과 볼펜이 제대로 된 상태인지도 이미 확인을 완료했다.

날짜 스탬프까지 오늘 날짜에 맞추어 바꾸는 것을 완료한 진심은 어제보다 훨씬 나아진 집무실의 환경에 흐뭇한 미소를 지었다.

상사를 맞이할 준비를 마친 시각은 8시 18분.

진심은 제자리로 돌아와 그가 제게 건네주었던 갈색 노트를 내려다보았다.

[NOTE: 권정록 변호사님의 출근 시간은 보통 8시 20~25분 사이. 변호사님은 보통 출근하자마자 뜨거운 커피를 마시며 하루를 시작하시는 편. 카페에서

파는 커피보다는 탕비실의 믹스 커피를 더욱 선호함. 물의 양은 100ml가 적당.]

'믹스 커피?'

아직까지 상사가 도착하기에는 약간의 시간이 남아 있었다. 고민하던 진심은 더욱 완벽한 아침을 맞이하기 위해 자리에서 벌떡 일어나 탕비실로 향했다.

"저기…… 믹스 커피 어디 있나요?"

상사들의 출근 전이라 탕비실에 모여 이야기를 나누고 있던 비서들이 조심스레 묻는 진심의 말에 풋 웃음을 터뜨렸다.

진심은 커피를 즐기는 편이 아니었다.

물론 촬영 도중 각성제로 사용하기 위해 혁준이 주는 커피를 받아 마신 적은 있지만, 스스로 커피를 타 본 적은 없었다.

"이, 이렇게요?"

"어머, 물이 너무 많지 않나요?"

"이리 줘 보세요. 딱 이 정도가 적당해요."

"아."

일전에 인터넷을 통해 커피 내리는 법을 검색한 적은 있었지만 믹스 커피를 타는 법은 또 다른 문제다.

얼떨결에 믹스 커피 하나를 받아 들긴 했는데 물끄러미 그것만 쥐고 있는 진심을 보며 비서들이 다가왔다. 그녀들의 상세한 설명을 받으며 끙끙거리던 진심은 몇 번의 시행착오 끝에 종이컵에 커피 타기를 성공했다.

"다들 고마워요!"

생긋 웃으며 그들에게 인사를 한 진심은 마침 엘리베이터에서 내려 집무실 쪽으로 걸어오고 있던 정록을 발견했다.

"변호사님!"

"윽."

그레이 계열의 슈트 정장을 입고 터벅터벅 걸어오던 정록은 활짝 웃으며 제게 소리치는 진심의 목소리에 우뚝 걸음을 멈췄다.

진심은 자신을 발견하곤 뒤로 살짝 물러나는 그를 향해 사뿐히 걸어왔다.

"이제 오세요?"

"예?"

"이거 드세요!"

"이게…… 뭡니까."

의문을 표하는 정록을 보며 진심은 생글생글 웃었다.

"아침은 믹스 커피로 시작하셔야죠!"

환한 미소와 함께 종이컵을 내미는 진심에게 얼떨결에 그것을 받아 든 정록은, 그녀를 물끄러미 내려다보다 입술을 움직였다.

"고, 고맙습니다."

"뭘요!"

'다 노트에 적혀 있던 건데 뭘.'

진심은 손을 내저으며 대답한 뒤 머쓱한 얼굴과 함께 앞으로 걸어 나가는 정록의 뒤를 따랐다.

"그런데 진짜 정확하시네요. 8시 20분에서 25분 사이에 출근하신다더니. 지금 21분이에요!"

손목에 찬 시계를 내려다보며 중얼거리는 진심의 말에 정록의 입꼬리가 살짝 흔들렸다. 하지만 그 모습을 보지 못한 진심은 고개를 절레절레 저으며 중얼거렸다.

"변호사님이 처음에 절 얼마나 한심하게 보셨을지…… 어휴. 말 안 해도 알겠어요."

시간관념 하나는 철저해 보이는 상사가 첫날부터 지각한 자신을 왜 그리도 싫어했는지, 이제야 이해가 간다. 이렇게 딱딱 제시간에 맞춰 오는 그의 성격으로는 몇 시간이나 늦은 자신을 이곳에 놀러 온 사람으로 여겼을 것이다.

정록은 쓴웃음을 흘리는 진심의 얼굴을 내려다보더니 입술을 움직였다.

"그럼 이제부터 안 그러면 되겠군요."

"……네?"

"커피 고맙습니다. 시작이 나쁘지 않네요."

진심은 부드럽게 말하며 빙긋 올라가는 그의 입꼬리를 발견하고 눈을 크게 떴다.

정록은 멀뚱히 서 있는 진심을 가만히 바라보다 이내 몸을 돌려 자신의 집무실로 걸어갔다. 쾅 하고 그의 문이 닫힐 때까지, 진심은 그저 멍하니 서 있어야 했다.

❖

「오진심 씨 이전의 비서가 사용하던 비서 매뉴얼입니다. 그분께 특별히 부탁해서 잠시 빌린 거니 잃어버리면 곤란합니다.」

색이 바랜 갈색 노트를 제게 내밀며 말하던 정록에겐 노트의 주인에 대한 애정을 엿볼 수 있었다. 그가 얼마나 노트의 주인을 신뢰했는지 마음에 와닿아, 힘차게 고개를 끄덕였던 진심은 노트의 내용을 하나도 놓치지 않기 위해 노력해야 했다.

그래서 어제 퇴근을 한 직후부터 오늘 새벽, 그리고 지금 이 순간까지 노트의 마지막 장까지 빼곡하게 적혀 있는 '권정록 변호사 비서 매뉴얼'에 대해 끊임없이 암기하던 그녀는 [11. 권정록 변호사님 관련 인물 리스트]이라 적힌 챕터 내용을 읽던 도중 멈칫했다.

'이게 뭐야?'

[기억해야 할 인물들 112. 서울중앙지방 검찰청 마약수사과 유여름 검사님 (★★★★★)]

보다 효과적인 비서 활동을 위해서는 담당하고 있는 상사의 주변 인물들을 파악하는 것이 필수였다. 만약 상사의 지인이 전화를 걸어 왔을 때 무심코 끊어 버리지 않도록.

그런 의미에서 '챕터 11'은 진심에게 있어 매우 유용했다.

권정록이란 변호사 주변에 어떠한 인물들이 있는지, 그가 누구와 친한지, 어떤 사이인지 짧게나마 적어 놓은 이전 비서의 노트 덕분에 훨씬 더 수월하게 그를 파악할 수 있었다.

중요도는 순번과는 상관없었다. 오히려 이름과 직책 뒤에 붙은 별표의 개수가 많을수록 그에게 있어 중요한 인물이라는 것을 암시했었기에, 먼저 별표가 많은 것부터 훑어보던 진심의 눈동자가 동그래졌다.

'다섯 개?'

지금껏 노트에 적힌 리스트에는 네 개 이상의 별표는 없었다.

다섯 개의 별이 붙은 사람은 처음이어서 진심은 한참 동안 그 이름을 내려다보았다.

유여름. 유여름…….

'여자 이름인가?'

성별은 적혀 있지 않았기에 진심은 잠깐 미간을 찌푸렸다. 왠지 신경 쓰이는 이름이다. 진심은 짤막하게 적혀 있는 설명을 내려다보았다.

[변호사님의 고등학교 동창이자 대학, 연수원 동기. 유 검사님의 연락이 오면 바로 연결해 드릴 것.]

"흐응."

고등학교에 이어 대학, 연수원까지 같이 나왔으면 꽤나 끈질긴 인연이네.

'잠깐. 내 기억으로는 변호사님은 나랑 같은 대학인데…… 그럼 내 선배인가?'

순간적으로 기억을 더듬어 보려고 했지만, 대학을 고작 1년, 그것도 촬영으로 인해 다니는 둥 마는 둥 했던 그녀에게 떠오르는 것은 전혀 없다.

진심은 심드렁한 콧김을 흘리며 말없이 이름을 되뇌었다. 별 다섯 개가 붙은 것으로 보아서는 정록에게 있어서 매우 중요한 사람임이 틀림없다.

괜히 기분이 이상해져 진심은 113번의 이름으로 넘어가지 않고 눈에 힘까지 주며 '유여름' 이라는 이름을 노려보았다.

'……!'

그 순간, 무언가가 깊은 상념의 늪에 빠진 진심을 깨웠다. 갈색 노트에 온 신경을 빼앗겼던 진심은 갑자기 들려오는 벨 소리에 주위를 두리번거렸다.

'어디서 들려오는 거지?'

그녀는 어렵지 않게 책상 위에서 반짝이고 있는 전화기를 발견했다.

버튼에서 붉은빛을 뿜어내고 있는 전화기는 진심이 권정록 변호사의 임시 비서가 된 후 처음으로 울리고 있었다.

진심은 침을 꼴깍 삼켰다.

'어, 어떡하지.'

심장이 거세게 뛰기 시작했다. 비서 체험을 한 지, 그러니까 정록의 임시 비서가 된 지 고작 사흘밖에 되지 않아서 그런지 전화 한 통에도 입술을 파르르 떨게 된다.

그동안은 계속해서 정록의 집무실로 곧바로 전화가 연결되었기에 한 번도 이런 기회를 갖지 못했었는데…….

진심은 미친 듯이 울리는 전화기를 그저 바라보기만 하다 숨을 크게 들이마셨다.

[전화 받기: 최대한 명랑한 목소리로. 주로 사용하지 않는 손으로 수화기를 든 후, 자주 사용하는 손으로는 메모할 준비를 하며 받기. 회사명과 변호사님 성함을 밝히며 말해야 함.]

'효과적으로 전화를 받는 법' 이라는 노트의 챕터가 머릿속을 스쳤다.

진심은 세 번째 울리는 전화벨 소리에 두려움을 떨쳐 내곤 힘차게 손을 내밀었다.

그래, 할 수 있어, 오진심!

"네, 법무법인 올웨이즈 권정록 변호사실입니다!"

두근두근―

열일곱, 첫 영화를 성공적으로 마친 뒤, 그 해 열린 영화제에서 다른 쟁쟁한 후보들을 제치고 신인상을 받았을 때에도 이보다 떨리지는 않았다.

쿵쾅쿵쾅. 어찌나 가슴이 가쁘게 뛰는지. 진심은 무의식적으로 입술을 떨며 수화기에 모든 신경을 쏟았다.

'실수한 건 아니겠지?'

마지막 멘트가 살짝 떨리긴 했지만 예의 갈색 노트에 적혀 있던 매뉴얼대로 말을 꺼냈다.

진심은 오른손에 쥐고 있던 펜 끝의 펜촉이 파르르 떨리는 것을 느끼며, 제 대답 이후 아무 말도 하지 않는 상대의 답변을 기다려야 했다.

'대체 누가 건 거지? 왜 말을 안 해!'

심장의 박동이 점점 더 거칠어진다. 얼마나 긴장했는지 숨까지 가빠와 머리가 멍하게 울렸다.

'혹시 듣지 못한 건 아닐까?'

틀림없이 말을 한다고 했는데 상대는 제 말을 알아듣지 못한 것일 수도 있었다. 진심은 한 번 더 입술을 열었다.

"여보세요? 법무법인 올웨이즈의 권정록 변호사실입……."

— 오진심 씨.

'아!'

하지만 그녀의 말이 채 끝나기도 전에, 묵묵부답을 유지하던 수화기에서 귀 익은 음성이 흘러나왔다. 진심은 그 목소리가 자신의 상사라는 것을 어렵지 않게 알아차릴 수 있었다.

그녀는 순식간에 긴장이 풀리는 것을 느끼며 뒤로 고개를 돌렸다.

투명한 유리창 너머의 집무실에 있던 정록이 저처럼 수화기를 든 채 자신을 바라보고 있는 모습이 보였다. 반사적으로 입꼬리를 올린 진심은 크게 외쳤다.

"변호사님!"

그녀의 반응에 정록이 살짝 눈썹을 꿈틀거리는 것 같았으나, 그는 평소와 다를 바 없는, 사무적인 음성으로 말을 이었다.

— 1시에 점심 약속이 생겼습니다. 방금 전에 잡힌 거라 오진심 씨에게 말을 해 두어야 할 것 같아서요.

"어머, 그러세요? 그럼 어디서 드시는 건가요?"

— 청담동 쪽입니다.

"처, 청담동……."

슥슥. 전화를 받을 때는 항상 메모를 해 두어야 한다고 적혀 있었던 노트의 내용을 떠올리며, 진심은 펜을 움직였다.

1시, 청담동, 변호사님 약속.

'완벽해!'

정록이 제게 준 노트는 천군만마를 얻은 것과도 같았다. 이 노트와 함께라면 쉽지 않을 것이라 생각했던 비서 업무도 수월하게 할 수 있을 거다.

진심은 흐뭇한 얼굴로 메모지를 내려다보았다.

— 오진심 씨.

아직 끝나지 않은 건지 정록은 한 번 더 진심을 불렀다.

진심은 의아한 표정을 지으며 고개를 다시 들었다.

— 이번에 맡을 의뢰의 상대 변호사가 되실 분과 가지는 미팅입니다.

"아, 네네. 의뢰 상대 변호사……."

— 12시 30분쯤 여기서 나갈 생각인데…….

"열두 시 삼십 분……."

— 오진심 씨도 함께 가겠습니까?

"오진심도 함께…… 예?"

정록이 흘리는 말의 중요 부분만 캐치하며 메모와 함께 중얼거리던 진심은 자리에서 벌떡 일어났다. 너무 놀라 들고 있던 펜을 떨어뜨리기까지 한 그녀를, 정록은 유리창 너머에서 아무렇지도 않게 응시하고 있었다.

두근두근. 고요했던 가슴이 미친 듯이 뛰었다. 진심은 격동하는 눈으로 유리창 너머를 바라보더니 이내 들고 있던 수화기를 내려놓았다. 그러고는 그대로 몸을 돌려 정록의 정면에 서 있다가 그의 집무실로 성큼성큼 다가갔다. 굳게 닫혀 있던 문을 여는 진심의 행동은 거침없었다.

"변호사님!"

"예."

"그거 정말이세요?"

문을 열 때의 패기는 어디로 갔는지, 몸을 전부 들여놓지 못하고 고개만 빼꼼 내밀고 있는 진심의 질문에 정록이 들고 있던 수화기를 전화기로 내리꽂았다.

진심은 정록의 절제된 움직임을 바라보며 심장이 크게 일렁이는 것을 느꼈다. 숨을 깊게 들이마시며 호흡을 골랐지만, 흥분은 쉽게 가라앉지 않는다.

진심은 눈을 빛내며 그에게 다시 물었다.

"정말…… 정말 저도 가도 돼요?"

말을 내뱉는 목소리가 세차게 떨린다. 상기된 얼굴은 여전히 붉다. 기대를 가득 안은 눈을 한 채 정록을 응시했지만, 지금 이 순간에도 포커페이스를 유지하고 있는 그의 무표정한 얼굴에서는 도무지 무슨 생각을 하고 있는 건지 읽을 수가 없다. 진심은 그저 그의 답변을 기다려야 했다.

그리고 얼마 후. 정록은 그런 그녀를 말없이 바라보더니 입술을 달싹였다.

"협조하겠다고 했으니까요."

아주 미세하지만 그의 입가에 퍼져 나가는 미소를 진심은 놓치지 않았다.

"그러니 협조해 드리는 겁니다. 제가 이곳에서 대충 무슨 일을 하는 건지 정도는 오진심 씨도 알고 있어야 할 것 같아서요. 게다가 상사 없는 집무실에 혼자 있는 건 따분할 테니, 같이 가는 것도 나쁘지 않다는 생각입니다. 하지만 오진심 씨가 다른 사람과 만나는 일을 꺼린다면, 저 혼자 가도 됩니다."

"갈게요!"

더 생각할 필요도 없었다. 진심은 망설이지 않고 소리쳤다.

그녀의 대답을 들은 정록의 검은 눈동자가 살짝 일렁였다.

진심은 로펌의 비서는 어떻게 생활하는지에 대해 알아보고 직접 체험하기 위해, 잠정 은퇴까지 선언하며 무려 반년 동안이나 로펌 올웨이즈에서 일하기로 했다.

서류를 정리하고, 전화를 받고, 사무실 청결을 유지하고, 일정을 관리하는 것이 비서가 할 일이 맞기는 하지만, 이런 것들은 다른 어떤 회사의 비서들도 하는 일이었다.

내년으로 예정된 이세진 작가의 신작 드라마에 출연하여, 정말 완벽한 비서의 자세를 보여 주기 위해서는 '로펌 비서'가 어떤 일을 하는지를 파악해야 했다.

업무와 관련된 미팅에 참여하는 것은, 진심에게 있어 좋은 기회가 될 것이다. 진심은 의지를 불태우며 외쳤다.

"갈게요! 저 가 보고 싶어요!"

"좋습니다, 오진심 씨."

정록은 그런 진심의 반짝거리는 눈동자를 바라보더니 입술을 달싹였다. 그는 활짝 웃고 있는 진심의 전신을 검은 눈으로 훑으며 중얼거렸다.

"그럼 일단 그 외모부터 손을 봐야겠군요."

진심은 흐음, 고심하는 정록을 의아한 얼굴로 응시했다.

'손을 본다고? ……왜?'

❖

"저기요."

진심은 입을 삐죽였다.

"예."

정록은 그런 진심의 퉁명스러운 부름에 아랑곳 않고 핸들을 돌렸다. 진심은 미간을 좁혔다. 그녀는 볼을 부풀이며 입을 한 번 더 길게 내밀었다.

"변호사님."

"예."

"변호사님!"

"여러 번 말하지 않아도 제대로 듣고 있습니다, 오진심 씨."

"권정록 변호사님!"

마침 주차를 하던 중이라 뒤를 돌아보던 정록의 검은 눈동자가 스윽 내려왔다.

진심은 아마도 자신을 쳐다보는 것이 분명한 정록을 발견하고는 인정사정없이 얼굴을 일그러뜨렸다.

정록은 그녀의 불만 가득한 얼굴에도 전혀 동요하지 않은, 오히려 뻔뻔스럽게 느껴지는 표정을 지으며 되물었다.

"대체 왜 그렇게 소리를 높이는 겁니까, 오진심 씨. 여기는 차 안입니다만."

'차 안? 이 사람이 진짜!'

"제가 목소리를 안 높이게 생겼어요?"

진심은 침을 튀겨 가며 그에게 소리쳤다. 지정된 장소에 주차를 마친 정록은 뒤로 돌렸던 고개를 진심에게 고정시키고는 갸웃거렸다. 어리둥절해하는 그가 황당하기 그지없어 진심은 말을 덧붙여야만 했다.

"이게 대체 뭐예요!"

"무슨 소린지 모르겠군요."

"제 꼴 말이에요!"

좁은 차 안.

사람이라고는 단둘.

그리고 남과 여.

키워드만으로는 충분히 야릇한 분위기도 느낄 수 있는 상황이지만 차 안에 감도는 분위기는 살벌하기 그지없다. 진심이 온갖 인상을 쓴 채 정록을 노려보고 있었기 때문이다.

진심은 자신이 무엇을 잘못했는지도 모르고 오히려 제게 소리를 질렀다며 미간을 좁히고 있는 정록을 황당한 시선으로 응시했다.

정록은 그녀의 외침에 이해할 수 없다는 표정을 짓고 있었다.

"오진심 씨의 꼴이 왜요?"

"몰라서 물어요?"

"모르겠습니다만?"

'뻔뻔하기도 하지!'

무심코 가슴속의 말을 입 밖으로 꺼낼 뻔했다. 부글부글 끓어오르는 분노를 겨우 가라앉히며 진심은 크게 심호흡을 했다.

그런 그녀를 흘긋거리던 정록은 차고 있던 안전벨트를 풀고선 진심을 바라봤다. 진심은 씩씩거리며 말했다.

"변호사님. 분명 지금 이번에 맡으신 의뢰 건의 상대 변호사가 될 수도 있는 분을 만나러 가신다고 하셨죠?"

정록은 흥분한 진심과는 달리 차분하기 그지없는 음성으로 답했다.

"예. 간단한 점심도 먹고, 그분이 어떤 식으로 일 처리를 할지 살짝 떠볼 생각입니다."

그래. 틀림없이 그럴 생각으로 자리를 마련한 거라는 걸, 진심도 눈치채긴 했다. 때문에 그녀는 더욱 이를 악물었다.

"그런 자리에 저를 함께 데려가시는 거고요?"

"앞으로 오진심 씨가 이 업계의 일을 계속하려면, 이러한 경험들이 많이 도움될 겁니다. 그런데 그 표정은 대체 뭐죠? 막상 경험하려니 망설여집니까?"

'망설여져?'

"당연하죠!"

진심은 눈을 가늘게 뜨는 정록에게 소리쳤다.

"이 꼴로 어떻게 그 자리에 가요!"

해도 해도 너무하다. 이건 저를 싫어한다고밖에 생각되지 않는다. 진심은 울상을 지으며 정록에게 외쳤다.

정록의 눈이 여전히 안전벨트를 착용하고 있는 진심을 향했다. 그의 눈동자가 제 아래위를 훑자 얼굴이 빨갛게 달아올랐다.

"그 꼴이 뭐 어떻다는 겁니까?"

제 잘못은 전혀 모르겠다는 표정. 진심은 왠지 부아가 치밀어 오르는 것을 느끼며 소리쳤다.

"상대 변호사가 될지도 모르는 사람이랑 만나는 중요한 자리에, 변호사님은 자기 비서가 분홍색 트레이닝복에, 선글라스를 끼고, 마스크랑 모자까지 써서 얼굴을 가리고 있는 게 정상이라고 생각하시는 거예요?"

누가 봐도 정상이 아니다. 연예계 활동 하나에 매진하느라 세상 물정 모르는 오진심이 보기에도 이것은 정말 아니었다. 흡사 불과 며칠 전, 로펌 올웨이즈의 건물을 처음 찾았던 제 모습을 떠올리게 만드는 지금 이 모습에 진심은 입술을 파르르 떨었다.

「그럼 일단 그 외모부터 손을 봐야겠군요.」

그 말을 처음 들었을 땐, 제가 단어를 잘못 캐치한 줄 알았다. 두 번째 곱씹어 보았을 때도 제대로 이해하지 못했다. 그간 언어 해석 능력이 저하된 건가.

그래서 한 번 더 되짚어 보았다. 그래도 이해 못 하는 것은 여전했다.

어리둥절해하는 진심을 향해 정록은 자신을 따라 나올 것을 지시했다. 뭔가 수상하긴 했지만 그녀는 거리낌 없이 그의 뒤를 따랐다.

이윽고 그가 도착한 곳은 비서들이 모여 있는 탕비실.

갑자기 찾아온 정록과 진심을 의아하게 바라보는 몇몇 비서들을 향해 그는 말했다.

「혹시 저번 단합 대회 때 맞췄던 단체복 아직 남아 있습니까?」

'아무리 생각해도 이건 말이 안 되지 않냐고!'

비서라는 사람이 체육복을 입고 상사의 미팅에 따라간다는 말은 듣지도 못했고, 보지도 못했다. 진심이 씩씩거리는 것은 당연한 일일 것이다.

그런 진심을 향해 정록은 길게 한숨을 내쉬며 입술을 움직였다.

"오진심 씨. 저도 지금 이 상황이 얼마나 황당한지 모르는 건 아닙니다."

'그걸 아는 사람이 왜……!'

"하지만 오진심 씨잖습니까."

진심은 눈을 동그랗게 떴다. 정록은 무슨 소리냐며 미간을 좁히는 진심에게 설명했다.

"아니, 정확하게는 오윤서 씨잖습니까, 당신은."

"그, 그게 무슨……."

정록은 길게 한숨은 내쉬었다.

"저는 잘 모르겠습니다만, 어디 오진심 씨가 평범한 사람이어야 말이죠."

진심은 말을 잇는 정록을 바라보았다. 그는 멈추지 않았다.

"오진심 씨의 말대로, 당신은 어딜 가나 눈에 띄는 사람이니 함께 움직이려면 아예 완벽하게 가리는 편이 나을 거라 생각했습니다. 그래서……."

그는 제 말을 경청하는 진심의 눈동자를 마주했다.

"그 의상을 입힌 거고요."

"……!"

"게다가 지금 만나 뵐 분이 오진심 씨의 열렬한 팬이어서 말이죠. 제가 기억하기로는 오진심 씨가 출연하는 드라마나 CF들은 하나도 빠지지 않고 녹화하는 걸로 유명합니다."

"노, 녹화요?"

예상치 못한 그의 말에 진심이 흠칫 놀라자 정록은 고개를 끄덕였다.

"예. 만약 제가 오진심 씨와 함께 온 걸 알게 되면, 업무 관련 내용보다는 오진심 씨한테 관심을 표할 게 분명합니다. 전 그런 귀찮은 일은 사양이라서."

"그…… 그런 거였다면 진작 말씀하시죠. 전혀 모르고 있었잖아요. 변호사님도 참, 설명을 아끼신다니까."

하늘 위로 올리던 입꼬리를 스르륵 내리며 진심은 어색한 웃음을 흘렸다.

여전히 서늘한 얼굴을 하고 있던 정록은 마스크와 선글라스에 가려 있었지만 수줍게 미소 짓는 것이 분명한 진심을 바라보며 말했다.

"할 말 끝났으면 차에서 내려도 될까요?"

"아, 네! 그래요. 그러는 게 좋겠어요!"

진심은 말이 끝나자마자 차에서 내리는 정록의 뒷모습을 곁눈질로 지켜보다 손목시계를 흘긋거렸다.

'벌써 12시 50분이네.'

약속 시간인 1시까지는 아직 10분이 남아 있었지만 지금쯤 들어가 상대를 맞이할 준비를 해야만 했다. 진심은 안전벨트를 풀고 조수석의 문을 열기 위해 팔을 뻗으려 했다.

"……!"

그러나 그녀의 손이 닿기도 전에, 조수석의 문이 열렸다. 진심이 깜짝 놀라 고개를 들자 어느새 제 쪽으로 다가와 있던 정록이 그녀를 향해 손을 내밀고 있었다.

"지프차라 꽤 높습니다."

사심이라고는 전혀 느껴지지 않는 사무적인 목소리가 귓가를 간질였다.

"오진심 씨?"

"예? 네! 고, 고맙……습니다, 변호사님."

진심은 그의 손을 멀뚱히 응시하다 정신을 번뜩 차리며 대답했다.

'……'

그의 커다란 손 위로 제 손을 얹자 뜨거운 온기가 퍼져 나간다.

두근두근. 미동 없던 심장이 거세게 요동쳤다. 왠지 귓불이 화끈거리는 것 같았다.

"그럼 따라오시죠."

정록은 진심이 안전하게 바닥에 설 수 있도록 에스코트를 마치고선 얼른 잡았던 손을 뒤로 물렸다.

앞서 나가는 정록의 등을 바라보던 진심은 짧았지만 빠르게 제 손을 데웠던 그의 커다란 손바닥에서 눈을 떼지 못했다.

숨이 가빠졌다.

"권 프로! 오랜만이야!"

프로.

검사의 영어 단어인 프로시큐터(Prosecutor)에서 따온 말로, 공공장소에서 눈에 띄지 않기 위해 검사들끼리 사용하는 서로 간의 호칭이었지만 이제는 판사나 변호사 등까지도 통칭하게 된 법조계의 은어.

진심은 예의 갈색 노트에서 봤던 반가운 단어를 떠올리며 눈을 반짝였다.

'이제 이 정도 은어는 알지.'

흐뭇한 얼굴로 고개를 까딱이던 진심의 눈에는 빳빳하게 각이 잡힌 자주색 슈트를 입은 사내가 손을 흔들며 VVIP룸 안으로 들어오는 것이 보였다.

이미 출입구 쪽에서 그가 오기만을 기다리던 정록이 꾸벅 고개를 숙였다.

"오시는 길은 괜찮으셨습니까?"

"매번 오던 길인데 뭘. 그런데 권 프로, 얼굴이 폈네. 요즘 잘나간다며?"

두 눈을 반짝이며 정록을 바라보던 남자는 눈을 가늘게 뜨며 정록을 쿡 찔렀다. 순간 미간을 좁혔지만 이내 아무렇지도 않은 척 빙긋 웃는 정록의 표정이 꽤나 놀라웠다. 진심은 그에게 집중했다.

"어디 선배님만 하겠습니까. 저는 아직 선배님의 발끝에도 못 미치죠."

"하하, 사람 참. 누가 보면 내가 엄청 잘나가는 줄 알겠어."

"정말 잘나가시니까요. 소식 들었습니다, 선배님. 얼마 전 시니어 되셨다고."

"그 이야기가 벌써 거기까지 퍼졌어?"

"이 업계가 원래 좁지 않습니까. 축하드립니다, 선배님."

"하하하. 고마워. 권 프로한테 축하를 받으니 쑥스럽군."

「이번에 만나 뵐 분은 제가 올웨이즈로 오기 전까지 다녔던 로펌의 선배 변호사님이십니다. 이름은…….」

「안상진 변호사님!」

「……!」

「맞죠?」

싱긋 웃는 진심을 향해 정록은 놀란 표정을 짓더니 이내 고개를 끄덕였다. 헤헤, 웃는 그녀를 빤히 내려다보며 뭔가 말을 하려다 만 그는 얼마 지나지 않아 다시 입술을 움직였다.

「자기를 칭찬해 주는 걸 좋아하는 단순한 성격입니다. 일단 만나면 사탕부터 바치는 편이죠.」

정록의 축하를 받은 남자는 손사래를 치기는 했지만 결코 싫지는 않은 얼굴이다.

진심은 픽 웃는 정록을 주시하고 있었다. 확실히 정록의 말이 사실이었다. 진심은 검은 선글라스 너머로 보이는 자주색 슈트의 남자를 뚫어져라 직시했다. 여전히 두 남자들은 출입구에 서서 대화를 이어 나가고 있었다.

"하여간 정말 오랜만이야. 바쁜 우리 권 프로가 나 시니어 된 거 축하하는 의미에서 만나자고 한 건 아닐 텐데. 어쩐 일이야?"

"선배님도. 우리가 용건이 있어야 만나는 사이입니까. 당연히 시니어 되신 거 축하드리는 의미로 뵙자고 한 거죠."

"하하. 정말인가?"

"제가 가장 존경하는 법조인이 선배님인 거, 아시지 않습니까."

"아하하하! 하긴. 우리 권 프로가 날 많이 따르긴 하지. 그래서 내가 많이 아낀다고. 근데……."

꿀꺽. 무엇이 그리도 할 말이 많은지 입구 쪽에 서선 도란도란 이야기꽃을 피우는 두 남자를 신기한 듯 응시하던 진심은 불현듯 고개를 돌린 상진이 저를 발견하자 몸을 움찔거렸다. 반사적으로 마른 목구멍 안으로 침이 넘어갔다.

물론 모자와 마스크, 그리고 선글라스로 꽁꽁 얼굴을 가리고 있었지만 제게로 한 번 꽂힌 시선을 쉽게 돌리지 않는 상진의 눈빛에 진심은 조금 긴장했다.

「오진심 씨는 거기 가만히 앉아 계시면 됩니다.」

청담동의 레스토랑에 들어오자마자 정록은 진심에게 말했다. 어리둥절해하는 그녀에게 VVIP룸 안에 위치한 사각 테이블에서도 가장 구석진 곳을 가리키는 그는 너무도 수상했다.

진심은 입을 쭉 내밀었다.

「저기요?」

상석과는 뚝 떨어져 있는 구석 자리가 오히려 눈에 띄었다. 그곳에 있으면 더 시선을 받을 것 같아 한 번 더 재고해 달라는 표정을 지었지만 정록은 단호했다.

「예. 그곳에 계셔야 합니다.」

「그래도 저긴…….」

「오진심 씨.」

「갑니다, 가요! 보세요, 변호사님! 저 앉았어요!」

말을 듣지 않는다면 쫓아낼 것 같은 표정을 짓는 정록을 보며 진심은 얼른 두 손을 내저었다. 그는 충분히 진심을 내쫓을 결단을 지닌 남자였으니까. 결국 방실방실 웃으며 자리에 앉는 진심을 내려다보던 정록은 픽 웃음을 흘렸었다.

"어…… 권 프로?"

그리고 다시 현재로 돌아와, 상진은 진심에게서 눈을 떼지 못하다 정록을 불렀다.

"왜 그러십니까, 선배님?"

진심을 쳐다보는 상진의 눈동자가 의문으로 휩싸이는 것을 보면서도 정록은 시치미를 뗐다.

진심은 내심 감탄했다.

이 남자, 연기도 나름 잘한다.

능청스러운 정록의 대응에 탄복하며 진심은 눈앞에 놓인 물 컵에 손을 댔다. 파르르 떨리는 손가락 끝이 자신이 얼마나 긴장했는지를 가늠하게 했다. 정록과는 꽤나 대조적인 모습.

'이것도 연기의 일부야.'

진심은 숨을 고르며 물 컵을 세게 부여잡았다.

상진은 수상하기 그지없는 분홍색 트레이닝복 여자를 바라보며 말을 이었다.

"동행이 있는 줄 몰랐어. 왜 진작 말하지 않았나."

"동행? 아."

상진의 말을 그제야 알아들었다는 듯, 그의 시선이 향하는 곳으로 고개를 돌린 정록은 낮은 탄성을 터뜨리며 진심을 응시했다.

내색하지 않았지만 진심은 숨을 크게 들이마셔야 했다.

「그곳에 앉아 어떤 말을 들어도 제 신호 없이는 어떤 말도 하지 마십시오.」

VVIP룸의 문이 열리기 전, 제게 끝까지 주의를 주던 정록의 발언이 머리를 스친다. 진심은 입술이 바짝 마르는 것을 느끼며 미간을 좁혔다.

'왜 이렇게 목이 마르지.'

"그러고 보니 진작 말씀드린다는 걸, 죄송합니다. 그리고 소개하겠습니다, 선배님. 이번에 새롭게 저를 도와줄 오 비서입니다."

"오 비서? 일전엔 황 비서가……."

"예. 하지만 황 비서는 잠시 육아 휴직 중입니다. 여기 오 비서는 그 후임이죠."

"아아."

“지금은 수습 기간이라 업무도 익힐 겸, 저와 대부분의 미팅에 동행 중입니다.”

“어? 어어. 그, 그래…… 뭐. 비서랑 변호사가 빨리 손발이 맞을수록 일하기 수월해지지. 그래. 맞아. 오 비서라고…… 했나요?”

정록의 설명에 이색하게 웃으며 제게 인사를 하려는 상진과 그녀의 눈이 마주쳤다. 아니, 아마도 눈이 마주쳤을 거라 여겼다. 짙은 선글라스를 낀 상태라 상진이 진심의 눈동자를 제대로 봤을 리는 없을 테니까.

‘어떻게 해야 하지?’

진심은 제게 손을 내미는 그에게 화답하기 위해 자리에서 일어나려다 등 뒤로 살짝 손을 내젓는 정록의 손짓을 발견했다.

정록은 계속해서 진심에게 악수를 청하는 상진에게 설명했다.

“참. 오 비서의 모습은 양해 부탁드립니다. 며칠 전 대대적인 공사를 하는 바람에…….”

“공사? 아아! 하하하. 그럼 이해해 드려야지. 난 또, 웬 이상한 여성분이 앉아 계시나 했네. 하긴, 이쪽에선 마스크도 꽤나 중요한 편이니까. 안 그렇습니까, 오 비서.”

정록의 뻔뻔스러운 발언에 상진은 쉽게 수긍했다. 그들의 대화를 쫓아가지 못하던 진심은 뒤늦게 의미를 알아차리곤 눈을 동그랗게 떴다.

“전……!”

「명심하십시오, 오진심 씨. 단 한 마디도 해서는 안 됩니다.」

‘어휴!’

정록이 장난을 치는 거라고 해명하기도 전에 머리를 스쳐 지나가는 정록의 음성이 귀를 웽웽 울렸다. 진심은 ‘큰 결심을 하셨네.’ 하고 중얼거리는 상진에게 소리치려다 말고는 입을 다물었다.

정록은 그런 진심이 서둘러 입을 다물자 마치 '잘하고 있습니다.' 라는 표정을 지어 주었다.

왠지 얼굴이 달아오르는 것 같아 진심은 고개를 홱 돌려 버렸다.

"그럼 선배님. 뭐라도 드시겠습니까?"

❖

"푸하!"

얼굴을 반쯤 가리던 마스크를 벗어 던지자 발그레 변한 뺨을 타고 땀이 주르륵 흘러내렸다. 진심은 가쁘게 숨을 고르고 있는 화장실 거울 속의 여인을 응시했다.

'진짜 가관이네.'

확실히 공식적인 업무 자리와는 거리가 먼 모습. 분홍색 트레이닝복만큼이나 핑크빛으로 물든 뺨을 가진 여자가 자신을 바라보고 있었다.

쿵쾅거리는 가슴이 화장실에서 숨을 고르자 서서히 안정을 찾는 것이 느껴졌다. 그녀는 손에 쥐고 있던 마스크를 내려다보았다.

'신경전 장난 아니던데…….'

생글생글 웃는 얼굴로 허를 찌르는 말을 하는 것은, 마음에 드는 대본을 사이에 둔 여자 배우들 사이에서만 가능한 일인 줄 알았다.

정록에 의해 강제로 입을 다물게 된 진심이 아무것도 먹지 못한 채 멀뚱히 앉아 있는 사이, 두 변호사들은 그들의 본업과는 전혀 관계없는 시시콜콜한 주제로 이야기를 나누었다.

집무실에 새로운 화분을 두었다든가, 요즘 즐겨 먹는 음식이 유부 초밥이라든가 하는 잡다한 이야기들이 그 예였다.

분명 사소한 대화를 나누고 있는 것이 틀림없는데, 왠지 불꽃이 튀는 것처럼 느껴진 것은 잠시도 말이 끊어지지 않았기 때문이다.

진심은 고개를 절레절레 저었다.

'내가 도움이 되기는 했나…….'

일단 상사가 시키는 대로 식사 내내 말없이 앉아 있기는 했는데, 정록의 의도는 아직까지도 파악할 수 없다.

"아."

이 식사가 끝이 나야 그가 무슨 생각을 하는지 알 수 있을 거라 여기며, 지금쯤 계산을 하고 있을 그에게로 돌아가려던 진심은 마침 남자 화장실에서 나오던 상진과 마주쳤다.

'헉!'

진심은 얼른 손을 들어 올려 얼굴을 살폈다. 다행히 마스크와 선글라스를 제대로 착용한 상태였다. 그녀는 안도의 한숨을 내쉬었다.

"그러니까, 오 비서라고 했었나요?"

진심이 자신을 발견했다는 걸 알아차린 건지 서글서글한 미소를 지으며 상진이 그녀에게 다가왔다.

심장이 콩닥거렸다. 슬쩍 고개만 까딱이며 정록에게 돌아가려 했던 진심의 발걸음은 어느새 제 앞을 가로막고 있는 상진에 의해 멈추었다.

'뭐, 뭐야.'

진심은 저보다 훨씬 큰 상진을 올려다보며 미간을 좁혔다. 상진은 묘한 미소를 지으며 그녀를 내려다보고 있었다.

"아까부터 오 비서는 한 술도 안 뜨던데, 배는 안 고파요?"

진심은 제게 관심을 보이는 그에게 고개를 절레절레 저었다. 그리고 다시 그의 곁을 지나치려 했으나 상진은 더욱 짙은 미소와 함께 팔을 뻗었다.

‘이, 이 인간 뭐야!’

진심은 마치 그녀를 가로막는 것 같은 상진의 행동에 본능적으로 뒷걸음질 쳤다.

“그런데 말이에요, 오 비서. 나 궁금한 거 하나 있는데 말이죠. 우리 권 프로, 일은 잘하기는 한데…… 인간성은 영 꽝이지?”

진심은 주위를 살피더니 눈을 빛내는 상진의 말에 눈을 동그랗게 떴다.

상진은 당황하는 진심은 아랑곳 않고 제 말을 이어 나갔다.

“하긴, 사람이 단시간에 변할 리도 없고. 권 프로가 그런 건 업계에서 유명하지. 그런 상사 밑에서 일하게 됐으니, 쉽지는 않겠네요.”

‘대체 무슨 소리를…….’

그는 혀를 끌끌 차며 갑자기 품속에서 지갑을 꺼내 들더니 명함 하나를 건넸다.

“여기. 권 프로 밑에서 일 좀 배우다가 영 아니다 싶으면 나한테 와. 우리 회사가 올웨이즈보다는 훨씬 크고 비서 페이도 세거든요. 마침 얼마 전에 비서 팀의 한 명이 그만둬서, 인원이 부족하다더라고. 뭐, 권 프로한테 일 배우면 기본은 할 테니까 나한테도 좋고, 일석이조지. 안 그래?”

하얀 이를 드러내며 씩 웃는 남자의 말에 헛웃음이 새어 나올 것 같았다.

‘어쩐지. 아끼는 후배, 선배다 뭐다 했지만 그리 친해 보이지는 않더라니.’

진심은 잠시 정록이 자리를 비운 사이, 그의 사람을 빼 가기 위해 수작을 부리는 상진을 바라보며 입꼬리를 꿈틀거렸다.

“뭐 해. 안 받아요?”

‘받아야 하는 건가.’

"흠. 그런데 오 비서, 성 말고 이름은 없나?"

망설이던 진심이 어쩔 수 없이 명함을 내밀고 있는 상진에게 손을 뻗자, 상진의 눈이 갑자기 매서워졌다.

소리를 낼 수 없는 진심이 무슨 뜻이냐는 눈으로 그를 응시하자 상진은 진심의 손을 주시하며 중얼거렸다.

"흐음. 이상하게 그 손가락, 낯이 익단 말이지. 어디서 봤더라……."

묘한 콧소리를 흘리며 고개를 갸웃거리는 상진의 말에 잘 달려 있던 심장이 쿵 하고 반응했다.

'어, 어떡해.'

진심은 의심스러운 표정을 지으며 그녀를 빤히 주시하는 상진의 눈빛에 숨을 들이마셨다.

"자꾸 신경이 쓰인단 말이지. 오 비서, 잠깐 그 마스크 벗을 수 없어요?"

쿵쾅쿵쾅—

심장이 거세게 요동쳤다. 파르르 떨리는 입술이 당황한 진심의 심정을 대변하고 있었다. 갑자기 닥친 상황에 순간적으로 뇌 기능이 정지된 진심은 멀뚱히 눈앞의 남자를 바라보았다.

그녀를 빤히 주시하고 있는 남자, 상진은 미간을 좁혀 가며 진심을 향해 한 걸음 다가왔다.

"아니면 선글라스라도 좋아요. 그 선글라스 한 번만 벗어 줄 순 없을까?"

「게다가 지금 만나 뵐 분이 오진심 씨의 열렬한 팬이어서 말이죠.」

제게 단단히 주의를 주던 정록의 말이 불현듯 머리를 스쳤다. 진심은 저도 모르게 뒷걸음질 쳤다.

「오진심 씨가 출연하는 드라마나 CF들은 하나도 빠지지 않고 녹화하는 걸로 유명합니다.」

"실례라는 거 아는데 흐음, 그 목선도 그렇고…… 이상하게 낯이 익단 말입니다."

"……!"

"아아! 성희롱은 절대 아닙니다. 그냥, 진짜 어디서 많이 본 것 같아서 그래요! 그러니까 한 번만 그거 벗어 줄 수 있어요? 나 궁금한 거 못 참는 성격이거든."

「아주 작은 목소리에도 알아볼 수 있으니 주의, 또 주의해야 합니다.」

진심은 고개를 갸우뚱거리며 제게 자꾸만 다가오려는 상진의 발걸음을 피하기 위해 화장실 앞 벽 끝까지 몸을 붙였다.

부담을 주려는 것이 아니라며 손사래를 치고 있기는 했지만, 상진이 그녀를 바라보는 눈빛은 예사롭지 않았다.

대답을 할 수 없었던 터라 손만 휘휘 저으며 그에게서 멀어지려 애쓰던 진심은 이를 악물었다.

'절대 안 돼! 절대로 들켜선 안 돼! 변호사님이 절대로 말하면 안 된다고 했으니까!'

그렇게 한참이나 끈질기게 제게 손을 뻗으려던 상진의 행동이 어느 순간 멎었다는 것을 알아차렸다.

'어?'

이윽고 진심은 계속 좌우로 내젓던 자신의 손이 허공이 아닌 무언가 딱딱한 것을 치고 있다는 걸 깨달았다. 스르륵 감았던 눈을 들어 올리자 커다랗고 검은 산이 그녀의 앞을 가로막고 서 있었다. 미간을 좁히고 있던 진심의 얼굴이 활짝 펴졌다.

"선배님. 여기서 뭐 하십니까."

계산을 하고 있을 거라 여겼던 정록이었다. 그는 어느새 진심의 앞을 가로막고선 상진을 마주하고 있었다.

진심만큼이나 놀란 표정을 짓던 상진은 나쁜 짓을 하다 들킨 사람처럼 어색한 미소를 그렸다.

"궈, 권 프로. 왔나?"

"예."

"벌써 계산을 끝냈어?"

"예."

"하하, 이, 이번엔 내가 내려고 했는데 말이지."

"괜찮습니다."

"하하, 하하……. 그, 그런데 혹시 우리 대화 들었……나?"

진심의 눈치를 살피던 상진은 그녀에게 다가가려던 발걸음을 물리며 정록에게 질문을 던졌다.

찔리게 있기는 할 테지.

진심은 코웃음 치며 쭈뼛거리는 상진을 노려봤다.

정록은 빙긋 입꼬리를 올리며 대답했다.

"예."

한 치의 망설임도 없는 정록의 대답은 상진의 얼굴을 흙빛으로 물들였다.

정록은 말했다.

“그래서 말인데, 더 이상 곤란하게 만들지 않으셨으면 좋겠습니다.”

웃으며 말하는 정록을 보고 상진은 해명했다.

“고, 곤란하게 할 생각은 없었어. 단지 잠깐 확인만 하려고. 확인만……. 아니, 아무리 봐도 낯이 익어서 그래. 저 손가락이랑 목선. 분명 어디서 본 것 같다니까? 어디서 봤지? 자, 잡지에서 봤나?”

“선배님. 저를 아시잖습니까.”

“……어?”

단호한 정록의 발언에 상진이 눈을 크게 떴다.

정록은 싸늘하게 미소를 그리며 대답했다.

“다른 누구도 아닌 제 비서입니다만.”

“……!”

“제가 그런 쪽의 사람을 비서로 채용할 리 없잖습니까.”

빙긋 웃고 있기는 하지만 말에 날이 서 있다. 명백하게 차단하는 정록의 발언에 민망해진 것은 오히려 이야기를 듣고 있던 상진이었다.

“그, 그렇지?”

미동조차 하지 않는 두 눈으로 서늘하게 저를 노려보고 있는 정록을 쳐다보던 상진은 하하, 어색한 웃음을 흘리며 뒷머리를 긁었다.

“미, 미안! 이거 정말 미안하게 됐어. 내가 착각을 했나 보군. 오 비서, 미안해요! 내가 오해를 했어!”

진심은 제게 눈짓을 하곤 호탕하게 웃는 상진을 말없이 응시했다.

“사과하시니 다행입니다. 오 비서가 선배님의 태도에 꽤 놀란 것 같았거든요.”

“아, 그, 그래? 다시 한 번 미안합니다, 오 비서!”

진심은 한 번 더 고개를 숙이는 상진을 따라 얼떨결에 고개를 까딱였다. 뭔가 께름칙하지만 일단 사과를 했으니 받아 주는 수밖에.

두 남녀가 서로 인사를 하는 모습을 지켜보던 정록은 상진을 향해 회사까지 데려다주겠다는 제안을 했다. 그러나 상진은 한사코 손을 내저었다.

"오늘 점심 잘 얻어먹었어. 다음에 시간 나면 또 보자고. 참, 오 비서도 내가 한 말 잊지 말아요!"

'흥! 완전히 잊어버릴 거다, 뭐.'

이미 정록에게 들켜 버린 주제에 끝까지 그녀에게 미끼를 던지던 상진은 확실히 노련한 변호사였다.

황당한 표정을 짓는 진심과는 달리 정록은 레스토랑 앞에서 자신의 차를 타고 멀어져 가는 그를 향해 고개를 숙였다. 진심은 뚱한 얼굴로 상진이 멀어질 때까지 한참을 서 있어야 했다.

상진이 그들의 시야에서 완벽하게 사라진 지 얼마나 흘렀을까. 시계는 오후 4시를 가리키고 있는 상황.

두 남자들이 식사를 할 동안 마스크를 끼고 있는 바람에 제대로 밥을 먹지도 못했던 진심은 뱃가죽이 등에 들러붙기 직전이었다.

"오진심 씨."

꼬르륵 소리가 날까 두려워 배만 문지르고 있던 그녀는 자신을 부르는 정록의 음성에 고개를 들어야 했다. 정록은 그런 진심을 내려다보며 아량이라도 베풀 듯 말했다.

"뭐 먹고 싶은 거 있습니까?"

❖

"주문하신 깐풍기와 류산슬, 찹쌀 탕수육, 그리고 짬뽕과 짜장 반반 나왔습니다!"

뱅글뱅글 돌아가는 중국식 원형 테이블 위로 갖가지 요리가 담긴 그릇이 내려왔다. 진심은 함박웃음을 지으며 젓가락을 집어 들려다 멈칫했다.

'참!'

아직까지 선글라스와 모자, 그리고 마스크를 착용하고 있던 그녀는 드르륵 문이 닫히는 소리가 들리자마자 얼른 그것을 벗어 던졌다. 그리고 일말의 망설임도 없이 힘차게, 제 앞에 놓여 있는 젓가락을 집었다.

'뭐부터 먹지?'

상다리가 부러질 정도로 차려진 음식들을 보자니 저도 모르게 입꼬리가 올라갔다. 생글생글 웃으며 어느 것을 먼저 고를지 고심하던 진심은 미간을 좁히며 저를 바라보고 있는 정록의 시선을 발견하고 퉁명스러운 말을 내뱉었다.

"왜요."

정록은 그런 진심의 따가운 눈초리에 결국 속에 든 말을 흘렸다.

"아니, 그거 다 먹을 수 있나 싶어서요."

"당연하죠!"

진심은 저를 의심하는 정록을 향해 크게 소리쳤다.

"제가 얼마나 배고팠는지 변호사님은 모르실 거예요! 흥. 밥 사 준다고 데려가 놓고선 쫄쫄 굶기는 건 또 뭐예요? 안 그래도 얇은 제 허리, 부러지는 줄 알았다고요! 게다가 강제 성형까지 시키다니! 나 완전 자연산이라고요!"

버럭 외치는 진심의 말에 정록의 얼굴이 당혹으로 물들었다. 안 그래도 그것이 못내 미안했던 모양이다.

"저기, 오진심 씨. 그 점에 대해서는……."

"알아요. 그 상황에서는 그게 제일 설득력 있는 변명이었다는 거."

진심은 서둘러 해명하려는 정록에게 손을 저으며 중얼거렸다.

"그러니까 여기서 끝내는 거예요. 대신, 이거 다 변호사님이 내셔야 해요. 그리고 저 말리지 마세요. 이거 다 먹을 거예요!"

눈앞에 놓여 있는 수많은 음식들을 가리키며 의지를 불태우는 진심의 발언에 정록은 피식 웃음을 흘렸다.

진심은 대답 대신 어깨를 으쓱이고는 그릇 위에 예쁘게 담겨 있는 찹쌀 탕수육 하나를 집고선 결의를 다졌다.

정록은 배가 고픈 와중에도, 제게 잘 먹겠다며 인사를 잊지 않는 진심을 못 말린다는 듯 응시했다. 오물오물. 붉디붉은 입술을 쉬지 않고 움직이는 그녀의 모습이 정록에게는 신기하게 다가왔던 게 틀림없다.

작은 입안으로 어떻게 저 많은 것들이 들어가는 걸까, 생각하는 건가?

혀를 내두르던 정록의 눈빛을 받아 내면서도, 결코 젓가락 놀리는 행위를 멈추지 않던 진심은 순식간에 음식의 반을 비웠다.

"일부러 그랬죠?"

2차 음식 공격을 시작하기 직전의 브레이크 타임.

약간 숨을 고르며 젓가락을 내려놓은 진심은 조금 전 미친 듯이 젓가락을 움직이던 여자의 모습은 온데간데없이 우아하기 그지없는 표정을 지으며 정록을 응시했다.

정록은 순식간에 일변한 진심을 놀라운 듯 바라보면서도 곧 어깨를 으쓱였다.

"무슨 말씀이신지."

"저한테 그 핑크색 체육복 입히신 거 말이에요. 일부러 그러신 거잖아요."

"정말 무슨 소린지 모르겠습니다. 이미 말씀드렸듯이 오진심 씨의 외모가 너무 평범하지 않아 가리려던 차원에서……."

"흥! 거짓말. 그건 핑계고, 사실은 안상진 변호사님 주의를 저한테 집중시키려고 그랬던 거잖아요. 안 그래요?"

정록은 날카로운 진심의 질문에 아무 대답도 하지 않았다.

진심은 낮게 중얼거렸다.

"주의를 끌까 봐 두렵다더니, 다른 의미로 주의를 끌려고 했던 게 의도였어요. 맞죠?"

눈을 가늘게 뜨며 정록을 바라보는 진심의 물음에 그는 벌어진 입술 사이로 더 이상의 말을 흘리지 않았다.

'역시나.'

진심은 흥 콧방귀를 뀌었다.

"왜 그렇게 보세요? 저도 바보는 아니라니까요. 그 정도 눈치는 있다고요."

진심은 자신을 말없이 응시하기만 하는 정록에게 툴툴거리며 다시 젓가락을 집어 들었다. 이젠 단무지 하나를 꺼내어 입안으로 쏙 넣은 진심을 향해 그는 닫고 있던 입술을 달싹이기 시작한다.

"제가 오진심 씨를 너무 얕봤군요."

오도독오도독, 단무지를 씹던 진심은 꼴깍 그것을 삼킨 뒤 정록을 쳐다봤다.

"그래서, 효과는 좀 있었나요?"

"……예."

정록은 답변을 요구하는 진심의 일렁이는 눈동자를 마주하다 고개를 끄덕였다.

'그거면 됐지 뭐.'

어차피 이곳은 자신이 주인공이 될 수 없는 무대다. 그러면 철저한 조연이 되어 줄 수밖에.

어쨌든 그녀가 어떠한 식으로라도 그에게 도움을 주었다면 비서로서의 일은 제대로 한 셈이 아닌가? 비록 안상진 변호사에게 원치 않은 오해를 사기는 했으나…… 뭐, 어차피 다시 볼 사이도 아니고.

진심은 흐뭇한 미소를 그리며 깐풍기 하나를 젓가락으로 푹 눌렀다.

"안 변호사는 업계에서도 알아주는 너구리입니다."

2차 음식 공격을 개시한 신심을 쳐다보던 성록은 불쑥 발을 꺼냈다.

진심은 음식을 입안에 넣으면서도 말하는 정록을 흘긋거렸다.

"상냥한 척, 친한 척하면서 은근슬쩍 상대의 정보를 뽑아내는 걸로 유명하죠. 자신의 친숙한 성격을 잘 이용하는 편입니다. 술자리나 식사 자리에서 안 변호사에게 당한 상대 변호사들이 수두룩하죠."

"왠지 그럴 것 같았어요."

정록은 음식을 삼킨 뒤 긍정하는 진심에게 말했다.

"하지만 주위는 산만한 편입니다. 일대일 미팅에는 강하지만, 일대다 미팅에서 자신의 주의를 끄는 것이 있으면 무심코 말을 흘린달까."

"그래서 저를 데려가신 거예요?"

입안에 든 것을 모두 삼킨 진심이 그를 쳐다보며 묻자 정록은 대답했다.

"오진심 씨가 일을 익히게 하는 것도 목적이긴 했습니다만…… 네, 그래요. 그 때문이긴 했습니다. 미리 언질하지 못해 미안합니다. 말을 할까 생각하기도 했는데……."

"제 연기 실력을 믿을 수 없었겠죠."

쉽게 수긍하는 진심을 그는 놀란 눈으로 응시했다. 진심은 태연하게 말을 이었다.

"뭐, 괜찮아요. 배가 살짝 고프기는 했지만, 변호사님한테 도움이 됐다니 다행이에요."

빙긋 입꼬리를 올리는 진심을 정록은 묘한 눈으로 바라보았다.

다시 젓가락을 옮기려던 진심은 머리를 스치는 것이 있어 다시 그에게 말을 건넸다.

“그나저나 제가 그 자리에 앉아 가만히 대화를 듣고 있기로는, 두 분은 전혀 의뢰에 대해 말씀을 나누지 않으시던데. 그냥 일상적인 이야기였잖아요. 그래도 되는 거예요? 안 변호사님 의중을 파악한다고 그러셨던 거 아니었어요?”

곰곰이 기억을 되짚어 보면 정록과 상진은 단순히 일상적인 대화를 나눌 뿐, 서로의 클라이언트에 대한 이야기를 주고받지 않았었다.

진심이 의아함이 가득한 표정을 지으며 그를 쳐다보자 정록은 빙긋 웃었다.

“요란한 복장을 하고 있던 오진심 씨의 동석이 꽤나 신경 쓰였던 모양인지, 안 변호사가 평소 하지 않던 사소한 실수를 하나 했습니다.”

“실수요?”

진심의 물음에 최대한 성실히 답하기 위해 고개를 끄덕인 정록이 말을 이으려 입술을 달싹였다.

“예. 그 전에 오진심 씨. 이혼의 방법에는 몇 가지가 있는지 아십니까?”

진심은 눈을 크게 떴다.

‘이혼의…… 방법?’

정록은 순간 입을 다무는 진심을 향해 말하려 했다.

“총…….”

“두 가지요!”

말을 덧붙이려던 정록은 그의 발언을 끊어 버리고선 자신만만하게 외치는 진심을 놀란 얼굴로 바라보았다.

진심은 눈을 반짝이며 입술을 달싹였다.

"민법 제834조와 제840조! 협의 이혼과 재판상 이혼. 두 가지 아닌가요?"

정록은 힘차게 답변하고 난 뒤, 턱을 살짝 치켜드는 진심을 가만히 주시했다.

"오진심 씨."

"네?"

"공부했습니까?"

다른 사람도 아닌 진심이 제 말을 끊어 낸 것이 무척 놀라웠던 모양이다. 정록이 눈을 가늘게 뜨며 물어보자 진심은 발끈했다.

"기, 기본이죠, 이 정도는. 너무 무시하시는 거 아니에요? 저 그래도 왕년에 법학도였다고요!"

정록은 콧대를 세우며 외치는 진심에게 낮게 중얼거렸다.

"이상하군요. 제가 알기로 오진심 씨는 1학년을 마치자마자 자퇴를 한 걸로 알고 있는데……."

"그, 그건……!"

진심은 정곡을 찌르는 정록의 말에 얼굴을 찌푸렸다. 하지만 금세 회복하곤 소리쳤다.

"어, 어쨌든 기본이라니까요? 법학도 출신에, 이혼 전문 변호사 비서인데 이 정도는 당연히 알고 있어야 하는 거 아닌가요? 기본 중의 기본이에요."

"……."

"왜요. 절차에 대해서도 말씀드려야 해요?"

"아뇨."

겉으로는 뻔뻔하게 굴었지만, 며칠 전 수박 겉핥기식으로 민법전을 한 번 훑어보기만 했던 진심은 속으로 초조해하고 있었다. 다행히 그가 고개를 내젓자 얼마나 안도했는지 모른다.

'후우.'

가슴을 쓸어내리는 진심을 향해 정록은 말했다.

"훌륭하네요. 솔직히 오진심 씨가 거기까지 알고 있는 줄은 몰랐습니다."

칭찬은 오진심을 웃게 만든다. 그녀는 히죽 웃으며 말없이 눈을 한 번 감았다 떴다.

정록은 그런 그녀를 향해 옅은 미소를 지어 주더니 말을 이었다.

"아까 안 변호사가 그랬습니다. 어쩌면 맡게 될 사건이 꽤나 골치 아플 거라고."

그의 말을 듣자마자 진심은 기억을 더듬어 보았다.

「아아, 요즘? 시니어 된 이후로는 한가하긴 했지만 곧 사건 하나를 맡을 것 같기는 해. 조금 귀찮아질 것 같은 기분이 들더라고. 아직 제대로 맡은 건 아니라서. 하하하.」

그러고 보니 확실히 정록의 말대로였다. 큼지막해지는 진심의 눈을 주시하던 정록은 말했다.

"협의는 할 생각이 없다, 이거죠."

"……!"

"아직 클라이언트와 정식 미팅을 가진 적은 없지만, 제가 듣기로 우리 쪽 클라이언트는 무조건 남편과 이혼할 생각이랍니다. 그럼 본인 쪽이 아닌 배우자에게 문제가 있어 이혼을 고집하고 있다는 건데……. 배우자 쪽에서 협의를 안 해 줄 거라면 재판을 진행할 수밖에 없습니다."

진심은 고개를 끄덕였다.

'메모라도 해야 하나.'

그의 말을 머릿속에 집어넣기 위해 신경을 곤두세우고 있기는 하나 왠지 뭐라도 끼적거려야 할 기분이 들었다. 주머니를 뒤적이려 했지만, 자신은 트레이닝복을 입고 있는 상태. 하는 수 없이 그의 말을 경청하며 눈을 크게 뜨던 그녀를 향해 정록은 말했다.

"앞으로 바빠지겠군요."

입가에서 잔잔하게 번지는 그의 미소를 발견한 진심의 집중이 흐트러졌다.

'……어?'

진심은 부드럽게 물드는 정록의 웃음 섞인 표정을 바라보며 꿈뻑꿈뻑, 눈꺼풀을 아래로 내렸다 다시 올렸다.

"오진심 씨?"

"변호사님."

진심은 마침 컵을 만지작거리던 정록의 손 위로 제 손을 덥석 얹었다.

그 순간 정록의 눈동자가 살짝 흔들렸다. 후끈거리는 열기가 진심에게서 정록으로 옮겨 갔다.

진심은 갑작스러운 스킨십에 눈썹을 꿈틀거리는 정록의 반응을 눈치채지 못하곤 힘차게 말했다.

"저 열심히 공부할게요!"

"예?"

"열심히 공부해서 변호사님이 이번 일 잘 마무리하실 수 있도록, 꼭 도울게요!"

정록이 헛웃음을 터뜨리려는 듯 살짝 입을 벌렸지만 이어지는 그녀의 외침을 듣고 곧 행동을 멈추었다. 진심은 생글거리며 주먹을 불끈 쥐었다.

"변호사님이랑 저랑 맡게 될 첫 사건이니까! 최선을 다해서, 열심히 할 거예요! 아. 그러려면 일단 밥부터 든든하게 먹어야겠다. 저기, 그거 안 드실 거면 저 다 먹어도 되죠?"

"……네. 드시죠."

이미 반을 먹은 것은 정록이 아닌 진심 자신이건만, 굳이 그의 앞에 있는 류산슬 그릇을 가리키는 그녀의 손짓에 정록은 흠칫 놀라 자신의 그릇이 그녀의 앞으로 가도록 원판을 돌려 주었다.

진심은 고맙다고 크게 외친 후 주저 없이 젓가락을 뻗었다.

정록은 힘껏 입을 벌려 음식을 먹고 있는 꾸밈없는 여자를 한 번 흘긋거리다 말없이 물을 들이켰다. 그러다 그녀의 손이 닿았다 떨어진 손등을 바라보며 인상을 썼다.

"……."

차가웠던 손등이 불에 덴 것처럼 화끈거렸다.

❖

"오빠! 민법 제840조에는 '부부의 일방은 다음 각 호의 사유가 있는 경우에는 가정법원에 이혼을 청구할 수 있다.' 라고 정의되는데, 이혼이 성립하기 위한 여섯 가지 조건이 뭔 줄 알아?"

혁준이 현관문을 열고 들어가자마자 기다렸다는 듯 누군가 소리쳤다. 어디서 났는지, 두 손에 민법전을 쥐고 있던 진심이었다.

'그런 걸 내가 어떻게 알아.'

빨리 출근해도 진심이 원하는 시각에 아슬아슬하게 도착할 것 같건만 뭐가 그렇게 좋은지 싱글벙글 웃으며 말하는 진심의 모습에 혁준은 입을 열어야 했다.

"윤서야. 너 지금 늦었어. 얼른……."

"1호, 배우자에 부정한 행위가 있었을 때. 2호, 배우자가 악의로 다른 일방을 유기한 때. 3호, 배우자 또는 그 직계존속으로부터 심히 부당한 대우를 받았을 때. 4호, 자기의 직계존속이 배우자로부터 심히 부당한 대우를 받았을 때. 5호, 배우자의 생사가 3년 이상 분명하지 아니한 때. 6호, 기타 혼인을 계속하기 어려운 중대한 사유가 있을 때! 이 여섯 가지 중 하나라도 성립하면 이혼이 가능하대! 신기하지? 나 전혀 모르고 있었어! 법 진짜 재밌다! 왜 예전엔 이걸 몰랐지?"

혀를 내두르며 다시 민법전으로 고개를 숙이는 그녀는 새로 접하는 지식에 감탄하고 있었다.

혁준은 민법전을 꽉 쥐고 손에서 놓으려 하지 않는 진심을 억지로 달래며 겨우겨우 그의 밴에 태웠다.

진심은 전에 없던 열의를 보이며 심지어 밴에서까지 민법전을 들여다보고 있었다. 혁준은 속으로 긴 한숨을 흘렸다.

'드라마 대본을 그렇게 열심히 공부했더라면 대중들에게 발연기 배우라는 인식을 남기진 않았을 텐데.'

액셀러레이터를 길게 밟으며 혁준은 룸미러에 비친 진심을 흘긋거렸다. 요즘 보면 진심은 본업인 연기자에 충실하지 않고 고작 반년 동안 일할 '로펌 비서 체험'에 더 몰입하고 있는 것만 같다.

'이 녀석, 이러다가 왜 로펌에 일하게 됐는지조차 잊는 건 아니겠지?'

혁준은 운전하는 내내 룸미러로 진심을 흘긋거렸다. 민법전의 법조항들을 다 외울 생각에선지, 계속해서 중얼거리고 있는 진심의 모습이 신경 쓰여 미간을 좁히던 혁준은 머릿속에 맴돌던 말을 꺼내기로 결심했다.

로펌 올웨이즈가 있는 서초동 건물 지하 주차장에 다다르자 차를 세운 혁준은 슬며시 운을 뗐다.

"윤서야."

한창 열중하던 진심의 반짝거리는 눈동자가 룸미러를 향했다.

"응, 오빠! 뭐 할 말 있어?"

너무도 순수하기 그지없는 진심의 눈빛을 마주하니 약간 양심의 가책이 느껴지기는 했으나 할 말은 해야 한다. 혁준은 말했다.

"별건 아니고…… 너 너무 열심히 하는 거 아니니?"

"열심히?"

진심이 의아한 듯 고개를 갸웃거렸다. 그 모습마저 예쁘기 그지없는 걸 보면, 확실히 그녀는 대한민국 최고의 미인이라는 수식어가 부족하지 않다.

"아니, 어차피 반년 동안만 거기서 일하고 다시 네가 일할 곳으로 돌아갈 건데…… 굳이 그렇게까지 열심히 할 필요가 있나 싶어서."

"뭐?"

"내 말은, 그 두꺼운 책을 열심히 읽을 필요는 없다 이거지. 그냥 대충 다른 로펌의 비서들이 어떻게 일하는지 정도만 파악하면……."

"오빠! 무슨 소리를 하는 거야!"

문을 열고 내리려 하던 진심의 눈동자가 동그래졌다.

혁준은 침을 튀겨 가며 제게 화를 내는 진심의 태도에 당황했다.

진심은 쭉 튀어나온 입술을 쉴 새 없이 움직였다.

"그렇게 욕을 듣고도 몰라? 이번 일에는 내 연예계 인생 전부가 걸려 있다고! 내가 왜 잠정 은퇴 기자 회견까지 하면서, 이 일을 시작한 건지 몰라서 그래? 사소한 것 하나라도 몰입하지 않으면 안 된단 말이야!"

"아……."

"나 말리지 마. 이번 일에 사활을 걸었으니까! 비서 일도 성실히 할 거고, 이 민법전도 전부 다 외울 거야!"

진심은 씩씩거리며 소리쳤다.

이렇게 화를 내는 그녀는 1년 전 일어났던 말도 안 되는 스캔들 이후 처음 봤다. 순간 말을 잃은 혁준이 어쩔 줄 몰라 하자 그를 무시무시한 눈빛으로 째려보던 그녀는 콧방귀를 뀌며 몸을 돌리려 했다.

"오빠가 그럴 줄은 몰랐어. 나보고 열심히 배우라고 한 게 고작 며칠 전인데."

"어, 저기…… 윤서야. 너……."

"그만! 이제 막 결의를 다진 사람을 말리지 말라고!"

"아니. 그게 아니라 너 지금……."

"됐어! 나 갈 거야!"

"윤서야! 너……."

단단히 화가 난 건지 진심은 그에게 잔뜩 성을 내며 차 문을 세게 닫았다.

쾅 닫히는 문을 멍하니 바라보던 혁준은 뒤돌아 엘리베이터 쪽으로 걸어가는 진심을 향해 창문을 내렸다.

"너 지금 코피 난다고!"

❖

오전 8시 23분.

언제나 그랬듯, 일정 시간에 출근을 하던 정록의 발걸음이 뚝 멈췄다. 각이 진 남색 스트라이프 정장을 입고 있던 그는 어느 한곳에 시선을 집중하고 있었다.

그런 뜨거운 시선을 느낀 건지 책상 앞에서 꾸벅꾸벅 졸고 있던 여자가 흠칫 놀라 몸을 부르르 떨었다. 그러고는 고개를 들었다.

"……!"

정록은 저와 두 눈이 마주친 여자가 순식간에 자리에서 벌떡 일어나는 것을 발견했다. 그녀의 하얀 얼굴에 웃음꽃이 번졌다.

"변호사님! 출근하세요?"

내색하진 않았지만 지금 이 상황에는 눈이 부시다는 표현이 적절하리라.

정록은 미간을 살짝 좁혔다 펴며 그녀를 빤히 바라봤다. 제 눈을 의심하기는 했지만 그것이 환각이 아니라는 것이 확실해졌다. 정록은 붉은 입술을 움직였다.

"예. 오진심 씨, 일찍 오셨군요."

"네! 저 요즘 되게 일찍 다니죠? 이러다 아침형 인간이 되겠어요!"

스스로가 자랑스러운 듯 진심이 생글거렸다.

무심코 그녀의 말에 동조하던 정록은 고민했다.

'질문을 해야 할까?'

짧은 고뇌 끝에 정록은 다시 입을 열었다.

"그런데 그건 뭡니까."

"네? ……아!"

뚫어져라 진심의 얼굴을 쳐다보는 정록의 말에 눈을 동그랗게 뜨던 진심은 낮은 탄성을 터뜨렸다. 그녀는 배시시 웃으며 제 콧구멍 한쪽을 막고 있는 티슈 조각을 만지작거렸다.

정록의 눈썹이 꿈틀거렸다. 진심은 대답했다.

"오랜만에 머리를 썼더니…… 호호. 별거 아니에요! 걱정하실 필요 없어요!"

진심은 손을 휘휘 내저었다.

말없이 그녀를 내려다보던 정록은 고개를 끄덕였다.

"별거 아니라면 다행입니다."

건조하기 짝이 없는 답변을 한 뒤, 정록은 원래 가려던 길을 가기 위해 몸을 돌렸다.

한 발자국, 두 발자국. 멀어져 가는 정록을 흘끔거리던 진심은 '그게 단가?' 하고 입을 쩝쩝거렸다.

"참."

성큼성큼 집무실로 발을 뻗던 그가 돌연 걸음을 멈추어 다시 소리를 흘렸다. 진심은 반사적으로 그에게 시선을 옮겼다.

"오늘 일정은 어떻게 됩니까?"

진심은 정록의 말이 떨어지기가 무섭게 책상 위에 놓여 있던 일정 관리표 하나를 집어 들었다. 정록이 집무실로 들어가자 그의 뒤를 졸래졸래 따르며 집무실 내의 책상 앞에 우뚝 섰다.

"흠흠!"

목소리까지 가다듬으며 발표할 준비를 하던 그녀는 슈트 상의를 벗은 정록이 의자에 앉자마자 말을 시작했다.

"먼저 9시에 16층 대회의실에서 중역회의가 있을 예정이에요. 12시에는 음, 대표님이랑 점심 식사를 하기로 되어 있네요!"

정록은 '그 뒤로는 아직 잡힌 일정이 없습니다!' 하고 외치는 진심에게 말했다.

"대표님이랑 약속은 취소해 주십시오. 그 시간에 클라이언트가 방문할 예정입니다."

"아, 클라이언트! 혹시……."

"예. 안미진 씨입니다. 오시면 바로 안내 부탁드리겠습니다."

"네네, 맡겨 주세요!"

진심은 힘차게 답한 후 들고 있던 일정표에 줄을 쫙쫙 긁었다. 정록은 그런 그녀를 빤히 바라봤다.

“왜 그러세요?”

말없는 그의 시선에 진심이 의아한 얼굴로 물었다. 정록은 픽 웃으며 중얼거렸다.

“제법 비서 같군요.”

물 흐르듯 자연스러웠던 발언.

일정표에 적힌 내용을 술술 내뱉는 그녀는 확실히 며칠 전과는 달리 이곳에서 일하는 여느 비서들과 비슷해 보인다. 어떻게 사람이 저렇게 한 순간에 달라질 수 있는지.

‘그 노트가 해법이긴 했나.’

말을 던진 후 진심에게서 눈길을 돌리며 책상 위의 송무 서류들을 내려다보던 정록은 어느새 책상 앞까지 다가와 있는 진심을 발견했다.

정록이 눈을 크게 떴다.

“오진심 씨?”

“한 번 더 해 주세요!”

“예?”

무슨 소리를 하는 건지.

정록은 기쁨에 젖어 있는 여자를 올려다보며 인상을 썼다.

진심은 얼굴에 잔뜩 웃음꽃을 피우며 외쳤다.

“한 번 더 칭찬해 주세요!”

뻔뻔스럽게 요구하는 진심을 정록은 멍하니 바라봤다.

“방금 그 말 엄청 기분 좋았어요! 정말 저 비서 같아요? 제법 비서 같은 거예요? 변호사님! 한 번 더…….”

“네. 비서 같습니다. 그러니 오진심 씨.”

“네?”

"이제 본인 일 보십시오."

듣기 싫은 목소리는, 아니 꽤나 듣기 좋은 목소리였지만 귀가 웽웽 울릴 만큼 커다랬다. 정록은 칭찬을 요구하는 그녀의 말을 단칼에 끊어 내고 손을 내저었다. 꽤나 매정한 그의 모습에 한동안 입을 삐죽거리던 그녀는 '칫!' 하고 잔뜩 삐친 기색을 감추지 않으며 집무실을 벗어났다.

정록은 쾅 닫히는 그녀의 뒷모습을 바라보다 풋 웃음을 터뜨렸다.

'재미있는 여자다.'

❖

12시부터 시작되는 점심시간보다 조금 이르게 점심을 해결한 진심은 양치를 하고 돌아와 화장을 고치고 있었다.

원래 이렇게 업무가 없는 건지, 아니면 진심이 정록의 일을 골라서 하는 건지는 모르겠지만, 진심이 그의 비서로 배정받은 이래 정록의 집무실로 찾아오는 그의 클라이언트는 생각보다 많지 않았다.

로펌에서 일하는 다른 비서들이 진심에게 해 준 말에 의하면, 양으로 승부하는 로펌 내의 타 변호사들과는 달리 정록에게 배정되는 일들은 다른 변호사들이 꺼리는 의뢰가 많다고 했다. 골치 아프거나, 해결하기 어려운, 승소하기 쉽지 않은 의뢰들.

그런 의뢰를 맡아도 정록은 아무렇지 않게 승소를 했다고 한다. 그래서 비서 한 명당 담당하는 변호사가 일반적으로는 두 명에서 세 명 정도였지만 정록은 한 명의 비서가 그의 업무를 관리한다고.

아직 정록의 클라이언트를 제대로 만난 적이 없었기에 민법전이나 외우고 있어야겠다 싶었다. 립스틱까지 완벽하게 바른 후 책상 오른편에 놓아두었던 민법전을 펼친 진심은 지척에서 들려오는 인기척에 고개를 들었다.

"여기가 권정록 변호사님 사무실입니까?"

'헉!'

처음으로 맞이한 내방객에 진심의 가슴이 거세게 몰아쳤다.

[미리 약속되어 있는 클라이언트를 맞이할 때, 특히 변호사님과 첫 대면일 경우 먼저 변호사님께 클라이언트를 소개해야 함. 물론 그 전에 클라이언트의 방문을 변호사님께 먼저 알릴 것!]

사전 약속을 한 내방객을 응대하는 법에 대해 서술해 놓은 갈색 노트의 구절이 머리를 스쳤다.

'이 여자가 그 안미진 씨구나.'

건너 듣기로는 재벌 집 며느리라더니, 입고 있는 옷은 소박하기 그지없다. 진심은 첫 클라이언트를 대면한 흥분에 입술이 떨리는 것을 겨우 가라앉히며 자리에서 벌떡 일어났다.

"변호사님께서 기다리고 계십니다. 따라오시죠."

싱긋 미소를 지어 주는 것도 잊지 않고 진심은 말했다. 그녀의 반응에 잠시 놀란 표정을 짓던 안미진이 고개를 끄덕이자 진심은 사뿐사뿐 정록의 집무실로 발을 내디뎠다. 똑똑, 노크를 한 그녀는 살짝 문을 열고선 말했다.

"변호사님. 12시에 약속하신 안미진 씨께서 오셨습니다."

진심은 보고 있던 서류를 내려놓고 자리에서 일어나는 정록을 발견하곤 집무실의 문을 활짝 열었다.

"아. 예. 고맙습니다."

옅은 미소와 함께 안으로 들어가라는 손짓을 하자 안미진이 짧게 목례를 했다. 진심은 안미진을 반기는 정록을 바라보다 집무실 문을 조심스럽게 닫았다.

'우와, 대박! 내가 생각해도 엄청 비서 같았어!'

입꼬리가 스르륵 올라간다. 진심은 맑게 웃으며 얼른 탕비실로 달려갔다. 순서대로라면 이제 클라이언트와 변호사를 위한 약간의 다과가 필요했다.

"윤서 씨, 윤서 씨!"

신이 나서 다과 세트를 쟁반에 예쁘게 옮겨 담고 있을 때, 진심은 탕비실로 들어오는 비서들의 눈이 유독 반짝거리는 것을 발견했다. 그녀들은 호기심이 가득한 눈을 숨기지 않고 말했다.

"방금 권 변호사님 찾아오신 그분, RA 건설 쪽 사모님 아니세요?"

"맞아요! 저 재계 관련 잡지에서 저분이랑 남편분 인터뷰 본 적 있어요!"

진심은 '맞죠?' 하고 외치며 제게 답을 요구하는 그녀들에게 옅은 미소를 보낸 뒤 쟁반을 들고 탕비실을 나섰다. 다시금 정록의 집무실을 찾은 진심은 우아하게 노크를 한 뒤, 찻잔과 과자가 담긴 그릇을 내려놓으며 상냥한 음성을 흘렸다.

"다과 드시고 말씀 나누세요."

꽤 긴장을 했는지 차부터 한 모금 마시던 안미진이 고개를 들어 진심에게 대답했다.

"감사합니다…… 어?"

말을 하다 마는 안미진의 눈동자가 빠르게 진심의 얼굴을 훑었다.

다과를 내려놓은 뒤 집무실을 벗어나려 했던 그녀는 저를 빤히 주시하는 안미진의 시선에 돌처럼 굳어 버렸다. 한참 동안 진심을 바라보던 안미진은 붉은 입술을 달싹였다.

"낯이 익네요."

진심이 눈에 띄게 몸을 움찔거렸다.

"예?"

부드러운 눈웃음과 함께 건네 온 말이었지만, 어쩐지 경계를 하는 듯했다. 진심은 숨을 크게 들이마셨다.

'어, 어떡하지! 나 알아본 거 아니야?'

하긴, 오늘은 며칠 전처럼 분홍색 트레이닝복을 입거나, 마스크를 쓰고 선글라스를 낀 상태도 아니었으니까.

진심은 당황으로 물든 얼굴을 정록에게 고정시켰다. 그때 안미진의 앞자리에 앉아 있던 정록의 입술이 열렸다.

"오진심 씨라고 합니다. 일주일 전부터 저와 함께 일하고 있습니다. 아마 낯이 익으신 건, 오진심 씨가 꽤 알려진, 아니 많이 유명한 연예인이기 때문이죠. 오윤서라는 예명으로 활동했다고 들었습니다. 지금은 은퇴하고 이쪽 업계로 뛰어들기 위해 준비를 하고 있는 중이고요."

"아…… 오윤서 씨라면 저도 알고 있어요. 그러고 보니 오윤서 씨가 맞네요. 얼마 전 은퇴……했었죠?"

정록의 말을 듣고 있던 안미진의 미간이 좁아졌다. 오윤서라는 이름을 중얼거리며 되묻기까지 하는 그녀는 아무래도 진심이 연예인이라는 사실이 마음에 걸린 모양이었다. 잘못한 것도 없는데, 왜인지 등 뒤로 식은땀이 흘러내렸다. 마치 자신이 정록에게 폐를 끼친 것 같아 눈앞이 아찔해졌다.

완벽했다 여겼는데.

'이럴 줄 알았으면 선글라스라도 낄 걸 그랬나…….'

누구나 알고 있는 자신의 얼굴이 지금 이 순간만큼 원망스러운 적은 없었다. 진심은 저와 정록의 얼굴을 번갈아 바라보며 떨떠름한 표정을 짓는 미진의 반응에 고개를 아래로 떨구었다.

"저는 오진심 씨를 믿고 있습니다."

그때였다. 진심을 의심스러운 눈으로 쳐다보던 안미진과 그녀의 따가운 시선을 피해 고개를 숙이던 진심이 정록을 쳐다본 것은.

정록은 놀라는 두 여자를 향해 일말의 망설임도 없이 말했다.

"공식 발표를 할 때까지 안미진 씨의 의뢰가 새어 나갈 걱정은 하지 않으셔도 됩니다. 저와 함께 일하고 있는 지금의 그녀는 충분히 믿을 만한 사람이거든요."

'……!'

진심은 말을 한 뒤 제게 빙긋 웃는 정록을 멍한 눈으로 바라보았다.

조용하던 심장이 두근두근 거세게 요동쳤다. 무언가 뜨거운 감정이 울컥 목구멍까지 차오르기까지 한다.

'나를…… 믿어?'

정록은 진심의 동그래지는 눈동자를 발견했으면서도 모른 척 안미진에게 시선을 고정시키고 있었다. 쟁반을 들고 있던 진심의 손끝이 살짝 떨렸다.

말없이 정록과 진심을 번갈아 보던 안미진은 쓴 한숨을 흘리며 굳게 닫혀 있던 입술을 움직였다.

"전 여름이 소개로 권 변호사님을 뵈러 온 거지, 오윤서 씨를 만나러 온 게 아니니까요. 권 변호사님이 오윤서 씨를 믿는다면, 저도 그렇게 하도록 하죠."

안미진은 빙긋 웃으며 진심을 바라봤다. 조금 전과는 달리 부드럽게 변한 안미진의 시선이 진심에게 닿았다.

진심은 세차게 고개를 주억였다.

두 여자의 시선 교환을 주시하던 정록은 침묵을 깨는 목소리를 흘렸다.

"그럼, 본론으로 들어가 볼까요."

❖

"어떻게 그런 사람이 있을 수가 있죠? 전 그런 사람은 드라마에만 있는 줄 알았어요! 그런데 강진우라니. 어디서 들어 본 것 같아요. 어디서 들었지? 흐응."

장장 3시간 동안 정록과 대화를 나눈 안미진이 돌아가자마자 정록은 진심을 집무실로 불러들였다. 눈을 동그랗게 뜨는 진심을 향해 정록은 안미진이 이혼 전문 변호사인 자신을 왜 찾아왔는지에 대해 알려 주었다.

안미진이 그녀의 남편인 RA 건설 부사장, 강진우와 결혼하게 된 경위와 이혼을 결심하게 된 경위까지.

결혼한 지 10년 차 되는 부부인 데다 아이까지 한 명 있으면서 강진우는 안미진을 시가에서 정해 준 특정한 날이 아니면 안지 않는다고 했다.

영원히 사랑할 것이라 맹세했던 결혼식의 약속은 이미 오래전부터 지키지 않았고, 집에 들어오는 것은 손에 꼽을 정도.

강진우의 아내로 살고 있지만 사실은 일 년에 몇 번 얼굴 보기도 힘든 작자와 사는 것이 더 이상은 견딜 수 없다고 했다.

안미진이 우연히 사교계의 말 많은 자들에게 들었던 말에 의하면 강진우에겐 오랫동안 함께해 온 정인이 있다고 한다. 그러나 그의 얼굴을 보기도 힘들었고, 시댁에 매일같이 불려 다녀야 했던 안미진은 단 한 번도 그의 정인을 만난 적이 없다고 했다.

한 번 이혼을 요구한 적이 있었지만 강진우는 아이 핑계를 대고, 혹은 안미진의 집안을 핑계 대며 절대로 이혼만큼은 허락할 수 없다는 주장을 굽히지 않았다고.

만약 이혼을 하게 되면 그들 사이의 아이는 절대 볼 수 없거니와, 결혼 당시 안미진의 집안 빚을 갚아 주었던 돈도 모두 토해 내라는 그의 말에 안미진은 모든 것을 포기했다고 한다.

그러나 이젠 더 이상 참을 수만은 없다며 안미진은 말했었다.

아이의 다섯 번째 생일에 강진우가 예의 정인과 붙어 있었다는 사실을 뒤늦게 알게 된 후, 안미진은 자신의 동아리 후배였던 유여름 서울지방검찰청 검사를 찾아갔다고 했다. 그러다 자신의 대학 후배이자, 여름의 동기였던 정록에게까지 오게 된 것이라고.

안미진이 정록에게 요구하는 것은 두 가지였다.

일단 이혼이 성립할 수 있도록 도와줄 것, 그리고 아이의 양육권은 자신이 가질 수 있도록 도와줄 것.

상대가 대한민국에서 날고 긴다는 재벌 그룹 인사이므로 본격적인 재판에 들어가면 몹시 지저분해질지도 모른다.

여름에게 먼저 언질을 받기는 했으나 그쪽 사람들이면 안미진에게 없었던 오점까지 만들어서 그녀의 명예를 손상시킬 수도 있었기에 정록은 그녀에게 말해야 했다.

안미진은 그런 정록의 말에 각오했다는 듯 고개를 끄덕였었다. 반드시 그에게서 벗어나야 한다는 주장을 굽히지 않는 안미진의 이야기 등을 알려 주자 진심은 씩씩거리며 공분했다.

'이렇게 잘 이입하는데 연기는 왜 그렇게 못했지?'

정록은 얼굴을 잔뜩 일그러뜨리는 진심을 바라보며 속으로 생각했다.

정식으로 의뢰를 받아들였으니 일단 이혼 소송장을 작성하기 직전 약간의 자료 조사가 필요했다.

퇴근 시간까진 앞으로 한 시간도 남지 않은 상황. 안미진을 보내고 진심을 집무실 안으로 들인 정록은 진심에게 몇 가지 서류를 들고 올 것을 말한 뒤 계속 집무실에서 시간을 보내는 중이다.

"저도 도와 드릴게요!"

"예?"

"말씀드렸잖아요. 저 요즘 공부 진짜 열심히 하고 있다고요!"

"아……."

"할 수 있어요! 뭐부터 찾을까요? 변호사님, 시켜만 주세요!"

만약 오후 일정이 생긴다면 모두 취소해 달라고 말한 뒤 진심을 다시 쫓아내려던 그는 눈을 반짝이는 진심의 눈빛에 백기를 들었다.

진심이 환하게 웃으며 제게 달려들기 전에 얼른 외도와 관련된 판례들을 뽑아 올 것을 요구한 정록은 얼마 지나지 않아 산더미 같은 서류들을 들고 들어온 진심과 바닥에 앉아야 했다.

째깍째깍.

흘러가는 시간은 그들을 기다려 주지 않는다.

정식으로 이혼 소송장을 보내고, RA 쪽 변호사인 상진의 귀에까지 소식이 들어가게 되면 그들이 가장 먼저 할 일은 이혼을 요구한 안미진의 약점을 잡는 것일 거다.

그 전에 강진우의 외도 현장을 잡거나, 아니면 그가 일언반구도 할 수 없을 정도로 완벽하게 소송을 준비하는 것이 최선이었다.

심각한 표정을 지으며 이번 의뢰와 관련된 판례와 법조항 등을 내려다보던 정록은 어느덧 창밖에 떠 있던 해가 져 있다는 것을 발견했다.

'너무 부려먹으면 안 되지.'

연 대표에게는 진심을 이용할 수 있는 데까지 써먹겠다는 말을 했으나 사실 그녀의 머리가 터져 버릴 만큼 괴롭히고 싶은 마음은 없었다. 요 며칠 새, 처음 만났을 때와는 확연히 달라진 모습을 보여 주기도 했기에 더더욱.

자신이 보기에도 꽤나 뚜렷한 변화를 선보인, 기특한 진심을 늦게까지 붙잡아 둘 수 없다는 생각에 정록은 결단을 내렸다. 그는 곧 그녀가 앉아 있는 쪽으로 슬쩍 고개를 돌렸다.

"오진심 씨. 수고했습니다. 이제부터 저 혼자 할 테니 먼저 퇴근해도 좋습니……."

툭.

말을 잇던 정록은 그의 어깨에 닿는 무언가를 느끼곤 미간을 좁혔다. 그는 슬며시 눈을 아래로 내리깔며 제 어깨를 짓누르는 누군가에게 말을 걸려 했지만,

"오진심…… 씨?"

곧 시야로 들어온 모습에 입을 다물 수밖에 없었다.

'난감한걸.'

만일 평소의 그였더라면 이러한 신체적 접촉은 지극히 꺼려 하며 벌떡 일어났을지도 모르겠다. 하지만 어찌 된 영문인지, 그는 최대한 움직임을 자제하며 인상을 쓰고 있을 뿐이다.

"으음……."

"……!"

"흐으음."

"……."

조금 전 그녀의 이름을 불렀던 까닭 때문일까. 제 어깨에 기대어 있던 진심이 가지런히 정리된 눈썹을 꿈틀거리며 더욱 그를 향해 몸을 비틀었다.

정록은 말없이 시선을 아래로 내렸다.

'대체 이게…… 무슨 상황인 건지.'

예상치 못한 상황에 처해 버린 정록은 빠르게 상황을 파악하려 애썼

다. 그러니까 아직 퇴근 시간 전이기는 하나, 아마도 늦게까지 업무를 볼 것 같았다. 정식 직원도 아닌 진심을 계속해서 부려먹는 건 왠지 양심에 찔려, 그녀를 향해 먼저 퇴근을 해도 좋다고 말을 할 생각이었는데…….

그런 말을 완벽하게 끝내기도 전에 정록은 입을 다물어야 했다. 프린트 된 판례집을 두 손에 꽉 쥐고 있던 진심이 그의 옆에서 세세하게 그것을 훑어보다 잠이 든 모양이었다.

보통 꾸벅이다 앞으로 쓰러지기 마련이건만, 그녀는 어찌 된 셈인지 옆으로 몸을 기대었다. 덕분에 정록의 널찍한 어깨 위로 그녀의 작은 머리가 내려앉은 상태.

'……미치겠네.'

말 그대로 돌처럼 정록은 굳어 버렸다. 색색거리며 자고 있는 여자의 숨결이 제 어깨 위에서 느껴지자 옴짝달싹할 수도 없다. 입술이 바짝 말라 갔다.

'깨울까?'

앞서 언급했듯, 이전의 권정록이었다면 이게 무슨 짓이냐며 두터운 철벽을 치고 그녀의 머리를 떼어 낼 수도 있었지만, 이상하게 그럴 마음이 들지 않았다. 돌이켜 보면, 오늘 진심은 최선을 다해서 그를 도와주었다.

새벽부터 일어나 민법집을 외워 왔다며, 천 개가 넘는 민법 조항 중 백 개를 그의 앞에서 막힘없이 읊어 대는 그녀는 확실히 이전과는 달랐다. 정말로 제게 도움이 되고 싶어 하는 것이 역력해 보이는 그녀였기에 약간의 고마움마저 느꼈다.

차마 그런 여자를 매몰차게 깨울 수 없어 정록은 긴 한숨을 삼켜야 했다.

'후우.'

결국 정록은 그녀가 제 어깨에 머리를 댄 지 10분, 아니 1시간 넘게 꿈쩍도 하지 못했다.

고요한 적막이 흐르는 권정록 변호사 집무실 안.

어깨에 저릿한 감각이 퍼져 나가는 것을 느끼며 슬쩍 고개를 들자 벽에 걸린 시계가 7시를 넘겼음을 정록은 눈치챘다. 퇴근 시간이 지나도 한참 지났다.

슬슬 깨워야 하나.

슬며시 눈을 아래로 내리니 아직까지도 제 어깨에 기대어 잘 자고 있는 여자가 보인다. 아주 깊은 잠에 빠졌는지 침까지 흘리는 모습이 가관이다.

정록은 제 어깨가 젖어 가는 것을 지켜보며 얼굴을 굳혔다.

'왜지.'

이상하게 이 여자를 떼어 낼 수가 없다. 기분 나쁜 감각에 괜히 인상을 쓰던 그는 아까부터 두근거리기 시작하는 심장이 신경 쓰였다.

"으음……."

"……!"

그때 입을 오물거리던 여자가 나지막하게 음성을 흘렸다.

정록은 상념에서 벗어나 그녀를 응시했다. 진심은 꼭 눈을 감은 채 중얼거렸다.

"변호사……니임."

"……?"

"저…… 헤헤. 잘했……죠오……."

"……!"

'내 꿈이라도 꾸는 건가.'

정록은 픽 웃음을 흘렸다. 권정록 35년의 인생에서 이런 이상한 여자는 처음이었다.

짜증을 낼 만한 행동을 하다가도, 금세 귀여운 행동을 하고. 일을 못한다고 화를 내면 며칠 새 돌변해 완벽한 커리어우먼처럼 행세를 하고. 제게 당당하게 칭찬해 달라고 요구하는 이상한 여자.

스읍, 입꼬리를 올리며 그녀를 내려다보던 정록의 머릿속에 무언가가 스쳤다. 잔잔한 미소가 퍼져 가던 그의 얼굴이 딱딱하게 굳어졌다.

정록은 미간을 찌푸렸다. 절친한 친구를 위해 좋아하는 여자를 포기했던 그날 이후, 다시금 스멀거리기 시작하려는 불쾌한 감정의 소용돌이가 그의 신경을 자극하고 있었다.

'위험하군.'

내버려 두었다가는 또다시 그 기분 나쁜 늪에 빠져 버릴지도 모른다.

정록은 입술을 잘근 깨물며 결국 1시간 15분 동안의 고심을 떨쳐 냈다. 그러고는 그녀의 머리를 제 어깨 위에서 떼어 내기 위해 손을 들어 올리려 했다. 이젠 오른쪽 어깨를 쓸 수 없다는 생각을 하며 진심의 이마를 통 때리려 했던 정록은, 그의 기다란 손가락이 예쁜 이마에 닿기 직전 먼저 얼굴을 드는 진심을 발견하곤 덩달아 놀랐다.

"헉!"

정록은 잠결에 소리를 낸 후 저를 빤히 바라보는 진심의 모습에 숨을 크게 들이마셨다.

꿀꺽.

왠지 그 긴 시간 동안 그녀를 깨우지 않은 제게 잘못이 있는 것만 같았다. 입술이 바싹 말라 가는 것을 느끼던 정록은 당황한 얼굴을 감추기 위해 노력해야 했다.

"변호사님!"

번쩍 눈을 뜬 진심은 정록을 주시하며 소리쳤다.

쿵쾅쿵쾅. 긴장한 정록의 심장 박동 지수가 빨라졌다.

"……예?"

정록은 한 번 더 목구멍 아래로 침을 삼켜야만 했다. 도둑질을 한 것도 아닌데, 왜 이렇게 가슴을 졸이는 건가. 스스로도 이해하지 못하는 일이 일어나고 있었다.

그렇게 초조해하던 그를 향해 진심이 갑자기 손을 뻗었다.

"……!"

덥석, 제 손목을 움켜쥐는 그녀의 행동은 거침이 없었다.

그는 움찔거렸다.

'이 여자가 진짜…….'

"생각났어요!"

스스럼없는 그녀의 행동에 주의를 주려고 했던 정록이 입을 벌리기도 전에 진심이 외쳤다. 뜬금없는 그녀의 말을 듣고 정록은 고개를 갸웃거렸다. 진심은 활짝 웃으며 다음 말을 이었다.

"저, 강진우 어디서 들었는지 생각났어요! 아, 이럴 때가 아니지."

진심은 놀라는 정록을 내려다보며 자리에서 갑자기 벌떡 일어났다.

"변호사님, 가요!"

"예?"

"얼른요!"

❖

"어딜 가는 겁니까?"

색색 자고 있던 진심이 벌떡 일어나 외친 그 한마디의 파급력은 엄청났다. 뜬금없이 어딘가로 가야 한다는 진심의 재촉에 서둘러 집무실을 벗어나기는 했지만 흥분해 있던 그녀는 제대로 된 목적지를 알려 주지 않았던 것이다.

서늘한 음성을 흘리는 정록의 표정에도 미동 않던 진심은 함박웃음을 지으며 외쳤다.

"강진우 말이에요! 저 그 사람 어디서 만날 수 있는지 알고 있어요!"

"강진우 씨를요?"

"네! 어쩐지 익숙한 이름이더라고요. 그곳에서 유명한 이름이었어요! 와, 내가 그걸 기억해 내다니. 변호사님 저 진짜 칭찬해 주셔야 해요!"

"오진심 씨?"

"그러고 보니 강진우가 항상 끼고 오는 여자가 있다며 채령 언니가 얘기해 줬었는데, 부인이 아니었다니. 진짜 괘씸해요! 하긴 뭐, 거긴 부인이랑 와도 괜찮은 곳은 아니지만……."

"지금 무슨 소리를 하는 겁니까?"

"흠. 이 모습으로 가면 오해받을 수도 있겠네요. 일단 변장 좀 해야겠어요! 차도…… 그래. 차도 잠시 빌려야겠다. 재은이가 지금 전화받으려나?"

도통 알아들을 수 없는 소리만 하던 진심은 1시간도 채 되지 않아 저뿐 아니라 정록의 변장까지 완벽하게 마쳤다.

'이게 대체…….'

정록은 자신이 입고 있던 말끔한 정장이 아닌, 파티에서나 입을 법한 연미복을 입고, 진심이 어디선가 끌고 온 노란색 스포츠카를 타야 했다.

끼이익—

요란한 소리를 내며 노란색 스포츠카가 멈춰 섰다. 그 모습을 주시하고 있던 주차 요원들이 급하게 달려와 문을 열어 주자, 길고 가느다란 손이 꽉 붙들고 있던 핸들에서 떨어져 나왔다.

"안 내리십니까?"

운전석뿐 아니라 조수석 문밖에서도 들려오는 음성에 정록은 고개를 돌렸다.

주차 요원이 건넨 그 말은 틀림없이 제게 던지는 것이 분명하건만, 어찌 된 셈인지 그의 시선은 운전석에서 내리는 화려한 복장의 여성에게서 떨어질 줄을 몰랐다.

살짝 기분이 나빠졌지만 정록은 곧 고개를 끄덕였다.

'이런 곳이 있었나.'

서울 외곽에 위치해 있는 이름 모를 야산.

그리고 그곳에 떡하니 지어져 있는 대궐 같은 저택.

고요하고 적막이 흐르는 주변의 어두운 분위기와는 달리 이곳은 환한 빛이 가득했다. 보기만 해도 거부감이 이는 광경에 정록은 인상을 썼다. 서울 한가운데도 아닌 곳에 호텔 못지않은 분위기의 저택이 있을 줄은 생각도 하지 못했다.

"변호사님!"

주차 요원들이 차를 끌고 가는 것을 묵묵히 지켜보다 주위를 둘러보던 정록은 곁에서 들려오는 작은 목소리에 고개를 돌렸다.

몸의 윤곽이 훤히 드러나는 검정색 미니 원피스에 빨간 털로 만들어진 숄을 휘두르고 있는 긴 생머리의 여성이 선글라스를 낀 채 자신을 바라보고 있었다.

까만 선글라스로 얼굴을 가리고 있음에도 불구하고 아름다운 미모를 숨길 수 없는 대한민국 최고의 여배우가 제 눈앞에 서 있다.

순간 가슴이 두근거릴 만큼 매혹적인 그 모습에 잠시 멈칫했지만 정록은 이내 정신을 차렸다.

"예."

조금 전까지 보았던 단정했던 모습과는 달리, 자신이 왜 '연예인' 이라 불리는지 가감 없이 드러내고 있는 진심은 꽤 낯설었다.

무뚝뚝한 그의 대답에도 아랑곳 않고 상기된 음성으로 정록을 부른 진심은 당황한 그의 옷자락을 잡아당기며 속삭였다.

"얼른 들어가요! 빨리요!"

정록은 머뭇거리다 그녀가 이끄는 곳으로 발을 내디뎠다.

들뜬 진심과는 다르게 복잡 미묘한 표정을 짓고 있던 정록의 귀에 또각또각, 구두 소리가 길게 울려 퍼졌다. 아마도 환한 빛을 뿜어내고 있는 로비 내의 사람들도 그것을 들었던 것이 틀림없다. 출입구 정면에 위치한 커다란 문에서는 음악 소리가 들려오고 있었다.

굳은 얼굴로 그 문을 향해 걷고 있을 때, 정장을 맞춰 입은 몇몇 경호원들과 함께 검정색 가면을 쓴 중년 남성이 두 남녀의 앞을 가로막았다. 정록은 흠칫 놀라 진심을 응시했다.

"실례지만 어떻게 오셨습니까?"

"어머, 안녕하세요."

"……!"

"최 마담의 초대를 받고 왔는데. 파티 벌써 시작됐나요?"

"아."

"어떡하지. 혹시 제가 너무 늦어서 들어가지 못하는 건가요?"

새빨간 립스틱을 바른 입술을 슬쩍 올리며 선글라스를 벗는 진심의 행동은 냉정함을 유지하고 있던 중년의 눈동자가 흔들릴 만큼 아찔했다. 눈을 동그랗게 뜨는 남자가 짜증스러워 괜히 미간을 좁히던 정록은 진심의 말이 끝나기가 무섭게 고개를 가로젓는 남자의 말에 귀를 기울였다.

"확실히 파티는 두 시간 전에 시작됐습니다만, 오윤서 씨의 자리는 마련해 드릴 수 있을 것 같습니다. 그런데……?"

정록은 상냥한 웃음을 진심에게 보내며 슬쩍 고개를 돌린 남자가 저를 빤히 쳐다보자 눈에 힘을 줬다. 기 싸움에서 밀릴 수는 없었으니까.

아마도 남자가 하려던 다음 말은 '이분은 누구신지?' 라는 표현이 적절할 것이다.

뭐라고 말해야 하나. '누군가의 뒤를 캐기 위해서 동석한 변호사' 라고 대답한다면 경계를 할 것이 틀림없었다.

정록이 머리를 굴리며 얼굴을 딱딱하게 굳히는 사이 부드러운 느낌이 그의 팔을 감싸 왔다.

"……!"

"제 일행이에요."

정록은 매우 자연스럽게 그의 팔에 팔짱을 끼는 진심을 내려다봤다. 말랑말랑한 그녀의 살결이 그와 닿았다. 진심은 대한민국 대부분의 남성들을 홀려 버린 눈웃음을 그리며 말했다.

"설마 일행이 있으면 입장이 불가한가요?"

'어쩌면 좋아!' 라는 탄성까지 터뜨리며 진심이 울상을 짓자, 남자는 꽤 당황한 얼굴로 그녀를 바라보다 손을 내저었다.

"그럴 리가요. 오윤서 씨가 참석해 주신 것만으로도 주최자분들은 즐거워하실 겁니다. 저희는 오윤서 씨의 일행분 역시 환영합니다."

남자가 등 뒤에 있던 경호원들을 향해 고갯짓을 하자 그들이 깃털로 장식된 눈 가면 두 개를 그에게 건넸다.

남자는 진심과 정록에게 각각 눈 가면을 내밀며 말을 이었다.

"이번 파티는 자정까지 진행됩니다. 마음껏 즐겨 주시되, 이곳에서의 일을 밖으로 발설하시는 건 곤란하다는 점만 숙지해 주십시오. 그럼, 즐거운 시간 보내시길 바랍니다."

엉겁결에 남자에게서 가면을 받아 든 정록은 고개를 주억이며 뒤로 물러나는 그를 바라봤다. 정록의 검은 눈동자가 남자의 위아래를 훑기가 무섭게, 닫혀 있던 연회장의 문이 끼이익 소리를 내며 열렸다.

건네받은 빨간색 눈 가면을 쓰고 있던 진심이 머뭇거리던 정록을 끌었다.

"어서요."

속삭이는 그녀의 목소리에 정록은 마력에 이끌리듯 연회장 안으로 들어섰다.

정신이 없다.

눈이 부실 정도로 환했던 로비와는 달리 은은한 조명이 어둠을 밝히고 있는 연회장 안.

왠지 후끈거리는 열기마저 느껴지는 연회장의 분위기가 익숙하지 않다. 두르고 있던 보타이가 목을 죄여 오는 것 같아 미간을 찌푸리던 정록은 안내받은 테이블에 자리를 잡자마자 주위를 둘러보고 있는 진심에게 작게 속삭였다.

"이제 제대로 얘기해 주시죠."

"참, 내 정신 좀 봐."

그의 옆에서 향긋한 체취를 흘리고 있던 진심이 고개를 돌려 정록을 응시했다. 정록은 빨간 눈 가면 사이로 보이는 반짝이는 눈동자와 제 눈이 마주치자 잠시 행동을 멈췄다. 그런 그의 마음을 아는지 모르는지 진심은 살금살금 더 정록의 곁으로 엉덩이를 붙였다.

정록은 스스럼없는 그녀의 행동에 인상을 썼다. 저도 모르게 경직된 주먹에 힘이 들어가 입술을 세게 짓누르던 정록을 향해 진심은 말을 이었다.

"조금만 더 늦으면 입장이 힘들 것 같아서 서두르다 보니 설명할 기회가 없었네요. 미안해요, 변호사님."

스윽 올라가는 그녀의 입꼬리가 보였다. 정록은 대답하지 않았다. 그의 답변을 기다릴 생각이 없었는지, 진심은 다시 입술을 움직였다.

"여긴 연예인들이나 정 · 재계 인사들이 은밀한 만남을 즐기기 위해 자주 찾는다는 프라이빗 파티예요."

"프라이빗 파티?"

"이곳에서 일어난 모든 일은 바깥으로 발설하는 게 금지되어 있어서 어느 정도 급이 있지 않으면 입장도 허락되지 않죠. 대신 증권가 찌라시에 오르는 일들이 빈번하게 일어나곤 해요."

쓰게 웃으며 중얼거리는 진심의 눈동자가 착 가라앉아 있다. 정록은 머릿속을 스치는 말을 밖으로 꺼낼지 말지 고민했다. 너무도 여유롭게 칵테일 두 잔을 주문한 그녀를 바라보던 그는 결국 입 밖으로 그 말을 끄집어냈다.

"오진심 씨도…… 온 적이 있는 겁니까?"

턱시도를 입은 남자가 테이블 위로 놓아 주는 칵테일 잔을 움켜쥐던 진심의 눈이 정록을 향했다. 보라색 눈 가면을 쓴 채 진심을 응시하고 있는 그의 검은 눈동자가 세게 일렁였다.

'……왜 이렇게 가슴이 뛰는 거지? 만약 그녀가 그렇다고 대답하면…….'

정록은 스스로도 의식하지 못하는 사이 이를 악물며 진심을 빤히 직시했다. 곧 그녀가 피식 실소를 터뜨리며 테이블 위로 턱을 괬다. 조막만 한 얼굴을 깃털 마스크가 반쯤 가리고 있었지만 그녀의 붉은 입술에서 눈을 뗄 수가 없었다.

정록은 긴장하며 자신을 응시하는 진심의 눈동자를 마주했다. 진심의 새빨간 입술이 열렸다.

"왜요. 온 적이 있었다고 하면 실망하시려고요?"

"……!"

진심은 정확하게 그의 정곡을 찔렀다. 정록은 눈을 크게 뜨며 대답하지 않았다. 그녀는 길게 숨을 흘리며 옅은 미소를 지었다.

"대답은 노예요. 저도 사실 여기는 말로만 들었지 실제로 온 건 처음이거든요!"

'미쳤구나, 권정록.'

고작 일주일 남짓이지만 이 여자가 대충 어떤 성격의 여자인지에 대한 파악은 충분했다. 아침부터 저녁까지, 그와 잠시도 떨어지지 않고 시간을 보냈던 여자니까.

그런 여자를 아주 잠시나마 의심하다니, 말도 안 된다. 이 여자는 이런 세계와는 지독하게 안 어울리는 여자였다. 대체 어떻게 연예인으로 최고의 자리에 오른 건지마저 의심이 갈 만큼.

정록은 명랑한 그녀의 말에 아무 답변도 하지 못했다. 두근두근, 심장이 미친 듯이 뛰고 있었다.

"솔직히 말씀드리면 저 지금 엄청 긴장돼요."

진심은 자책하는 정록의 귀에 입술을 가져다 대며 속삭였다.

"누가 나 알아보면 어쩌지? 에이, 그래도 마스크 써서 모를 거예요. 그렇죠? 그것보다 변호사님, 여기 보여요? 제 볼 엄청 빨개졌죠? 귀도 빨개졌으려나?"

양 볼을 가리키며 얕은 숨을 흘리는 그녀의 밝은 음성은 야릇한 주변 분위기와는 결코 어울리지 않는다. 아찔한 외견과도 마찬가지였다.

"괜찮은 겁니까?"

"뭐가요?"

되묻는 그녀를 향해 정록은 말했다.

"저를 이런 곳까지 데려왔다가 나중에 이곳에서의 일이 들통 나면, 오진심 씨도 곤란해지는 것 아닙니까."

아무리 사건 해결과도 관련이 있다지만 무리하는 것이 아닌가라는 생각이 들었다. 아닌 척하지만, 그녀도 사실은 평판과 이미지로 먹고사는 연예인이니까.

뭐, 이젠 연예인의 자리에서 내려왔다고는 하나, 그녀를 쉽게 잊을 수 있는 사람은 아마도 대한민국 내에서는 없을 거다.

정록의 진지한 말에 잠시 그를 쳐다보던 진심은 풋 하고 웃음을 터뜨렸다.

"평소엔 칼로 찔러도 피 한 방울 안 흘리실 분이 갑자기 왜 이러세요."

"제가 뭘요."

"걱정 마세요, 변호사님! 여기서의 일이 밖으로 나돌아도 저한테는 아무 영향도 없을 거니까. 그리고, 잊으셨어요? 저 지금 평판 최악인 거. 게다가 이미 은퇴까지 한 몸이라고요. 누가 절 건드리겠어요?"

"……."

"뭐 혹시나 이번 일이 퍼진다면, 예전에 쌓아 놓은 명성을 지금 다 소진하는 걸로 치면 돼요. 그러니 너무 걱정 마요!"

검지를 까딱이며 진심은 싱그럽게 웃었다.

"참! 잊은 게 있다."

정록을 안심시키기 위해 말을 잇던 진심은 주저하던 그를 바라보며 손뼉을 쳤다. 정록은 이윽고 자연스럽게 자신의 손 위로 작은 손을 올리는 진심을 발견하고선 숨을 작게 들이켰다.

"변호사님. 여기선 우리 호칭을 조금 바꿔야 할 것 같아요."

"무슨 소립니까?"

의아해하는 정록에게 진심은 설명했다.

"아무리 은퇴해서 자유로워진 몸이라고는 하지만, 제가 요즘 로펌에서 일하고 있는 걸 알고 있는 사람이 있을 수도 있잖아요."

"아."

"그런데 제가 변호사님과 함께 왔다는 걸 알게 된다면……."

"숨기는 게 낫겠군요."

"예! 그거예요! 의심하게 할 수는 없으니까!"

진심이 눈을 크게 뜨며 외쳤다. 사실 이곳에 처음 발을 디딜 때부터 생각해 왔던 일이었기에 정록도 동의했다. 그가 슬며시 고개를 주억이자 진심은 흐응, 콧소리를 흘리며 중얼거렸다.

"뭐라고 부르지?"

고민하던 진심은 아래로 내리깔았던 눈꺼풀을 위로 올리며 정록에게 시선을 고정했다. 어두운 조명 아래에도 영롱하게 빛나는 진심의 눈이 자신을 향하자 정록은 아무 말도 하지 않았다. 저 혼자 중얼거리는 그녀는 이 역할에 꽤나 몰입한 상태였다.

"이름."

쉽게 생각이 나지 않는지 홀로 끙끙거리는 그녀에게 정록은 말했다. 놀란 눈동자가 그에게 닿는다. 정록은 말을 이었다.

"이름 불러요. 여기선 그러는 편이 나을 수도 있으니까. 애인인 척하는 게 편하겠군요."

"……네?"

태연한 그의 말에 깜짝 놀랐는지 진심은 자리에서 벌떡 일어날 뻔하다, 겨우 엉덩이를 소파에 붙였다. 정록은 눈에 띄게 당황하는 진심을 무표정하게 올려다보며 말했다.

"그 편이 낫지 않습니까? 그럼 오진심 씨한테 다가오는 날파리도 차단할 수 있을 테니 일에 더 집중할 수 있겠죠."

"무, 물론……."

"아닌가요?"

정록은 갑자기 말을 더듬는 그녀를 바라보더니 고개를 갸웃거렸다.

'내가 실수했나? 이왕 연기를 하는 것이라면 애인인 척하는 것이 나을 거란 생각이었는데.'

정록은 의아한 표정을 지우지 않고 진심을 바라보았다. 어두운 주변으로 인해 잘은 보이지 않지만 그녀의 얼굴이 새빨갛게 물드는 모습이 보였다.

'당황한 건가.'

정록은 어쩔 줄 몰라 하는 진심이 마음의 안정을 되찾기를 바랐다.

"저……."

한참 숨을 고르던 진심은 겨우겨우 입을 열었다.

"정록…… 씨."

"……!"

아마도 매번 딱딱한 소리를 하고, 신경질만 흘리곤 했던 자신이 낯간지러운 단어를 흘리자 그녀 역시 당황한 것이 틀림없었다.

여유로운 표정을 지으며 그녀의 붉은 입술 사이로 다음 말이 흘러나오길 기다리던 정록은 섹시한 현재 모습과는 달리 수줍게 입술을 달싹이는 진심의 음성을 듣고 눈을 크게 떴다. 살짝 고개를 숙이며 중얼거리던 진심은 얼굴을 들어 정록을 마주했다.

"정록 씨!"

배시시 웃으며 자신을 바라보는 그녀에게 정록은 아무 말도 하지 못했다.

'심장 터질 뻔했어!'

별거 아니다. 고작 이름을 부르는 일인데, 왜 이렇게 심장이 뛰는 건지. 그동안 항상 '변호사님!' 아니면 '권 변호사님!' 이라고 그의 직함을 외쳐서일까.

진심은 뜨겁게 달아오른 얼굴을 가라앉히기 위해 숨을 헉헉 내쉬었다.

"저, 저기 저 잠깐만 화장실 좀 다녀올게요."

"……."

"정록 씨?"

"아, 예. 그러세요……."

빠르게 연회장 안을 둘러본 결과, 가면을 쓴 사람들 중 강진우를 비롯한 그의 정인을 쉽게는 파악하기 힘들어 보였다.

왠지 더워지는 분위기도 가라앉힐 겸 진심은 몸을 일으키기로 했다. 멍하니 저를 쳐다보던 정록이 답지 않게 말끝을 흐리며 대답하자 진심은 얼른 일어났다.

'왜 이러지.'

매번 출근하는 정록을 바라보면서 느끼기는 했지만, 그는 모델 쪽으로 진출했어도 성공했을 법한 마스크와 체격을 가지고 있었다.

이 업계에서도 보기 힘든 아우라를 풍기는 그가 꽤나 신기해서 몰래 흘끔거린 것은 진심만의 비밀이다. 연미복을 입히고 헤어 세팅까지 해 놓자 웬만한 톱 배우들 부럽지 않다.

'그래서 가슴이 콩콩 뛰는 건가?'

진심은 연회장 안쪽에 위치해 있는 여자 화장실 안의 거울 앞에서 길게 숨을 내쉬고 있었다.

어찌 된 셈인지 벌렁거리는 가슴이 도통 가라앉지를 않는다.

「요즘 PP에 그간 안 보이던 사람들이 자주 들락거리더라고. 듣기로는

RA 쪽 사람이라던데. 건설 계통이었나? 부사장인 걸로 기억하는데. 이름이 강신우? 아, 아니다. 강진우였어! 맞아, 그랬을 거야. 그리고 다음 총선에 출마할……」

작년 이맘때쯤이었을까.

원치 않게 휴식기를 가지던 진심은 업계의 유일한 친구나 마찬가지인 배우 차윤아와 점심을 먹은 적이 있었다.

본인이 연예인이면서 증권가 찌라시에 엄청난 관심을 가지는 윤아의 쉴 새 없는 수다 중에 분명 강진우의 이야기도 있었다.

강진우가 외도를 하고 있는 것은 확실한데, 증거를 잡을 수 없다고 했던 안미진이 안타까웠다. 이혼을 하게 된다면 그녀의 아이까지 빼앗아 다시는 만나지 못하게 할 거라 호언장담했다던 안미진의 남편이 괘씸해서 견딜 수가 없었다.

정록과 함께 서류를 뒤적이다 살짝 졸게 된 바로 그때, 강진우의 이름을 어디서 들었는지에 대해 생각난 건 정말이지 천운이나 다름없었다.

'어떻게든 도움이 되고 싶은데.'

그와 함께 하는 첫 의뢰. 앞으로 반년 동안 얼마나 많은 일들을 함께 할지 모르겠지만 시작은 언제나 중요한 법이다.

자신이 도움이 될 수 있다면 최대한 많은 도움을 주고 싶었다. 그의 인정을 받기 위해서라도, 그리고 유능한 비서가, 더 나아가 자신이 원하는 배역 소화하기 위해서라도!

진심은 서서히 호흡이 안정을 찾는 것을 느끼며 주먹을 불끈 쥐었다. 머리부터 발끝까지 검게 치장된 여자가 프라이빗 파티 안의 여자 화장실 안에서 의지를 다지는 모습은 확실히 색달랐다.

「강 부사장? 내가 듣기로는 오늘도 참석한다고 들었는데. 그런데 우리 윤서 씨가 그 사람한테 왜 그렇게 관심을 가져? 뭐야. 우리 윤서 씨, 스폰 필요한 거야? 은퇴해서 돈줄 끊어진 거지? 그럼 강 부사장 말고 다른 사람 소개해 줄까? 그 사람은 이미 파트너가 있어서 안 돼. 뭐, 물론 우리 윤서 씨면 못 홀릴 남자는 없겠지만.」

이곳 프라이빗 파티 참석에 대한 제안은 사실 스캔들이 터지기 전에도, 그리고 터지고 난 후에도 몇 번이나 받은 적이 있었다. 연예계 활동을 하기는 하지만 좁은 인맥을 유지하고 있던 진심은 어느 날 갑자기 걸려온 낯선 전화에 짜증을 내며 끊은 적이 허다했다.

10년이 넘게 거절로 일관하던 진심이 갑자기 참석한다는 말을 하자 파티의 주최자로 유명한 '최 마담' 은 노골적인 말을 서슴없이 흘렸다.

진심은 완곡하게 거절하며 한 번 경험상 가 보고 싶다는 변명을 늘어놓았었다.

'어디 있는 거지.'

지금쯤이면 진심의 참석에 대한 소식이 최 마담의 귀에까지 들어갔을 것이다. 그녀와 마주치면 꽤나 귀찮은 일이 일어날 수 있어, 서둘러 강진우와 그의 정인을 발견하고, 불륜의 증거를 수집해야 한다.

하필 오늘 파티 콘셉트가 '가면무도회' 라서 강진우를 찾기는 쉽지 않았다.

화장실을 가면서도 정록에게 주위를 살필 것을 단단히 주의 줬던 진심은 들떴던 마음을 가라앉히고 몸을 돌렸다.

'으으, 추워.'

이곳으로 오기 위해 급하게 치장했다. 뾰족한 하이힐은 물론이거니와 어깨가 훤히 드러난 검은 미니 원피스가 자꾸만 위로 말려 올라가는 것 같아 신경 쓰인다. 숄을 두르고 있기는 하지만 추위는 떨칠 수 없었다.

정록이 앉아 있는 테이블로 걸어가기 위해 또각또각, 발을 앞으로 내딛던 그녀는 제 어깨 위로 덥석 손을 얹는 낯선 손길을 느끼며 걸음을 멈췄다.

'변호사님인가?'

빨리 귀환하지 않는 자신을 걱정한 정록이 그녀를 찾아 나선 건지도 모른다. 아직 다른 사람들과 인사 한 번 나누지 않은 상태였기에 더더욱.

'많이 기다리셨죠?' 라는 말을 할 생각으로 뒤를 돌아보던 진심은 저를 내려다보고 있는 회색 연미복의 남자와 눈이 마주쳤다.

"정말이네요?"

가면을 쓰고 있지 않은 남자가 빙긋 웃으며 진심을 바라보고 있었다.

"진짜 오윤서 씨네."

쿵. 심장이 순식간에 바닥으로 떨어졌다.

'어떻……게.'

멋대로 뛰는 가슴의 박동이 멈추질 않았다. 날카롭게 휘어지는 남자의 눈길에 멈칫한 그녀의 입술이 제멋대로 떨렸다. 진심의 제어를 벗어난 심장은 바닥에서 요동치고 있었다.

왜 이 남자를 여기서 만날 거라고 생각하지 못했을까.

'이 남자도 재계에선 알아주던 사람이었는데…….'

짧았던 제 소견이 원망스럽다. 앞이 캄캄해져 진심은 이를 악물었다. 그러고 보면, 이런 프라이빗 파티는 '그쪽' 사람들이 더 자주 찾는 곳이었다.

진심은 입술을 파랗게 물들이는 자신을 향해 오만한 미소를 짓고 있는 그에게서 벗어날 수 없었다.

"윤서 씨가 여기에 올 거라고는 상상하지 못했어요. 이런 곳, 한 번도 발을 들인 적이 없었던 것 같은데…….”

옴짝달싹하지 못하는 그녀를 향해 그가 나지막하게 중얼거렸다.

그 말이 비수처럼 꽂혀 왔다.

“그래도 반갑네요. 우리 얼마 만이죠?”

숨이 가빠졌다.

남자가 접근 금지 명령을 받았던 것이 엊그제 같은데, 벌써 그 기간이 끝나 버린 걸까?

진심은 제 어깨를 붙잡고 있는 그의 팔을 떼어 내며 빙긋 웃었다.

“사람 잘못 보셨어요.”

말을 내뱉는 과정이 떨렸지만 최대한 태연한 척 노력해야 했다. 숨을 크게 들이마신 진심은 말을 끝낸 후 몸을 돌려 정록이 있는 테이블로 돌아가려 했다. 하지만 그보다 남자의 손길이 먼저 진심을 낚아챘다.

“읔!”

그녀는 우악스럽게 제 손을 부여잡는 그로 인해 몸을 휘청거릴 수밖에 없었다. 낮은 신음 소리가 그녀의 입술 밖으로 흘러나왔다.

“잘못 보긴요.”

심장을 철렁거리게 만드는 남자의 말이 귀를 울린다.

“제가 윤서 씨를 몰라볼 리가 있겠습니까. 덕분에 제 인생 처음으로 법원도 들락거렸었는데.”

“……!”

“하지만 고고한 윤서 씨가 이런 곳을 찾다니. 뭔가 의외긴 하네요. 아아. 은퇴했다고 했지. 그래서 그런 겁니까?”

“이거 놓으세요.”

“게다가 그 의상은 대체 뭡니까?”

자신을 붙잡은 손을 놓지 않으며 남자가 그녀의 옷차림을 아래위로 훑었다. 뱀이 몸을 쓸어내리는 것과 같은 불쾌감이 온몸을 휘감았다. 진심은 숨을 참았다. 남자의 두 눈이 호선을 그리며 휘어졌다.

"나 잡아가 달라고 유혹하는 것 같군요."

진심은 세게 이를 악물었다. 뿌리쳐야 하는데, 예전의 일들이 떠올라 손에 힘이 들어가질 않았다. 남자는 진심이 그의 손을 뿌리치기 위해 몸을 비트는 것을 아랑곳하지 않으며 그녀를 벽 쪽으로 밀어붙였다.

"악!"

"어쩌다 천하의 오윤서가 이런 곳까지 오게 됐는지, 안타깝기 그지없습니다."

쿵 소리를 내며 등이 벽에 닿자 진심이 얼굴을 찌푸렸다. 남자는 여전히 진심을 놓아주지 않고선 커다란 곳에서 그녀를 내려다보았다.

"역시 이미지로 먹고사는 연예인에겐 오점 하나의 영향이 크긴 크네요. 안 그렇습니까?"

'이, 이 자식이……!'

진심의 손을 부여잡은 남자의 손에 강한 힘이 들어갔다.

"지금이라도 늦지 않았습니다, 윤서 씨."

그녀의 얼굴이 하얗게 질려 가고 있다는 걸 뻔히 알고 있으면서도 그는 웃는 얼굴을 감추지 않았다.

그 모습을 보자니 입안이 바짝 말라 갔다. 만일 평상시의 진심이였다면 이런 남자의 손길은 진작 뿌리치고도 남았을 거다. 하지만 상대가 예의 그 남자다. 진심이 원치 않은 공백기를 가지게 만든 장본인.

겉으로 보기에는 무섭도록 상냥하지만, 그녀에게 있어선 소름 끼치는 남자의 이중적인 모습은 예전에도 그랬지만 지금도 변하지 않는다. 정상에 있던 자신을 고작 몇 번의 언론 조작으로 인해 순식간에 아래로 내려오게 만든 남자.

'어, 어떡하지.'

트라우마처럼 자리 잡은 그의 존재가 이를 덜덜 떨리게 만들었다. 눈앞이 까맣게 변하는 게 느껴져 어떻게든 의식을 잡으려 애썼으나 쉽지 않다. 숨이 가빠 오는 그녀와는 달리 남자의 입꼬리는 점점 위로 올라가고 있었다.

'제발……. 제발 누가 이 사람 좀…….'

"윤서 씨."

하아. 어지럽다. 현기증이 일어 진심은 비틀거렸다.

남자는 말을 이었다.

"윤서 씨가, 물론 제게 적잖은 상처를 준 건 사실이긴 합니다."

그가 제게 무어라 말하고 있기는 했지만 정확히 무슨 말을 하고 있는 건지 알 수 없었다. 귀가 울린다. 진심은 파리하게 질린 얼굴을 들지 못했다.

"하지만 그럼에도 불구하고, 전 여전히 당신을……."

"여기서 뭐 하는 겁니까."

'……!'

간절하다 못해 애원에 가까웠던 진심의 외침을 듣기라도 한 걸까.

진심은 남자의 어깨 너머로 들려오는 귀 익은 음성에 아래로 숙였던 고개를 얼른 들어 올렸다. 개를 돌린 남자의 뒤로, 보라색 눈 가면을 쓰고 있는 정록이 보였다.

"정록 씨!"

저도 모르게 진심은 환하게 웃으며 소리쳤다. 그에 미소 짓던 남자의 얼굴에서 웃음기가 사라졌다.

정록은 성큼성큼 그들의 곁으로 다가오더니 진심의 손목을 잡고 있는 남자를 주시했다. 남자는 정록을 발견하고 눈을 빛내는 진심의 모습에 인상을 쓰는 중이었다. 그에 움찔할 만도 한데 정록은 아랑곳 않고 남자가 아닌, 진심을 내려다보며 한숨을 푹 내쉬었다.

“왜 이렇게 늦나 했더니 이상한 시비에 휘말리고. 정말 신경을 많이 쓰게 하는 사람이군요.”

“저, 저는…….”

“그리고 그쪽.”

“…….”

“이제 그만하시는 게 좋을 것 같습니다. 싫어하잖습니까.”

진심에게 쓴소리를 날린 정록은 그와 진심을 주시하고 있던 남자를 쳐다봤다. 남자는 여전히 진심의 손을 붙든 채 피식 실소를 터뜨렸다.

“그쪽이 뭔데 내 행동에 간섭하는 겁니까?”

‘적반하장도 유분수지.’

진심은 오히려 성을 내고 있는 남자를 노려보았다. 남자는 진심의 시선 따위는 개의치 않으며 정록을 노려보았다.

“여기선 이런 일이 다분한데 말입니다.”

확실히 그의 말이 틀린 것은 아니었다. 이런 곳에선 여자와 남자가 뒤엉켜 승강이를 벌이는 게 흔했다.

입꼬리를 올리며 묻는 남자의 발언에 정록은 한숨을 내쉬며 답했다.

“뭐, 충분히 그럴 수 있을 거라고 생각은 합니다만. 당신이 멋대로 붙잡고 있는 그 여자와 제가 특별한 인연을 맺고 있어서 말이죠.”

“무슨 소립니까?”

정록을 향해 비웃음을 흘리던 남자가 의아한 음성을 뱉었다.

“돌려 말하면 알아듣지 못하는 건지.”

나지막하게 중얼거린 정록이 다시 그를 바라보며 말했다.

“당신이 억지로 붙들고 있는 그 여자와 내가, 특별한 관계라는 말이죠.

흔히들 애인이라고 부르는 사이라면, 알아듣겠습니까?"

"……!"

"그러니 말로 할 때 그 손, 치워 주시죠. 아니면……."

정록은 놀라는 남자를 보며 짙은 미소를 그렸다. 그러고는 진심의 손목을 꽉 붙들고 있는 남자의 손을 떼어 내며 말했다.

"이렇게 직접 떼어 내야 속이 시원해지시는 건지."

"하아……."

정록의 힘에 의해 남자에게서 벗어나자 진심은 짧게 숨을 흘렸다. 새빨갛게 물든 손목의 손자국이 정록의 가슴을 콕콕 찔러 왔다.

정록은 다리를 후들거리며 제 쪽으로 쏟아지는 진심을 부축했다.

"괜찮습니까?"

'아.'

부드러운 그의 목소리에 왠지 모를 안도감이 느껴졌다. 진심은 쓰게 웃으며 고개를 끄덕였다.

"네. 고마워요."

정록은 저를 올려다보며 흐린 미소를 짓는 진심의 귀에 입술을 가져다 댔다.

"강진우가 어디 있는지 알아냈습니다."

"정말요?"

"예. 그러니 그쪽으로……."

"이상하군요."

정록의 등장에, 얼떨결에 뒤로 물러난 남자가 입술을 열었다.

제 귀에만 들릴 정도로 작게 속삭이는 정록의 말을 귀 기울여 듣던 진심도, 그녀에게 말을 하고 있던 정록도, 그들과 조금 떨어져 있던 남자를 쳐다봤다. 비릿한 표정을 지으며 두 남녀를 바라보던 남자는 뱀 같은 혀를 움직였다.

“제 착각인지 모르겠지만, 지금 제 눈에 들어온 두 사람은…… 전혀 애인 같지 않은데 말이죠.”

정록이 있어 그만 마음을 놓아 버렸다. 진심은 그가 쉽게 물러날 인물이 아니라는 것을 뒤늦게 기억해 냈다. 진심에게 향하고 있던 정록의 부드러워진 눈빛이 다시 날카로워졌다.

“무슨 소립니까.”

그녀를 제 등 뒤로 숨긴 정록은 싱긋 웃고 있는 남자를 향해 되물었다. 진심은 정록의 옷자락을 붙잡은 채 최대한 그의 시선을 피하고 있었다. 그리고 그 모습을 냉정하게 주시하던 남자는 눈썹을 위아래로 까딱이며 대답했다.

“내 말 그대로입니다. 연인 사이라는 그쪽 주장과는 달리, 내 눈에는 당신들 두 사람이 별로 다정해 보이지 않는다는 말입니다.”

“……”

“그리고 내가 알고 있는 오윤서 씨에겐 애인이 없습니다.”

두근.

폐부를 찌르는 그의 발언에 숨이 막혔다. 진심은 저를 꿰뚫어 보듯 응시하는 남자의 말에 입술을 짓눌렀다.

‘……!’

만약 정록이 그녀의 손 위로 자신의 손을 겹쳐 주지 않았더라면 아마 그녀는 그대로 주저앉아 버렸을지도.

두근두근.

진심은 따뜻한 온기가 전해져 오는 정록의 커다란 손을 멍하니 바라보다 천천히 고개를 들었다.

‘아.’

커다란 등이 그녀의 든든한 방패가 되어 주고 있었다.

진심은 아무 말도 하지 못했다.

그때, 남자가 말을 이어 나갔다.

"게다가 이곳 파티는 애인끼리 입장할 곳이 못 됩니다. 만일 애인끼리 입장하는 경우가 있다 하더라도 두 사람처럼 그렇게 어색한 스킨십을 하고 있을 리는 없죠."

"……."

"그러다 보니 약간 의심이 되는군요."

서늘한 남자의 눈이 진심과 정록을 훑었다.

"어쩌면 그쪽이, 오윤서 씨를 구해 주기 위해 내게 말도 안 되는 주장을 하는 것이 아닌가 하고 말이죠."

비웃는 기색이 역력한 남자의 말에 진심은 발끈했지만 이내 숨을 가라앉혔다.

'참아야 해.'

지금 이곳에서 저 남자를 건드려서 좋을 건 없었다. 진심은 얼굴을 굳힌 채 남자에게서 시선을 떼지 않는 정록의 팔을 잡아끌려 했다.

"정록 씨, 신경 쓰지 마요. 그것보다 우리 그만……."

"하지만 만약에 말입니다."

아직도 끝나지 않은 걸까.

남자는 입을 여는 진심의 말을 끊어 버리고는 다시 말을 이었다. 정록의 주의를 환기시키려던 진심 또한 그를 쳐다볼 수밖에 없었다. 남자는 말했다.

"만일 두 사람 사이가 진짜라면 입맞춤이라도 해야 하는 거 아닙니까? 애인이라면서요. 하긴 '그런 척'을 하는 거니 내 앞에서 쉽게 그럴 수는 없겠지."

일부러 시비를 거는 것이 틀림없다.

노골적인 남자의 발언에 얼굴이 화끈거렸지만 여기에 반응하지 않는 것이 최선이다. 진심은 후우 숨을 고른 뒤, 제 허리를 감싸 부축해 주고 있는 정록에게 속삭였다.

“미안해요, 변호사님.”

정록은 말이 없었다. 진심은 서둘러 말을 덧붙였다.

“저 사람, 원래 저런 사람이에요. 말도 안 되는 트집을 잡아서 다른 사람을 곤란하게 만드는 사람이라고요. 그러니까 더 대응하지 말고 그냥 우리 갈 길 가요.”

“…….”

“네?”

그때.

정록의 옷깃을 잡아끌며 말하던 진심은 갑자기 등을 돌리는 정록의 행동에 눈을 동그랗게 떴다.

‘어?’

그녀는 아주 짧은 순간이었지만, 정록의 검은 눈동자가 몹시 일렁인다고 생각했다.

“흡!”

그리고 진심이 자각하기도 전에 입술 위로 무언가 따뜻한 것이 내려앉았다.

❖

대한민국에서 톱 텐 안에 든다는 높은 몸값의 여배우, 오윤서에게는 연예계 생활을 유지하기 위한 세 가지 법칙이 있다.

첫째. 드라마보다는 영화, 영화보다는 CF, CF보다는 화보를 위주로 활동할 것.

둘째. 보다 오랫동안 미모를 유지하기 위해 촬영은 절대 밤 10시 이후를 넘기지 않을 것.

그리고 셋째.

"최대 5초예요."

"5초……라니? 하, 하지만 그건……."

"그게 싫으시면 합류는 없던 일로 하죠. 주어진 5초를 길게 늘이든, 줄이든 관여하지는 않겠습니다만 5초를 넘어가는 건 절대 안 됩니다. 프렌치 키스는 당연히 안 되고요. 애드리브는…… 굳이 말 안 해도 아시겠죠? 전 우리 감독님이 윤서랑 꼭 일하고 싶어 하신다고 믿습니다. 안 그렇습니까?"

어떻게 보면 오만하다 못해 안하무인 하기 그지없는 요구사항을 눈 한 번 깜짝 않고 쏟아 내는 오윤서의 소속사 대표, 연준석의 말에도 불구하고 수많은 감독들과 PD들이 어쩔 수 없이 고개를 끄덕인 까닭은 그들에게 있어 오윤서는 그러한 모든 요구를 들어줄 만한 가치가 있었기 때문이었다.

매 작품마다 끊이질 않는 발연기 논란이 있기는 하나, 오윤서가 출연하는 모든 드라마는 역대 시청률 리스트 안에 들 정도의 고공행진을 기록했다.

그것으로도 모자라, 입고 있던 의상은 물론이거니와 사소한 액세서리까지 그녀가 착용하고 있으면 모두 완판이 되었다는 사실은 업계에 모르는 사람이 없을 정도로 유명하다.

오윤서는 이젠 은퇴해 프로듀서로 활약 중인 대한민국 최고의 남자 배우라는 '건느' 이건우 못지않은 영향력의 여배우였다.

지금은 비록 말도 안 되는 스캔들로 인해 크나큰 타격을 입고 잠정 은퇴를 선언한 상태이기는 하지만, 그럼에도 불구하고 그녀의 법칙은 여전히 유효한 상태였다.

'아.'

하지만 지금 이 순간.

바로 이 자리에서, 그런 오윤서의 입술이 촉촉한 무언가로 뒤덮였다. 오윤서 아니, 오진심 인생 통틀어서 외간 남자와 이렇게까지 긴 시간 동안 입을 맞대고 있는 것은 난생처음이라 해도 무방할 만큼 긴 시간.

진심은 어느 순간부터 머릿속으로 숫자를 세는 것을 포기했다. 입술로 살포시 내리 앉는 부드러운 촉감에 진심은 멍하니 눈을 깜빡거렸다. 기다란 속눈썹이 아래로 내려갔다 올라간다. 파르르 떨리는 숨결이 의지와는 다르게 멋대로 밖으로 튀어나오고 있었다.

진심은 흐려지려는 의식을 겨우 붙들곤 자신을 말없이 내려다보고 있는 남자의 검은 눈동자를 응시했다.

'왜……?'

아무리 머리를 굴리고, 또 굴려 보아도 도무지 이해가 가지 않는다.

그녀가 여배우로 지내며 그 어떤 상황에서도 포기하지 않았던 5초 룰은 이미 진작 깨진 지 오래였다. 낯선 남자의 입술이 아무리 부드럽고 촉촉할지라도 평소의 그녀였다면 얼굴을 찌푸리며 있는 힘껏 그를 밀쳤을 것이다.

하지만 지금의 진심은 눈앞에 서선 제 입술을 훔친 그를 힘껏 밀치지도 않았다. 그의 다리 사이를 있는 힘껏 차지 않은 것도 의아하기 그지없는 일.

그래서 의문이 생긴다.

'대체…… 왜?'

입술과 입술이 닿은 시간이 얼마나 흘렀는지 가늠할 수가 없다. 한 가지 확실한 건, 거세게 흔들리는 눈빛으로 그를 바라보고 있는 자신과는 달리 남자는, 그러니까 권정록은 너무도 침착한 검은 눈동자로 진심을 내려다보고 있었다.

그 시선에 멋대로 요동치는 것은 오직 오진심의 심장뿐이다.

숨을 크게 들이마시지도 못하고, 그렇다고 길게 내뱉지도 못했다. 그저 제 허리를 감싸고 있는 그의 손길을 느끼며 가슴의 떨림을 애써 감추고 있을 뿐.

내쉬는 숨소리가 거칠어지고, 입술의 움직임이 점점 빨라질 때.

진심의 허리를 부축하며 고개를 아래로 숙이고 있던 정록이 슬며시 그녀를 바로 세웠다. 눈꺼풀을 반쯤 내리고 있던 진심의 눈동자가 동그래진 것은 당연했다.

"정말 성가신 분이군요."

갑자기 떨어져 나간 입술의 흔적을 눈으로 좇고 있던 진심의 귀에 비웃음에 가까운 정록의 목소리가 들려왔다.

진심은 정록이 자신이 아닌 남자를 흘겨보고 있다는 것을 뒤늦게 알아차렸다. 진심과 정록에게 시비를 걸던 남자가 휴지조각처럼 일그러진 얼굴로 두 남녀를 노려보고 있었다.

정록은 잔열이 남은 자신과 진심 사이의 분위기를 깨뜨리며, 나지막하게 중얼거렸다.

"꼭 이런 식으로 직접 보여 줘야 믿는 건지. 내 여자라는 걸 증명하기 위해 남 앞에서 이런 짓까지 해야 하다니. 조금 불쾌하기도 하고."

"……!"

"뭐, 이에 만족하지 못한다면 더한 것을 보여 드릴 수도 있습니다만."

남자의 얼굴이 처참하게 일그러졌다.

정록은 빙긋 웃으며 말했다.

"물론 그쪽이 괜찮다는 전제하에 말이죠."

"당신, 이름이 뭐지?"

얼굴을 오픈하고 있던 남자와는 달리, 여전히 보라색 눈 마스크를 쓰고 있던 정록의 비웃음에 남자가 조금 전과는 달리 가라앉은 목소리를 냈다.

그가 풍기는 기운이 달라졌다는 것을 눈치챈 진심이 눈을 크게 떴다.

"……!"

갑작스러운 상황에 잠시 넋을 놓고 있던 진심이 이번엔 뒤로 물러나지 않고 정록의 앞으로 나서자, 정록에게 다가서려던 남자는 놀란 듯 멈춰 섰다.

'괜찮아.'

진심은 스스로를 다독이며 호흡을 고른 뒤, 차갑게 일렁이는 눈으로 그를 노려보았다.

"이쯤 하시죠, 국연준 씨."

"……윤서 씨."

국연준이라는 이름을 가지고 있는 남자는 정록의 앞에서 양손을 벌리고 있는 진심을 흥미로운 시선으로 내려다보았다.

그에 아랑곳 않은 진심은 냉소를 날렸다.

"대체 언제까지 이렇게 모자란 행동을 계속할 건가요? 그만큼 날 괴롭혔으면 됐지 않나요? 당신은 좀처럼 만족할 줄 모르는군요."

"……윤서 씨."

"그만. 뒤로 물러나요."

"……."

"만약 거기서 한 발자국만 더 다가오면 바로 사람 부르겠어요."

"……!"

"설마, 다른 사람의 시선을 의식하는 당신이 이곳에서까지 소란을 일으키고 싶지는 않겠죠? 그럼 두 번 다시 이곳에 발을 못 디딜 텐데. 제 생각엔 국연준 씨가 그걸 원하리라고는 생각되지 않네요."

싱긋 입꼬리를 올리며 진심이 눈을 휘었다. 말을 이을 동안 가슴이 미친 듯이 쿵쾅거렸지만 진심은 이를 악물면서까지 굳게 서 있었다.

제국 그룹 산하의 선주 일보를 맡고 있던 국연준 이사는 그런 진심의 냉정한 모습에 얼굴을 일그러뜨렸다. 몹시 자존심이 상한 표정이었지만 굳이 위로를 하고 싶은 생각은 들지 않는다.

저 인간 때문에 당한 게 얼만데.

'나쁜 인간.'

진심은 이를 갈며 그를 노려보았다.

"……곧 다시 보죠."

한참 동안 두 남녀를 쳐다보고 서 있던 국연준은 눈 한 번 깜빡이지 않는 진심과 입을 꾹 다물고 있는 정록을 한 번씩 노려보더니 이내 홱 몸을 돌렸다.

터벅터벅, 멀어져 가는 국연준이 꼬리를 내리고 사라지는 모습을 볼 때까지 양팔을 벌린 채 꿈쩍 않던 진심은 그가 완벽하게 시야에서 없어지자 그제야 손을 내렸다.

"하아아."

안도의 한숨인지, 아니면 우려의 한숨인지 모를 숨이 입 밖으로 터져 나왔다. 정말 지긋지긋할 정도로 징그러운 인간이다.

"저 황당한 작자는 뭡니까?"

가빠진 숨을 돌리고 있던 그때.

착 가라앉은 목소리가 귓전을 두드리자 진심은 슬며시 고개를 들었다.

전체적인 표정은 보라색 가면에 가려 보이지 않았지만, 적어도 그의 검은 눈동자가 무엇을 의미하는지 정도는 알아차릴 수 있었다.

국연준이 복도의 모퉁이를 돌 때까지 꿈쩍도 않고 서 있던 정록은 그제야 진심에게 눈길을 돌리며 물음을 던진 것이다.

"저렇게 무례한 사람은 처음……."

인상을 쓰던 정록의 말이 그를 올려다보고 있는 진심을 발견하곤 뚝 멈췄다. 정록을 바라보던 진심의 눈동자 역시 덩달아 동그래졌다.

두근―

연회장 쪽에서 들려오는 노랫소리가 귀를 웽웽거리게 만들었음에도 불구하고 두 남녀가 서 있는 화장실 앞 복도는 적막으로 휩싸인 것처럼 고요했다.

두근두근. 가슴의 진동이 점차 커져서 진심은 그의 시선을 피할까도 생각해 보았지만 결국 고개를 돌리지는 못했다. 무슨 생각을 하는지 알 수 없는 보라색 눈 가면의 남자.

그는 그저 진심을 바라보고 있었다.

"오진심 씨."

약속이나 한 듯, 함께 다물고 있던 입술을 서서히 뗀 사람은 둘 중 정록이었다. 흐려지려던 진심의 동공이 제자리를 찾았다.

"조금 전엔……."

"괘, 괜찮아요!"

무심코 욕설이 입 밖으로 흘러나올 뻔했다. 생각과는 다른 말이 튀어나와 버린 까닭이다.

쿵쾅쿵쾅 가슴이 크게 일렁였지만 진심은 태연한 척 애써 웃어야 했다. 그러지 않고서는 자신이 그 입맞춤에 당황했다는 것을 들켜 버릴 것 같아서.

진심은 그녀의 반응에 입을 닫는 정록의 눈동자가 떨림을 멈추는 걸 지켜보아야 했다.

"처…… 처음도 아닌 걸요, 뭘!"

"……!"

"벼, 변호사님이 저 도와주려고 그러셨다는 거 알아요. 하하."

어색하게 웃는 진심의 외침에 정록은 대꾸하지 않았다. 그는 한 번 다문 입술을 굳이 열려 하지 않았다.

'어떡해, 정말.'

여전히 마스크에 가려 표정으로 그의 생각을 읽는 건 불가능했으나, 머릿속이 엉망진창이 된 진심의 목소리는 멋대로 흘러나왔다.

"키스 신 정도로 생각하면 돼요! 키…… 키스 신! 그래. 뭐 별거 있나. 호호. 그, 그러니 변호사님은 너무 신경 쓰지 마세요! 진짜 괜찮거든요!"

'미쳤어. 미쳤어!'

모르는 사람이 보면 이런 상황이 엄청 익숙한 여자인 줄 알겠다. 좋아하는 남자와 키스 한 번 못 해 본, 아니 사귀어 보지도 못했던 숙맥 중의 숙맥이면서 여유롭게 손을 내젓는 꼴이라니.

진심은 펑펑 울고 싶었다.

"저기, 변호사님?"

"……."

"변호사님, 아니 정록……!"

두근거리는 심장의 박동을 애써 감추곤 횡설수설하던 진심은 제 말을 묵묵히 듣고 있던 정록의 얼굴이 지나치게 서늘하다는 것을 깨달았다. 혹 자신이 그를 변호사님이라고 불러서 그런가 하고 얼른 호칭을 달리하던 그녀의 눈에 제 말이 끝나기도 전 몸을 돌리는 정록이 보였다.

정록은 커다란 등을 그녀에게 보여 주며 퉁명스러운 음성을 내뱉었다.

"아. 예."

'……어?'

진심은 대답을 하자마자 쌩하니 몸을 돌려 연회장 쪽으로 걸음을 옮기는 그의 뒷모습을 멍하니 응시했다.

"뭐 하고 있습니까."

멀뚱히 서 있는 진심을 그 자리에 그대로 내버려 둔 채 앞으로 걸어 나가던 정록은 그의 커다란 등을 멀뚱히 바라보며 어리둥절한 표정을 짓고 서 있던 진심을 향해 인상을 썼다.

"안 옵니까?"

'아.'

"기, 기다려요!"

❖

"앞서 말씀드렸듯, 보통 이혼소송은 약 10개월 정도가 소요됩니다만 상황에 따라서 기간이 단축될 수도 있습니다. 다른 소송이랑 달리 꽤나 가변적이거든요. 변론기일을 정하고 적어도 1회 이상은 조정절차를 거치게 될 텐데, 이건 추후 두고 봐야 할 일인 것 같습니다."

냉랭한 얼굴로 일어나는 안미진을 향해 정록은 입술을 움직였다. 안미진에게 그녀의 갈색 트렌치코트를 건네며 진심은 그녀의 안색을 살폈다.

결코 인정하고 싶지 않았던 진실을 맞닥뜨린 여자의 얼굴엔 허탈함이 가득했다. 그래도 일말의 희망을 가졌던 것인지, 누가 보아도 불륜이라고 의심될 만한 증거들을 내려다보며 안미진은 굵은 눈물방울을 뚝뚝 떨어뜨렸었다.

안타까운 사람.

울컥하는 감정이 가슴속에서 치밀어 올랐지만 그 어떤 위로도 할 수 없다는 걸 잘 알고 있다. 진심이 할 수 있는 일은 그녀가 정록의 비서로 일하는 동안 최선을 다해 그를 보필하는 것일 뿐.

"권 변호사님만…… 믿겠어요."

진심에게 살짝 고개를 까딱인 안미진은 어두워진 얼굴을 정록에게 고정시키며 흐린 웃음을 그렸다.

인사를 하고 정록의 집무실 밖을 나서는 안미진을 엘리베이터까지 배웅해 주고 난 뒤, 진심은 유리창 너머에서 외출할 채비를 하는 정록을 흘긋거렸다.

예의 프라이빗 파티 이후 일주일이 흘렀다. 그들의 테이블로 돌아와 강진우의 흔적을 좇고 강진우와 그의 정인이 유사 성행위를 하는 모습을 선명하게 촬영, 녹음까지 마친 뒤 벌써 일주일이 지난 것이다.

안미진과 이혼소장을 함께 작성하며 양육권을 갖기 위해 그녀가 해야 할 일에 대해 간략히 설명해 주는 시간을 보낸 정록은 어찌 된 셈인지 진심과 그날 있었던 일에 대해서는 다시 대화 나눌 생각이 없어 보였다.

「변호사님! 집까지 모셔다 드릴게요!」

「됐습니다. 여기서 내리겠습니다.」

진심이 몰고 온 노란 스포츠카에 함께 탄 그에게 집까지 데려다준다는 진심의 제안은 시작과 동시에 무너졌다. 진심은 서울에 들어서자마자 택시를 타고 사라지는 정록의 뒷모습을 멍하니 쳐다보아야만 했다.

'화라도 난 거야, 뭐야.'

워낙 무뚝뚝한 사람이었고, 제게 칭찬보단 타박을 많이 하던 정록이였지만 요즘은 예전보다 더 까칠하다.

「복사해 와요. 총 4부면 되겠군요.」
「제가요?」
「그럼 누가 합니까? 설마 복사도 못하는 겁니까?」

인정이라곤 조금도 느껴지지 않는 차가운 눈빛으로 제게 산더미 같은 일들을 안겨 준 것은 물론이거니와,

「점심?」
「네! 은영 언니, 아니 혁준 오빠 부인 되시는 분이 수제 도시락 가게를 운영하시거든요! 제가 여기서 일한다는 얘기 듣고, 제 거랑 변호사님 걸 만들어 보냈더라고요! 저랑 같이 먹어요! 은영 언니 솜씨가 정말 좋…….」
「미안하지만 선약이 있습니다. 못 먹을 것 같네요.」
「네? 그럼 이건…….」
「오진심 씨 잘 먹잖습니까. 혼자 먹을 수 있을 것 같은데요?」
「뭐라고요?」
「참. 조혁준 씨한텐 고맙다고 전해 주십시오. 그럼.」

점심시간만 되면 혼자 먹는 것이 적적해 보여 일부러 혁준의 아내, 은영을 졸라 수제 도시락까지 부탁했더니 매몰차게 거절하며 집무실을 나가기까지 했다. 그런 정록의 뒷모습을 바라보던 진심이 정록의 도시락까지 모조리 긁어먹으며 '나쁜 인간. 매정한 인간아!' 하며 소리친 건 당연한 일이었다.

정록에게 진심 어린 부탁을 한 이후, 그의 업무를 도우면서 조금 친해졌다고 생각했는데.

아마도 제 착각이었을까?

어쩌면 그날 있었던 입맞춤에 대해 정록은 사실 기분이 나빴던 건지도 모른다. 그녀가 흔한 키스 신 촬영 취급하며 배시시 웃었던 모습이 마음에 들지 않았던 건지도.

근데…… 그것이 마음에 들지 않았다면, 대체 왜?

왜 그는 화가 난 거지?

'나를 좋아하는 것도 아니면서.'

"윤서 씨."

"아, 예?"

의식하지 못하는 사이 깊은 상념에 빠져 버렸다.

한없이 아래로 내려가 생각의 늪을 허우적거리던 진심은 코앞에서 들려오는 소리에 얼굴을 도리도리 흔들었다.

정면을 바라보니 씩 웃으며 자신을 쳐다보는 남자 변호사 무리들이 보였다. 정록의 옆 집무실에서 일하는 최윤혁 변호사를 위시로 한 직장 동료였다. 진심은 눈을 동그랗게 뜨며 그들을 응시했다.

"점심 먹어요!"

"맞아. 요즘 윤서 씨랑 점심 못 먹은 지 한참 됐어요. 오늘은 꼭 같이 먹어요!"

"아까 클라이언트 나가는 거 봤거든. 괜찮죠?"

"윤서 씨, 그거 알아요? 우리 회사 앞에 한우집 새로 오픈했던데. 거기 점심 특선이 아주 죽여주더라고요! 내가 쏠 테니 가요, 윤서 씨!"

진심의 책상 앞을 둘러싼 그들은 의아해하는 그녀를 향해 기다렸다는 듯 말을 쏟아 냈다. 진심은 눈을 빛내며 제게 점심을 먹자 제안하는 그들을 어색한 웃음을 그리며 응시했다.

'이걸 잊고 있었네.'

그러고 보니 요 근래, 그 파티 전까지는 정록과 항상 함께 점심을 먹었다. 업무 보조를 하기 위해서라는 핑계를 대면서. 제대로 식사를 한 건 몇 번 없는데 그것이 익숙해졌나 보다.

진심은 정록의 의사를 알아보기 위해 반사적으로 시선을 돌렸다.

'어?'

마침 집무실을 나서던 정록은 소란스러운 진심의 책상 주변을 바라보더니 걸음을 멈추었다. 좁아진 그의 미간이 눈에 들어와 왠지 심장이 덜컹거리는 것을 느끼던 진심은 그에게 함께 가자는 말을 하려다 말았다.

정록이 한발 빠르게 소리를 흘렸기 때문이다.

"오진심 씨는 변호사님들이랑 같이 가서 점심 드십시오."

"예?"

"2시까지 오겠습니다."

"저기, 엇……!"

진심이 그를 붙잡기도 전에 정록은 찬바람을 휘날리며 사무실을 벗어났다. 눈 깜짝할 사이에 사라져 버리는 그의 널찍한 등을 하염없이 쳐다보던 진심은 입을 쭉 내밀었다.

그 모습을 지켜보던 동료 변호사들이 너 나 할 것 없이 말을 꺼내기 시작했다.

"권 프로 진짜. 왜 저렇게 싸가지가 없는지."

"인간이 덜 됐어. 그렇죠?"

"윤서 씨. 권 변이 아직도 윤서 씨 못살게 굴어요?"

"쯧쯧. 저러니 여태껏 혼자지!"

"혼자라뇨……?"

기회다 싶어 정록의 험담을 하는 남자 변호사들의 말을 한 귀로 듣고, 다른 한 귀로 흘리던 진심은 그 단어를 꺼낸 사기 전문 정규원 변호사를 쳐다봤다. 아무 반응을 보이지 않던 진심이 눈을 빛내며 자신을 쳐다보자 정 변호사의 볼이 붉어졌다.

정 변호사는 기대에 찬 표정을 짓는 진심에게 힘차게 소리를 내뱉었다.

"이거 작년 회식 때 우연히 들은 건데 말이죠. 권 변, 독신이라더군요. 물론 진짜 독신은 아니고 거의 반강제적으로. 본인도 당장은 여자 만날 생각이 없는 것 같고, 저 성격을 끝까지 감당할 만한 간 큰 여자들도 없는 것 같으니, 뭐 틀린 말은 아닌 셈이죠."

"애인이 없었다는 소리예요?"

진심의 질문에 정 변호사가 고개를 가로저었다.

"그건 잘 모르겠지만 회사 안팎에서 권 변 애인 본 사람은 아마 한 명도 없을걸요? 그렇지?"

"그럴걸."

"맞아. 그러고 보니 연말 파티 때도 권 변, 파트너 없이 왔었어!"

"소문으로는 첫사랑한테 진하게 차여서 여자라면 치를 떤다던데. 그 말이 맞기는 한가 봐요."

"윤서 씨도 보셨죠? 권 변은 저 성격 안 고치면 여자 안 따라요. 아무리 얼굴이 잘나면 뭘 해. 같이 있으면 냉기가 옮는데. 대체 어느 여자가 함께 있으려 하겠어? 요즘은 다정남이 대세라고. 다정남!"

혀를 끌끌 차는 동료 변호사들의 말이 귀에 맴맴 맴돈다.

❖

오후 7시 20분.

피고인인 강진우가 이혼 소장을 받아 답변서를 제출하기까지는 시간이 꽤 남아 있었다. 얼마 전처럼 증거를 수집하기 위해 밤낮없이 판례를 뒤지거나, 혹은 업무 외의 시간을 소비하면서까지 집중하지 않아도 된다는 의미였다.

7시가 되자마자 제게 퇴근 명령을 내린 정록의 말에 고개를 끄덕인 진심은 점심 이후로 가벼워진 발걸음을 옮기며 지하 주차장 쪽으로 향하고 있었다. 그녀를 데리러 온다는 혁준이 밴을 이끌고 오기까지 10여 분 정도 남은 상황에서 점심때의 일을 떠올려 보던 진심은 저절로 올라가는 입술을 주체하지 못하고 히죽거리던 상태였다.

'애인이 없어…….'

우뚝 멈춰 서선 넋 놓고 하늘을 올려다보던 진심의 입꼬리가 저도 모르게 스르륵 올라갔다.

'애인이 없어!'

칠흑같이 어두운 밤하늘이 눈앞에 펼쳐져 있건만 콕 박혀 있는 별들이 왜 저리도 반짝거리는 건지.

별빛처럼 제 마음도 환해지는 것 같아서 진심은 주먹을 불끈 쥐었다.

"애인이 없다고!"

"오진심 씨가요?"

"헉."

그녀가 돌연 환희에 가까운 탄성을 흘리던 순간, 등 뒤에서 들려오는 귀 익은 음성은 진심의 얼굴을 딱딱하게 굳히는 데 충분했다.

"벼, 변호사님. 오셨으면 말씀을 하시지……."

두 뺨이 화끈 달아오르는 것을 느끼며 진심은 낮게 중얼거렸다. 정록은 표정 변화 없는 서늘한 얼굴로 그런 그녀를 내려다보며 대답했다.

"그래서 말 꺼냈잖습니까."

'그런 거 말고.'

진심은 입을 쭉 내밀며 그를 올려다보았다.

"조혁준 씨를 기다리는 겁니까?"

"네? 아, 네!"

"그래요. 그럼 수고해요."

'그게…… 끝이야?'

진심은 그녀의 밝은 대답에 고개를 끄덕인 뒤 가던 길을 가려는 정록을 멀뚱히 응시했다.

"저기요!"

수많은 차가 줄지어 서 있는 주차장 안으로 들어가기 위해 유리문을 잡아당기던 정록의 손이 진심의 외침에 의해 멈췄다. 그가 뭐 더 할 말 있냐는 듯한 눈으로 자신을 바라보자 흠칫 놀라던 진심은 흠흠, 목소리를 가다듬었다.

"벼…… 변호사님도 퇴근하세요?"

'이게 아닌데.'

갑자기 울고 싶어졌다.

어렵게 꺼낸 제 말에 얼굴을 찌푸리는 그를 보자니 한숨이 절로 새어 나온다.

진심은 입술을 잘근 깨물었다.

"예. 이번 주말은 조금 편히 쉴 수 있겠군요."

진정한 소송은 이제 시작이지만, 절대적으로 그와 또 그의 클라이언트가 유리한 싸움이었다. 흐리게 웃는 진심을 물끄러미 응시하던 정록은 '좋은 주말 보내십시오' 하고 인사를 건넨 뒤 몸을 돌리려다 다시 진심을 쳐다봤다.

"오진심 씨."

"네?"

"……."

진심은 제게 말을 건 후 쉽게 입을 열지 않는 정록의 무표정한 얼굴이 마음에 걸렸다.

꿀꺽. 왠지 모르게 긴장하게 돼서, 침이 목구멍 사이로 넘어갔다.

정록은 안 그래도 커다란 눈을 더욱 크게 만드는 진심을 바라보며 붉은 입술을 달싹였다.

"그동안 경황이 없어서 잊고 있었는데, 고맙다는 말을 안 했더군요."

오랜 시간 동안 머뭇거리던 그가 결심한 듯 제게 눈을 마주치며 말하자 진심은 눈에 힘을 줬다. 정록은 요 며칠 날이 섰던 반응과는 차원이 다른, 너무도 부드러워 살살 녹을 것만 같은 미소를 지으며 진심에게 말을 이었다.

"오진심 씨 덕분에 사건이 생각보다 수월하게 해결될 것 같습니다. 고마워요."

"제, 제가 뭘요…… 한 것도 얼마 없는데요."

괜히 부끄러워 뒷머리를 긁적이던 진심에게 정록은 고개를 가로저었다.

"오진심 씨의 도움이 아니었다면 한동안 꽤 고생했을 겁니다. 그쪽은 약점을 잡기보다는 만드는 데 익숙해서, 승기를 잡기 쉬운 편은 아니거든요."

"아……."

"이번 일은 정말 잘했습니다. 앞으로 남은 기간도 이렇게만 해 주면 좋겠군요."

"무, 물론이에요! 저 열심히 한다고 했잖아요! 믿으세요, 변호사님!"

진심은 활짝 웃으며 가슴을 탕탕 쳤다. 픽, 실소를 흘리던 정록은 말했다.

"오진심 씨의 활약도 컸으니 나중에 소원 하나 정도는 들어주도록 하죠."

툭 던지듯 꺼낸 그 말에 진심은 제 귀를 의심했다.

'내가 지금 무슨 소리를 들은 거야?'

"소원이요?"

정록은 혹시 몰라 되묻는 진심에게 얼굴을 끄덕여 주었다.

"예. 업무 성과에 따른 보상입니다."

"……!"

"물론 제가 들어 드릴 수 있는 범위 내에서, 라는 전제가 붙어 있기는 하지만요."

'이 남자가 뭔갈 잘못 먹은 건가.'

진심은 갑자기 다정해진 그를 의심스러운 눈으로 응시했다. 그러나 이상하게도 그의 눈빛은 거짓을 고하고 있는 것 같지는 않다.

'흐음.'

진심은 눈을 가늘게 뜨며 정록을 쳐다보다 이내 낮은 신음을 흘렸다. 그러고는 한참을 생각한 끝에 앵두 같은 입술을 움직였다.

"정말…… 제 소원을 들어주신다는 말씀이세요?"

"속고만 살았습니까. 전 빈말은 하지 않습니다."

확실히 그는 빈말은 하지 않는 성격이다. 지나치게 솔직해서 문제지만.

"원하는 게 있습니까?"

정록은 입을 다무는 진심에게 물었다.

"예를 들면 복사는 그만 시켜라 같은 소원을……."

"어머, 변호사님도 참! 제가 그런 쉬운 걸 소원으로 할 것 같아요?"

진심은 풋 웃음을 터뜨리며 손을 휘휘 내저었다. 정록은 말을 마치자마자 고심하는 진심을 응시하다 이내 생각나면 말하라는 말만 전한 뒤 다시 몸을 돌리려 했다.

"잠깐만요, 변호사님!"

그가 유리 문고리를 잡고 세게 당기려 할 때, 진심은 한 번 더 그를 불러 세웠다. 더 할 말이 남았냐는 표정을 지으며 그녀를 바라보자 진심은 샐쭉 미소를 그렸다.

"저 소원 있어요!"

방실방실 웃는 진심의 모습은 아름답기는 하나 누가 봐도 수상쩍다. 정록은 잠시 그런 그녀를 직시하다 말하라는 듯 고개를 끄덕였다. 진심은 그에게 한 걸음 다가오며 말했다.

"변호사님 이번 주 일요일에 집에 계실 예정이죠?"

묻는 것이 아니다.

확인하는 것이다.

이미 그의 비서로서, 권정록의 일주일, 아니 한 달 스케줄을 달달 외운 진심이었으니까.

"네, 뭐……."

정록은 떨떠름한 표정을 지으며 대답했다. 진심은 호흡을 한 번 고르더니 이내 눈부실 정도로 밝은 목소리로 외쳤다.

"그럼 그날, 저랑 데이트하실래요?"

"……예?"

진심의 당당한 요구에 정록의 눈이 튀어나올 정도로 커다래졌다. 진심은 당황한 기색이 역력한 그에게 서둘러 변명했다.

"아! 다, 다른 마음이 있는 게 아니라요. 어, 저기 그러니까…… 그, 그래요!"

횡설수설하던 진심을 의아하게 바라보던 정록을 향해 그녀는 한 발자국 다가갔다.

“이거 아무한테도 말하면 안 돼요.”

“오진심 씨?”

“사실 저…… 이해가 안 되는 게 너무 많아서.”

“……예?”

“호, 혼자만 공부하려니까 너무 어려워서요. 곁에서 누가 가르쳐 주면 조금 더 쉽게 이해가 될 것 같더라고요!”

“……”

“변호사님처럼 똑똑하신 분이 도와주시면 제 공부에 훨씬 도움이 되지 않을까 싶어서……. 마, 만일 데이트라는 표현이 거슬리시면 과외라고 생각해 주시면 돼요! 맞아, 과외! 그러니까 너무 부담 가지지 마시고 편하게 나오시면 돼요.”

“알겠습니다.”

솔직히 자신이 무슨 소리를 하고 있는 건지 모르겠다는 생각이 들 만큼 제멋대로 입술이 움직였다.

대체 얼마나 더 해야 넘어오나 하고 속이 타들어 가는 걸 느끼던 진심은 검은 눈동자로 저를 쳐다보는 그가 대수롭지 않게 대답하자 토끼 눈을 떴다. 정록은 특유의 시니컬한 음성을 흘리며 고개를 끄덕였다.

“하죠, 데이트.”

두근두근. 진심의 심장이 오작동을 시작했다.

정록은 그런 그녀를 본체만체하며 손목에 찬 시계를 흘긋거렸다.

“일요일. 몇 시면 되겠습니까?”

“음. 제 스케줄 보고 다시 연락드리죠.”

속으로는 호흡이 가빠질 만큼 동요했지만 진심은 억지로 입꼬리를 올리며 빙긋 미소 지었다. 빨개진 얼굴과는 달리 여유 만만한 웃음을 그리고 있는 진심을 쳐다보던 정록은 어깨를 으쓱이며 몸을 돌렸다.

"그러죠."

터벅터벅.

말을 끝내고 차들이 줄지어 선 곳으로 가 버리는 그를 진심은 꽤 오랜 시간 동안 바라보며 서 있었다. 진심은 그가 지하 3층 주차장에서 차를 몰고 사라질 때까지 고고한 표정을 짓고 서 있다 완벽하게 정록이 자취를 감추자 넋을 놓고 입술을 움직였다.

꽉 움켜쥐고 있던 주먹의 힘은 터져 버리기 직전이다. 진심은 춤이라도 출 기세로 소리쳤다.

"나, 나…… 데이트한다!"

세상이 환하게 물든다.

옅은 핑크빛으로.

선명하게.

제3장
고군분투 오 비서

“뭐? 지금?”

따사로운 햇살이 굳게 닫힌 아파트 창문을 두드리는 한가로운 일요일.

예전 같았으면 오늘과 같은 일요일에도 발바닥에 땀 날 정도로 뛰어다녔겠지만, 자신의 배우가 거의 반 강제적인 휴식기를 가지고 있어 굳이 그럴 필요성은 없었다. 덕분에 나른한 주말의 여유를 만끽하며 자유를 즐기고 있던 혁준은 갑자기 제 허리를 콕콕 찌르는 토끼 같은 마누라의 재촉에 소파에서 몸을 일으켜야 했다.

기다란 소파에 드러누워 TV 리모컨을 만지작거리던 혁준은 저를 내려다보고 있는 은영을 올려다보며 인상을 썼다. 혁준의 사랑스러운 아내, 은영은 새벽부터 준비한 3단 찬합 도시락을 그에게 내밀고 있었다.

“응. 당장. 얼른 윤서 가져다줘.”

혁준은 심드렁한 눈으로 도시락을 훑어보며 중얼거렸다.

“여보. 윤서 이거 다 못 먹어.”

“어머, 자기는 윤서 식성 몰라? 윤서 혼자도 다 먹을 수 있으니까 빨리 가져다줘. 늦어도 9시까지는 가져다 달라 했다고.”

혁준은 입술을 삐죽였다.

눈을 반짝이고 있는 은영의 눈빛이 예사롭지 않았다.

당장 일어나지 않으면 그의 등짝을 세게 후려칠 기세다. 결국 툴툴거리며 은영에게서 도시락을 받아 든 혁준은 겉옷을 대충 걸쳐 입고선 현관으로 걸어갔다.

“윤서도 참. 밥이 먹고 싶으면 대충 시켜 먹으면 되지 무슨 3단 찬합이야.”

“그냥 밥이 아니니까 그렇지.”

“그럼 뭔데.”

“나들이.”

삼선 슬리퍼를 신던 혁준의 눈이 동그래졌다.

“나들이? 누구랑! 대체 누구야!”

순간 실수를 저질렀다는 것을 깨닫고 몸을 움찔거리던 은영은 곧 태연자약한 표정을 지으며 혁준에게 물었다.

“왜 흥분을 하고 그래?”

하지만 한 번 들은 말을 잊지 않은 혁준은 크게 동요한 상태였다.

“오윤서 성격에 혼자 나들이 간다고 설쳐 댈 리는 없고. 누구야? 어떤 놈이야? 아니, 그 전에 남자는 대체 언제 만난 거야! 걔한테 애인이 있었어? 나 몰래 언제 남자를 만난 거야!”

당장이라도 들고 있던 찬합 도시락을 바닥으로 내리칠 기세로 씩씩거리던 혁준의 눈은 밖으로 튀어나올 것만 같다. 은영의 입술 사이로 긴 한숨이 터져 나왔다.

그녀는 주머니에 있던 핸드폰을 꺼내 연락처를 뒤적거리는 혁준이 콧김을 세게 내뿜는 것을 지켜보며 혀를 찼다.

"그 예쁜 윤서가 스물아홉이 되도록 남자 한 명 못 사귄 건, 아마 자기랑 대표님 때문일 거야. 시스콤도 정도껏이어야지. 친오빠들도 아닌데 왜 이렇게 극성이야."

"내가 뭘!"

고개를 절레절레 젓는 은영의 말에 혁준이 눈을 동그랗게 뜨며 부정했다. 은영은 코웃음 쳤다.

"어이고. 모른다고 잡아떼려고 하지 마. 윤서한테 접근하려던 괜찮은 남자들, 수단과 방법을 안 가리고 잘라 낸 거 당신이랑 연 대표님인 거 모르는 사람 거의 없으니까. 불쌍한 우리 윤서만 그 사실을 모를 뿐이지. 언젠가 윤서가 나한테 그러더라. 자기는 이러다 평생 연애 한 번 못 해 볼 것 같다고."

"그건 그동안 윤서가 남자한테 관심이 없었기 때문…… 윽!"

횡설수설 변명하려던 혁준의 말이 뚝 끊겼다. 제 배를 콕 찌른 은영의 손가락 때문이었다. 은영은 서늘하기 그지없는 매서운 눈빛을 혁준에게 쏘아 대며 경고했다.

"어쨌든 자기, 오늘 윤서 방해하면 그 즉시 바로 각방이야."

혁준은 숨을 크게 들이마셨다.

이게 무슨 소리야.

은영은 눈을 크게 뜨는 혁준에게 싱긋 웃으며 말했다.

"어젯밤 윤서한테 들은 바로는 이번 나들이 상대, 꽤 좋은 남자란 말이야. 그러니까 잔말 말고 윤서한테 도시락이나 주고 와. 혹 자기가 윤서한테 누구랑 만나냐고 캐물었다거나, 미행이라도 한다면 그때도 각방이야."

"여보!"

"난 경고했어. 아, 그리고 만약 오늘 일 대표님한테 이르면…… 그땐 이혼이야. 나 한 번 뱉은 말은 반드시 지키는 사람이라는 거 알지?"

휘어지는 은영의 눈꼬리가 혁준의 눈동자에 콕 박혔다. 그녀의 마지막 말이 무엇을 의미하는지 혁준은 너무도 잘 알고 있었다.

여아일언중천금.

은영은 그 말을 아주 잘 실천하는 신여성이었다.

덕분에 자신과 결혼하기도 했었고.

꿀꺽.

혁준은 순식간에 말라 버린 목구멍 사이로 침을 삼키며 힘없이 고개를 끄덕여야 했다. 눈을 부라리던 은영의 미소는 더욱 짙어졌다.

"그럼 얼른 다녀와요, 여보."

살짝 발꿈치를 들어 제 뺨에 입술을 대는 은영의 볼 키스를 느끼며 멍하게 서 있던 혁준은 슬며시 몸을 돌렸다. 하아. 쨍쨍한 햇살이 어쩐지 무섭도록 불타오를 것만 같다.

'윤서가 데이트라니…….'

불길한 예감이 든다.

❖

「그럼 그날, 저랑 데이트하실래요?」

귀를 의심했다.

활짝 웃으며 하는 그 말을, 정록은 5초도 안 되는 시간 동안 몇 번이고 곱씹었다. 황당한 얼굴로 그녀를 바라보기도 했으나 생글생글 웃고 있는 여자의 표정은 변화가 없었다.

'제정신인가.'

원래 그녀가 보통 사람들과는 생각 자체가 다른 이상한 여자라는 것을 알고 있기는 했으나, 뻔뻔스러울 정도로 환하게 웃고 있는 모습을 보자니 문득 그런 생각이 들었다. 다른 사람도 아닌 자신에게 데이트 제안을 하다니.

심장이 아주 미세하게 반응을 했다.

「아! 다, 다른 마음이 있는 게 아니라요!」

하지만 이어진 그녀의 말은 정록의 요동치는 마음을 침착하게 만들었다. 동요하고 있다는 것을 들키지 않기 위해 입술을 닫고 있는 사이, 말없는 저를 흘긋거리던 그녀는 시키지도 않은 변명을 하기 시작했으니까.

두근거리던 가슴이 천천히 제자리를 찾았다.

정록의 눈동자는 어느새 서늘해졌다.

「키스 신 정도로 생각하면 돼요! 키스 신. 그래. 뭐 별거 있나. 호호. 그, 그러니 변호사님은 너무 신경 쓰지 마세요! 진짜 괜찮거든요!」

놀라울 정도로 급격하게 뛰던 가슴을 차분하게 만든 얼마 전의 일이 떠올랐던 까닭이다. 손을 내저으며 미소 짓던 그녀의 모습이 아른거려 그는 입술을 살짝 깨물어야 했다.

「과외라고 생각해 주시면 돼요! 맞아, 과외! 그러니까 너무 부담 가지지 마시고 편하게 나오시면 돼요.」

그녀의 말대로다.

모든 행동 하나하나에 크게 의미를 둘 필요는 없었다. 애초에 그 여자가 올웨이즈로 들어와 자신의 비서가 된 이유는, 모두 자신이 이 업계에 뛰어들 만한 가치가 있는 건지 살펴보기 위함이 아니었던가.

어차피 데이트 제안도 앞으로 이 업계에서 어떻게 버텨 나갈 것인지 그에게 자문을 구하는 일종의 과외일 것이다.

현재 무직인 그녀가 시간이 곧 돈인 변호사에게 과외를 받기 위해서는 데이트가 제격이긴 하지.

일일이 신경 쓸 필요는 없는 거다. 그녀와 알게 된 지는 길어 봤자 고작 2주밖에 되지 않는다. 어차피 앞으로 몇 개월 뒤면 다시 볼 일이 없는 여자.

오진심, 아니 오윤서는 처음부터 정록과는 다른 세계에서 살던 여자였다.

화려한 스포트라이트를 받는 데 익숙한 여자. 지금은 비록 그 가치가 하락해 앞길을 알 수 없다고는 하지만, 언제고 그녀는 다시금 예전의 지위를 찾게 될 거라 그는 은연중에 생각하고 있었던 건지도 모르겠다.

다른 사람들의 말에 의하면, 그녀는 가만히 서 있기만 해도 반짝반짝 빛나는 여자였으니까.

'우습군.'

그날, 충동으로 저질러 버린 임기응변이었지만 아마도 살짝 닿았던 입술이 신경을 자극했던 것이 틀림없다. 그러지 않고서야 제 행동을 크게 의미 두지 않는 그녀의 말이 기분이 나빴을 리 없으니까.

「하죠, 데이트.」

승낙한 이유는 간단했다.

로펌 올웨이즈의 대표 변호사, 연준규에게 진심을 제대로 서포트하기로 말한 이상, 그녀가 이 세계에 흥미를 가질 수 있도록 성심껏 도움을 주어야 했다. 또 정말 의외로 진심이 실제로 그가 맡게 된 의뢰를 해결하는 데 큰 역할을 했다는 건 부정할 수 없으니까.

성과에 따른 보상.

그는 결코 칭찬에 인색하지 않은 남자였다.

화낼 땐 화내고, 베풀 땐 베풀어야지.

'하지만…….'

정록은 스윽 주변을 둘러보며 픽 웃음을 흘렸다.

늦가을에서 초겨울로 넘어가는 여의도 한강공원의 모습은 멀리서 불어오는 바람처럼 쓸쓸하다. 휑한 공원에 운동을 하러 나온 사람이 몇몇 보이기는 하나, 봄, 여름처럼 왁자지껄하지는 않았다.

[내일 12시, 한강공원에서 봬요!]

제 스케줄을 보고 연락을 준다던 여자는 어제, 그러니까 토요일 점심 때쯤 메시지를 보내 왔다. 정록은 벌써 12시를 훌쩍 넘긴 손목시계를 내려다보며 말없이 고개를 가로저었다.

대체 왜 여기서 만나자고 한 건지 이해가 가지 않아 그는 미간을 좁혔다. 얼마 전까지는 나무를 붉게 만들었던 단풍들이 아래로 떨어져 바닥에 수북이 쌓인 것이 시야로 들어온다.

한강공원, 어느 지점에서 만날지는 정하지 않았던 터라 비교적 눈에 띄기 쉬운 나무 밑에 서 있던 그는 흘러가는 시간을 느꼈다.

환절기여서 그런지 공기가 차갑다.

항상 입고 다니던 딱딱한 정장이 아닌 검은 면바지와 회색 셔츠 위 청색 계열의 롱코트를 입고 있었음에도 불구하고.

'언제 오는 거지?'

벌써 12시 20분.

10분만 더 기다려도 오지 않는다면 돌아서 버릴 생각이었던 그는 등 뒤에서 들려오는 귀 익은 음성에 눈을 크게 떴다.

"변호사님! 하아, 하아. 변호사님!"

거친 숨을 몰아쉬는 여자는 틀림없이 오진심이었다.

정록은 허울뿐이기는 하나, 그래도 데이트임에도 지각을 하는 여자에게 핀잔을 주기 위해 몸을 돌리며 말하려다 흠칫 놀랐다.

"하아, 하아. 많이…… 후우, 많이 기다리셨죠? 죄송해요! 뭐 좀 챙겨 온다고. 후우우."

정록의 앞에 멈춰 서서는 호흡을 가다듬고 있는 여자를 그는 귀신이라도 보듯 내려다보고 있었다.

줄줄 흘러내리는 땀을 작은 손으로 닦으며 헉헉거리던 여자는 말없이 뒷걸음질 치는 정록의 모습에 고개를 갸웃거렸다.

"왜 그러세요?"

어리둥절해하는 것이 분명한 그녀의 말에 정록은 잠시 머뭇거리다 결국 입 밖으로 물음을 던졌다.

"뭔가 시술이라도 받고 온 겁니까?"

그러지 않고서야 이런 모습으로 올 리가 없는데.

정록은 '네?' 하고 되묻는 그녀의 몰골을 아래에서 위로 훑었다. 몇 번을 보아도 진심의 현재 모습은 '데이트'를 하는 여자라고 보기에는 거리가 있었다.

진심은 자신을 세세히 관찰하고 있는 정록에게 외쳤다.

"몇 번을 말씀드려요! 저 정말 저 자연미인이라니까요? 지금껏 성형은 커녕 시술도 한 번 해 본 적 없는, 완전 자연산이라고요!"

"……그렇습니까?"

"당연하죠! 제 소싯적 사진 못 보셨어요?"

"크게 관심이 없어서……."

"흥!"

"그런데 오진심 씨."

"왜요!"

잔뜩 토라진 티를 내는 진심의 모습을 정록은 다시금 찬찬히 살폈다.

광택이 나는 붉은 에나멜 구두가 아닌 러닝머신 위에서나 신을 법한 검정색 운동화에, 분홍색 트레이닝복 세트를 입고선 그 위에 얇은 검정색 롱코트까지 걸친 그녀의 옷차림은 그렇다 치고서라도 얼굴을 저렇게 꽁꽁 가리다니.

까만 선글라스는 물론이거니와 코와 입을 가리고 있는 까만 마스크는 도통 무슨 표정을 짓고 있는지 가늠하기 어렵다.

그리고 제일 가관인 건…….

"대체 그 밀짚모자는 뭡니까?"

정록은 풋 웃음을 터뜨리며 물었다.

"미, 밀짚모자라뇨! 이건 파나마 햇이라고요! 물론 밀짚모자의 일종이기는 하지만…… 어쨌든! 요즘 패션 피플들이 자주 사용하는 아이템인 거 모르세요? 이게 얼마나 핫한 아이템인데요!"

부정하는 진심에게 정록은 다시 말했다.

"오진심 씨는 핫해서 사용한 건 아닌 것 같습니다만. 얼굴 가리려고 쓴 거 아닙니까?"

진심은 정곡을 찌르는 정록의 말에 입을 오물거리기만 했다.

'사실인가 보군.'

정록은 속으로 웃었다.

마음을 줘서는 안 되지만 하는 행동들을 보면 자꾸만 웃음이 났다.

물론 자신이 웃고 있다는 걸 들키지 않기 위해 겉모습은 태연하게 유지해야 했지만.

"저도…… 이 모습이 이상한 거 알아요."

입을 다문 정록이 호흡을 가다듬는 사이 풀 죽은 듯 얼굴을 숙인 그녀가 나지막하게 중얼거렸다.

정록은 제게로 향해 있던 시선을 땅바닥에 꽂는 진심을 응시했다.

"데이트 복장에 어울리지 않는다는 거 알고 있다고요. 하지만 이렇게 꽁꽁 감추지 않으면 금방 들켜 버린다고요. 제가……."

"오윤서 라는 걸 말이죠."

이해하지 못하는 건 아니었다. 단지 예상했던 복장이 아니라 조금 놀라울 뿐이었으니까. 새삼 다시 느끼게 됐다.

정록은 쓰게 웃었다. 아무리 하락세라고는 하나 그래도 오윤서는 오윤서다. 대한민국 대부분의 남성들을 설레게 만들었던 바로 그 여배우, 오윤서.

청순하기 그지없는 눈망울에 하얀 얼굴, 오뚝한 코, 그리고 붉은 입술까지. 뭐 하나 빠지는 구석이 없는 완벽한 외모의 소유자. 선글라스에 가려 잘은 보이지 않지만, 아마도 떨리는 눈으로 저를 올려다보는 것이 분명한 진심을 내려다보며 정록은 말했다.

"그런데 대체 왜 이곳에서 만나자고 한 겁니까?"

정록은 두리번거리며 중얼거렸다.

"여기서 무슨 데이트를? 아니, 그 전에 이거 데이트가 아니라 과외가 아니었습니까? 오진심 씨, 대체 책은 어디 있습니까?"

"도시락부터!"

황량하기 그지없는 환절기의 한강공원에서 걷기 말고 또 할 일이 있을까 하는 생각으로 말하던 정록은 눈을 휘둥그레 떴다. 그런 정록을 바라보며 진심은 오른손에 쥐고 있던 3단 찬합 도시락을 위로 들어 올렸다.

"일단 우리 도시락부터 먹어요, 변호사님!"

❖

"으으으."

으스스 떨리는 몸에 진심은 낮은 신음을 흘렸다.

"춥습니까?"

그녀의 숨소리를 들은 건지 정록이 눈길을 옮겼다. 진심은 히터로 손을 뻗는 그에게 얼른 손을 내저었다.

"괜찮아요! 견딜 만해요! 게다가 히터는 절대 안 된다고요. 피부에 얼마나 안 좋은데."

"거기 서랍 안에 목도리가 있을 겁니다. 히터가 싫으면 그거라도 꺼내서 둘러요."

조수석의 서랍을 고갯짓하며 정록이 툭 말을 던졌다.

진심은 무심한 어조로 말한 그가 다시금 정면을 쳐다보며 운전을 하자 배시시 웃었다.

힘차게 고개를 끄덕인 그녀는 얼른 서랍을 열었다.

회색 목도리가 시야로 들어왔다.

'따뜻해.'

"그러니까 장소를 옮기자니까. 굳이 고집을 피운 벌을 받은 겁니다."

히터는 사양이라고 소리치는 진심을 흘끗거리며 핸들에서 손을 놓지 않던 정록은 중얼거렸다. 진심은 발끈하며 외쳤다.

“그건 제 로망이라고요! 한강공원에서 피크닉! 아무리 추운 날씨라도, 제 로망을 이길 순 없어요!”

애인과 함께 잔디가 깔린 한강공원에서 돗자리를 깔고 도시락을 먹는 것은 스물아홉의 오진심이 오랫동안 바라 왔던 일이었다. 가끔 나들이를 갔다며 자랑하는 코디들의 사진을 볼 때면 겉으론 태연한 척해도 속으로는 부러워했던 적이 한두 번이 아니었다.

그래서 첫 데이트 장소를 한강공원으로 정했다.

비록 잔디도 빳빳해졌고, 바람도 쌩쌩 불어왔지만 그곳에서 돗자리를 깔고 도시락을 먹기 위해.

「추워 보이는 것 같은데, 실내로 장소를 바꾸는 건 어떻습니까?」

은영이 새벽부터 손수 만들어 준 도시락을 밝은 미소와 함께 먹던 진심이 찬바람에 코를 훌쩍이자 정록이 은근슬쩍 제의를 해 왔다.

방글방글 웃던 진심이 크게 소리치며 거절한 건 당연했다.

「안 돼요!」

「예?」

「절대 안 돼. 이거 다 먹고 옮길 거예요! 그러니까 변호사님도 다 드셔야 해요!」

「오진심 씨. 그래도…….」

「변호사님. 그 김밥 왜 안 드세요? 엄청 맛있단 말이에요!」

「먹고 있습니다.」

「먹는 것 같지가 않아요. 안 되겠네. 입 벌려 보세요. 제가 먹여 드릴게요!」

「예? 돼, 됐습니다. 제가 먹을…… 읍!」

「어때요, 맛있죠?」

씩 웃는 진심에 의해 김밥 하나를 입에 넣게 된 정록은 황당한 표정을 짓다 풋 웃음을 터뜨렸다. 그 모습에 흡족했던 진심은 도시락에 마지막으로 남아 있는 김밥 한 알을 입에 쏙 넣으며 입을 오물거렸었다.

"오진심 씨의 로망이요? 오진심 씨. 오늘 저와의 만남은 데이트를 가장한 오진심 씨의 학습 과외…… 아니었습니까?"

일단 첫 번째 데이트 계획은 완벽하게 실천했다.

날씨가 도와주지 않기는 했지만 그래도 한강공원에서의 피크닉을 성공적으로 마친 뒤 정록의 차를 타고 이동하던 도중. 진심은 다음 장소에서는 어떤 식으로 행동해야 그가 최대한 의심하지 않을까 고민하다 들려오는 정록의 말에 몸을 움찔거렸다.

"아, 그, 그러니까……."

무심코 본심을 털어놓아 버렸다. 진심은 등 뒤로 식은땀이 흘러내리는 것을 느꼈다. 만약 그가 운전을 하는 상태가 아니었더라면 당황한 제 표정을 발견했을 거다.

진심은 그가 말을 잇기 전 먼저 소리를 냈다.

"고, 공부를 하다가 피크닉을 하는 게, 바로 제 로망이라는 거죠!"

"……."

정록이 마침 신호를 받아 멈춰 선 차 안에서 의심스러운 눈으로 그녀를 흘긋거렸다. 진심은 붉어진 얼굴로 외쳤다.

"어머. 변호사님. 설마 저 지금 의심하시는 거예요? 사람마다 공부 방법이 다르단 말이에요! 저는 실컷 즐기고 열심히 공부하는 스타일이라니까요?"

누군가 자신을 의심할 때면 목소리를 높이면 된다. 진심은 눈에 힘까지 주며 말했다.

다시 변한 신호등을 발견하고선 액셀러레이터를 밟던 정록은 중얼거렸다.

"오진심 씨는 공부를 시작하기 전에 아주 거하게 노는군요. 피크닉에, 영화관까지. 이래서 공부할 시간이 있겠습니까?"

두근두근.

진심은 꼴깍 침을 삼켰다.

심장이 급격하게 뛰었다. 허를 찌르는 정록의 질문을 예상하지 못했기 때문이다.

"공부할 생각은 있는 겁니까?"

두근. 가슴이 크게 진동했다. 진심은 어색한 웃음을 터뜨리며 대답했다.

"다, 당연하죠! 제가 괜히 변호사님의 일요일을 전부 요구했겠어요? 일단 오전에는 신나게 논 다음, 저녁에는 열심히 공부할 거라고요!"

"……그래요?"

"네! 변호사님. 우리 오늘 할 일이 많아도 너무 많아요! 그러니 잊지 마세요! 자정까지, 변호사님의 시간은 모두 제 것이라는 걸 말이죠!"

"예, 뭐."

사실은 그에게서 데이트 제안을 하고 난 뒤, 집으로 돌아와서 인터넷을 열심히 뒤적거려 얻어 낸 스케줄이지만 굳이 그에게 모든 것을 설명할 필요는 없었다.

정록이 대답 대신 고개를 끄덕이자 흐뭇하게 미소 짓던 진심은 콩닥콩닥 뛰는 가슴을 겨우 가라앉히며 얼굴을 홱 돌렸다.

앞으로 나아가는 정록의 차가 순식간에 고요해졌다.

진심은 더 묻지 않고 운전에 집중하는 정록을 그 뒤로도 몇 번 흘끔거렸지만 그가 먼저 입을 열지는 않았다.

❖

권정록만 알지 못하는, 기계치 오진심이 밤새도록 앓으면서까지 인터넷을 뒤적여 세웠던 '야심찬 데이트 계획'은 다음과 같다.

『오전 7시부터 오후 1시까지, 은영 언니에게서 받은 도시락을 챙겨 약속 장소로 향하기.』

'클리어!'

『오후 1시부터 3시까지, 한강공원에서 변호사님이랑 도시락 먹기.』

'클리어!'

『오후 3시부터 7시까지, 저녁 식사 전 변호사님이랑 영화관에 들러 영화 보기.』

진심은 주말이라 그런지 사람들로 붐비는 영화관 안을 두리번거렸다. 복작복작한 모습이 즐겁기 그지없다. 전광판에서 영화 상영작들을 올려다보고 있는 정록을 힐끔거린 그녀는 하얀 이를 드러내며 그를 불렀다.

"변호사님, 변호사님!"

정록의 검은 눈동자가 자연스럽게 아래로 내려왔다.

진심은 활짝 웃으며 말했다.

"우리 뭐 볼까요? 시간대는 대충 다 맞는 것 같은데."

다행스럽게도 대부분의 영화가 시작되기 10분에서 20분 전이었다. 서둘러 표를 구매하면 늦지 않게 안으로 들어갈 수 있을 것이다. 진심은 기대에 찬 눈빛을 보내며 그의 대답을 기다렸다.

정록은 그녀의 말을 듣고서도 흐음, 고심할 뿐 쉽게 입술을 떼지 않았다. 전광판을 한참 동안 들여다보던 그는 다시금 진심을 응시하며 말했다.

"아무래도 저보단 오진심 씨가 고르는 게 나을 것 같네요. 영화를 안 본 지 거의 10년이 다 되어 가서 뭐가 뭔지……."

"네? 10년이요?"

진심이 황당하다는 듯 그를 응시하자 정록은 어깨를 으쓱였다.

"예. 어쩌다 보니 그렇게 됐습니다."

멋쩍게 웃는 그를 빤히 올려다보던 진심은 흐응, 하고 콧소리를 흘렸다.

'정말 이런 생활엔 익숙지 않은 사람이구나.'

진심은 저만 믿으라며 가슴을 탕탕 치다 세심하게 전광판을 살폈다.

"스릴러는 어떠세요?"

"스릴러요?"

"네! 다른 건 뭐, 그저 그럴 것 같네요."

장르는 다양했다.

할리우드 영화부터 시작하여 스릴러, 로맨틱코미디, 액션, 애니메이션, 판타지까지. 그중에서도 진심의 시선을 잡아끈 것은 딱 보기에도 무서워 보이는 스릴러물이었다. 콩닥콩닥 심장이 뛰는 소리를 애써 감추며 진심은 은근슬쩍 그에게 제안했다.

정록은 의심스러운 눈으로 그녀를 쳐다보다 다시 전광판을 올려다보았다.

"로맨틱코미디가 낫지 않습니까?"

"……네?"

"스릴러를 보고 난 뒤에 긴장해서 공부를 못 하게 되면 어떡합니까."

정록은 정곡을 찔렀다.

애초에 공부할 생각 따위는 없었던 진심의 얼굴이 일그러졌다.

"간편하게 즐길 수 있는 로맨틱코미디 쪽이 나을 것 같은데."

"아뇨! 스릴러가 딱이에요!"

"예?"

강하게 부정하는 진심을 정록은 놀란 듯 바라봤다. 진심은 말을 이었다.

"사실 말이에요, 변호사님. 저 무서운 거 되게 좋아는 하는데 혼자서는 못 보거든요."

진심은 한숨을 푹 내쉬며 고개를 숙였다.

그녀를 지켜보던 정록의 눈동자가 살짝 흔들렸다.

"그런데 오늘은 혼자가 아니잖아요. 변호사님도 같이 계시고……."

"……."

"물론! 당연히 영화를 본 다음, 본격적인 목적을 달성하기 위해서는 변호사님 말대로 가벼운 로맨틱코미디를 보고 나서 공부를 시작하는 것이 낫겠지만…… 하아아. 사실 저 영화, 제가 엄청 보고 싶었던 거거든요! 상영관에 걸리기 전부터 얼마나 기다렸는지 몰라요!"

"……."

"그래서 너무 보고 싶기는 한데…… 뭐, 변호사님이 로맨틱코미디가 낫다고 생각하시면 어쩔 수 없이……."

"보죠."

일부러 말까지 늘어뜨리던 진심의 눈이 동그래졌다.

'정말요?' 하고 방긋 웃는 진심을 향해 정록은 흔쾌히 대답했다.

"어차피 오늘은 오진심 씨가 원하는 대로 움직여 주기로 하지 않았습니까. 스릴러 보는 것도 오진심 씨의 공부에 도움이 된다면, 기꺼이 도와드려야겠죠."

"고마워요, 변호사님!"

진심은 활짝 웃으며 그에게 양팔을 벌려 달려들려 했으나 갑자기 뒤로 물러나는 정록에 의해 행동을 멈추어야 했다. 정록은 딱딱하게 굳은 얼굴로 그녀에게 말했다.

"표 뽑아 오겠습니다."

홱 몸을 돌리는 그는 주저하지 않았다.

'칫.'

진심은 멀어지는 정록의 커다란 등을 하염없이 바라보다 입을 삐죽였다.

'변호사 비서로 몇 주 일하다 보니…… 말이 좀 늘었나?'

그러다 문득 변호사인 정록을 설득시킨 제 언변에 감탄하며 그녀는 속으로 쿡쿡 웃었다. 진심은 그가 얼른 표를 뽑아 오기를 기다리며 매표소 쪽에서 줄을 서고 있는 정록을 흘긋거렸다.

'맞다!'

그런 그녀의 머릿속에 무언가가 스쳤다. 진심은 서둘러 정록이 서 있는 곳으로 달려갔다.

"안녕하십니까, 티켓 안내 도와 드리겠습니다."

헉헉거리며 달려간 진심의 눈에 마침 제 차례가 되어 티켓을 예매하고 있는 정록이 보였다.

그는 진심이 말한 영화를 언급하고 있었다.

"4시, '노크' 두 장이요."

"좌석은 어느 곳으로 하시겠습니까? 일반석과 커플석, 프리미엄석이 있습니다만."

"일반……."

"커플이요!"

심드렁하게 말하던 정록이 등 뒤에서 들려오는 외침에 고개를 돌렸다. 그의 커다래진 시선에 응답하지 않고 진심은 가쁜 숨을 몰아쉬며 매표소의 직원에게 힘차게 외쳤다.

"커플석으로 주세요!"

팔 거치대가 없는 커플석으로!

❖

콩닥콩닥.

쉴 새 없이 가슴이 두근거린다.

옆에까지 소리가 들릴까 싶어 괜히 몸을 움츠렸지만 다행스럽게도 반응은 없었다.

꼴깍.

목이 말랐는지 침도 스르륵 넘어갔다. 갑작스러운 소리에 흠칫 놀라 진심은 얼른 고개를 돌렸다. 부자연스러운 제 행동을 그가 이상하게 여길까 봐 뭐라 변명이라도 할 생각이었으나, 곁에선 여전히 아무 소리도 들려오지 않았다.

반응을 할 거라 여겼던 사람이 이렇다 할 움직임을 보이지 않자, 이상하게 기분이 나빠졌다.

결국 진심은 슬쩍 눈을 돌려 정자세로 앉아 있는 남자를 흘긋거렸다. 아직 광고가 한창인 스크린을 뚫어져라 응시하고 있는 무뚝뚝한 얼굴의 남자가 보인다.

'왜 저렇게 멀쩡해?'

태연하다.

태연해도 저렇게 태연할 수가 없다. 긴장한 자신과는 사뭇 다른 모습에 진심은 입술을 쭉 내밀었다.

'나랑 이렇게 가까이 있는데도 아무렇지 않나?'

왠지 분했다.

팔걸이 없는 좌석에 고작 함께 앉아 있는 것만으로도 심장이 터질 듯 요동치는 진심과는 다르게 정록은 마치 로봇처럼 정면만 응시하고 있었으니까.

이해가 되지 않는 상황이었다. 한 번의 좌절을 맛봤다고는 하나 그래도 아직은 대한민국 최고의 미녀 배우라는 수식어를 달고 있는 자신이 바로 곁에 앉아 있는데도 저런 뻣뻣한 모습이라니.

'뭐 저런 남자가 다 있어.'

그러고 보니 아까도 그랬다.

「커플석으로 주세요!」

있는 힘껏, 주변에 있던 관객들의 시선이 제게로 집중될 만큼 커다란 목소리로 커플석을 달라고 외치는 진심을 그는 말없이 바라보고 있었다. 놀랄 만도 한데 입을 굳게 다물고 쳐다보기만 하는 그 모습에 오히려 놀란 건 진심이었다.

그녀는 제 발에 저려 얼른 그에게 다가가 귓속말을 해야 했다.

「커플석이 일반석보다는 넓은 편이거든요.」

씩 웃으며 말을 끝내는 진심을 직시하던 정록은 그들 두 사람을 의심스러운 눈으로 쳐다보고 있는 매표소의 직원에게 고개를 끄덕이는 걸로 대답을 대신했다.

그 후, 커플석으로 좌석을 예매하고 낮은 웃음을 터뜨리는 진심과는 달리 무표정한 얼굴로 일관하던 정록은 상영관으로 들어온 이후 말을 한 마디도 하지 않는 중이었고.

'통 알 수가 없네…….'

미소만 보여 줘도 헤벌쭉 웃던 다른 남자들과는 달리 이 남자의 속은 도무지 들여다보기가 힘들다. 툴툴거리며 그에게 질문을 쏟아 내고 싶은 심정이다.

아무리 선글라스와 모자 등으로 몸을 꽁꽁 가리기는 했으나, 진심은 '오윤서' 였다.

대한민국에서 두 번 나오기 힘든 미모의 소유자. 불세출의 미인, 오윤서.

그런데도 대체 왜.

'칫.'

제게 눈길조차 주지 않는 정록에게 말을 걸려다 말고 진심은 정면에 위치한 스크린으로 시선을 돌렸다. 10분의 광고 타임이 끝이 나고 영화가 상영된다는 안내 멘트가 들려오고 있었다.

툭 꺼지는 상영관 안의 조명을 느끼며 호흡을 고른 그녀는 영화에 집중하기 위해 노력해야만 했다.

두근두근.

1분이 지나고 10분이 지나고, 영화가 상영되기 시작한 지 벌써 1시간이 흘렀다. 영화에 쉽게 몰입할 수 있을 거라 여겼던 애초와는 달리 진심은 어찌 된 셈인지 조금도 집중하지 못하고 있었다.

미친 듯이 뛰는 심장의 박동 소리가 귀를 웽웽 울리게 만들었다.

'왜일까. 왜 이렇게 집중 못 하는 거지?'

그 무섭던 스릴러 영화가 하나도 무섭지 않았다. 이유는 간단했다.

빠르게 변하고 있는 스크린 속의 내용들이 무엇을 의미하는지 알 수가 없어서. 진심의 모든 신경은 눈앞에 보이는 스크린이 아닌 바로 옆에 있는 남자에게 쏠려 있었으니까.

처음엔 그저 호기심이었다.

제게 관심을 갖지 않는 사람.

관심을 갖지 않는 것도 모자라 차가운 태도로 일관하던 사람이 짜증스럽고, 얄미워서 호기심이 일었다.

이 사람은 왜 이렇게 날이 서 있는 걸까.

다른 사람들은 친절한데, 왜 이 사람만?

그렇게 냉정함과 싸늘함을 일관하던 사람이 어수룩하지만 그래도 제법 비서처럼 구는 자신에게 가끔 칭찬을 해 주면 괜스레 기분이 좋아졌다. 무뚝뚝한 그의 얼굴이 옅은 미소로 번지면 덩달아 웃음이 났다.

노력했다.

90%가 연기력 향상을 위해서기는 하지만 10% 정도는 그의 입술 사이로 더 좋은 말을 듣고 싶어서라는 이유로, 열심히.

밤에 코피를 흘려 가면서까지 거들떠도 보지 않던 법전을 사서 읽기 시작했고, 다루기 귀찮다며 혁준에게 관리를 일임했던 컴퓨터도 직접 사용할 만큼 능숙해졌다. 만약 그가 진심을 대하는 다른 사람들과 같은 방식의 태도를 보였다면 아마 그렇게까지 열심히 노력하지는 않았을지도 모른다는 생각도 들 만큼, 최선을 다했다.

하루.

이틀.

사흘.

나흘…….

시간이 흐르면 흐를수록 함께 있는 시간이 즐거웠다.

예전 같았으면 오전 열 시가 되도록 침대에서 벗어날 줄 모르던 오진심이 새벽같이 일어나 출근 준비를 한 것은 그와 있는 시간이 조금이라도 더 늘어났으면 하는 바람에서였다.

웃어 주었으면 좋겠다.

칭찬을 해 주었으면 좋겠다.

그에게, 조금이라도 도움이 되는 일을 하고 싶다.

내가 곁에 있다는 것을 그가 알아주었으면 한다.

내가 필요하다고 느끼기를 바라며, 나를 원하기를 바란다.

처음엔 작은 소망에 불과했던 바람은 점점 커져 갔다. 소망하는 것이 많아질수록, 가슴의 박동 또한 빨라졌다.

'경험'을 가장한 데이트 신청은 요즘 들어 혼란스럽기만 한 마음이 무엇인지 확인하기 위해서였다.

그의 얼굴을 보면 자꾸만 말을 걸고 싶고, 다가가고 싶고, 손을 뻗고 싶고, 함께 있고 싶은 이 마음이 무엇인지, 데이트를 하면 알아낼 수 있을 것 같아서.

두근두근.

'뛰어.'

심장이 박동한다.

가슴이 크게 반응을 했다. 모두가 숨을 죽이며 몰입하고 있는 영화의 내용은 하나도 알 수 없었지만, 적어도 정신없이 뛰는 이 마음이 무엇을 의미하는지는 알 수 있었다.

진심은 슬며시 고개를 돌렸다.

"……!"

온몸에서 피어나는 뜨거운 열기가 그에게까지 번질까 노심초사하며 눈을 흘끔거리던 진심의 시선이 어둠 속에서 자신을 바라보고 있는 정록의 검은 눈동자와 부딪쳤다.

진심은 눈을 크게 떴다.

두근두근.

선글라스를 끼고 있어서 다행이다. 그러지 않았더라면 아마 요동치는 동공을 그에게 꼼짝없이 보여 주어야 했을 테니까.

진심은 가빠 오는 호흡을 가라앉히려 애쓰며 거치대가 없어 좌석 가운데를 세게 움켜쥐고 있는 자신의 손을 내려다봤다. 긴장해서인지 손에 힘이 들어갔다.

"오진심 씨. 무섭습니까?"

그때였다.

다른 관객들에게 들리지 않을 만큼 작은 목소리로 그가 진심의 귀에 속삭였다. 진심은 동그랗게 뜬 눈으로 그를 응시했다. 정록이 후우, 하고 한숨을 내쉬며 중얼거리는 게 들려왔다.

"그러니 로맨틱코미디로 하자니까."

마침 스크린 속에는 무서운 장면이 이어지고 있었나 보다. 진심은 그저 바라보기만 할 뿐, 아무런 대답을 하지 못했다.

정록은 스크린과 진심을 두어 번 정도 흘긋거리더니 이내 제 팔을 그녀에게 슥 내밀었다.

"잡아요."

진심은 퉁명스럽게 말을 하는 정록을 멍하니 응시했다.

그는 말을 덧붙였다.

"대신 정말 무서울 때만 잡는 겁니다."

그 말을 끝으로 다시 스크린 쪽을 향해 고개를 돌리는 정록의 얼굴을 진심은 한참 동안 쳐다보아야 했다.

'계속…… 무서운 장면이 나왔으면 좋겠어.'

콩콩 뛰는 심장 소리와 함께 진심의 입가에 환한 미소가 내려앉았다.

❖

사람들이 첫 데이트를 영화관으로 추천하는 이유가 있었다. 시간도 숨가쁘게 흘러가거니와 곰곰이 생각해 봐도 흐뭇하기 그지없는 일이 그 좁은 상영관 안에서 일어났다.

두근두근, 아직도 조금 전을 떠올리면 심장이 크게 반응을 할 정도니 말은 다 했다.

'검색하길 잘했네.'

진심은 뿌듯해하며 화장실 안의 거울을 들여다보았다. 살짝 비틀어진 파나마 햇을 정리하고 선글라스와 마스크로 얼굴을 단단히 가렸다는 것을 확인한 그녀는 몸을 돌려 화장실을 나서려다 멈칫했다.

엄마로 보이는 여자와 손을 잡고 함께 화장실로 들어오던 웬 여자아이가 자신을 가리키고 있었기 때문이다.

"엄마, 저기 저 아줌마 좀 봐! 저 아줌마!"

장난기 넘치는 얼굴을 하고 있던 여자아이는 정확히 진심에게 손가락질을 하며 앵두 같은 입술을 움직였다.

"수상해! 저 아줌마, 엄마가 아빠 몰래 백화점 갈 때랑 비슷해!"

"뭐? 애, 애는 무슨 소리를. 그러고 보니 소변 급하다고 하지 않았어? 얼른 가자!"

"나 괜찮은데."

"가자!"

'아줌마' 란 단어에 발끈하기도 전에 먼저 아이를 데리고 화장실 칸 안으로 쏜살같이 도망치는 여자의 뒷모습을 진심은 멀뚱히 주시했다.

진심이 있던 곳 주변에서 풋 웃음을 터뜨리는 소리가 들려왔지만 그 소리를 찾기 위해 주위를 두리번거리던 그녀의 눈에는 모르는 척하는 사람들만 보일 뿐이다. 진심은 한 번 더 거울을 쳐다봤다.

'확실히…… 데이트 의상은 아니지.'

분홍색 트레이닝 상 · 하의 세트에, 검정색 롱코트, 그리고 운동화. 복장 자체만으로도 충분히 문제가 있지만 얼굴은 더했다.

지금 계절과는 어울리지 않는 파나마 햇에 까만 선글라스와 까만 마스크라니. 제 모습을 보고 정록이 더 이상 트집을 잡지 않은 것이 다행스러울 정도다.

'그렇다고 입고 싶은 걸 입을 수도 없고…….'

데이트를 신청하고 그가 승낙을 하자 가장 고민했던 것은 바로 복장이었다. 현재 잠정 은퇴를 하고 있던 진심에게는 두 가지 선택권이 있었다.

모든 것을 다 드러내 놓고 은밀한 데이트를 하는 것과, 모든 것을 다 숨기고 다른 사람들처럼 평범한 데이트를 하는 것.

오늘 아침까지 드레스 룸을 엉망으로 만들면서까지 고민했던 그녀는 결국 후자를 택했다. 예쁜 모습을 보여 주어야 그가 제게 넘어올 일말의 가능성이라도 있을 텐데.

이런 좋은 기회를 잘 살리지 못해 안타깝기만 하다.

푹푹 한숨을 내쉬며 화장실을 나서던 진심은 멀리 보이는 정록에게 다가가려다 앞서 걸어가던 여자들의 대화를 우연히 듣게 됐다.

"저기 저 남자지? 네 이상형에 가깝다던."

"아까 보니 혼자인 것 같던데."

"아냐. 일행 있긴 하더라고. 차림이 좀 이상하긴 했지만."

"그 여자 없는 것 같은데, 얼른 가 봐! 골키퍼 있다고 골 안 들어가니?"

"그럴까?"

바로 뒤에 진심이 있는 것을 아직 눈치채지 못한 건지 저들끼리 낄낄거리며 대화를 주고받던 여자들은 기둥 앞에 서 있는 정록을 향해 미소지었다.

'외양은 무척 괜찮은 편이지, 우리 권 변호사님.'

진심은 크게 마음을 먹고 정록에게로 다가가려는 여자들의 등을 응시하며 속으로 중얼거렸다.

그녀가 보기에도 정록은 연예계에서도 쉽게는 보기 힘든 마스크였다.

매번 서늘하고 경직된 얼굴을 하고 있었지만, 아주 드물게 보여 주는 미소는 충분히 사람의 마음을 휘어잡을 만큼 매력적이었으니까.

톱급 미남 배우들 못지않았다. 게다가 똑똑한 사람들이 바글바글한 법조계에서 실력이 있다고 소문난 편이니 돈도 많이 벌 테고.

'놓치기 아까운 남자지.'

진심은 어느새 정록의 앞에까지 다가가 있는 여자들을 지켜보다 그제야 발걸음을 앞으로 내디뎠다.

"오진심 씨. 대체 뭘 한다고 이렇게 늦은 겁니까."

느긋한 발걸음으로 걸어간 진심은 뚝 멈추자마자 들려오는 정록의 핀잔에 고개를 들었다. 분명 진심이 발을 내딛기 전까지 정록의 앞에서 얼쩡거리던 여자들은 어느새 완벽하게 사라진 뒤였다. 진심은 픽 웃음을 터뜨렸다.

"예상대로네요."

정록은 뜬금없는 그녀의 말에 인상을 썼다.

"뭐가 말입니까."

마스크에 가려 자신의 짓궂은 미소를 그에게 보여 줄 수 없다는 게 아쉽다. 진심은 웃음 섞인 목소리로 말을 이었다.

"제 예상대로, 변호사님 엄청 철벽남이라고요."

"……예?"

진심은 씩 웃었다.

"조금 전에 웬 여자분들이 다가오지 않던가요? 변호사님한테 대시하러?"

그녀의 말을 듣고 있던 정록이 움찔거렸으나 이내 곧 그는 냉정을 되찾았다.

"보고 있었으면 좀 도와주지 그랬습니까."

진심은 배시시 미소 지으며 어깨를 으쓱였다.

"제 도움 없이도 변호사님이 그 여자분들을 물리칠 수 있을 것 같아서요."

정록은 자신을 올려다보는 진심을 말없이 내려다보았다. 진심은 흐뭇한 표정을 지으며 고개를 주억였다.

여자들이 정록에게 다가가는 것을 보고도 여유를 부렸던 것은 그가 그녀들에게 티끌만큼의 관심도 주지 않을 거라는 확신을 가지고 있었던 까닭이다. 그런 제 예상이 들어맞자 진심은 괜히 신이 났다.

"제가 변호사님을 좋아하게 된 이유 중 하나가 이런 태도 때문이에요. 저한테만 그러는 게 아니라, 대부분의 여자들을 돌처럼 보는 바로 그 태도! 여자 좋아한다는 말도 순 거짓말이죠? 거짓말일 거야. 그렇지 않고서는 이렇게 목석같을 수 없으니까. 하여간 그런 남자가 내 남자가 되면 진짜 뿌듯할 것 같다고 생각했거든요! 그래서 이번 데이트로 변호사님을 유혹…… 헙!"

자신이 무슨 말을 하고 있는지도 모를 만큼 쉴 새 없이 말을 늘어놓던 그녀가 흠칫 놀라 손으로 입을 틀어막은 것은 저를 바라보고 있던 그의 눈빛이 달라졌기 때문이다.

가슴이 철렁거렸다.

"방금 뭐라고 했습니까?"

정록의 인상을 썼다.

그가 미간에 새긴 주름만큼이나 진심의 심장 역시 쪼그라들었다. 진심은 침을 꿀꺽 삼켰다.

"별말…… 안 했는데요."

은근슬쩍 고개를 숙이며 중얼거렸지만 정록은 대답하지 않았다.

두근두근. 눈앞에 선 남자가 입을 다물고 있으면 있을수록 심장 소리가 빨라진다. 손에 땀이 찼다.

"오진심 씨."

"……."

"오진심 씨."

"왜요!"

두 번 정도 이름을 들었을 때, 진심은 얼굴을 들어야만 했다. 해답을 요구하는 그의 목소리가 귀를 아른거렸으니까. 신경질적인 음성을 내며 그를 쳐다본 진심을 정록은 말없이 응시했다.

얼굴이 화끈거린다.

빨갛게 달아올라 숨이 가빠 온다.

정록은 입술을 잘근 깨물고 있는 진심에게 말했다.

"공부하기 전, 예열이 아니었던 겁니까?"

침묵을 유지하던 정록이 물음을 던졌다. 진심은 눈에 힘을 주며 그를 바라봤다.

"과외를 해 달라는 게 아니었냐는 겁니다."

"그래요."

그리고 질끈 눈꺼풀을 아래로 내리깔았다.

"과외 따위 아니에요!"

정록의 눈이 동그래졌다.

심장이 바닥으로 떨어졌다.

변명이 통할 리가 없었다. 당황한 제 태도는 물론이거니와 그는 사건을 파악하는 데 도가 튼 변호사니까. 아찔한 감각이 온몸을 덮쳐 왔다. 입술이 또 멋대로 움직였다.

"과외는 무슨! 저 원래 혼자 공부하는 체질이에요! 누구한테 도움받아서 공부하는 거, 제가 제일 싫어하는 스타일이에요! 변호사님 도움 없이도, 책으로만 소통 가능하다고요!"

"오, 오진심 씨?"

"예열? 예열은 무슨! 어떤 미친 사람이 공부하기 전에 피크닉을 가고, 영화를 봐요?"

"……."

"맞아요! 변호사님이랑 데이트하고 싶어서 말도 안 되는 거짓말했다고요, 나!"

두근두근.

분명 몇 분 전까지는 기쁨에 가까운 두근거림이 진심의 심장을 뛰게 만들었다면 이제는 절망에 가까운 두근거림이 심장을 가득 채운다. 진심은 숨을 토해 내며 외쳤다.

"변호사님을 좋아해서, 거짓말했다고요!"

❖

망했다.

하나부터 열까지.

모두, 망해 버렸다.

진심은 머리끝까지 올린 이불 속 안에서 길게 호흡을 내뱉었다. 머리가 텅 빈 것처럼 멍멍한 상태가 이어졌다.

'아무 생각도 하고 싶지 않아.'

한참 동안 넋을 놓고 있던 진심은 몸을 웅크리며 뜨고 있던 눈을 내리깔았다.

"윤서야. 오윤서."

온몸에 힘이 들어가지 않을 만큼 나른해졌다. 모든 의욕이 이렇게 순식간에 사라질 줄은 생각도 하지 못했는데.

축 처진 어깨를 바로 들 수도 없어 얕은 숨결만 뱉던 진심은 똑똑 문 두드리는 소리에 움찔하긴 했으나 입을 열지는 않았다.

"들어갈게."

대답 없는 진심의 반응을 예상했는지 혁준이 멋대로 문을 열고 들어왔다. 고요하던 침실에 인기척이 느껴지자 진심은 인상을 썼지만 여전히 머리끝까지 올린 이불을 다시 내리진 않았다.

진심은 미동 않고 눈을 꼭 감았다.

"윤서야. 자니?"

혁준이 다정한 음성으로 물었다.

"안 자는 거 알아."

"자는 중이야."

"윤서야."

"오빠, 나 피곤해. 큰일 아니면 그냥 나가."

"오윤서. 너 정말 이럴 거야?"

혁준이 이불을 걷을 줄 알았다면 힘껏 잡고 있을 걸 그랬다. 진심은 갑자기 주변 공기가 달라지자 인상을 쓰며 혁준을 올려다보았다. 혁준이 화가 잔뜩 난 얼굴로 자신을 쳐다보고 있었다.

"내가 뭐."

입을 쭉 내밀며 진심이 묻자 혁준이 서늘한 눈을 빛냈다.

"너 월요일부터 이상하잖아!"

"안 이상해."

"그런 녀석이 왜 갑자기 로펌은 그만두고 싶어 해?"

혁준의 말에 대꾸하려던 진심이 입을 다물었다. 로펌이라는 단어를 듣자마자 심장이 들썩이는 것을 보면 중증이긴 하다. 반사적으로 그 남자의 얼굴을 떠올려 버렸으니까.

"대체 무슨 일이야."

혁준은 굳은 얼굴로 누워 있는 진심에게 비교적 상냥한 음성을 흘렸다. 진심은 여전히 입을 열지 않았다.

"무슨 일인지 알아야 나도 너 도와주지."

"……."

"권 변호사님이랑 다투기라도 했어? 권 변호사님이 요즘 잘해 주신다며. 아니었어? 싫어도 꾹 참기로 했었잖아. 열심히 하는 것 같더니 왜 그래. 응?"

며칠간은 진심이 하던 대로 내버려 두더니 오늘은 그녀를 달래기로 작정한 게 틀림없다. 혁준은 반응 없는 진심을 설득하기 시작했다.

"벌써 사흘째야. 결근하는 거 말이야. 내일도 권 변호사님이 전화하실 텐데, 대체 뭐라고 변명해야 할지 모르겠어. 계속 이런 식이면 그쪽도 곤란하다는 거 너도 프로니까 알잖아. 이왕 하기로 한 거, 남은 다섯 달만 열심히 견뎌서 꼭 이세진 작가 신작 들어가야지."

"실수했어."

꾹 참고 있었는데 혁준의 다정한 목소리를 듣고 있자니 울컥 눈물이 차오른다.

스윽 몸을 일으키며 침대 헤드에 등을 댄 진심이 갑자기 뚝뚝 눈물방울을 떨어뜨리자 혁준은 크게 당황했다.

"유, 윤서야?"

"실수……했다고."

목이 막혀 왔다. 쓴웃음이 입가에 걸렸다.

"완벽했는데……. 영화관 뒤에도 계획한 거…… 있었는데. 너무 들떠서 그만 실수해 버렸어."

"그게 무슨 소리야? 실수라니? 영화관은 또 뭐야?"

혁준이 흐느끼는 진심을 다독이기 위해 침대에 엉덩이를 가져다 댔다. 사흘 동안 침대에 드러누워 펑펑 울기만 했던 진심은 퉁퉁 부은 눈을 가라앉힐 생각도 하지 않고 말했다.

"되돌릴 수 없는 실수라 마음의 정리가 필요해. 열심히 하기로 했는데…… 그러지 못해서 미안해, 오빠. 그만두기로 한 건 홧김이었어. 취소할 테니 너무 신경 쓰지 마. 오늘 하루만 더 쉬고 내일부터 나갈 테니까 하루만 더 봐줘."

혁준은 억지로 웃기 위해 애쓰면서도 굵은 눈물을 흘리는 진심이 크게 당황스러웠던 것이 분명했다.

그는 10년 동안 한 번도 보지 못했던 진심의 모습에 입술을 파르르 떨기만 할 뿐이었다. 진심은 흐려진 시야로 그를 바라보다 아래로 내려가 있던 이불을 다시 끌어올렸다.

"피곤해서 그러는데, 나 좀 잘게."

"……."

"갈 때 문 닫아 줘."

혁준을 향한 축객령을 날리며 진심은 베개에 머리를 맞댔다. 이를 악물며 조용히 흐느끼는 진심을 응시하던 혁준은 긴 한숨을 내쉬며 침대에서 일어났다.

얼마 뒤, 혁준이 침실 문을 닫고 나가는 소리가 들렸다.

「죄, 죄송해요.」

홧김에 쏟아 낸 말들에 아무 대답도 하지 않는 그를 보자니 두려워졌다. 입술이 떨리는 것을 억지로 참으며 진심은 숙인 고개를 들지 않았다.

「저…… 그만 가 볼게요.」

「예?」

「조심히 들어가세요. 죄송해요.」

자신이 무슨 짓을 저질렀는지 알게 되자마자 사고회로를 제대로 움직일 수 없었다. 눈앞이 하얗게 물들었다. 진심은 뒤도 돌아보지 않고 달리고 또 달렸다.

그녀 인생에서 그렇게 열심히 달린 것은 아마 그때가 처음이었을 거다.

'멍청이……. 이 멍청이, 오진심!'

토요일 밤, 꼬박 새워 가며 세웠던 데이트 계획은 무참히 부서졌다. 가장 로맨틱한 순간에 해도 모자랄 그 말을, 무심코 흘렸다는 사실을 용납할 수가 없었다.

초보만이 할 수 있는 실수.

제 말을 듣고 딱딱하게 굳어지던 그의 얼굴을 보니 견딜 수가 없어 진심은 도망쳐야만 했다. 그의 앞에서 실수를 하는 것은 익숙했다. 요즘은 그 빈도가 줄어들었지만, 진심이 정록의 비서로 임시 취직을 하게 되면서늘 해 왔던 일이었으니까.

하지만 그 '실수'는 어디까지나 업무와 관련된 일일 때만 그나마 이해를 얻을 수 있었다.

'이젠 어떻게 하지…….'

야심차게 세웠던 데이트 계획은 제대로 끝나지 못하고 실패했다. 유혹은커녕 계획에 없던 고백까지 해 버렸으니까.

그 뒤로 정록의 전화가 걸려 오긴 했으나 받을 용기가 나지 않았다. 전원 버튼을 누른 뒤 진심은 오늘까지 핸드폰을 켜지 않고 있었다. 난생처음 겪는 일이어서 몹시 당황했다.

그 때문인지 결근 첫날은 정말 아팠다.

혁준은 진심이 출근을 하지 않기 위해 이유 없이 누워 있다고 생각했지만 사실 앞길이 막막해져 끙끙 앓았었다. 어제인 둘째 날은 가려고 침대에서 일어났지만 화장대 위에 있는 영화 티켓을 발견하곤 다시 침대에 드러누웠다.

숨이 컥컥 막혀 와서 움직일 수 없었다.

그리고 사흘째인 오늘.

"안 돼, 오진심! 정신 차려야지!"

짝짝.

진심은 손을 들어 올려 열기로 가득한 제 뺨을 두드렸다. 언제까지 이렇게 누워 있을 수는 없는 노릇이었다. 꾹 참아 왔던 감정이 혁준의 앞에서 펑 터져 버렸으니 아마도 그가 자신을 염려할 것이 틀림없다.

고작 제 감정 하나를 추스르지 못해 혁준을 걱정시킬 순 없었다.

"차인 게 뭐 대수라고!"

사흘 동안 앓았으면 됐다.

스물아홉이 되도록 연애 한 번 해 보지 못한 성장통을 뒤늦게 겪었으니 이젠 앞으로 나아갈 때다. 진심은 흐르는 눈물을 손등으로 닦고선 주먹을 힘껏 쥐었다.

"다시 고백하면 되는 거지!"

지난 사흘간, 제 말에 얼굴을 굳히는 정록을 떠올리며 원망도 하고, 욕도 해 보고, 미워하려고 애써 봤지만 변하지 않는 것이 하나 있었다.

그 무심한 남자를 자신은 도저히 싫어할 수 없다는 것.

싫어하기는커녕 생각하면 생각할수록 그 마음이 커져 가 미쳐 버릴 지경이다. 진심은 길게 숨을 고르며 위로 올렸던 이불을 아래로 내렸다. 멀리 벽에 걸린 시계가 정오를 향해 달려가고 있는 것이 보였다.

"지금쯤 점심 먹어야 하는데……. 응?"

며칠 동안 계속 누워 있기만 하니 몸에 힘이 들어가질 않는다. 밥이라도 먹어야겠다 싶어 침대를 빠져나오려던 진심은 침실 밖에서 들려오는 초인종 소리에 멈칫했다.

한 번,

두 번,

세 번,

네 번.

"오빠. 없어?"

오전에 잠시 들러 그녀를 살피러 온 혁준은 진심의 축객령을 성실히 수행한 것이 틀림없다.

진심은 비틀거리며 침실 문고리를 돌렸다.

"나가요."

근처 테이블에 올려 둔 모자를 머리에 쓰고 현관으로 걸어갔다. 초인종을 누르는 걸로 보아선 혁준일 리는 없는데.

'대체 누구야!'

"왜 이렇게 늦습니까."

끼익, 대문을 열어 주며 숙였던 고개를 드는 진심의 눈에 무뚝뚝한 말을 흘리는 남자가 보였다.

"변……."

"들어갑니다."

진심은 제가 말을 잇기도 전에 집 안으로 발을 디디는 정록을 붙잡지 못했다. 정록은 성큼성큼 현관을 지나 거실로 걸어갔다.

"조혁준 씨는 없습니까?"

"네? 아…… 네. 잠깐 자, 자리를 비운 것 같아요."

"잘됐네요. 앉으시죠, 오진심 씨."

이곳은 틀림없이 제 집인데도 불구하고 차렷 자세로 서 있던 진심을 향해 정록은 손짓했다. 무슨 일이 일어나는지 알 수가 없어 눈을 깜빡이던 진심은 얼떨결에 고개를 끄덕이며 소파로 걸어갔다.

"흠."

모자를 쓰고 있던 진심이 소파에 엉덩이를 붙이자마자 그런 그녀를 내려다보던 정록은 낮은 신음을 흘리며 진심의 얼굴을 살폈다. 화장도 하지 않은 얼굴에 퉁퉁 눈까지 부어 있었던 터라 볼이 빨갛게 달아올랐다.

다물고 있던 입술이 파르르 떨렸다.

"눈이 꽤 붓기는 했지만, 멀쩡해 보이네요."

"예? 아, 그건……."

"그나저나, 대체 나한테 왜 이러는 겁니까?"

변명하기 위해 소리를 내려던 진심은 손을 들어 그녀를 가로막으며 말하는 정록을 쳐다봤다. 정록은 인상을 쓰며 말을 이었다.

"지난 사흘 동안 오진심 씨가 없어서 얼마나 불편했는지 아십니까? 일정을 오진심 씨가 관리했던 터라 클라이언트랑 약간의 혼선이 있었다고요. 일정을 다시 잡느라 꽤나 고생했습니다."

"죄, 죄송해요. 그건 미처 생각을……."

"하긴, 생각 못 할 만도 하겠네요. 그러고 도망갔으니까."

고개를 숙이던 진심의 눈동자가 커다래졌다.

도, 도망이라니! 도망은 아닌…….

'도망이었지.'

진심은 변명하려다 입을 다물었다. 정록은 요동치는 진심의 눈동자를 마주했다.

"맞아요. 오진심 씨 말대로, 어떤 미친 사람이 공부하기 전에 그런 광란의 파티를 벌이겠습니까. 쉽게 넘어간 내가 바보 같았죠. 이상하다 생각하긴 했지만 뭐. 그 전에, 한 가지 궁금한 게 있는데 말입니다."

취조를 받는 기분이라 진심은 입도 뻥끗하지 못했다. 정록의 검은 눈동자가 예리하게 빛났다.

"그럼 한강공원이나 영화관은 전부 오진심 씨가 생각했던 겁니까?"

"……맞아요."

꿀 먹은 벙어리처럼 침묵을 유지하던 진심의 입술이 그제야 움직였다. 정록이 저를 똑바로 응시하는 진심을 이채로운 시선으로 바라보았다. 진심은 입을 쭉 내밀며 외쳤다.

"맞아요. 한강공원이고, 영화관이고, 다 제가 계획한 거라고요! 제가 계획했어요! 인터넷 뒤져 가면서 일일이 계획했다고요! 됐어요?"

퉁명스럽게 대답하다 못해 울부짖는 진심의 말에 정록은 좁아진 미간을 풀지 않고 되물었다.

"오진심 씨."

"왜요!"

그렁그렁. 눈물방울을 가득 담고 있던 진심의 눈이 자신을 향하자, 정록은 긴 한숨을 내쉬었다.

"오진심 씨는…… 이 업계를 잘 알기 위해 우리 회사로 들어온 거 아닙니까? 앞으로 다시 법학도가 되기 위해서 말이죠."

움찔.

뭔가 약간 다르기는 했지만 진심은 굳이 정정하지는 않았다. 진심은 말없이 입술을 악물었다. 부정 않는 진심을 보며 정록은 말했다.

"제게 주어진 특명은 오진심 씨에게 이 업계의 흥미를 불어넣어 주라는 것이었습니다. 헌데…… 좋아하라는 법은 안 좋아하고, 날 좋아하면 대체 어떡합니까."

"……!"

"공과 사도 구분 못 하면, 어디 제대로 일을 할 수 있겠……."

"할 수 있어요!"

진심은 그의 말을 끊어 내며 크게 소리쳤다.

"일도 하고 연애도 하고. 저 둘 다 할 수 있다고요. 꿩 먹고 알도 먹고 싶어 하는 게 잘못된 건 아니잖아요!"

정록은 그렁그렁 맺힌 눈물방울을 떨어뜨리지 않기 위해 애쓰는 진심을 바라봤다.

진심은 흥분한 상태였다.

"저도…… 이런 제가 낯설다고요."

정록은 중얼거리는 진심에게 대꾸하지 않았다.

"기분도…… 나빠요. 저 싫다는 사람 억지로 잡아 두고 싶지는 않은데, 그런데도 불구하고 변호사님이 좋은 걸 어떡해요!"

그는 말이 없었다.

진심은 울컥하는 감정을 주체하지 못했다.

"몰라요. 이젠 나도 몰라."

진심은 결심한 듯 그를 빤히 바라봤다.

"좋아해요."

그리고 말을 이었다.

"저, 변호사님 되게 좋아하는 것 같아요."

진심을 쳐다보던 정록의 눈동자가 흔들렸다. 진심은 그에게서 눈을 떼지 않으려 노력하고 입술을 움직였다.

"여태껏 남자 없이도 잘 살아왔는데, 변호사님이 나 거절할까 봐 무서워 도망친 거 보면 진짜 완전 좋아하게 된 게 틀림없어요. 그래요. 엄청 좋아하는 거, 인정해요."

"……."

"차이면 그냥 차이는 대로 매달릴 거예요. 변호사님이 나 같은 여자 찬 거 후회하지 않도록 끝까지 따라다녀서 내 남자로 만들 거라고요. 그러니까 지금 당장 거절해도 돼요. 그래요. 그냥 확 거절해 버려요! 흥! 내가 반드시 당신 내 남자로 만들 거니까."

언제 울었냐는 듯, 씩씩거리며 소리치는 진심을 정록은 그저 바라만 보고 있었다.

두근 두근 두근.

심장이 빠르게 움직였다. 가쁜 호흡을 정리하지 못해 그를 올려다보고 있기만 하던 그녀는 가라앉은 시선으로 자신을 응시하는 정록이 입술을 열지 않자 고개를 갸웃거렸다.

"왜…… 말이 없어요?"

설마 내 말을 못 들을 리는 없는데.

피할 수 없기에, 좋아한다는 걸 인정했다.

그가 자신을 받아들이지 않는다면, 거절해도 좋다고 허락했다. 그런데도 불구하고 정록이 이렇다 할 반응을 보이지 않자 의문이 피어오를 수밖에 없다.

새빨개진 얼굴로 그를 쳐다보는 진심을 흘긋거리며 정록은 말했다.

"생각하고 있습니다."

"생각할 게 뭐 있어요. 어차피 무슨 대답할지 뻔히 예상되니까, 일단 대답부터 하세요. 저 준비됐으니까."

'거절을 할 생각이겠지.'

그의 차가운 눈빛을 보니 무슨 말을 할지 예상이 됐다. 가슴이 콕콕 아파 왔지만 이 정도는 견딜 수 있었다. 진심은 주먹을 불끈 쥐며 그를 바라봤다.

정록이 황당한 웃음을 터뜨리며 자신을 내려다보고 있었다.

"왜요."

진심이 퉁명스럽게 묻자 정록은 그녀의 귀를 가리켰다.

"대답을 들어야지, 왜 귀를 막습니까?"

의식하지 못하는 사이 귀를 막고 있었던 모양이다. 진심은 흠칫 놀라 양쪽 귀에서 손을 떼며 칫, 하고 입을 삐죽였다. 쓰고 있던 모자까지 벗고 정록을 쳐다본 진심은 입술을 꽉 깨물며 마음을 정리했다.

"좋아요. 이제 진짜 준비됐어요."

굳게 다짐한 표정을 지으며 진심이 고개를 끄덕이자 정록이 눈을 빛냈다. 진심은 침을 꿀꺽 삼켰다.

'괜찮아.'

한 번 차일 건 예상했던 일이다.

쉬운 남자는 아니니까.

그래. 꿩 먹고 알 먹는 게 어디 쉬운 일인가.

하지만…….

'차여 본 적이 있어야 말이지.'

고백을 해 오던 사람들을 거절한 적은 있어도 차인 적은 없다. 설마 남자와의 관계에서 반대의 입장에 설 거라곤 생각해 본 적이 없었는데.

때문인지 막상 머릿속을 둥둥 떠다니는 그 말을 들으면 아주 조금은 마음이 아플 것 같았다.

'그래서 다들 고백에는 커다란 용기가 필요하다고 하는 거구나.'

그러던 그때.

"……해 보죠."

"네?"

정록은 귀를 의심하는 진심을 향해 말했다.

"먹어 보겠다고요. 그 꿩이랑, 알."

❖

새벽 사이 미친 듯이 쏟아지던 가을비가 뚝 멎었다. 덕분에 화창하기 그지없는 아침 햇살이 투명한 유리창을 통과해 침실을 내리쬔다. 비가 막 개인 후라 쨍쨍한 햇볕이 얼굴로 스며들자 진심은 스르륵 눈을 떴다.

헤헤.

깜빡깜빡, 눈꺼풀을 아래로 내렸다 다시 올리며 진심은 스르륵 입꼬리를 올렸다. 아무리 생각해도 지나치지 않을 만큼, 머릿속을 가득 채운 어제의 일이 그녀를 미소 짓게 만들고 있었다. 진심은 히죽 웃으며 가슴팍에 놓여 있던 이불을 머리끝까지 끌어올렸다.

두근거리는 심장 소리가 귀를 먹먹하게 만들었다.

「먹어 보겠다고요. 그 꿩이랑, 알.」

잔뜩 흥분한 상태여서 그런지 처음에는 그 말을 제대로 이해 못 했다. 멍하니 그를 쳐다보고 있던 진심을 향해 정록이 한 걸음 더 가까이 다가오기 전까지는.

「이해 못 했습니까?」

「예?」

「아니면 다시 말해 줘야 하는 건가.」

가까웠다.

코끝에서 숨결이 느껴질 만큼.

진심은 커다란 눈을 더욱 크게 뜨며 정록을 올려다보았다. 어느새 그녀의 눈앞까지 다가온 그는 피식, 옅은 미소를 흘리며 살짝 고개를 숙였다. 붉은 입술이 흘리는 뜨거운 입김이 귓가를 어지르자 온몸에 찌릿한 전율이 오갔다.

정록은 그런 진심의 귀에 대고 달콤하게 속삭였다.

「한 번 사귀어 보자고요. 오진심 씨.」

다른 사람도 아닌 그 남자랑, 내가…….

"사귄다!"

"사귄다니? 누가? 누구랑?"

이불 속에서 환호성을 지르다 못해 베개까지 움켜쥐던 진심의 외침은 등 뒤에서 들려오는 귀 익은 음성에 뚝 멎었다. 두근두근 뛰는 심장 박동 소리에 놀라 움찔거리던 진심은 슬며시 이불을 내렸다.

빼꼼, 이불 속에서 얼굴만 꺼내자 마침 침실 문을 열고 들어오는 혁준이 보였다. 의심하는 눈빛을 쏘아 대고 있는 혁준의 모습에 진심은 침을 꼴깍 삼켰다. 빨갛게 물든 볼을 감추기 위해 얼굴을 홱홱 저으며 숨을 고른 그녀는 저를 가늘게 뜬 눈으로 바라보고 있는 혁준에게 싱긋 미소 지었다.

"어어, 오빠. 왔어? 우와. 그거 뭐야? 아침인가 보네! 고마워, 잘 먹을게! 맛있겠다! ……왜? 왜…… 그래?"

혁준이 들고 있던 베드 트레이를 받아들며 생글거리던 진심은 그릇 위에 예쁘게 올라와 있던 토스트 하나를 힘껏 베어 물었다.

입을 오물거리며 모른 체하려던 그녀를 혁준은 검은 눈으로 쳐다보고 있었다. 환한 미소를 짓던 진심은 수상쩍은 시선을 흘려 대고 있는 혁준에게 어리둥절해하며 물었다. 혁준은 흐응, 낮은 콧소리를 흘리더니 중얼거렸다.

"너 어제 저녁부터 좀 이상해."

"응? 내가 뭘?"

진심은 미간을 좁히는 혁준을 향해 어깨를 으쓱였다. 아직 의심의 눈초리를 지우지 못했던 혁준은 '슬슬 출근해 볼까!' 하고 중얼거리는 진심을 바라보며 말을 이었다.

"어제 오전까지만 해도 다 죽어 가던 녀석이, 잠시 나갔다 돌아온 이후론 완전히 달라졌잖아. 회사 그만두면 안 되냐고 졸라 댈 땐 언제고, 빨리 출근하고 싶다고 실실 웃고."

"어? 내, 내가?"

"수상해. 아무리 봐도…… 뭔가 있어."

가끔 혁준은 눈치가 빨랐다.

진심을 움찔거리게 만드는 발언을 서슴없이 날리며 침실을 나서는 그녀의 뒤를 졸래졸래 쫓아오는 혁준은 진심에게서 무언가를 캐내기 위해 단단히 벼르고 있었다.

'오빠한테 들키면 난리 날 거야.'

혁준에게 비밀을 들키면 일단 일차적으로 혁준에게 시달리겠지만 그의 또 다른 파트너, 연준석 비너스 엔터테인먼트 대표에게까지 한 소리 들을 것이 틀림없다.

진심은 비밀 엄수를 다짐하며 주먹을 불끈 쥐었다.

"있긴 뭐가 있어. 그동안 많이 빠졌으니 죄송해서 빨리 출근하고 싶어 한 거지. 변호사님도 얼마나 난감하겠어. 내가 갑자기 결근하고 그랬으니 너무 힘드셨을 거야. 왜, 오빠도 그랬잖아! 내가 계속 결근하면 변호사님도 곤란해하실 거라고. 이제 얼마 안 남았는데 그럴 상황은 만들면 안 되지 않겠어?"

"그건……."

"오빠. 나 어서 출근해서 집무실 정리해야 해. 샤워하고 나올 동안 출근할 준비해 줄 수 있지? 부탁할게!"

혁준이 대답하기도 전에 제 말만 쏟아 낸 진심은 대꾸할 타이밍을 놓쳐 난감한 표정을 짓고 있는 혁준을 내버려 두고 욕실로 들어갔다.

문을 잠그고 난 후 살짝 귀를 기울여 밖의 상황을 살피니 '뭔가 이상한데……' 하고 중얼거리면서도 욕실에서 멀어지는 혁준의 발걸음 소리를 들을 수 있었다.

진심은 싱긋 웃었다.

「어때요, 오진심 씨. 내가 꿩 먹고 알 먹는 데 동의합니까?」

두근두근.

심장이 크게 울렸다.

가슴이 터질 듯처럼 뛰어 참을 수가 없었다. 그에게 들키지 않기 위해 열심히 노력하려 했지만 아무래도 그것은 무리인 듯싶었다. 자신이 타 주는 커피를 마시기 위해 식탁 앞에 앉아 있던 정록에게 진심은 커피를 내밀며 조심스레 물었다.

「저기 변호사님. 저 몇 가지만 물어봐도 돼요?」

커피 한 잔만 마시고 가라는 진심의 부탁을 들어주기 위해 의자에 앉아 있던 정록의 검은 눈동자가 그녀를 향했다. 그 시선에 어쩐지 숨이 막혀 왔지만 진심은 이내 슬쩍 고개를 끄덕이는 그를 보고 배시시 웃었다.

「왜 제 마음을 받아 주신 거예요?」

사귀는 건 사귀는 거고, 궁금한 건 궁금한 거다.

꽤나 직설적인 성격이었던 진심은 호로록 커피를 마시는 정록의 맞은편에 앉고선 손으로 꽃받침을 만들어 그를 바라봤다. 생긋 웃는 진심의 말에 커피잔을 들고 있던 정록이 잠시 움찔했지만 그는 곧 진심의 반짝이는 눈을 응시하며 대답했다.

「이유가 꼭 필요합니까?」

「당연하죠! 모든 사건엔 원인이 있는 것처럼, 마음이 움직이는 데는 이유가 있는 법이라고요. 그러니 말해 주세요. 변호사님은 제 어디가 마음에 들어서 저랑 사귀는 데 동의하신 거예요? 대한민국이 인정한 바로 이 얼굴? 아님, 완벽한 미소? 그것도 아니면…… 이 완벽한 몸매?」

씨익. 하얀 이를 드러내며 그에게 과장된 몸짓을 이어 나가던 진심의 행동에 정록이 풋 웃음을 터뜨렸다.

잘생긴 얼굴 위로 잔잔히 번져 나가는 웃음이 눈부셔서 심장이 콩닥거렸다. 진심은 덩달아 웃으며 그의 붉은 입술 사이로 굵은 음성이 흘러나오길 기다렸다. 그 시간이 꽤 길게 느껴져 가슴을 졸이기도 했지만 저를 가만히 살피는 정록의 눈빛이 뜨거워 기분이 좋아졌다.

「글쎄요. 오진심 씨랑 사귀는 이유…….」

모락모락 피어나는 커피 연기처럼 가슴이 일렁였다. 진심은 눈을 크게 뜨기도 하고, 또 숨을 참아 보기도 하며 고심하는 정록의 입술을 주시했다. 붉은 입술이 몹시 반들거려 갈증이 일었다.

「굳이 따지자면…… 일단 지금 당장 오진심 씨가 비서 일을 그만두면 업무에 차질이 생기니까?」

「……네?」

무슨 소리를 들은 거지. 진심은 귀를 의심했다.

제가 생각해도 높았던 음성을 터뜨리며 그를 노려보자 정록이 크게 웃었다.

뚱한 표정을 짓는 진심의 모습이 재미있어 보인 것이 틀림없었다.

「또 오진심 씨가 말했던 것처럼 고백을 받아 주지 않으면 받아 줄 때까지 포기하지 않는다고 하지 않으셨습니까. 귀찮은 일이 생기는 것보다는 차라리 부딪치는 것이 낫다는 생각에 말입니다.」

「…….」

「왜 그러십니까, 오진심 씨?」

「아뇨. 아니에요, 아무것도.」

홱 고개를 돌리며 입술을 삐죽였다.

고작 그런 이유로 마음을 받아 주었다는 생각에 구름 위를 걷던 몸이 땅으로 추락하는 느낌이었다.

'흥, 내가 반드시 그 마음을 돌릴 거야.'

진심은 주먹을 불끈 쥐며 다짐했다. 아직은 자신이 더 많이 그를 좋아하는 상태니 지금 이 상황은 어쩔 수 없겠지만, 관계가 진척된 이상 그는 내 손안에 있다 이거지.

진심은 의지를 불태웠다.

그때였다.

진심은 툴툴거리는 자신을 바라보고 있던 그가 다시 입술을 움직이는 것을 발견하곤 정록을 쳐다봤다. 정록은 들고 있던 커피잔을 테이블 위로 내려놓으며 낮게 중얼거렸다.

「그리고…… 왠지 내가 오진심 씨를…….」

"윤서 씨!"

오전 8시.

주말을 포함해서 장장 5일 만에 회사로 발을 내딛은 진심은 지하 주차장에서 혁준과 헤어진 후 엘리베이터를 탔다. 정록의 집무실이 있는 15층 버튼을 누르는 손길이 덜덜 떨렸던 것은 지금까지 한 번도 느껴 보지 못했던 연애의 설렘 때문이었다.

가만히 서 있기만 해도 그의 얼굴이 눈앞에 둥둥 떠올라 함박웃음을 짓던 그녀는 드르륵 열리는 문밖으로 힘차게 다리를 뻗었다. 일말의 망설임도 없이 정록의 집무실로 향하려던 그녀는 자신을 발견하고 다가오는 로펌 올웨이즈의 다른 사원들을 발견했다.

진심은 순간 당황하며 어색하게 웃었다.

"오랜만에 봬요!"

"어휴. 그러니까. 그동안 많이 아팠다면서요?"

"맞아. 몸이 그렇게 약해서 어떡해요. 감기라고 들었는데."

"환절기라 감기가 기승이긴 하죠. 건강 조심해야 한다고요, 윤서 씨."

"그러지 말고 오늘 점심때 우리 삼계탕이라도 먹으러 갈까요? 몸보신엔 역시 삼계탕이 최고죠! 다들 어떻게 생각해?"

"오, 이 변, 그거 좋은 생각이야!"

주말을 쉬고 나서도 보이지 않았던 진심이 행여나 회사를 그만두었을지 걱정했다며 그녀를 둘러싼 변호사들이 쉬지 않고 걱정을 드러냈다.

진심은 옅은 웃음을 그리며 저를 염려하는 그들을 향해 대꾸했다.

"다들 걱정해 주셔서 감사해요. 하지만 오늘은…… 선약이 있어서요."

선약이 있다는 진심의 거절에 입을 쩝쩝거리는 변호사들의 얼굴엔 아쉬움이 가득했다. 저를 생각해 주는 그들의 마음이 고맙기는 하나 정록과 정식으로 연애하게 된 첫날에는 그와 단둘이서 오붓하게 점심을 먹고 싶었다.

다행히 그녀는 정록과 가장 가까운 곳에서 일했고, 점심도 그와 먹을 수 있는 명분도 있었다. 제 꿍꿍이를 최대한 밖으로 드러내지 않으려 애쓰며 진심은 다음번에 같이 점심을 먹자고 그들에게 말한 뒤 집무실로 돌아왔다.

'변한 건 없네!'

권정록 변호사 집무실로 또각또각 걸음을 옮긴 그녀는 사흘 동안의 부재가 무색할 정도로 변화가 없는 제 책상을 살피며 미소 지었다. 어느새 이곳에서 일하는 것이 익숙해진 것이 틀림없다.

무엇이 달라졌고, 무엇이 그대로인지 알 수 있을 정도니까.

일단 먼저 의자 위에 핸드백을 놓아둔 진심은 정록의 집무실을 환기시키기 위해 안으로 들어섰다. 창문을 활짝 열자 공기가 조금씩 정리되기 시작했다.

상쾌한 느낌에 씩 입꼬리를 올리던 진심은 반듯하게 정리된 자신의 책상 위와는 달리 엉망진창이 된 정록의 책상을 발견하고 멈칫했다.

진심은 의아해하며 정록의 책상으로 다가갔다.

'변호사님답지 않은데?'

물론 항상 법률 사전과 판례집, 법전, 그리고 각종 서류들로 잔뜩 올라와 있던 그의 책상이기는 했지만 이 정도로 과하지 않았다. 고작 자신의 부재 사흘 만에 평소보다 세 배 이상은 지저분해 보이는 그의 책상이 신경 쓰였다.

아직 정록의 출근 전이기도 해서 조금 정리를 해 줄 생각이었던 그녀는 손을 뻗었다.

'……응?'

현재 그들의 가장 주된 업무인 안미진의 의뢰 파일들부터 진심이 오기 전 맡았던 의뢰 서류들을 하나둘씩 정리하던 진심은 종이 사이로 적힌 글자가 이상할 정도로 익숙하다는 것을 발견하고 멈칫했다.

서류상에 '안미진' 이라고 기록되어야 할 이름들이 대부분 '오진심' 으로 기입 되어 있었다.

자신이 무슨 짓을 저질렀는지 뒤늦게 깨닫고는 두 줄로 쫙쫙 그은 이름 위로 [미쳤다.]라는 글자가 작게 쓰여 있는 기분이란.

「오진심 씨를…… 자꾸 생각하는 것 같아서요.」

입이 귀에 걸릴 것만 같다.

'내가 변호사님을 생각하는 것만큼, 그 사람도 나를 신경 쓰고 있었구나!'

어제, 작게 중얼거린 뒤 자리에서 벌떡 일어나 가 보겠다고 하던 정록의 당황한 얼굴이 불현듯 떠올랐다.

너무 급작스레 일어난 일이라 집을 나서는 그를 막지는 못했지만 [우리 정말 사귀는 거예요?]하고 문자를 보낸 진심에게 [네.] 하고 짧게 대답했던 그의 문자를 진심은 똑똑히 기억하고 있었다.

"좋아!"

힘내자.

힘내서 이 사람이 나한테 깊게 빠져서 허우적거리게 만드는 거야!

아예 못 나오게 만드는 것도 좋겠네.

그래, 파이팅이야!

"아자 아자!"

싱글벙글 입꼬리가 씰룩거리는 것이 멈추지 않았다. 두근두근 뛰는 가슴이 갈수록 거세져서 참을 수가 없다. 진심은 무심코 큰 소리로 주먹을 불끈 쥐며 외쳤다.

"아침부터 기운이 넘치네요, 오진심 씨."

"아! 오셨어요! 좋은 아침이에요, 변호사……!"

귓가에 차분히 내려앉아 잊히지 않는 정록의 달콤한 음성이 집무실 문쪽에서 들려오자 서류를 정리하다 말고 진심은 고개를 들어 올렸다.

눈부시게 환한 미소를 지으며 그를 반기려던 진심은 픽 웃으며 제게 목례를 하고선 집무실 안으로 들어오는 정록의 뒤로 어색하게 손을 흔드는 낯선 여자를 발견하곤 꺼내려던 말을 다시 삼켰다.

"네. 좋은 아침입니다."

"……."

"뭐 해. 그러고 있지 말고 안으로 들어와."

"그래도 될까?"

"안 될 건 또 뭐야. 거기 앉아."

"하하. 그럼 실례할게."

자연스럽게 정록과 대화를 나누는, 늘씬하고 예쁜 여자가 시야로 들어왔다. 물론 저만큼 화려한 얼굴은 아니었지만 입고 있는 검정색 정장이 무척 잘 어울리는 여자였다.

진심은 입가의 웃음이 점점 굳어지는 것을 느꼈다.

"서류 정리는 다 끝났습니까?"

"……."

"오진심 씨?"

"네? 아…… 네."

진심은 묻는 정록의 말에 마지막 서류들을 바인더 안에 끼워 두고선 뒤로 살짝 물러났다. 정록은 고맙다는 듯 고개를 끄덕인 후 진심이 있는 데스크 쪽으로 걸어왔다.

"참, 소개가 늦었군요."

제게 다가오는 그의 얼굴은 철저하게 사무적이어서 낯설었다.

어제 보았던 다정한 남자의 얼굴과는 확실히 거리가 있어 보이는 건 아마도 이곳이 그의 집무실이어서인지, 아니면 낯선 여자가 집무실에 있었기 때문인지 헷갈릴 정도로.

정록과 낯선 여자.

과연 두 사람이 무슨 사이인지 가늠하기 위해 자신을 흥미로운 시선으로 바라보고 있는 여자를 흘끔거리던 진심은, 입고 있던 웃옷을 옷걸이에 걸다 말고 입을 여는 정록에게 눈을 고정시켰다.

정록은 환한 미소를 제게 보내고 있는 여자를 가리키며 진심에게 말했다.

"저긴 내 고등학교 동창, 유여름. 그리고 유 검, 이쪽은 얼마 전부터 내 임시 비서로 채용 된……."

"당연히 알지!"

진심은 기다렸다는 듯 정록의 말을 끊어 내고선 벌떡 일어나 제게로 다가오는 여자의 맑은 미소를 발견했다. 그녀는 활짝 웃으며 제게 손을 내밀었다.

"반가워요, 윤서 씨! 유여름이라고 해요. 정록이 비서로 일하신다는 말씀 듣고, 정말 만나고 싶었어요!"

'유여름' 이라는 단어에 돌처럼 굳어 버린 진심에게 그녀가 사심 없는 웃음과 함께 인사를 건넸다.

진심은 제 앞으로 다가온 여름의 손을 멍하니 내려다보다 열리지 않던 입술을 천천히 움직였다.

"반갑……습니다. 유여름 검사님."

❖

별 다섯 개.

하나도 아니고 둘도 아니고, 셋도 아니고, 넷도 아닌 무려, 다섯 개다. 정확히 112번에 위치해 있던 바로 그 이름을, 진심은 잊지 않고 있었다.

'변호사님이랑 같은 고등학교에, 대학에, 연수원까지 같은 여자.'

유여름.

처음 그 이름을 발견했을 때도 그랬지만 괜스레 신경이 쓰이는 건 변하지 않는다. 진심은 입술을 삐죽거리며 이미 정리되어 있는 책장을 다시 정리했다. 물론, 그녀의 눈은 자꾸만 정록의 집무실이 보이는 유리창 쪽을 향하고 있었지만.

"아니. 그건 아니지. 그런 식으로 대응하면 오히려 네가 당할 거야. 섣부른 공격은 나중에 부메랑으로 돌아올 수 있어."

"그럼 나보고 대체 뭘 어떻게 하라는 건데?"

"……."

"권정록!"

"……연락처 줘."

"도와줄 거야?"

"그러려고 여기까지 찾아온 거 아니었어?"

"흐흐. 들킨 건가?"

"번호나……!"

대체 무슨 이야기를 나누는 건지는 자세히 알 수는 없지만, 아마도 일과 관련된 것임은 분명했다. 청신경을 곤두세우면서도, 집무실 안쪽을 흘끔거리기를 멈추지 않던 진심은 이내 시야로 들어온 광경에 들고 있던 노트를 바닥으로 툭 떨어뜨릴 뻔했다.

'저, 저 여자가!'

저도 모르게 진심은 입술을 파르르 떨었다.

분노로 이글거리던 진심의 눈에는 정록의 목을 와락 끌어안고 있는 유여름 검사가 있었다. 여름은 집무실 밖의 상황은 전혀 눈치채지 못했는지 활짝 웃으며 정록에게 말을 이어 갔다.

"내가 이래서 널 좋아한다니까, 권정록! 역시 넌 내 믿을맨이야!"

부드득.

급기야 진심은 무의식적으로 이까지 갈기 시작했다. 그런 진심의 모습을 발견하지 못한 정록은 한숨을 내쉬며 여름의 손을 제 목에서 떼어 냈다.

“빈말은. 그리고 떨어져. 더워.”

“초겨울이거든?”

“…….”

“어휴. 알았어! 어쨌든 고마워, 고맙다고!”

어디선가 향긋한 꽃바람이 부는 것처럼 부드러운 공기가 집무실 안을 감싼다. 환하게 웃고 있는 두 남녀는 더할 나위 없이 가까워 보였다. 진심은 화기애애하다 못해 꽃잎이 휘날리는 정록의 집무실을 노려보다 결국 앉아 있던 의자에서 벌떡 일어났다.

‘진정해. 이렇게 흥분할 일이 아니야.’

열린 문틈 사이로 전해진 그들의 대화를 다시 곱씹어 보면, 두 남녀가 일 문제로 만난 것은 확실했다. 그 과정에서 그들 사이의 거리가 필요 이상으로 가까워 보인 것은 사실이지만, 그렇다고 해서 자신이 하던 일도 멈추고 있는 것은 프로답지 못하지.

‘일단 차를 준비하는 거야.’

현재의 그녀는 밥만 축내는 비서 대행이 아니라 실제로 정록의 일을 도와주고 있는 임시 비서, 오진심이 아니었던가!

유여름 검사 역시 정록을 찾아온 클라이언트라고 생각하기로 하며 스스로를 납득시킨 진심은 주먹을 불끈 쥐며 복도를 향해 걸어갔다. 클라이언트가 찾아왔을 때 가장 먼저 해야 할 일, 바로 간단한 다과를 준비해 오는 일을 실행하기 위해서.

최대한 냉정을 유지하려 애쓰며 또각또각 걸음을 옮긴 진심이 도착한 곳은 다름 아닌 탕비실.

마음에 들지는 않지만 최대한 프로페셔널 한 모습을 보이기 위해 커피라도 탈 생각이었다.

“아까 권 변호사랑 있던 여자 말이야. 중앙지검 유 검사, 맞지?”

……어?

탕비실 안쪽에서 커피포트 안으로 물을 넣고 있던 진심은 탕비실 밖쪽에서 들려오는 음성에 행동을 멈추었다. 슬쩍 입구를 향해 고개를 돌리니 작게 열린 문틈 사이로 낯익은 얼굴들이 보였다. 로펌 『올웨이즈』에 소속된 변호사들의 비서들이었다. 한마디로 말해, 진심의 동료와도 같은 이들.

진심이 탕비실 안에 있다는 것을 아직 인지하지 못했는지 그녀들은 탕비실 밖에서 대화를 이어가고 있다.

“어, 맞아. 권 변호사랑 오랜 친구라던 검사.”

“역시 맞네.”

“그런데 그건 갑자기 왜?”

의아해하며 묻는 여자는 정규원 변호사의 비서인 지영이었다. 그러자 이준호 변호사의 비서 태은이 쿡쿡 웃으며 대답했다.

“아니. 권 변호사 말이야. 회사 내에서도 친하게 지내는 동료가 전무할 만큼 까칠한데, 그런 권 변호사랑 10년 넘게 친구로 지내고 있는 사람이 그 여자잖아. 유 검사.”

‘아.’

그건 이미 알고 있던 사실이어서 대화를 엿듣고 있던 진심은 저도 모르게 고개를 끄덕이고 말았다.

“하고 싶은 말이 뭐야?”

지영이 아마도 태은에게 묻는 것이 분명한 말을 꺼냈다. 태은은 묘한 콧소리를 흘리더니 지영에게 말했다.

"그럼 이쯤에서 의문! 과연 우리 권 변호사님이랑 유 검사님은 무슨 사이일까?"

무슨…… 사이라니?

진심의 눈이 동그래졌다.

'그냥 친구 아니야? 꽤…… 가까워 보이긴 하지만.'

제게 건넨 질문이 아님에도 불구하고 왠지 모를 불길한 예감이 들어 속으로 대꾸해 버렸다.

'글쎄. 무슨 사인데 그래?' 하고 지영이 심드렁하게 되묻자 호호 웃던 태은이 말을 이었다.

"이건 내가 그 두 사람이랑 같은 고등학교를 나온 사람한테 들었던 건데. 두 사람, 학창 시절에 아주 유명했다더라고."

"유명해?"

"어. 혜은고등학교의 문과 3인조. 권 변호사랑, 유 검사, 그리고 유 검사랑 같은 중앙지검에서 일하고 있는 강 검사라는 사람까지. 당시 재학생들 사이에서 이 세 명을 모르면 간첩 수준이었대."

"꽤 대단했나 보네."

"그렇지. 생각해 봐, 지영 씨. 공부면 공부, 얼굴이면 얼굴, 운동이면 운동, 인기면 인기. 뭐 하나 빠질 거 없는 세 남녀가 매일같이 얼굴을 마주하고 지내다 보면 어떻게 되겠어?"

"……정분?"

"정답!"

지영의 답변에 깔깔 웃으며 외치는 태은의 웃음소리가 들려왔다. 진심의 얼굴은 점점 어두워졌다.

"질풍노도의 시기! 한창 이성에 대한 감정이 눈 뜨는 나이의 세 남녀

사이에 사랑의 바람이 인다면…… 뭐, 결과는 뻔하지. 안 그래? 삼각관계도 그런 삼각관계가 없었대. 본인들만 모르지, 보는 사람들은 딱 아는 그런 삼각관계였다나? 다들 어떤 남자가 선택을 받았는지 궁금해할 정도였다던데."

아무래도 태은은 가십을 좋아하는 것이 분명했다.

명확한 근거도 없는, 이런 시시콜콜한 이야기를 듣는 것을 그리 좋아하지 않던 진심이어서인지 이렇게까지 그녀들의 대화를 엿들을 필요가 있을까, 라는 생각이 들었다.

슬슬 짜증이 나서, 진심이 그들에게 제 존재를 드러내려 할 때였다.

"이건 내 생각인데 말이야. 그래도 유 검사랑 권 변호사가 아직까지 잘 지내는 걸 보면, 구애해서 선택받은 사람은 권 변호사가 아닐…… 어머, 유, 윤서 씨. 언제부터 거기 있었어요?"

쿡쿡 웃으며 지영에게 말하던 태은이 벌컥, 탕비실 문을 열고 나온 진심을 발견하고선 소스라치게 놀랐다. 진심은 그런 태은에게 빙긋 웃어 준 뒤 들고 있던 트레이를 앞으로 뻗으며 말했다.

"조금 전에요. 실례지만 먼저 지나갈게요!"

"아, 네, 네."

진심은 움찔거리며 뒤로 물러나는 태은과 머쓱한 얼굴의 지영에게 옅게 웃어 준 뒤 앞으로 걸어갔다.

덜덜.

정록의 집무실 쪽으로 걸어오는 와중 들고 있던 트레이가 미친 듯이 흔들렸던 것은, 태은의 말이 떠나질 않았기 때문이다.

"어머, 이거 나 주는 거예요? 고마워요, 윤서 씨!"

탕비실에서 돌아온 진심이 커피를 내밀자 여름은 환한 미소를 지으며 진심에게 답했다. 물론 그런 여름과는 달리 정록은 그를 흘긋 쳐다보는 진심에게 시선을 두지도 않은 채, 여름이 건네준 서류에 집중을 했었지만.

'……칫.'

두근두근 뛰는 심장의 소리가 점점 커져 간다. 가슴의 움직임이 좋은 쪽이 아니라, 그 반대에 가까워서 상쾌했던 아침의 기분이 나빠도 한참은 나빠졌다.

진심은 요동치는 가슴 부근을 어루만졌다.

「구애해서 선택받은 사람은 권 변호사가 아닐…….」

확신에 찬 듯 말을 잇던 태은의 음성이 자꾸만 맴돈다.

'선택은 무슨. 그럴 리 없잖아!'

현재 정록은 저, 오진심과 사귀기로 한 사이였다.

「한번 사귀어 보자고요. 오진심 씨.」

냉정하고 까칠하기로 소문난 정록에게서 불과 어제, 그 말을 들었던 진심이 아니었던가. 적어도 그 말을 했을 때의 정록은 결코 거짓을 쏟아 내지는 않았었다. 그런 그가 설마하니 저와 유여름 검사를 두고 양다리를 걸칠 것 같지는 않고.

이제 겨우 사귄 지 하루밖에 되지 않는 애인을 믿자고 스스로를 진정시키면서도, 진심은 정록의 집무실 안을 흘끔거리는 걸 멈추지 않았다.

'어어?'

일에 매진하는 척, 집무실에 일어나는 일 따위는 전혀 관심 없다는 척, 애꿎은 책꽂이를 정리하던 진심의 눈동자가 큼지막해졌다.

'뭐, 뭐야!'

두꺼운 유리창 너머에 있던 정록과 여름이 조금 전보다 훨씬 가까운 거리에서 머리를 맞대고 있는 모습이 보였다. 아마도 일이 잘 풀리지 않는 모양인지 심각한 표정을 짓고 있던 두 사람이지만 진심에게 그 모습이 제대로 보일 리 없었다.

'가깝잖아…….'

불끈. 반사적으로 주먹을 세게 움켜쥐게 된다. 진심은 부글부글 속이 끓는 것을 느끼며 외쳤다.

'너무 가깝다고!'

만일 태은에게서 그런 말을 듣지 않은 상황이라면 뭐 그럴 수도 있지, 라고 생각할 수도 있었을 거다. 하지만 이미 의심이 피어난 지금, 오진심의 머릿속에는 평소 느껴 보지 못했던 질투라는 감정이 가득 찬 상태.

진심은 저도 모르는 사이 그들에게 다가가기 위해 몸을 비틀었다.

'……헉.'

쨍그랑, 하고 요란스러운 소리가 들리지 않았다면 진심은 틀림없이 그들을 향해 발걸음을 옮기는 것을 멈추지 않았을 것이다.

'어, 어떡해!'

몸을 돌리던 와중 그만 책상 위에 놓여 있던 꽃병의 존재를 망각한 것이 잘못이었다. 진심은 이미 산산조각이 난 채 바닥에 널브러져 있는 하얀 꽃병을 멍하니 바라보다 털썩 주저앉았다.

"무슨 일입니까!"

"아."

집무실에서 대화를 이어 나가던 정록과 여름이 끼이익, 문을 열고 나와 주섬주섬 꽃병 조각을 챙기고 있는 진심을 발견했다. 낮게 탄성을 터뜨리는 여름과는 달리, 말없이 자신을 바라보는 정록과 눈이 마주치자 진심은 얼른 대답하려 했다.

"죄, 죄송해요, 변호사님! 제가 부주의해서 그만……."

진심은 가라앉은 그의 눈동자를 발견하고 왠지 가슴이 철렁거리는 것을 느끼며 얼른 해명하려 했다. 하지만 어느새 제 앞으로 다가온 정록이 일말의 망설임도 없이 주저앉자 그녀는 멍한 표정을 지었다.

"일단 그것부터 내려놔요. 아니다, 내게 줘요."

"예?"

"다치니까. 어서."

정록은 깨진 꽃병 조각을 주워 담고 있는 진심에게서 억지로 그것들을 건네받았다. 그러고는 놀란 표정을 짓고 있는 그녀에게 말했다.

"남은 건 내가 치울 테니까, 오진심 씨는 청소도구함에 가서 쓰레받기랑 빗자루를 들고 오세요."

"……."

"오진심 씨?"

하늘 같은 상사 권정록의 명령이 떨어졌음에도 불구하고 얼떨떨한 얼굴을 하고 있던 진심은, 제 이름을 한 번 더 부르는 정록의 목소리를 듣고 나서야 벌떡 일어났다.

"네? 아, 네! 네! 알겠습니다, 변호사님!"

청소도구함이 있는 곳으로 달려가기 위해 몸을 돌리려던 진심은, 집무실의 문틀에 서서 저와 정록을 향해 의미심장한 미소를 짓고 있는 여름과 잠시 눈이 마주쳤지만 급한 마음에 얼른 고개를 돌려 발을 앞으로 내디뎠다.

❖

"그래서 말이에요, 윤서 씨. 이 녀석이 어떻게 나왔는지 아세요?"

"어떻게…… 나왔는데요?"

"'난 절대 못 빌려주니까 네 숙제는 네가 알아서 해. 그래도 굳이 베껴야겠다면, 장당 100원이다' 라고 하는 거 있죠? 이 악랄한 놈."

혀를 끌끌 차며 정록을 흘긋거리는 여름에게선 짓궂은 미소가 가득하다. 투덜거리고 있기는 하지만 결코 악의는 느껴지지 않는. 그래서인지 어색한 웃음을 지을 수밖에 없다.

"숙제를 하지 않은 네가 치러야 할 대가니까. 딱히 잘못됐다고 생각하지는 않는데."

정록은 여름의 말 따위는 신경도 쓰이지 않는다는 듯, 냉정하게 중얼거렸다. 여름이 발끈한 건 당연했다.

"뭐? 야. 그 나이대 학생한테 숙제 좀 보여 달라 했다고 장당 100원의 돈을 받는 친구가 세상에 어디 있냐! 심지어 그 숙제, 30페이지나 되는 거였거든?"

"3천 원이면 헐값이군."

"헐값은 무슨. 과자 몇 개를 먹을 돈이야, 인마!"

버럭 외치는 여름의 말에도 불구하고 정록은 한 귀로 듣고 다른 한 귀로 흘리며 제 앞에 놓인 음식을 먹기 위해 손을 뻗었다. 그에 분이 삭질 않았는지, 여름은 '얄미운 자식' 하고 중얼거리며 정록의 허리를 쿡쿡 찔러 대고 있었다.

'어쩐지……. 난감하네.'

그리고 왠지 그런 둘 사이에 끼어 있는 분위기가 되어 버린 진심은 제 앞에 나란히 앉아 친근하기 그지없는 모습을 보여 주는 두 사람을 흘끔거리며 생각했다.

「어때요, 윤서 씨? 우리 밥 먹으러 갈 건데, 윤서 씨도 같이 갈래요?」

정식으로 사귀게 된 첫날, 점심.

다른 동료들의 식사 제안도 마다하며 정록과의 첫 점심으로 무엇을 먹을까 고대하던 진심의 기대를 와장창 무너뜨린 것은, 예상하지 못했던 여름의 제안이었다. 설마하니 여름이 점심까지 그들과 함께 먹으리라 생각하지 못했던 진심은 눈을 동그랗게 뜨며 정록을 바라보았다.

정록은 마치 '그렇게 됐어요' 라는 표정을 지으며 진심에게 동석해도 좋고, 안 해도 좋다는 시선을 보냈다. 왠지 서운해지는 감정을 숨길 수 없었지만, 진심은 결국 그들의 제안을 받아들였다.

점심으로 선정된 메뉴는 진심이 좋아라 하는 중식.

평소라면 그릇이 나오자마자 젓가락을 뻗었을 요리에, 이상할 정도로 손이 가질 않았다.

"어? 야. 너 여기 뭐 묻었다."

"뭐?"

"잠깐만. 내가 닦아 줄게."

'……!'

혁준의 감시에서 벗어난 뒤, 이렇게까지 입맛이 없었던 적은 정록에게 차였다고 생각했던 며칠 전 이후로 처음이었다. 그때는 세상이 다 무너진 것처럼 앞이 컴컴하더니 이제는 다른 의미로 앞이 컴컴해서 고운 미간이 절로 좁아진다.

'저 여자가 진짜!'

진심은 스스럼없이 정록의 볼에 묻은 얼룩을 닦기 위해 검지를 가져다 대는 여름의 행동에 무심코 벌떡 일어날 뻔했다. 가까스로 참지 않았더라면 '뭐 하는 짓이에요?' 라는 말까지 터져 나왔을 것이다.

"괜찮아. 내가 알아서 할게."

그런 여름의 기다란 손가락이 막 정록의 볼에 닿기 직전이었다.

진심은 제 귀로 들려온 정록의 음성에 하던 행동을 멈추며 그를 응시했다. 여전히 냉랭한 얼굴의 그는 친구인 여름에게조차 사무적인 표정을 지으며 짧게 대답한 후, 다가오는 그녀의 손가락을 물리쳤다.

'어?'

아주 짧은 시간이었지만, 진심은 제 쪽을 한 번 훑어보던 그의 눈길을 느낄 수 있었다.

'착각인가?'

아니, 착각은 아니다.

어쩌면 저를 의식했던 것 같은 정록은 아무렇지 않게 눈앞에 놓인 스프를 마시고 있었다. 그리고 그 모습을 보자니 괜히 입꼬리가 꿈틀거렸다.

"윤서 씨?"

"아, 네!"

"뭐가 그리 재미있어요? 혼자만 웃고. 재미있는 거 있음 우리 같이 공유해요!"

숨긴다고 숨겼는데 올라간 입꼬리가 완벽하게 가려지지는 않았던 모양이다. 진심은 눈을 뜨고 제게 묻고 있는 여름의 질문에 당황했다.

"유여름. 오진심 씨 당황하게 하지 마."

어쩔 줄 몰라 하는 진심을 발견한 정록이 눈을 휘고 있던 여름에게 충고하지 않았다면, 아마도 진심은 왜 웃고 있었는지 말을 해 버렸을지도.

"뭐? 내가 언제 윤서 씨를 당황하게 했다고 그래?"

"하고 있잖아, 지금."

"이야, 권정록. 네 사람이라고 해서 지금 미리 실드 치는 거야?"

"……헛소리 말고 밥이나 먹어."

"말 돌리는 거 보니, 좀 수상한데?"

정록은 대꾸하기도 귀찮다는 듯 아예 여름에게서 시선을 떼고선 젓가락을 움직였다. 진심은 어색한 숨을 흘리며 고개를 아래로 내렸다.

"잠깐 실례 좀."

이윽고 다시 식사가 재개되었지만, 그들의 묘한 분위기는 한동안 지속됐다. 갑자기 울린 전화벨 소리에 정록이 자리에서 일어나 룸을 빠져나갈 때까지, 계속.

진심은 클라이언트로 짐작되는 인물과 전화를 하며 룸을 벗어나는 정록의 뒤를 눈으로 좇다 흠칫 놀랐다.

"윤서 씨."

계절을 닮은 이름처럼 화사한 미소를 짓던 여름이 호기심이 잔뜩 서린 눈빛으로 저를 바라보고 있었기 때문이다. 진심은 놀라며 그녀를 응시했다. 여름이 좋은 사람임은 분명한데도, 이렇게 거리끼는 감정이 드는 것은 아마 탕비실에서의 영향이 미쳤음이 분명하다.

진심은 제게 뭔가 묻고 싶어 하는 여름의 뜨거운 시선에 심장이 콩닥 뛰는 것을 느꼈다. 여름은 진심이 자신을 쳐다보자마자 방긋 웃으며 속에 든 말을 쏟아 냈다.

"어때요?"

밑도 끝도 없는 그 질문에 진심의 눈이 동그래졌다.

'뭐가 어떻냐는 거지?'

의아한 표정을 짓는 진심에게 여름은 말을 덧붙였다.

"정록이가 잘해 줘요?"

"쿨럭!"

마침 컵에 든 물을 마시고 있던 진심은 하마터면 입속에 들어 있던 물을 밖으로 내뿜을 뻔했다.

"예?"

가까스로 그러한 추태만은 막는 데 성공한 진심은 콜록콜록 몇 번의 기침을 이어 가다 겨우 대답했다.

여름은 여전히 생글거렸다.

"말 그대로. 정록이가 윤서 씨한테 잘해 주냐고요."

'왜, 왜 이런 걸 묻는 거지? 설마.'

불길한 예감이 머리를 스쳤다.

'변호사님이 우리 둘 사이를 검사님한테 얘기한 걸까?'

진심이 주저하는 사이, 검은 눈을 반짝이며 제게 시선을 꽂고 있는 여름의 시선이 괜스레 부담스럽기만 하다.

'뭐야.'

순간적으로 정록에게 섭섭한 마음이 드는 것은 어쩔 수 없는 현실이다. 자신은 이제 제 가족이나 마찬가지인 혁준에게조차 두 사람의 연애를 비밀에 부쳤는데.

진심은 원망스러운 표정을 지으며 정록이 나갔던 문 쪽을 흘긋거렸다.

"곤란하게 만들려던 건 아니었어요. 그냥 단지 궁금해서 그랬던 거니까, 말하기 어려우면 대답하지 않아도 돼요."

"아……."

여름은 그런 진심을 향해 손을 휘휘 저으며 웃음을 그려 보였다.

"내가 정록이 성격을 잘 아니까, 그래서 물어봤던 거예요. 아무리 임시라지만 정록이 비서로 윤서 씨가 채용됐다는 얘기 듣고 얼마나 놀랐는지 아세요? 저 까칠한 녀석이 우리 예쁜 윤서 씨를 얼마나 굴릴지 눈에 선했거든요!"

호호, 부드럽게 미소 지으며 작게 외치는 여름의 발언은 잔뜩 긴장하던 진심의 마음을 누그러뜨리는 데 한몫했다.

'검사님한테 알린 건 아니구나.'

혹시 정록이 저와의 연애를 여름에게 알렸을까 봐 노심초사했던 것이 괜한 기우처럼 느껴진다. 진심은 쿵쾅거리던 마음을 안정시키며 이내 다시 고개를 들어 여름을 직시했다.

여름은 갑자기 시선을 맞추는 진심을 의아하게 바라봤다.

"잘해 주세요!"

크게 심호흡을 하는 진심의 모습이 이상했는지, 고개를 갸웃거리던 여름의 눈동자가 큼지막해졌다.

진심은 마음을 담아 소리쳤다.

"정말, 아니, 엄청 잘해 주세요, 변호사님이! 이 일이 익숙하지 않아서 자꾸 실수를 하는 제게 직접 일도 가르쳐 주시고……."

뭐, 간혹 화를 낼 때도 있었지만.

"잘 모르는 부분이 있으면 뭘 참고해야 하는지 일러 주시고……."

말없이 툭, 법전이나 판례집을 놓고 가는 경우가 대다수였지만.

"결정적으로, 오갈 데 없는 저를 받아 주셨잖아요!"

힘차게 외치는 진심의 말에 여름이 깜짝 놀란 듯 몸을 움찔거렸다. 진심은 배시시 웃으며 머리를 긁적였다.

"변호사님은…… 저한테는 정말 고마운 분이세요."

하나부터 열까지 다. 그의 임시 비서가 되어 다행이라는 생각을 할 만큼.

볼까지 붉히며 중얼거리는 진심을 여름은 아무 말 없이 응시했다.

'아차.'

스스로 말을 하고 난 뒤 잠시 생각을 정리하던 진심은 입을 다물고 있는 여름을 바라보기 위해 고개를 들었다.

"저기 검사님."

"네, 윤서 씨."

"……저, 제가 이런 말을 했다는 거, 변호사님께 비밀로 해 주실 수 있으세요?"

여름이 그게 무슨 뜻이냐는 눈빛을 보냈다.

'듣는다면 좋아하지 않을까요?' 라고 오히려 되묻는 그녀를 향해 진심은 말해야만 했다.

"물론 그렇긴 한데…… 좀 부끄럽거든요."

스스로 누군가를 칭찬한 적은 난생처음이다.

무의식적으로 열변을 토하기는 했으나 한 자, 한 자 했던 말을 곱씹어 보니 어찌나 팔불출처럼 느껴지는지.

고작 사귄 지 하루밖에 되지 않는 사람을 마치 내 사람처럼 대하려니 더더욱 그런 것 같기도 하고.

진심은 콩닥콩닥 뛰어 주체를 못 하는 가슴 박동을 느끼며 여름의 답이 떨어지길 기다렸다.

'주책이네 정말. 나 생각 이상으로 변호사님을 좋아하나 봐.'

거세게 일렁이는 가슴 소리가 귀를 먹먹하게 만든다. 진심은 온몸을 감싸는 열기를 식히기 위해 노력했다. 그런 진심을 말없이 주시하던 여름은 이내 피식 웃으며 대답하려 했다.

그리고 막 여름이 입을 여는 순간.

"미안. 생각보다 전화가 길어져서."

기가 막힌 타이밍으로 문을 열고 들어온 정록은 제 등장에 놀라 눈을 동그랗게 뜨고 있는 두 여자의 시선을 발견하곤 멈칫거렸다.

"무슨 일 있어?"

갑자기 쏟아진 시선에 의아한 표정을 짓던 정록에게서 시선을 돌린 두 여자는, 서로를 바라보며 작게 웃음을 터뜨렸다.

❖

"맛있게 잘 먹었습니다! 권정록, 맛있게 잘 먹었다! 다음번엔 내가 크게 한 방 쏠게. 물론 그때 윤서 씨도 같이 와야 해요!"

툭툭.

정록의 어깨를 있는 힘껏 치며 웃는 여름의 얼굴엔 미소가 가득하다. 아무렇지도 않게 그에게 스킨십을 하고 있긴 하지만, 함께 식사를 해 본 결과 어쩐지 미워할 수만은 없는 여름의 모습에 진심은 빙긋 웃어 보였다.

"바로 청사로 들어가는 거야?"

오늘 점심을 사는 것은 여름이었지만 하필 지갑을 놓고 나오는 바람에, 어쩔 수 없이 대신 계산을 마치고 나온 정록이 물었다. 여름은 잠시 머뭇거리더니 손에 쥐고 있던 핸드폰을 흘긋거렸다.

"아니, 그건 아닌데. 전화가 안 오네."

"전화?"

"아아. 그 녀석이랑 같이 조사를 하러 가기로 했거든. ……어휴, 양반은 못 되겠네."

'그 녀석?'

"윤서 씨. 미안해요. 잠깐 전화 좀 하고 올게요."

"네? 아, 네."

진심의 답변에 미소를 짓던 여름은 핸드폰을 귀에 가져다 대고 말했다.

"왜 이 망할 자식아."

'어?'

진심은 저와 있는 내내 웃는 얼굴로 일관하던 여름이 걸걸한 말을 토해 내자 깜짝 놀랐다. 어느새 제 곁에 서 있는 정록을 흘긋거리니 그가 굳은 얼굴로 여름을 응시하고 있는 것이 보였다.

'물으면 왠지 곤란할 것 같은데.'

고개를 가로젓는 이성의 목소리가 있었지만, 결국 참지 못한 진심은 정록에게 말을 건넸다.

"유 검사님이랑 통화하시는 분, 누군지 아시는 거예요?"

정록의 가라앉은 검정색 눈동자가 저를 향했다. 진심은 표정 변화 없던 그의 얼굴에서 시선을 떼지 못했다. 정록은 작게 대답했다.

"아마도."

그 말을 하는 그의 목소리에 어쩐지 씁쓸함이 감돌아 가슴이 아렸다. 여기서 멈추자고 머릿속의 누군가가 다시 한 번 외쳤지만 진심은 이미 입을 움직인 뒤였다.

"누군데요?"

"……."

"변호사님?"

"……제 친구입니다."

친구?

"여름이 친구기도 하고요."

「혜은고등학교의 문과 3인조. 권 변호사랑, 유 검사, 그리고 유 검사랑 같은 중앙지검에서 일하고 있는 강 검사라는 사람까지. 당시 재학생들 사이에서 이 세 명을 모르면 간첩 수준이었대.」

문득 태은이 했던 말이 떠올랐다. 수긍하려던 진심은 왠지 어색해진 상황을 수습하기 위해 입술을 달싹였다.

"그 강 검사라는 분이시구나?"

"오진심 씨가 강 검을 어떻게……?"

진심은 저를 빤히 내려다보는 정록의 말에 움찔거렸다.

"어, 어쩌다 들었어요."

타인이 자신의 이야기를 하는 걸 그리 원하는 것 같지 않은 정록에게 탕비실에서의 일화를 알려 줄 수는 없었다. 진심은 해명이랍시고 필터를 걸치지 않은 말을 술술 꺼내기 시작했다.

"유 검사님이랑 변호사님, 그리고 강 검사님이 고등학교 때부터 지금까지 절친이시라고 하더라고요. 정말이에요?"

"예, 뭐."

머뭇거리던 정록은 고개를 끄덕였다.

탄력을 받은 진심은 그에 멈추지 않았다.

"게다가 세 분이서 삼각관계였다는 소문도 있더라고요."

"……!"

정록의 눈동자가 크게 일렁였지만 진심은 아직 그 모습을 보지 못한 상황이었다. 진심은 웃으며 말을 이어 나갔다.

"어디서 그런 소문이 난 건지는 모르겠지만 말이죠. 하여간 정말 우리나라 사람들은 참, 남의 이야기를 하기를 좋아……."

"틀린 말은 아니군요."

하하 어색한 미소를 지으며 소리를 내려던 진심의 눈동자가 휘둥그레졌다.

"네?"

진심은 말을 잘못 듣기라도 한 사람처럼 되물었다.

"그, 그게 무슨 소리세요?"

입술이 파르르 떨렸다.

나, 제대로 들은 거 맞지?

귀를 의심한 진심의 심장이 벌렁거렸다. 그런 진심의 마음을 아는지 모르는지 정록은 태연하게 대꾸했다.

"오진심 씨가 알고 있는 내용, 틀리지 않았다고 말했습니다."

가슴이 덜컥 내려앉는다. 정록은 멍한 표정을 짓는 진심을 바라보지 않고 중얼거렸다.

아무렇지 않은 얼굴로.

"제가 한때 유 검을 좋아했던 건 사실이고. 그래서……."

"자, 잠깐만요! 잠깐만요, 변호사님!"

"예?"

얼른 정록의 말을 끊어 버린 진심은 자리에서 벌떡 일어났다. 그러고는 최대한 입꼬리를 위로 올리려 애쓰며 말했다.

"저, 가, 갑자기 생각난 것이 있어요. 머…… 먼저 사무실로 들어가 봐도 될까요?"

"오진심 씨?"

"보, 복사를 못 한 것이 생각나서! 죄송합니다, 변호사님! 저 먼저 들어가 볼게요! 유 검사님께 잘 말씀해 주세요! 그, 그럼!"

힘차게 고개를 까딱인 진심은 뒤도 돌아보지 않고 정록의 시야를 벗어났다.

"……."

휘잉.

바람이 분다.

황량하고도 쓸쓸한 바람이다.

그가 붙잡기도 전에 몸을 돌려 사라져 버린 여자는 마침 지나가던 택시를 잡아탔다. 순식간에 제게서 멀어져 가는 그녀의 뒷모습을 멍하니 응시하던 정록은 한참이나 말을 잇지 못했다.

여름이 그런 그에게 다가온 것은 3분 정도의 시간이 지난 뒤의 일이었다.

"어휴. 미안해요. 쓸데없이 긴 통화여서 괜히 시간만…… 어?"

너털웃음을 지으며 뒤를 돌아 있는 정록에게 다가오던 여름이 뚝 걸음을 멈추었다. 당연히 정록의 커다란 몸에 가려 보이지 않을 것이라 예상했던 진심이, 막상 도착하고 보니 보이지 않아서였다.

여름은 미간을 좁히며 이게 어떻게 된 일이냐는 표정을 지었다. 질책이 담긴 그 눈빛에 미간을 꿈틀거린 정록은 굳이 대답하지 않았다. 뻔뻔스럽기 짝이 없는 그 모습에 여름은 긴 한숨을 흘렸다.

"윤서 씨 어디 갔어?"

정록은 눈을 가늘게 뜨는 여름에게 입을 열었다.

"회사."

"뭐? 먼저 갔다고? 여기서 서초동까지 거리가 얼만데!"

마침 여름이 향하는 길에 그들의 로펌이 있어서, 여름은 진심과 정록 두 사람을 내려 주고 가기로 했었다. 그랬기에 진심의 부재를 발견한 그녀가 버럭 소리친 것은 당연했다. 정록은 말하지 않고 가만히 서 있었다. 여름의 미간이 좁아졌다.

"솔직히 불어, 권정록. 너 무슨 짓을 한 거야?"

"무슨 짓이라니?"

"네가 뭐라고 말했으니까, 윤서 씨가 내 차도 안 타고 사라진 거 아니야."

"……."

"뭐라고 한 건데? 인마. 솔직히 불어."

말을 해야하나, 말아야하나.

여름의 끈질긴 추궁에 견디다 못한 정록은 하는 수 없이 조금 전 있었던 일을 이야기했다. 그러자 들려온 답변은 다음과 같다.

"너 미쳤어?"

거침없는 여름의 발언에 정록의 미간이 좁아졌다. 여름은 멈추지 않았다.

"권정록 인마. 너 완전 구제불능이구나?"

"뜬금없이 무슨 말이야."

"어휴, 답답해! 우리 예쁜 윤서 씨는 이 빌어먹을 목석이 뭐가 그리 좋다고! 윤서 씨가 아까워도 훨씬 아깝다, 아까워!"

정록은 가슴을 탕탕 치며 소리치는 여름의 한탄에 놀란 표정을 지었다.

"너…… 어떻게……?"

그가 진심과 있었던 일을 여름에게 일러준 적은, 맹세코 단 한 번도 없었다. 그랬기에 지금 이 순간 적잖이 당황해 버린 건지도.

여름은 크게 놀라는 정록을 올려다보며 소리쳤다.

"모르는 게 바보지! 내가 널 몇 년을 알았냐! 그리고 윤서 씨가 그렇게 죽일 듯이 날 노려보는데, 눈치 못 채는 게 오히려 이상한 거 아니야?"

"……."

"어휴. 겨우 윤서 씨 마음 달래서 의심을 좀 풀어 보나 했더니……. 이 망할 자식이 훼방을 놓다니. 너 진짜 최악 중의 최악이야!"

여름은 정록의 정강이 쪽으로 발을 뻗으며 외쳤다.

가까스로 그 발길질을 피했던 정록은 인상을 쓰며 그녀를 내려다보았다.

"됐어. 별거 아니니 넌 신경 쓸 필요 없어. 그리고……."

"그리고 뭐!"

"그런 거에 일일이 신경 쓸 여자도 아니고."

"권정록."

낮게 중얼거리는 정록을 한심하게 쳐다보던 여름은 검지를 들어 올려 좌우로 흔들었다.

"너 여자를 진짜 모르는구나? 누가 그 자식 친구 아니랄까 봐, 아주 끼리끼리라니까."

쯧쯧, 혀를 차며 중얼거리는 여름의 일침은 가슴을 훅 파고들었지만 내색하지는 않았다.

'너 역시 그 녀석의 친구잖아' 라는 말이 입안에 맴돌았으나 그는 꾹 참아 냈다.

"다른 사람도 아니고 좋아하는 사람이 과거의 첫사랑이랑 친하게 지내는 걸 누가 좋아하냐? 오윤서 씨가 아무리 별들의 세계에서 지내던 사람이라 할지라도 그건 똑같단 말이야!"

"……하지만 난 더 이상 너한테 아무 감정이 없어. 마음 접은 지가 언젠데."

"그 이야기, 윤서 씨한테도 했어?"

날카롭게 되묻는 여름의 물음에 정록은 기억을 더듬어 보았다.

아니. 그 말을 하려는 순간, 진심은 복사 핑계를 대며 그의 눈앞에서 순식간에 사라져 버렸다.

"멍청이."

여름은 대답하지 않고 있는 정록을 바라보며 중얼거렸다.

"게다가 너 같은 무정한 녀석만이 마음을 완벽하게 지울 수 있지, 웬만한 사람들은 자기 첫사랑에 대해서는 좋은 기억이랑 약간의 미련을 가지고 있다는 말이야. 그러니 얼마나 오해하겠냐고! 안 그래?"

정록은 여전히 입을 벌리지 않았다.

'답답하기 그지없네.'

여름은 후우, 하고 한숨을 흘린 뒤 정록을 쳐다봤다.

"그런데 권정록."

굳은 얼굴을 하고 있던 정록이 여름에게 시선을 꽂았다. 여름은 뚱한 얼굴로 그에게 말했다.

"너 언제까지 이렇게 있을 거야?"

"……뭐."

"당장 윤서 씨 따라가야지!"

❖

심장이 벌렁거린다. 어찌나 방방 뛰는지 머리가 얼얼할 정도다. 진심은 파르르 떨리는 입술을 악물며 한 걸음, 한 걸음 내디뎠다.

"윤서 씨? 어디 아파요?"

"어? 그러네. 윤서 씨 안색이 안 좋아."

마침 점심을 먹으러 나가려 했는지, 엘리베이터 앞에 서 있던 몇몇 변호사들이 비틀거리며 엘리베이터에서 내리는 진심에게 말을 건넸다. 진심은 쓴웃음을 흘리며 별거 아니라고 대답한 뒤, 계속해서 발을 뻗었다.

두근두근.

한 번 시작된 심장의 움직임이 영 수그러들 생각을 하지 않는다.

만일 이를 악물지 않았다면, 눈물이 왈칵 쏟아질 것 같아서 굳게 다문 입술 쪽으로 더욱 힘이 들어갔다. 어렵게 발걸음을 옮긴 진심은 닫혀 있던 권정록 변호사 집무실 앞의 제 책상 앞에 겨우 도달했다.

'아…….'

털썩, 의자 위로 엉덩이를 붙이자마자 두근거리는 가슴의 뜀박질이 거세졌다.

「오진심 씨가 알고 있는 내용, 틀리지 않았다고 말했습니다.」

처음엔 잘못 들은 줄 알았다. 제가 먼저 꺼낸 이야기이기는 했지만 그에게서 설마하니 그런 답변을 들을 줄은 생각하지 못했으니까.

둔기로 머리를 맞은 것 같은 충격이 느껴져 진심은 한동안 넋을 놓았다. 정록은 그런 그녀의 마음을 한 톨도 이해하지 못했는지 말을 이었다.

「제가 한때 유 검을 좋아했던 건 사실이고.」

현재 사귀는 여자의 앞에서 첫사랑과의 연애담을 아무렇지 않게 할 사람이 있다면, 바로 눈앞의 남자라는 확신이 들었다.

'안 돼. 여기서 막아야 해.'

만일 그의 말을 계속 듣고 있다가는 자신이 무슨 짓을 저질러 버릴지 감히 상상도 가지 않았다.

'엄청난 추태를 보였겠지. 예를 들면, 질투라든가 하는.'

말을 이으려던 정록을 향해 번쩍 손을 들어 올린 진심이 말도 안 되는 핑계를 대며 몸을 돌린 건 바로 그런 이유 때문이었다.

'하지만 변호사님도 너무하잖아! 보통은…… 보통은 그런 거, 현재 애인의 앞에선 굳이 말할 필요는 없는 거잖아!'

정록이 워낙 직설적인 성격이라는 것은 알고 있긴 했지만, 유여름 검사가 첫사랑이라는 것을 제게 아무렇지도 않게 말한 건 확실히 충격적이었다.

'따라오지도 않고…….'

진심은 꽤 시간이 흘렀음에도 불구하고 돌아오지 않는 정록의 집무실을 원망스러운 눈으로 흘긋거렸다.

코끝이 찡해졌다.

'아니야, 오진심. 고작 이깟 일로 좌절하지 말자.'

조금 전엔 워낙 당황하는 바람에 그의 앞에서 도망치듯 와 버렸지만, 곰곰이 생각해 보면 별것도 아닌 일이다. 어차피 자신이 더 그를 좋아하는 것은 사실이었던 거니까.

'그래. 지금 변호사님이랑 사귀고 있는 사람은…… 나야!'

차분하게 생각을 정리하다 보니 미친 듯이 뛰던 심장이 조금씩 진정되는 것이 느껴졌다.

후아, 후아.

진심은 숨을 고르며 흥분했던 마음을 가라앉혔다.

'과거에 유 검사님을 좋아했다고는 하지만, 이제부터 내게 흠뻑 빠지게 하면 되는 거지! 맞아. 그러면 되는 거야!'

세상에 의지가 있으면 되지 않는 일은 없다. 잠시 흔들리기는 했지만 진심은 다시금 결의를 다지며 주먹을 세게 움켜쥐었다. 그러자 조금 전까지 캄캄했던 세상에 환한 빛이 스며들었다.

"일단은…… 정말 복사부터 해야겠네."

아마도 약간의 시간이 더 흐른다면 정록이 집무실에 당도할 것이다. 그 전에 핑계를 대었던 복사를 실제로 할 필요성을 느꼈다. 힘차게 의자에서 일어난 진심은 오후에 하려고 책상 위에 올려 두었던 서류를 들고 복사실로 걸어갔다.

'총 세 부 정도면 되려나?'

그동안의 숙련이 헛되지 않게, 이제 복사기를 다루는 것은 수준급이다. 진심은 씩 웃으며 복사기 위에 서류를 올려 두고선 버튼을 만지작거렸다.

'어?'

쿵쾅거리는 소리가 복사실 밖 복도에서 들려온 것은, 막 첫 번째 서류를 복사하고 있을 무렵이었다. 따끈따끈한 용지를 만지작거리며 흐뭇한 표정을 짓던 진심은 헉헉거리는 숨소리에 고개를 돌렸다.

굳게 닫혀 있던 복사실의 문이 벌컥 열림과 동시에 헉헉거리는 웬 남자의 모습이 시야로 들어왔다. 진심은 눈을 동그랗게 떴다.

"변호……사님?"

놀랍게도 진심의 눈에 비친 사람은 언제나 단정하게 유지하던 머리카락을 잔뜩 흐트러뜨린 정록이였다.

얼마나 빨리 뛰어온 건지, 올라간 앞머리를 정리할 시간도 없이 숨을 몰아쉬는 그의 모습은 낯설어도 너무 낯설었다.

"후우."

한참 동안 거칠게 숨을 몰아 내쉬던 정록은 이내 호흡을 다 고른 건지 고개를 들어 올렸다. 진심은 저를 빤히 주시하고 있는 정록의 시선에 왠지 얼굴이 화끈거리는 것을 느꼈다.

'내가 그렇게 가서, 혹시 화가 나신 건가?'

그러고 보니 그런 식으로 도망쳐 버린 제 행동이 확실히 문제가 되기는 했다. 진심은 주저하며 정록을 올려다보았다.

위이잉. 위이잉.

서로 말을 하지 않고 쳐다만 보고 있는 두 남녀의 귀로, 복사실 안의 복사 기계 소리만이 퍼져 갔다.

"저기."

진심은 이 민망스러운 분위기를 타개하기 위해 억지로 입술을 벌리며 어색한 웃음을 흘리려 했다.

"죄……."

"유여름."

그렇게 황당하게 떠나 버려서 미안했다고 말하려고 할 때, 뜬금없이 들려온 정록의 말은 진심을 멈추게 만들었다.

갑자기 유여름 검사의 이름을 꺼낸 그를 의아하게 바라보던 진심은, 젠장, 하고 작게 중얼거리더니 이내 주위를 둘러보던 정록의 행동을 지켜보았다. 정록은 복사실 복도에 서선 주변을 살피다 완벽히 복사실 안쪽으로 들어왔다.

달칵.

그가 긴 팔을 뻗어 복사실의 문을 닫는 소리가 들려왔다.

"변호사……님?"

"한때 유여름을 좋아했던 건 사실입니다."

문까지 걸어 잠근 정록이 무슨 말을 할까 해서 귀를 기울이던 진심이 쓴웃음을 삼켰다.

뭐야.

확인사살이라도 할 생각인 건가?

순간 울컥할 뻔했지만 진심은 진정하기로 했다. 그러고는 이내 옅은 미소를 그리며 그에게 말했다.

"괜찮아요, 변호사님. 그것보다 아까 제가 너무 무례했죠? 너무 신경 쓰지 마세요. 별거 아니었으니까. 그냥 단지……."

"하지만 지금은 아닙니다."

냉정할 정도로 단호하게 느껴지는 그 발언에 진심의 눈이 동그래졌다. 정록은 놀라는 진심의 곁으로 한 걸음 다가왔다.

"벼, 변호사님?"

두근두근.

눈치 없는 심장이 거세게 요동쳤다.

'왜 이렇게 가까이 다가오는 거지?'

진심은 멋대로 벌렁거리는 가슴 박동 소리를 느끼며 눈꺼풀을 떨었다.

정록은 멈추지 않았다.

"과거라고 해도 이미 십 년도 전의 일이고요. 그리고……."

그의 검은 눈동자가 천천히 제게 꽂힌다. 그 과정이 너무 섬세하고 부드러워 진심은 숨을 크게 들이켰다. 정록의 붉은 입술은 떨림을 가까스로 참고 있는 진심을 향해 움직였다.

"지금, 내 신경을 자극하는 사람은…… 오직 당신뿐이니까."

"……!"

"걱정하지 않아도 돼."

❖

「그 이야기, 윤서 씨한테도 했어?」

여름의 말을 듣는 순간 명치를 맞는 기분이었다.

그러고 보니 자신은 그간 제 마음을 제대로 드러낸 적이 없었다. 여름의 일침대로 입을 꾹 다물고 있다간 자칫 오해를 사기 쉬웠다.

'급하게 오기는 했는데.'

가볍게 뛰는 심장 소리가 귀를 울린다.

정록은 왠지 모를 초조함을 느끼며 눈을 아래로 내리깔았다.

그의 검은 눈동자 안에 큰 눈을 깜빡이는 여자가 보였다. 도통 무슨 생각을 하고 있는 건지 알 수 없는. 그래서 그의 마음을 더욱 조급하게 만드는……

"변호사님."

작은 머리 안에서 어떤 생각을 하고 있을지 예상되지 않는 여자는 그녀가 처음이다. 그 수다스러운 입을 꾹 다물기까지 하자 더욱더 속내를 읽기가 어렵다. 무의식적을 미간이 좁아지려고 할 때, 그녀가 자신을 부르자 몸을 움찔거릴 수밖에 없다.

"예. 오진심 씨."

그 때문인지 정록은 평소보다 한층 무거운 목소리를 흘려 버렸다. 긴장하고 있다는 것을 티낸 셈이다.

보통 사람과 사람 사이에는 심리전이 중요하다고 여기던 정록은 그러한 스스로의 태도에 멈칫했다. 입안이 바짝 말라가 다음번엔 무슨 말을 꺼내야 할지 고민하던 그는 빙긋 웃으며 자신을 바라보는 진심을 발견했다.

"오진심 씨?"

"방금 전에 변호사님께서 하신 그 말이요. 제가 어떻게 받아들이면 돼요?"

뭐?

말똥말똥, 두 눈을 뜨며 묻는 진심의 눈이 몹시 반짝거려 즉각 대답하기가 힘들었다. 정록은 무슨 소리를 하느냐는 얼굴로 그녀를 내려다보았다. 진심은 씩 웃었다.

"그러니까 방금 변호사님이 하신 그 말 말이에요. 유 검사님보다 절 더 좋아한다는 말, 맞죠?"

"친구로서 여름일 좋아하기는 하지만 이성으로서는 좋아하지 않는다고……."

"아니, 아니. 그렇게 말고요. 그냥 단순히 둘을 비교해 봤을 때, 저한테 더 눈길이 간다는 말이잖아요. 안 그래요?"

정록은 순간적으로 사고회로를 굴렸다.

'굳이 따지자면 그런 셈인가.'

진심은 대답 대신 약간의 버퍼링 끝에 고개를 주억이는 정록을 보며 활짝 웃었다.

'……!'

분명 조금 전까지만 하더라도 침울한 표정을 짓고 있던 여자가 순식간에 눈부신 미소를 그리자, 정록의 눈빛이 흔들렸다.

"그거면 됐어요!"

"네?"

"변호사님이 날 더 신경 쓰고 있다는 그 말, 너무 듣기 좋으니까! 그거면 됐다고요!"

배시시 입꼬리를 올리는 여자의 모습이 왠지 모르게 낯설게 느껴졌다. 정록은 저를 올려다보며 환하게 웃고 있는 그녀를 말없이 내려다보았다. 저 역시 주위 사람들에게 꽤나 직설적이라는 말을 많이 듣는 편이지만, 이 여자는…….

'더하군.'

눈 한 번 깜짝이지 않고, 이렇게 낯 뜨거운 말을 서슴없이 하다니.

두근. 미동 없던 가슴에 고요한 파문이 일어 정록은 말을 잇지 못했다.

그때였다.

"하지만 아깐 정말 섭섭했다고요!"

미묘한 감정의 변화에 미간을 꿈틀거리던 정록의 귀로 진심의 목소리가 흘러 들어왔다.

"절 앞에 두고, 유 검사님이랑 둘만 아는 이야기를 계속하시다니. 그때 얼마나 서운했는지 아세요?"

"그랬습니까?"

어쩐지 말 많은 그녀가 내도록 입을 열지 않더라니. 단순히 여름의 앞에서 낯을 가린다고만 생각했던 정록은 되물었다. 그러자 진심은 콧김을 씩씩 내뿜으며 외쳤다.

"당연하죠! 물론, 두 분이 오랜 기간 아셔서 정말 많이 친한 건 알지만 외톨이가 된 기분이었다고요."

"……그렇군요."

"그렇다니까요?"

"음. 그럼 다음에 만날 때는 오진심 씨도 알 만한 이야기를 나누도록 하겠습니다."

"그래요! 당연히 그래야…… 잠깐. 유 검사님이랑 또 만나시게요?"

고심하며 꺼낸 정록의 답변에, 뿌듯한 표정을 지으며 고개를 끄덕이던 진심의 눈이 동그래졌다.

"안 됩니까?"

여름과는 사적인 일 말고도 공적인 일로 자주 부딪치는 사이였다. 하지만 그런 그녀와의 만남을, 만약 진심이 원하지 않는다면…….

「너, 여자를 만나는 거 처음 아니야? 인마. 원래 연애 초반 때는, 아무리 여사친이라도 만나는 걸 자제해야 하는 거라고. 특히나 첫사랑은 더더욱! 네가 첫사랑한테 아무 감정이 없다고 할지라도 네 상대 속은 타들어 갈지도 모른다니까? 그런 의미에서 너의 여사친이자 첫사랑인 내가 명할게. 너, 윤서씨 허락 없이 나 만나지 마라. 알았어?」

저 역시 여전히 좋아하는 사람과 이어지지 않았으면서, 마치 연애에

통달한 사람처럼 말하는 여름의 말을 무시하려다 말았다. 확실히 처음인 만큼 이곳저곳에서 충고를 수용하는 것은 나쁘지 않겠지.

정록은 되묻는 제 말에 '흐응' 하고, 묘한 콧소리를 흘리고 있는 진심을 내려다보았다. 진심은 한참이나 끙끙거리며 무언가를 생각하는 듯했다.

"뭐…… 좋아요!"

오랜 고민 끝에 진심이 입술 밖으로 소리를 냈다. 정록의 눈이 큼지막해졌다.

"유 검사님이랑은 일적으로도 많이 만날 사이니까. 그걸 막는 건 도리가 아니죠!"

"오진심 씨."

"게다가 변호사님이 한 말, 저는 믿어요. 저를 제일 좋아한다고 했던 그 말 말이에요!"

'내가 언제 그런 소리를 했더라?'

진심은 씩 웃으며 하얀 이를 드러냈다. 정록은 순수하기 그지없는 미소를 지으며 외치는 진심의 왜곡된 기억을 되짚어 주려다 말았다.

풋 실소가 터져 나올 것만 같았다.

"참참. 그런데 변호사님!"

"예, 말씀하십시오, 오진심 씨."

"제가 너무 정신이 없어서, 우리 연애에 있어서 가장 중요한 걸 말하지 않았더라고요!"

'중요한 것?'

정록은 대뜸 말하는 진심을 의아하게 바라봤다. 네! 하고 외친 진심은 말을 이었다.

"우리 연애…… 비밀인 거 아시죠?"

"……!"

"마음 같아서는 저도 이곳저곳에 변호사님이랑 사귄다는 거 퍼뜨리고 싶은데 말이에요. 하지만 우리가 사귄다는 게 밝혀지면 난리가 날 게 분명해요. 변호사님은 어떻게 생각하세요?"

정록은 슬그머니 저를 올려다보는 진심의 시선에 귓불이 붉어지는 것을 느꼈다.

'귀엽네.'

입을 쭉 내민 채 동그란 눈을 들고 있는 여자는 고요한 심장을 요동치게 만들기 충분하다. 잠시 멈칫하기는 했으나 정록은 평정을 되찾았다.

"동의합니다."

"그렇죠?"

그녀의 말대로, 이 여자와 연애라는 것을 해 보기 위해서는 비밀 유지가 필수적이다. 그렇지 않다면…….

"전 대한민국 남자들의 적이 되고 싶지 않습니다."

지금은 비록 제 밑에서 일하고 있기는 하나, 조만간 그녀가 저와 일한다는 사실이 세간에 알려지는 것은 불 보듯 뻔한 일이었다. 언제까지 이 이야기를 막을 수 있을지 모르겠지만, 거기에 그들의 연애까지 알려진다면 난리가 날 것은 비단 『올웨이즈』 내부뿐만이 아니리라.

귀찮은 일은 질색이다.

"호호, 변호사님도 참. 농담은 하지 않으실 것처럼 생기셔서는, 가끔 절 놀라게 하신다니까요!"

수긍하며 중얼거리는 정록의 발언에 진심은 까르르 웃으며 손을 저었다. 정록은 그런 그녀를 향해 희미한 미소를 지어 보였다.

❖

「지금, 내 신경을 자극하는 사람은 오직 당신뿐이니까. 걱정하지 않아도 돼.」

콩닥콩닥.

입꼬리가 멋대로 올라간다. 자제해야 한다고 생각하면서도 입가에 미소가 맺히는 것을 막질 못하겠다. 생각하고, 또 생각해 보아도 부드럽게 속삭이듯 말하던 그의 음성이 머릿속에서 떠나지 않는다. 때문인지, 자꾸만 웃음이 나서 진심은 배시시 미소 지으며 볼을 붉혔다.

"헤헤."

"헤헤?"

헉!

"뭐야. 너 뭐 좋은 일이라도 있어?"

무심코 헤벌쭉 웃던 진심은 곁에서 들려오는 굵은 목소리에 번뜩 정신을 차렸다. 홱 고개를 돌려 보니 핸들을 잡고 운전을 하고 있는 혁준이 보인다.

"오, 오빠."

등 뒤로 식은땀이 주르륵 흘러내렸다.

'들킨 거 아니겠지?'

"무슨 일이야? 나도 좀 알자."

"어?"

"아까부터 실실 웃고 있잖아. 그리고 너 요즘 되게 이상한 거 알아?"

혁준의 매서운 눈동자가 진심의 얼굴을 훑었다.

두근두근. 매서운 심장의 박동 소리가 그에게 들릴 것만 같다. 노심초사하던 진심은 얼른 화제를 돌려야 한다는 생각에, 마침 초록 불로 바뀐 신호등을 가리키며 외쳤다.

"오, 오빠!"

"왜."

"신호 바뀌었어!"

"뭐?"

"어, 얼른!"

"……."

"오빠!"

"……수상한데."

뭔가 있다는 듯, 께름칙한 얼굴로 진심을 쳐다보던 혁준은 재촉하는 그녀의 외침에 못 이겨 고개를 돌렸다.

부아앙, 액셀러레이터를 밟아 앞으로 나아가는 차를 발견하자마자 진심은 겨우 가슴을 쓸어내렸다.

'최대한 자제를 해야지.'

정록을 향한 감정을 절대로 드러내서는 안 된다. 특히, 혁준이나 연 대표의 앞에서는 더더욱.

만일 이 두 사람에게 그와의 사이를 들켜 버렸다가는 큰일이 날 것이 분명했다.

'비밀 엄수야. 엄수라고!'

진심은 의지를 다잡았다.

전국적으로 화이트 크리스마스가 예고된 12월의 넷째 주, 아침.

요즘 들어 침대에서 일어나는 시간이 제일 행복했던 진심은 오늘도 어김없이 모닝콜이 울리기도 전에 번쩍 눈을 떴다.

「변호사님, 변호사님!」

「예, 오진심 씨.」

「이번 크리스마스 연휴 때 뭐 하실 거예요?」

「……크리스마스 연휴요?」

「네네!」

「글쎄요. 다른 일정은…….」

「아! 물론 변호사님의 공식적인 업무 일정은 없는 거 알고 있어요!」

「예?」

「개인적인 일정을 물은 거예요. 혹시 다른 일은 없으신 거죠?」

「……네, 뭐.」

「좋아요! 그럼 그 시간, 모두 제 거예요!」

「네?」

「왜요? 안 돼요? 크리스마스 연휴는 연인이랑 보내는 거잖아요! 그렇죠?」

「그렇……죠.」

「좋았어요! 그럼 연휴에 저랑 따로 만나는 거예요. 오케이?」

「…….」

「변호사님!」

정록은 저를 부르는 진심을 말없이 응시하다 대답 대신 고개를 끄덕였다. 진심은 정록이 여전히 제 앞에 있다는 사실도 잊고 기쁨의 어퍼컷을 날렸었다.

'솔로 크리스마스, 드디어 안녕이다!'

이제 이틀 앞으로 다가온 크리스마스 연휴가 이렇게 기다려지는 것은 실로 오랜만이었다. 진심은 생글생글 웃으며 상상의 나래를 펼치다 문득 든 생각에 혁준을 응시했다.

"오빠."

"응."

"그런데 우리 지금 어디 가는 거야? 나 오늘 변호사님이랑 오후에 갈 곳 있는데."

비록 '임시' 이기는 하지만 진심이 서초동에 위치한 로펌 '올웨이즈' 에서 일한 지 어언 두 달이 흘렀다.

그간 크고 작은 사건이 일어나기는 했지만 처음 올웨이즈에 입성했을 때에 비해, 진심이 확연한 성과를 거둔 것도 사실. 이젠 '배우' 라는 직업보다 '권정록 변호사 비서' 라는 직업이 더 익숙해진 진심은 운전을 하고 있던 혁준에게 툴툴거렸다.

혁준이 이미 정록에게 말을 했다고는 하지만, 오전부터 빠지는 경우는 한 달 전의 결근 때 이후로는 처음이라 괜히 걱정이 됐다. 이럴 줄 알았으면 문자라도 할 걸 그랬나, 하고 생각하던 진심은 마침 생각이 났을 때 하자며 주섬주섬 핸드폰을 꺼내 들었다.

"오윤서."

그녀가 막 핸드폰에 저장된 정록의 번호로 메시지를 보낼 무렵. 신호에 걸려 다시금 멈춰 선 차 안에서 혁준은 열심히 키패드를 두드리는 진심을 불렀다.

"너 뭔가 망각하고 있는 거 아니야?"

"무슨 소리야?"

진심은 어리둥절한 얼굴로 저를 타박하는 혁준을 바라보았다. 혁준은 미간을 살짝 좁히더니 말했다.

"너 말이야. 지금 로펌 비서로 일한다고, 정말 네가 로펌 비서가 된 거라고 착각하는 건…… 아니지?"

"어?"

진심은 조심스레 묻는 혁준의 말에 눈을 크게 떴다. 핑크빛으로 물들던 세상이 와장창 깨지는 기분이었다. 한동안 대답하지 못하는 진심을 향해 혁준은 현실을 일깨우는 말을 건넸다.

“너 인마, 그래서 가짜 은퇴 기자 회견까지 한 거잖아. 이세진 작가 차기작 때문에. 그래서 올웨이즈에 들어간 거고. 보다 깊은 연기를 하려고. 안 그래?”

“그, 그건…….”

“해서 예정에도 없던 비서 일까지 하면서 그러고 있는 거, 절대로 잊어선 안 된다. 대표님이랑 나랑 얼마나 기대하고 있는데.”

후우, 숨을 흘리며 혁준은 말을 이었다.

“널 비웃고 깔봤던 사람들에게 보여 줘야 하잖아. 네 연기.”

진심은 대꾸하지 못했다.

“그러니까 우리 잘 준비해 보자. 차근차근 단계를 밟아서. 보란 듯이, 멋지게 복귀하는 거야.”

혁준이 주먹을 불끈 쥐며 눈을 빛냈다. 진심은 여전히 입을 다물고 있었다.

“이 녀석이 왜 이래?”

혁준은 제 말에 충격을 받은 듯, 바로 대답하지 않고 있는 그녀를 의아하게 바라보다 소리쳤다.

“오윤서!”

“아, 으응.”

혁준의 외침에 진심은 겨우 말을 뱉을 수 있었다.

“알고…… 있어.”

그가 다시금 일깨워 주지 않아도 자신이 올웨이즈에 들어온 목적은, 정록의 비서로 일하게 된 연유는…… 정확하게 기억하고 있다.

제4장
수구여병 오 비서

"오진심 씨. 정우승 변호사 사무실에 이 서류 좀 팩스로 보내……."

무심코 입술을 움직이던 정록의 말이 뚝 끊어졌다. 손에 든 서류를 들어 올려 집무실 밖에 있을 여자에게 말하던 그가 무언가를 깨달았기 때문이다.

집무실 안 책장을 바라보고 서 있던 정록의 고개가 스르륵 돌아갔다. 평소와는 달리, 텅 비어 있는 책상 하나가 그의 시야로 들어왔다. 처음 올웨이즈에 발을 디뎠던 그때와는 달리 정갈하게 정돈까지 되어 있다.

말없이 빈 책상을 뚫어져라 응시하던 정록은 쓴웃음을 흘렸다. 물 흐르듯 자연스러워 이질감을 느끼지 못했다.

이제는 일상이 되어 버릴 정도로 깊게 다가온 그 이름이 입가에 감돌았다. 정록은 고개를 절레절레 저으며 중얼거렸다.

"미쳤군."

"뭐가 미쳤어?"

정신을 다른 곳에 두고 있어서였는지, 등 뒤에 올 때까지 인기척을 느끼지 못했다. 갑자기 들려온 음성에 화들짝 놀라며 뒤를 돌아본 정록은 저를 의아하게 바라보고 있는 남자를 발견했다.

"어? 너 깜짝 놀랐냐?"

정록의 옆 집무실을 사용하고 있는 최윤혁 변호사가 그의 모습에 눈을 가늘게 뜨며 물었다. 정록은 미간을 꿈틀거렸다.

"정말 깜짝 놀랐어? 나 온 줄 몰랐던 거냐? 이야! 이거 기가 막힐 노릇인데? 천하의 권정록이 놀라는 모습도 보고! 무슨 생각을 하고 있었길래 '미쳤군' 소리가 나와?"

"시끄러워, 최 변. 무슨 일이야?"

"호오. 말 돌리는 거 보니 정말 뭐가 있는데? 뭐야? 어? 뭐냐고. 여자냐? 여자지? 아, 아니. 여자일 리는 없겠군. 권정록에게 여자라니. 말도 안 되지."

수다스러운 윤혁은 히죽 입꼬리를 찢어 가며 그의 어깨를 툭툭 쳤다. 정록은 인상을 쓰며 짧은 한숨과 함께 입술을 열었다.

"말 안 할 거면 내가 나간다."

"어? 어어? 야! 권 변, 어디 가! 알았어! 알았어, 인마! 얘기하면 되잖아."

조금의 망설임도 없이 대답을 한 후 돌아서서 집무실을 나서려는 정록을, 윤혁은 손을 들어 저지했다.

칫. 나지막하게 들려오는 윤혁의 투덜거리는 음성이 정록의 귓전을 두드렸다.

"다른 게 아니고 뭐 좀 물어볼 게 있어서."

"뭔데."

"너 이번 주말에 별다른 일 딱히 없지?"

"이번 주말?"

되묻는 정록에게 윤혁은 설명했다.

"아까 대표님을 만났는데 그러시더라고. 이번 주말에는 연말 파티나 하자고 말이야."

"……뭐?"

벅벅, 머리를 긁적이며 말하는 윤혁의 얼굴에 귀찮음이 가득했다.

윤혁은 움찔하는 정록에게 말을 이어 나갔다.

"우리 대표님 일 잘 벌리는 성격, 알아줘야 해. 사실상 권유지 통보나 마찬가지더라고. 이미 장소까지 다 섭외해 놓고 나보고 참석 가능한 변호사가 몇이나 되는지 알아보라는 거야. 그게 무슨 뜻이겠냐? 참석 안 하면, 끽!"

목을 긋는 시늉을 하며 살벌하게 말하는 윤혁을 보고 정록은 말없이 서 있었다. 윤혁은 길게 한숨을 내쉬었다.

"하필 오늘 대표님이랑 처음으로 마주친 변호사가 나여서, 어쩔 수 없이 묻고 다니고 있는 중이다. 권 변. 넌 당연히 주말 스케줄 없지?"

"……."

"권 변? 권정록?"

주섬주섬 메모장을 꺼내 들어 무언가를 써 내려갈 준비를 하려던 윤혁이 고개를 들어 올렸다. 당연히 정록의 이름 옆에 '참석' 이라는 단어를 적을 생각이었는지, '참' 까지 적던 윤혁의 눈이 동그래졌다.

정록은 대답하지 않는 자신을 이상하게 바라보는 윤혁의 시선을 느끼면서도 쉽게 입을 열지 못했다.

「좋았어요! 그럼, 연휴에 저랑 따로 만나는 거예요. 오케이?」

귀를 울리는 한 여자의 낭랑한 음성이 불현듯 떠올랐다.

어찌나 기대하고 있는지, 두 볼을 빨갛게 붉히는 것을 보고 감히 거절할 생각도 하지 못했다. 제 대답을 듣자마자 기쁨에 겨워 어퍼컷을 날리는 여자의 모습은 생소하다 못해 웃음을 자아냈다.

집무실을 떠나는 마지막까지 '약속했어요, 변호사님!' 하고 소리를 내지르던 그 여자의 얼굴이 눈앞을 둥둥 떠다녔다. 윤혁이 몇 번이고 불러도 정록은 대답하지 않았다. 정확히 네 번쯤 불렀을 때였다.

"권정록!"

"꼭…… 참석해야 하나?"

결국 버럭 소리까지 내지른 윤혁에게 정록은 조심스레 입술을 움직였다. 윤혁은 그런 정록의 답변을 예상하지 못했는지 꽤나 당황스러운 표정을 지었다.

"그게 무슨 소리냐, 권 변? 너 참석 못 해?"

윤혁은 이해가 가지 않는다는 얼굴이다.

"내가 알고 있기로는 이번 주말에 우리 변호사들 중 일 남은 녀석들은 없는데. 뭐야. 따로 일정 잡힌 거라도 있어?"

잘못한 것도 없는데 두근두근 심장이 뛰었다. 물론 겉으로는 내색하고 있지 않았으나 왠지 윤혁의 질문에 즉각적으로 대답하진 못했다.

뒤늦게 '그런 건 아니야' 하고 말한 정록에게 윤혁은 말했다.

"난 또 뭐라고. 강제는 아니라고 했지만, 그렇다고 자유롭진 않을걸? 무려 연말 파티잖냐. 혹시 알아? 대표님이 참석자 전원에게 금일봉을 하사하실지. 특별한 약속 없으면 참석해. 아니, 네가 뭐 특별한 약속이 있겠냐만."

작게 웃으며 중얼거리는 윤혁에게 정록은 매서운 눈길을 쏘아 보냈다.

그의 시선이 익숙했는지 윤혁은 어깨를 한 번 으쓱였다. 그러고는 자신이 들고 있던 메모지 위의 정록의 이름 옆에 '참석'이라는 단어를 완벽하게 써 내려갔다.

정록은 그 모습을 바라볼 수밖에 없었다.

"연말 파티래 봤자, 길면 얼마나 길겠어? 원활한 회사 생활을 위해 네 한 몸 희생한다 생각해. 앞으로의 순탄한 미래와 너의 소중한 여가 시간을 교환하는 거지."

"……."

"자! 그럼, 대충 볼일은 끝났으니 한 가지만 묻자."

생글생글 웃으며 말하는 윤혁을 정록은 서늘하게 응시했다. 그런 그의 시선에도 아랑곳 않고 환한 미소를 잃지 않던 윤혁은 특정 장소를 흘긋거리며 물었다.

"우리 사랑스러운 오 비서님, 왜 안 보이시냐?"

❖

콩콩.

엘리베이터 버튼을 누르는 손길이 덜덜 떨렸다.

후우, 후우. 몇 번이고 숨을 고르기 위해 노력하던 진심은 끝내 상기된 얼굴을 가라앉히지 못했다.

'진정 좀 해.'

눈을 질끈 감으며 호흡을 내쉬던 진심은 여전히 콩닥거리는 가슴을 슥슥 문질렀다. 그럼에도 불구하고 심장의 두근거림은 멈추지 않았다.

'헉!'

이윽고 땡 소리와 함께 엘리베이터에서 안내 멘트가 흘러나왔다.

스르륵 엘리베이터 문이 열리기까지 잔뜩 숨을 참고 있던 진심은 어둠이 걷히고, 환한 빛이 쏟아지자 미간을 좁혔다 폈다.

"윤서 씨, 출근해요?"

"오전에 안 보이던데. 무슨 일 있었어요?"

"어서 와요, 윤서 씨!"

몇 번의 심호흡 끝에 결국 엘리베이터 밖으로 발을 내딛은 진심의 귓가로, 로펌 올웨이즈 식구들의 인사가 들려왔다.

진심은 저에게 미소를 건네는 그들에게 우아하게 고개를 까딱였다.

'평소대로 하는 거야.'

올웨이즈 입구에 위치한 프런트 데스크를 지나 변호사들의 집무실이 위치한 로비에 도착한 진심은 주먹을 불끈 쥐었다. 올웨이즈에서도 전망 좋기로 소문난 집무실인 그곳까지는 현재 진심이 서 있는 곳에서부터 서른 걸음 정도.

진심은 꼴깍 침을 삼킨 뒤 힘차게 발을 내디뎠다.

'아!'

진정하라고 수도 없이 되뇌었던 가슴은 목적지에 도달하자마자 거세게 들썩이기 시작했다.

'자기 암시도 아무 소용이 없네. 저 남자만 보면 정신없이 뛰는 심장을 어찌해야 좋을지 원.'

진심은 투명한 유리문 너머로 보이는 그를 뚫어져라 응시했다. 아마도 자리를 비운 비서로 인해 직접 전화 통화를 하고 있는 것이 틀림없다. 섬섬옥수 못잖은 예쁜 손으로 수화기를 집어 든 그는 무언가를 열심히 끄적이고 있었다.

진심은 헤헤, 입꼬리가 씰룩거리는 것을 막지 못했다.

'근사하단 말이지. 저 남자가 바로 내 첫 애인이라고!'

동네방네 소문을 내고 다녀도 모자랄 판이다. 그가 자신의 애인이라고, 가장 가까운 사람부터 시작하여 생판 모르는 남에게까지 쉴 새 없이 떠들고 싶건만 입에 자물쇠를 채우고 꾹꾹 다물고 있자니 미쳐 버릴 지경이다.

'……!'

일하는 모습이 더욱 멋진 정록을 문밖에서 훔쳐보던 진심은 어느새 전화를 마친 정록과 허공에서 눈이 마주치자 움찔했다. 그가 집무실 밖 복도에 서선 배시시 웃고 있는 저를 발견한 뒤, 피식 미소 짓는 것이 보였다. 진심은 자리에서 일어나는 정록이 굳게 닫혀 있던 집무실 문을 열고 나오는 모습을 멍하니 응시했다.

"왔으면 얘기를 하지. 거기서 뭘 하고 있습니까?"

부드러운 음성.

딱딱하지만 왠지 모르게 상냥하게 느껴지는 그 목소리에 진심은 스윽 고개를 들어 올렸다.

'목소리도 멋지단 말이야.'

콩닥콩닥, 심장이 크게 뛰는 것을 보면 확실히 그의 음성은 듣기에 좋다.

"오진심 씨?"

특히 이름을 불러 줄 때는 더더욱.

'정신을 못 차리겠다고.'

그의 부름에 사르르 녹아 버릴 것만 같다. 진심은 의아해하는 정록을 올려다보며 씩 웃었다. 미소 짓던 정록의 얼굴에 의문이 물들었다.

"오진심 씨."

"……윽!"

헤헤, 말없이 웃음만 흘리며 그를 쳐다보던 진심은 갑자기 손을 뻗어 제 이마 한가운데를 꾹 누르는 정록의 행동에 낮은 탄성을 터뜨렸다.

"변호사님! 뭐 하시는 거예요!"

톡 튀어나온 그녀의 이마를 눌러 버린 정록으로 인해 뒤로 한 걸음 물러나며 외치자, 정록은 심드렁하게 대꾸했다.

"이제야 정신이 듭니까?"

"네?"

"들어와요. 할 말 있으니까."

진심은 제 말을 끝낸 뒤 뒤를 돌아 집무실 안으로 들어간 정록의 커다란 등을 가만히 바라보았다. 그러다 곧 사뿐사뿐 그의 뒤를 따랐다.

"거기 앉으세요."

"네? 아, 네!"

졸래졸래 그의 집무실로 들어온 진심은 소파를 가리키는 정록에게 고개를 주억였다.

클라이언트들이 앉던 자리에 그녀를 안내한 정록은 자신의 책상 쪽으로 가서 무언가를 찾기 시작했다. 그 모습이 진지하다 못해 어두워서 진심은 괜히 긴장했다.

'무슨 말을 하려길래 저러시지?'

표정 변화가 거의 없다 싶은 정록이였지만, 요즘은 그녀에게 자신의 본모습을 드러내곤 했다.

때문에 냉정한 그의 모습과 흐트러진 그의 모습의 차이점을 비교하는 것도 묘한 재미가 있었다. 하지만 뒤늦은 출근을 하자마자 저를 집무실 소파에 앉힌 그의 모습은 생소했다.

진심은 불안한 표정으로 그의 눈치를 살폈다.

'설마…… 알게 되신 건가?'

콩닥거리던 가슴의 움직임이 급물살을 탔다.

쿵쾅쿵쾅. 크게 일렁이는 심장의 두근거리는 소리가 귀를 울려 왔다.

'아' 하고 작게 탄성을 흘린 그가 무언가를 들고 제게 다가오자 진심은 더욱 숨을 죽였다.

"조혁준 씨와의 볼일은 잘 해결됐습니까?"

"콜록!"

"……오진심 씨?"

다짜고짜 직구부터인가.

진심은 틈을 주지 않고 거세게 파고드는 정록의 질문에 사레가 들려 버렸다.

콜록콜록, 헛기침을 토해 내는 그녀를 바라봤다.

진심은 호흡을 안정시킨 뒤 하하, 어색하게 웃음을 흘렸다.

"괘, 괜찮아요, 변호사님. 그런데 방금 뭐라고…… 하셨죠?"

"……조혁준 씨와의 볼일은 잘 해결됐냐고 물었습니다."

심장이 벌렁거린다. 법조인 아니랄까 봐, 날카롭기 그지없는 정록의 질문에 진심은 최대한 평정을 유지하기 위해 노력해야 했다.

「윤서 씨. 이번 프로젝트, 철저히 비밀인 거 아시죠? 윤서 씨가 캐스팅됐다는 건 아무리 가까운 사람이라도 발설해선 안 됩니다. 이번 일은 몇몇 사람들만 알고 있어야 해요. 윤서 씨네 연 대표님과 우리 그린의 김 대표, 여기 조 매니저님과 윤서 씨, 그리고 나까지. 감독이 확정되면 그분께는 말씀드려야겠지만 그때까지는 비밀 지켜 줘요. 그럴 수 있죠?」

얼마나 적응을 잘하고 있는지 알아보기 위해 만났던 이세진 작가와의 만남.

예상하지 못한 만남이었기에 놀란 진심에게 그녀는 단단히 주의를 줬다. 곁에 앉아 있던 혁준이 가슴을 탕탕 두드리며 '그건 걱정 마십시오! 제가 잘 단속시키겠습니다!' 라 외치는 것을 진심은 쓰게 웃으며 지켜보아야 했다.

"……네. 아, 아마도."

가슴이 콕콕 찔려 온다.

그에게 사실을 털어놓지 못하는 것이 영 마음에 걸린다.

목구멍까지 차오른 말에 입술을 꿈틀거리려다 만 진심은 옅은 미소를 그리며 고개를 끄덕였다. 떨떠름한 그녀의 대답에 의미심장한 시선으로 그녀를 바라보던 정록은 갑자기 파일 하나를 그녀에게 내밀었다.

"이게 뭔가요, 변호사님?"

"직접 보십시오."

'뭔가를 찾는 것 같더니 이걸 건네기 위해서였나?'

의아해하며 묻는 진심에게 사무적으로 말을 던진 정록은 파일 속의 종이를 뚫어져라 응시하는 그녀를 주시했다.

'어?'

진지한 얼굴을 하고 있던 그였기에 긴장을 잃지 않았다. 이렇게 자리에까지 앉힌 걸 보면 화가 난 건지도 모른다며 숨까지 들이마시던 진심은 깔끔하게 프린트 된 표 하나를 발견하고선 그를 쳐다봤다.

정록은 말했다.

"토요일에 대표님이 갑자기 파티를 여신다고 해서 스케줄이 바뀌게 되었습니다. 하지만 오진심 씨와의 약속도 무시할 수 없는 노릇이니, 거기 비어 있는 시간 중 원하는 시간이 있다면 말해 주십시오. 그 시간만큼은 오진심 씨를 위해 비워 두겠습니다."

❖

「저기 오빠. 나…… 물어볼 게 있는데.」

중간 점검차 가진 짧은 미팅을 끝으로 로펌으로 향하는 길이었다. 혁준은 이세진 작가와 헤어진 이후 진심의 낯빛이 이상할 정도로 어두운 것이 신경 쓰였다.

'저 녀석이 왜 저러지?'

그의 차가 로펌 올웨이즈 건물이 있는 서초동에 거의 다다랐을 때 들려온 목소리는 혁준의 주의를 끌기에 충분했다. 혁준은 그 말이 끝나기가 무섭게 '어, 뭔데? 뭔데, 윤서야?' 하고 소리쳤다.

「이번 프로젝트 말이야.」

「어어, 왜? 무슨 문제 있어?」

「아니. 그런 건 아니지만…… 이거, 변호사님한테는 말하면 안 돼?」

그 말을 듣자마자 브레이크를 밟지 않은 것은 혁준의 초인적인 인내 덕분이었다. 혁준은 멈칫하며 룸미러를 흘긋거렸다. 안절부절못하고 있는 진심의 얼굴이 시야로 들어왔다. 진심은 말을 이었다.

「변호사님한테 계속 거짓말하는 거, 신경 쓰여. 매일같이 얼굴 보는데 괜히 양심이 찔린단 말이야. 작가님도 그렇고 대표님도 비밀로 하라고 하기는 했지만…… 변호사님이 입이 가벼운 사람도 아니고. 오빠. 나 변호사님한테는 말하면 안 될까? 변호사님, 엄청 믿을 만한 사람이거든! 아마 내 이야기 들으면 사정 이해해 줄걸? 오빠 생각은 어때?」

"팀장님, 이제 들어오세요?"

한창 생각하던 와중이라 누군가 인사하는 것도 듣지 못했다. 혁준은 저를 반기는 비너스 엔터테인먼트 신입 직원을 발견하고 옅은 미소와 함께 물었다.

"대표님은?"

"아마 대표실에 계실 거예요!"

손을 들어 올린 혁준은 잠시 멈췄던 발걸음을 다시 움직였다.

"대표님."

"어, 조 팀장 왔어? 잠깐만."

비너스 엔터테인먼트의 연준석 대표는 전화를 받다 말고 혁준에게 손짓했다. 대표실로 들어오라는 손짓을 하는 그의 행동에 조심스레 대표실 문을 닫은 혁준은 살며시 근처 소파에 자리를 잡았다.

한참 동안 수화기를 붙들고 있던 연 대표는 혁준이 도착한 지 5분이 지나서야 전화를 끊었다.

"얘기가 길어졌네. 그래, 이 작가는 만나고 왔어?"

혁준은 대답 대신 고개를 끄덕였다.

"뭐래? 당장 촬영 들어가재?"

눈을 반짝이는 연 대표의 말에 혁준은 쓴웃음을 흘렸다.

"아뇨. 아직 감독 섭외 중인 것 같더라고요."

"뭐야. 갑자기 만나자길래, 난 촬영 들어가자고 하는 줄 알았더니."

"……."

"그래서? 대체 언제부터 크랭크인 할 거라냐……. 그쪽 일이 정해져야 진심이 자식도 다시 활동 계획 잡을 거 아니야. 젠장. 반년 동안 정말 아무 일도 하지 말라는 건가. 난 그게 빈말인 줄 알았지."

머리가 복잡한 듯, 얼굴을 아래로 떨어뜨리며 중얼거리는 연 대표를 혁준은 가만히 직시했다.

"참."

적잖은 시간 동안 혁준에게 앞으로의 일에 대한 불안감을 토로하던 연 대표가 다시 그를 쳐다봤다.

"진심인 뭐래? 남은 4개월, 견디겠대?"

혁준은 몸을 움찔거렸다. 혁준의 답변을 기다리던 연 대표가 그것을 놓칠 리 없었다.

"조혁준. 방금 그거 무슨 뜻이냐?"

낮은 음성을 흘리는 연 대표에게 어색한 웃음을 보냈다. 하지만 매서운 연 대표의 눈길은 수그러들 기세가 보이지 않았다. 결국 포기해 버린 혁준은 긴 한숨과 함께 입술을 달싹였다.

"대표님. 안 그래도 그 문제로 상의드릴 게 있는데 말입니다."

"무슨 상의?"

"윤서가 마음에 걸리나 봅니다."

"뭐가?"

"그…… 권정록 변호사님한테 이번 일 비밀로 하는 거 말입니다. 계속 부딪칠 사인데 목적을 숨기는 게 영 마음에 걸린다고……."

"무슨 말도 안 되는 소리야?"

혁준의 말을 뚝 끊어 버린 연 대표가 버럭 소리쳤다. 진심을 대신하여 말하던 혁준이 입을 꾹 다물었다.

연 대표는 말했다.

"애초부터 비밀로 하고 시작한 거잖아. 게다가 준규 형이 알고 있는데 굳이 권 변호사가 알 필요는 없지 않겠어?"

"……."

"올웨이즈에서 알고 있는 사람은 준규 형 하나로 족해. 다시 복귀하기 전까지는 진심이가 절대로 권 변한테 말 안 하게 주의 줘. 알았어?"

"……예."

제 대답을 듣고 실망할 진심의 얼굴이 눈앞에 그려진다. 쓴 물을 삼키며 대답하던 혁준은 나가라는 연 대표의 손짓에 자리에서 일어나려 했다.

"아, 그리고 조 팀장! 권 변호사랑 오진심이, 잘 지켜봐."

인사를 하려던 혁준의 눈이 동그래졌다.

"그게 무슨 소립니까?"

연 대표는 의아해하는 혁준을 흘긋거리더니 턱밑을 매만지며 중얼거렸다.

"영 께름칙해서 그래. 준규 형 회사에서 제일 '일만 하고 여자라고는 관심 없다' 던 변호사가 갑자기 진심이랑 붙어 다니는 것도 수상하고."

그거야 당연히 윤서가 권 변호사님의 비서니까…….

"진심이가 근래 들어 자꾸 권 변호사랑 일 핑계 대며 회사에 안 나오는 것도 그렇고."

그건 대표님이 나오지 말라고 해서…….

"내 귀에 권 변호사의 이름이 자주 들려오는 것도 그렇고."

임시긴 하지만 윤서의 상사니까 어쩔 수 없이…….

"하여간 신경 쓰이거든. 제대로 감시해. 복귀하기도 전에 쓸데없는 소문에 휩싸이게 하지 말고. 알았어?"

눈을 부라리는 연 대표에게 목구멍까지 차오른 말을 꺼내려다 말았다. 혁준은 짧은 인사를 한 뒤 대표실을 벗어났다.

❖

집무실에서 사용하는 티슈가 거의 마지막을 향해 달려가고 있다는 것을 깨달은 시점이었다. 업무에 집중 중인 정록에게 알리지 않고 탕비실로 걸음한 진심은 마침 모여 있던 올웨이즈의 비서 무리들을 발견했다.

"윤서 씨도 파티에 참가하세요?"

어색하게 그들에게 인사한 후, 각티슈를 찾던 진심은 뒤에서 들려오는 무감각한 목소리에 고개를 돌렸다.

최윤혁 변호사의 비서, 은지가 저를 빤히 바라보고 있는 것이 보였다.

"에이, 설마. 은지 씨, 물을 걸 물어. 윤서 씨가 한가한 사람도 아니고 한낱 로펌 연말 파티에 올 리가 없잖아."

믹스 커피를 챙기던 오재윤 변호사의 비서, 혜선이 풋 웃음을 터뜨리며 손을 내저었다. 진심의 얼굴이 팍 구겨졌다.

"어머. 정말…… 안 오시나요? 비서들은 전부 필참이라던데."

입을 쭉 내밀던 정규원 변호사의 비서, 지영이 투정하듯 낮게 중얼거렸다. 잠자코 그 말을 듣고 있던 혜선이 말했다.

"크리스마스이브잖아. 다른 사람도 아니고 오윤서 씨고. 그런 윤서 씨가 그때 일정 하나 없겠어? 안 그래요, 윤서 씨?"

혜선은 처음부터 진심의 입사를 못마땅하게 여긴 비서들 중 가장 선두에 서 있는 사람이었다. 특히나 정록의 도움을 받아 진심이 비서 생활에 적응하면 할수록 더욱 그녀를 아니꼽게 바라보곤 했었다.

지금은 잠시 쉬고 있기는 하지만, 진심은 연예계 생활만 10년이다. 게다가 좁은 업계이니 만큼 워낙 보고 들은 말이 많았다. 하지만 진심은 노골적인 비난은 대부분 무시하는 편이었다. 간혹 제 뒷얘기를 하는 후배들을 발견하기는 했지만 부러워서 그러는 것이라 여기며 대수롭지 않게 생각했다.

혁준이 '대체 그걸 어떻게 견디는 거야?' 하고 진지하게 물음을 던진 적이 있을 만큼 크게 신경 쓰지 않았던 터라 어쩌면 10년 넘게 톱의 자리를 유지했던 건지도 모르겠다. 물론 발연기 논란은 무척 신경 쓰이는 편이었지만.

진심은 샐쭉 웃으며 제게 미소를 짓고 있는 혜선을 빤히 응시했다. 눈앞의 여자는 뒤에서도, 앞에서도 저를 향한 적의를 숨길 생각을 않는다. 그로 인해 주위 사람마저 불쾌하게 만들 만큼.

'응수해 줄까?'

무시할까 생각이 들기는 했으나, 앞으로도 이 사람들과 4개월은 더 함께 일해야 한다. 크게 자극하지 않는 편에서 저 역시 당하고만 있지 않는다는 것을 표현할 필요가 있었다. 진심은 '크리스마스이브에도 회사에 나와야 하다니' 하고 중얼거리고 있는 비서들을 향해 스윽 입꼬리를 올렸다.

"참석하게 될 것 같아요."

투덜거리던 비서들의 고개가 홱 돌아갔다.

"임시기는 하지만 저도 올웨이즈의 일원이잖아요. 직원이라면 대부분 참석해야 한다던데. 저만 사정이 있다고 빠지는 건 있을 수 없는 일이죠. 안 그래요?"

진심은 짙은 미소를 지으며 그들의 답변을 기다렸다.

'어때. 내가 이렇게 나오니까 당황스럽지?'

입꼬리가 씰룩거리는 것을 참지 못하겠다. 매우 미약한 한 방이지만, 그래도 마냥 당하지만은 않는다는 것을 표현한 그녀의 행동에 상대가 놀라는 것이 느껴졌다. 진심은 탕비실에서 너무 시간을 끌었다는 것을 자각하며, 싱크대 근처에 놓여 있던 각티슈를 집어 들었다.

"그럼."

"저기, 윤서 씨!"

여유롭게 그들에게 인사를 하며 집무실로 돌아가려던 진심은 자신을 불러 세우는 그들의 외침에 행동을 멈추었다. 왜 그러냐는 표정을 짓자 잠시 망설이던 여자들 중 태은이 입을 열었다.

"파트너는 정하셨어요?"

"……네?"

"어머, 모르셨어요?"

진심은 눈을 깜빡였다.

태은은 그녀의 의문을 풀어 주기 위해 대꾸했다.

“이번 연말 파티요. 파트너 동반 파티잖아요!”

❖

「그럼 이 날은 괜찮은 거죠?」

25일을 가리키는 진심의 질문에 정록은 되물었다.

「25일 몇 시 말입니까?」

「전부요.」

「예?」

「왜요? 변호사님 연휴 전부를 제가 가진 거 아니었어요?」

「아, 물론 그건…….」

「이브에 따로 만나지 못하는 건 아쉽지만, 크리스마스 당일은 양보 못 한다고요! 맞아요, 절대로 양보 못 해요! 그 시간은 제가 먼저 선점했다고요!」

‘그러니까 25일 당일엔 절대로 약속 잡지 마세요, 아셨죠?’ 하고 말을 덧붙이는 그녀의 표정이 너무도 생생해서 정록은 픽 웃어 버렸다. 대체 뭘 하려고 그렇게 크리스마스를 함께 보낼 것을 주장하는 건지 모르겠다. 그런 그녀를 향해 냉정하게 거절하지 않은 것은 역시…….

‘단순히 끌려서이기만 할 뿐?’

의문이 든다.

시간이 곧 돈과도 같은 그에게 있어, 고작 눈길이 간다고 하여 걸어 다니는 사건 사고와 여자와 시간을 보내고 싶지는 않을 텐데.

연애라는 것이 얼마나 소모적인 건지 곁에 있던 두 친구들을 통해 똑똑히 지켜보았다. 지금껏 딱히 연애를 하지 않아도 잘 살아왔고, 불편한 적이 없어 더더욱 그 필요성을 느끼지 못했다. 하지만 요즘, 그 필요성을 느꼈다.

그녀의 부재로 인해 불편함을 느꼈고, 시선이 닿지 않는 곳에 두면 불안해졌다.

'이 기묘한 감정은 대체 뭐지.'

학창시절엔 열병처럼 첫사랑을 앓았던 적도 있었으나, 대학교 이후로는 그 비슷한 감정도 경험해 본 적이 없기에 왠지 생소하게 느껴졌다. 오늘 오전, 잠시 자리를 비운 그녀의 부재가 더욱 크게 다가왔던 것은 그에게 적잖은 충격을 안겨 주기도 했다.

"변호사님. 계세요?"

생각에 잠겨 있던 정록을 일깨운 것은 똑똑 노크를 하더니 이내 문을 열고 집무실 안으로 들어온 진심의 음성 때문이었다.

정록은 생긋 웃으며 주위를 휘휘 둘러보더니 조심스레 문을 걸어 잠근 채 제게로 다가오는 그녀를 바라봤다.

'……'

마침 그녀 생각을 하고 있었던지라 긴장하게 된다.

특히나 요즘 진심이 늘어놓는 말에 하나같이 당황했던 터라, 반사적으로.

정록은 짧게 호흡을 고르며 가까워지는 그녀를 응시했다.

"변호사니임."

"듣고 있습니다, 오진심 씨."

말끝을 길게 늘어트리는 것으로 보아 무언가 일이 일어날 조짐이 보인다. 씩 웃고 있는 그녀의 입꼬리가 신경 쓰이기도 하고. 상대적으로 차분해져야겠다 여긴 정록이 대꾸하자 진심이 돌연 척, 그의 책상 위로 손을 얹었다.

"변호사님은 알고 계셨어요?"

"무엇 말입니까?"

"이번 연말 파티요!"

아.

"조금 전에 다른 비서들한테 들었는데, 글쎄, 파트너 동반 파티래요!"

진지한 표정을 짓던 그녀의 두 볼에 홍조가 생겼다. 대체 무슨 말을 늘어놓으려고 서론이 저리 기나 싶었던 정록은 픽 웃으며 대답했다.

"네. 그렇다고 하더군요."

"어머. 알고 계셨어요?"

"제가 말 안 했습니까?"

진심이 힘차게 고개를 끄덕이며 외쳤다.

"안 했다고요! 그냥 파티에만 참석하신다고 하셨잖아요. 어휴."

좌우로 머리를 젓던 진심이 말을 이었다.

"그것도 파트너 동반 파티라니. 저보고 '윤서 씨는 누굴 데려올 거예요? 설마, 연예인?' 이라고 묻기에 얼마나 놀랐는지 아세요?"

아…….

혀를 차는 그녀의 한탄에 정록은 어색하게 미소 지었다. 정록에게 대답을 들은 진심은 입술을 삐죽이다 소파 쪽으로 가 털썩 앉았다.

"물론 파트너로 삼을 사람은 확실히 연예인들 뿐이긴 해요."

뭐?

"그것도 제 인맥이 매우 좁아서 잘 연락하는 연예인들이 그리 많지는 않지만. 아! 저번에 상대했던 지운 씨한테 한 번 물어볼까."

'저번에 상대했던' 이라는 단어 조합에 자연스럽게 눈썹이 꿈틀거린다.

"하아. 안 되겠네. 지운 씨는 해외 촬영 때문에 엄청 바쁠 것 같아. 어떡하죠, 변호사님? 저 파트너로 데려갈 사람은 없는데."

"……."

"끄응. 하는 수 없죠. 일단 파티는 참석해야 하니 지금이라도 알아볼 수밖에. 아, 이러고 있을 시간이 아니지. 변호사님! 저 잠시 전화 좀 하고 와도…… 변호사님?"

'이런.'

무심코 움직여버린 모양이다.

소파에서 몸을 일으킨 진심이 순식간에 집무실 입구 쪽으로 걸어가려 하자, 정록은 얼른 의자에서 일어나 그녀에게 다가갔다. 그러고는 조금의 망설임도 없이 그녀의 손목을 붙잡고선 인상을 썼다. 그러자 진심의 큰 눈이 토끼처럼 일렁인다.

'젠장.'

정록은 한숨을 삼켰다.

아마도 그녀의 페이스에 완벽히 말려버린 것이 분명하다. 하지만 일이 이렇게 됐으니까.

"오진심 씨."

"네?"

어리둥절해하는 진심의 눈은 별처럼 반짝였다. 정록은 그런 진심을 내려다보며 말했다.

"오진심 씨는 따로 파트너를 구할 필요가 없지 않습니까?"

"무슨 소리세요? 설마. 파티에 참가하지 말라고 그러시는 거예요?"

진심이 정록을 향해 불만에 찬 목소리를 흘렸다.

그게 아니라, 이 여자야.

정록은 입을 오리처럼 툭 내밀고 있는 진심에게 눈을 고정시켰다.

"내가 있는데 대체 왜 파트너를 구한다고 하는 겁니까?"

그의 말을 예상하지 못했는지 진심이 넋 나간 표정으로 그를 올려다봤다. 정록은 살짝 고개를 숙여 그녀의 귓가에 속삭였다.

"오진심 씨의 파트너는, 나뿐입니다."

그러니까 나와 같이 가도록 해요.

❖

"에취!"

짐을 풀던 혁준이 깜짝 놀라 뒤를 돌아볼 만큼 커다란 기침 소리였다.

진심은 옷에 씐 비닐을 뜯다 말고 저를 바라보고 있는 혁준을 향해 신경 쓰지 말라는 듯 밝게 웃었다.

하지만 그에 가만히 있을 혁준이 아니다.

혁준은 미간을 살짝 좁히고선 그녀를 향해 다가왔다.

"감기야?"

"아니. 그냥 좀 으스스하네."

슥슥 두 팔을 문지르며 대답하는 진심을 혁준은 못마땅하게 응시했다.

그의 눈길을 뒤늦게 발견한 진심이 의아하게 물었다.

"왜?"

"너 꼭 가야 하냐?"

"응? 어딜?"

"그 연말 파티라는 곳."

얼굴을 딱딱하게 굳히며 말하길래 대체 무슨 일인가 싶었다.

진심은 풋 웃음을 터뜨리며 혁준을 바라보았다.

혁준은 심각한 표정으로 말을 이었다.

"웃지 마, 인마. 나 진지해."

"하하, 오빠."

"수월하게 일할 수 있다더니 이런 사소한 행사에도 참석해야 하고. 대표님 사촌 형이 운영하시는 로펌이라고 해서 너무 얕봤던 게 아닌가 싶다."

투덜투덜. 혁준답지 않게 구시렁거리는 것이 영 수상쩍다.

진심은 그녀에게 부탁받은 대로 파티용 드레스를 구비해 온 혁준에게 다가갔다.

"왜."

"오빠 화났어? 오빠는 일하는데, 나 혼자 파티에 참석한다고?"

"……그런 거 아니야."

"봐줘. 나도 원해서 참석하고 이런 거 입으려는 거 아니니까."

솔직한 심정으로는 이 황금 같은 휴일에 연말 파티를 잡아 버린 올웨이즈의 연준규 대표에게 욕 한 사발을 쏟아붓고 싶다.

진심의 발언에 혁준이 휘둥그레 눈을 떴다.

"원해서 참석하는 게 아니야?"

"당연하지! 오빠. 오빠는 내가 시상식 제외하고 다른 연말 파티에 참석하는 거 봤어? 게다가 나 상 받는 시상식 아니면 애프터파티에도 참석 안 하는 사람이라고!"

혁준은 곰곰이 생각했다. 그러고 보면 그 말은 사실이었으니까. 진심은 입을 다물고 고개를 까딱이는 혁준에게 말했다.

"얕보이면 안 된다고. 내가 그동안은 적응하느라 그냥 내버려 뒀는데 이대로 있다가는 된통 당하겠어."

"무슨 소리야?"

"이 세계도 연예계 못잖게 빡세다는 소리지."

"……뭐?"

"내가 누군지 단단히 각인시킬 필요가 있어. 안 그러면 계속해서 시비를 걸 테니까."

꽈악. 주먹을 불끈 쥔 진심의 눈이 초롱초롱 빛났다.

혁준은 '너 비서 일 제대로 하고 있는 거 아니었어?' 라고 물었다.

진심은 소파 위에 가지런히 놓여 있는 이브닝드레스를 내려다보았다. 톡 튀지도, 그렇다고 평범하지도 않은 검정색의 기다란 이브닝드레스. 앞부분은 브이넥 형식으로 되어 있고 허리 부분에는 금색으로 빛나는 커다란 띠가 둘러져 있어 고급스러운 느낌을 줬다.

연예계 쪽 진심의 이미지인 청순함이 잘 드러나는 그 드레스는 아마 그녀와 잘 어울릴 것이다. 진심은 만족스러운 얼굴로 드레스를 향해 손을 뻗었다.

"고마워, 오빠. 왕 선생님한테도 감사하다고 꼭 전해 드려. 조만간 찾아뵙겠다고!"

"왕 선생님이 대체 언제 올 거냐고 묻긴 하시더라. 알겠……!"

심드렁하게 대답하던 혁준이 홱 고개를 돌렸다. 진심은 그의 시선이 향한 곳이 인터폰이라는 것을 깨달았다.

"아!"

딩동, 길게 울리는 초인종 소리에 진심은 눈에 띄게 밝은 표정을 지으며 인터폰으로 달려갔다. 혁준은 그런 진심을 지켜봤다.

"오빠, 변호사님 오셨나 봐!"

조금 전까지만 하더라도 몸이 시리다 어쩌다 중얼거리던 진심의 얼굴에 생기가 돌았다. 그녀는 당황하는 혁준에게 크게 외친 후 현관으로 달려가려 했다.

"잠깐. 내가 갈게."

"어?"

"기다리고 있어."

언제 그녀의 앞에 다가왔는지, 혁준이 진심을 저지하고선 현관으로 걸어갔다. 진심은 어리둥절한 얼굴로 혁준의 등을 바라보았다. 이윽고 철컥거리는 소리가 들리더니 진심의 집 문이 열렸다.

'왜 이렇게 안 오지?'

가만히 기다리라는 혁준의 말을 듣고 조신하게 소파에 앉아 있던 진심은 콩닥거리는 가슴을 가라앉히고 있었다. 하지만 현관 문소리가 들린 지 1초가 지나고 2초, 3초, 10초가 지나도 혁준은 그와 함께 집 안으로 들어오지 않는다.

진심은 입을 쭉 내밀며 현관 쪽을 응시했다.

'안 되겠어!'

크게 들썩이는 심장이 진정될 기미가 보이지 않았다. 진심은 소파에서 벌떡 일어나 현관으로 걸어갔다.

"오빠, 변호사님 오신 거 아니었어? 왜 그러고 서 있…… 헉!"

현관 앞에 떡하니 굳어 있는 혁준은 돌보다 더 단단했다. 인상을 쓰며 그의 등을 세게 후려치던 진심은 얼굴을 빼꼼 내밀었다. 그러다 시야로 들어온 한 남자의 모습에 숨을 크게 들이마셨다.

"아, 오진심 씨."

언제나 그렇듯, 차가운 음성을 흘린 정록이 저를 발견하고선 고개를 까딱이는 것이 보였다.

두근두근. 심장이 미친 듯이 벌렁거려 진심은 차마 말을 잇지 못했다.

"벼, 변호사……님?"

입을 쩍 벌리려는 것을 가까스로 참으며 호흡을 고른 진심이 겨우 소리를 냈다.

정록은 주저 없이 대답했다.

"예."

'미쳤어!'

속으로 외친 것이 천만다행이다.

그러지 않았더라면 자신이 깜짝 놀랐다는 것을 들켜 버렸을 테니까.

'오빠가 굳을 만하네.'

진심의 눈에 비친 정록은 평소 로펌에서의 모습과는 사뭇 다르다. 진심이 요구했던 가짜 데이트 때와도 꽤 먼 차이가 있었다. 커다란 키와 넓은 어깨가 확연하게 보이는 청색의 슈트는 그의 검은 눈이 더욱 차분하게 느껴지게 만든다.

흰색의 터틀넥 스웨터로 포인트를 준 상의는 캐주얼한 느낌을 주고 있었다.

게다가 가장 눈길이 가는 것은…….

'머리 내린 모습은 처음 봐!'

언제나 앞머리를 뒤로 넘기며, 단정한 헤어스타일을 유지하던 정록은 서늘한 인상을 안겨 주었다.

그런 정록이 앞머리를 내려 제 앞에 서니 10살은 더 젊어 보여 괜히 가슴이 콩닥거렸다. 진심은 정록의 현재 모습을 홀린 듯 응시하고 있는 혁준을 흘긋거렸다.

스르륵, 제 일도 아닌데 입꼬리가 올라가는 것을 막을 수 없다.

이 남자가 바로 내 남자야! 라고 혁준의 귀에 대고 소리치고 싶은 심정이다.

"……그런데 언제 들여보내 주실 겁니까?"

"아! 죄, 죄송해요. 얼른 들어오세요, 변호사님! 오빠, 비켜!"

"어? 어어."

뒤늦게 정신을 차린 혁준이 자신을 밀치는 진심의 손길을 따라 뒷걸음질 쳤다.

정록은 얼빠진 얼굴로 자신을 바라보는 혁준에게 작게 고개를 숙인 후 안내하는 진심을 따라 발을 움직였다.

"생각보다 일찍 오셨네요?"

"네. 시간이 걸릴 것 같아서요. 하필 개시시간이 여섯 시고, 오진심 씨의 준비 시간도 적잖이 걸릴 거라 예상했습니다."

"호호, 정확하셔라! 저 아직 30분 정도 더 남았어요! 준비할 동안 여기 잠깐만 앉아 계세요!"

"예."

진심은 짧게 대답한 후 홱 몸을 돌렸다.

그러고는 정록이 식탁 앞 의자에 착석할 때까지 한 자리에 서 있기만 하던 혁준에게 달려갔다.

"오빠, 뭐 해? 손님 맞아야지!"

❖

로펌 올웨이즈의 연말 파티는 저녁 여섯 시에 시작될 예정이었다. 어젯밤 늦게까지 소장 작성에 심혈을 기울였던 터라 동틀 때가 되어서야 잠이 들었다.

[변호사님! 오늘 저 데리러 오실 수 있어요?]

정오가 되어서야 눈을 뜬 정록은 오전 10시쯤 보낸 진심의 문자를 발견하고선 난감한 표정을 지었다.

'답변이 늦었군.'

즉각적인 대답을 하는 그녀와는 달리 그는 매번 조금 늦게 답을 하곤 했다.

이번에도 마찬가지. 결코 고의는 아니라는 것을 잘 알고 있었던 터라 진심 역시 뭐라고 하지는 않았지만, 미안해지는 것은 어쩔 수 없다.

정록은 '알겠습니다' 라고 짧게 답을 보내며 후우 한숨을 내쉬었다.

'어쩌자고 그런 말을 한 거지?'

전송 버튼을 누른 뒤 호흡을 고른 정록의 얼굴에 암운이 드리워졌다. 정록은 며칠 전 그녀에게 흘렸던 제 말을 떠올렸다. 파트너 동반에 자신을 추천하다니.

경솔했다.

두 사람의 연애는 비밀 엄수가 전제건만 이번 일은 남들의 의심을 살 수도 있었다. 아마도 다른 남자를 파트너로 구하겠다는 진심의 발언이 기분 나빴던 것이 틀림없다.

그러지 않고서야 그런 말을 했을 리가.

「정말이요? 정말로 제 파트너로 가 주실 거예요?」

그러나 곧 제 중얼거림을 듣고 얼굴에 화색이 도는 그녀를 보자니 '조금 전의 말은 취소하겠습니다' 라고 정정할 수도 없었다.

정록이 당황하는 사이, 진심은 뺨에 손을 가져다 대며 중얼거렸다.

「어떡해! 변호사님이 턱시도 입은 모습을 상상하니 너무 설레요!」

자신이 무슨 소리를 했는지 알고는 있는 건지.

정록의 얼굴이 뜨거워질 정도로 솔직하기 그지없는 진심의 말이 그의 고요한 심장을 콕콕 두드렸다.

정록은 '어떤 드레스를 입고 갈까요?' 라고 눈을 빛내는 진심에게 아무 말도 하지 못했다.

'오래 걸리는군.'

째깍째깍.

손목에 찬 시계의 초침이 빠르게 흘러간다.

어느덧 오후 5시를 가리키고 있는 손목시계를 내려다보던 정록은 속으로 생각했다.

'이곳에 도착한 것이 오후 3시 30분쯤이었으니, 벌써 한 시간 반이 흘렀군.'

정록은 후우, 한숨을 내쉬며 어느덧 비어 있는 커피 잔을 응시했다.

"더 드릴까요?"

기다리는 일이 꽤나 힘들다는 것을 깨달으며 커피 잔을 쳐다보던 정록은 제 앞에서 들려온 음성에 고개를 들었다.

진심의 매니저인 혁준이 싱긋 웃으며 제게 말을 걸고 있었다.

"괜찮습니다."

정록은 옅은 미소를 그리며 대답했다. 혁준은 그런 그에게 더 할 말이 남았는지 입을 열었다.

"원래 여자들은 준비하는 데 시간이 꽤 걸리지 않습니까. 게다가 우리 윤서는 아무래도 연예인이었다 보니 메이크업 시간이 적잖게 소요됩니다. 그러니 양해 부탁드립니다, 권 변호사님."

혁준 역시 진심의 소요시간이 길어짐을 똑똑히 알고 있었던 게 분명하다. 정록은 진심을 대변하듯 말하는 혁준을 주시하다 물었다.

"전 괜찮습니다. 그런데 조혁준 씨는……."

"예?"

'오진심 씨와 단순한 매니저라기엔 너무 가깝군요' 라는 말이 입안을 맴돌았다.

"변호사님?"

혁준이 말을 하다 마는 자신을 의아하게 쳐다보는 것이 보였다.

정록은 대답했다.

"아무것도 아닙니다."

괜한 오지랖이다.

정록은 차오르는 의문을 가라앉히며 스스로에게 되뇌었다. 굳이 묻지는 않았지만 진심과 혁준이 얼마나 서로를 신뢰하고 있는지는 겉으로 드러난 모습만으로도 충분히 짐작 가능했다. 정록은 아무 말 없이 혁준에게서 눈길을 돌렸다.

"저기, 변호사님."

혁준의 조심스러운 목소리는 그때쯤 들려왔다. 여전히 나올 기세를 보이지 않는 진심을 좇던 정록은 다시금 혁준을 응시했다. 혁준은 평소의 친절한 모습과는 달리 진지한 표정을 지으며 그를 쳐다보고 있었다.

"왜 그러십니까?"

정록은 의문 섞인 목소리를 냈다.

"한 가지 물어보고 싶은 게 있는데 말입니다."

"말씀하십시오."

"음, 저기…… 이런 말씀 어떻게 받아들이실지 몰라 조금 망설여지는군요."

주저하는 혁준을 보고서도 정록의 눈은 미동이 없었다. 태연한 그를 발견한 혁준은 크게 숨을 들이마시며 말했다.

"우리 윤서랑 무슨 사이십니까?"

"……예?"

도리어 당한 느낌이다.

정록의 미간은 순식간에 좁아졌다.

혁준은 매서워진 정록의 시선에 손을 휘휘 저으며 외쳤다.

"불쾌하게 만들 의도는 없었습니다! 단지…… 요즘 윤서가 변호사님 이야기를 자주 해서, 혹시 두 사람 사이에 제가 모르는 다른 무언가가 있나 싶어서 말이죠."

「우리 연애…… 비밀인 거, 아시죠? 마음 같아서는 저도 이곳저곳에 변호사님이랑 사귄다는 거 퍼뜨리고 싶은데 말이에요. 하지만 우리가 사귄다는 게 밝혀지면 난리가 날 게 분명해요.」

불현듯 한숨을 푹푹 내쉬며 중얼거리던 진심의 말이 떠올랐다. 정록은 속으로 픽 웃음을 삼켰다.

'나보고 비밀로 하라며 신신당부를 하더니 다 드러내고 다녔군.'

그 여자의 평소 모습으로 짐작해 보건대, 힌트를 흘린 것이 틀림없다. 어쩐지. 문을 열어 주던 혁준의 눈빛이 곱지만은 않더라니. 난색을 표하며 '특별한 사이는 아니죠?' 하고 묻는 혁준에게 뭐라고 말해야 할지 잠시 고민했다.

그러다 그녀가 말했던 대로 두 사람의 관계를 비밀리에 부치기 위한 대답을 늘어놓았다.

"조혁준 씨. 걱정하지 마십시오. 저와 오진심 씨는 단순한……."

"어휴, 죄송해요! 제가 너무 오래 걸렸죠?"

단순한 직장 동료 사이입니다, 라고 대답하려던 정록은 벌컥 열리는 문소리에 입을 다물었다. 정록에게 집중되어 있었던 혁준의 눈과 혁준을 바라보던 정록의 눈이 약속이나 한 듯 뒤를 향했다.

정록은 드레스룸을 열고 나온 올림머리의 여자를 발견하고선 멈칫했다. 검은 이브닝드레스 차림의 진심은 저를 보고 아무 말도 하지 않는 두 남자를 향해 고개를 갸웃거렸다.

"다들 왜 그렇게 봐요? 안 어울려요?"

❖

"에에취!"

조수석에 앉아 있던 진심의 입술 사이로 커다란 기침 소리가 흘러나왔다. 핸들을 잡고 있던 정록의 검은 눈동자가 천천히 옆으로 움직였다.

"오진심 씨."

"아, 죄송해요! 문 열게요!"

정록은 기침을 한 것이 못내 미안했는지 옅게 웃으며 창문을 내리려는 그녀를 저지했다. 온몸을 부르르 떨면서 춥다고 하는 여자가 문을 내리려 하다니. 정록은 '변호사님?' 하고 저를 어리둥절하게 응시하고 있는 진심에게 말했다.

"글로브 박스 안에 담요가 있습니다."

"네?"

"도착할 때까지 덮고 계세요."

현재 입고 있는 제 옷을 벗어 주더라도 그녀에게 도움이 될 것 같지는 않았다. 겨울철이어서 다행히 조수석 앞의 글로브 박스 내에 담요를 가져다 둔 것이 다행스러운 일이다.

정록의 말에 '어머!' 하고 탄성을 흘리던 진심은 환한 미소와 함께 손을 뻗었다. 정록의 말대로 글로브 박스 안에는 갈색의 담요가 돌돌 말려 들어 있었다. 정록은 진심이 서둘러 그것을 꺼내 몸 위로 두르는 것을 지켜보며 액셀러레이터를 밟았다.

"그런데 변호사님."

다섯 시 반쯤 진심의 집에서 나온 그들 일행은 연말 파티가 예정된 서초동의 올웨이즈 사무실로 향하는 중이다.

일찍이 화이트 크리스마스가 예견되었음에도 불구하고 24일인 오늘 내도록 눈송이 한 번 내리지 않아 입을 쭉 내밀고 있던 진심이 고개를 돌려 그를 응시했다.

정록은 여전히 정면에 시선을 고정시킨 채 대답했다.

"네."

"저 많이 추워 보여요?"

짧고 간결한 답변을 유지하던 정록의 얼굴이 무심코 돌아갈 뻔했다. 가까스로 인내한 정록은 그녀를 한 번 흘긋거리는 것으로 욕구를 대신했다. 진심은 그런 그의 마음을 아는지 모르는지 낮게 투덜거렸다.

"혁준 오빠도 그렇고, 변호사님도 그렇고…… 왜 자꾸 제게 뭔갈 입히려고 하는 건지."

"당연히 추워 보입니다. 이 겨울에, 어깨를 그렇게 드러내고 있지 않습니까."

물론 오프 숄더 형식의 옷차림은 아니었고, 따로 챙겨 온 숄도 있었기에 보기만 해도 으스스한 정도는 아니었지만 신경이 쓰이는 건 막을 수 없는 노릇이다.

정록은 '정말요?' 하고 묻는 진심에게 말했다.

"오진심 씨는 춥지 않습니까?"

"솔직히 말하면 추워요. 하지만 어쩔 수 없잖아요. 파티인걸요. 그것도 파트너를 동반하는 연말 파티! 이건 엄청 중요한 일이란 말이죠. 앞으로의 제 직장 생활에 있어서도, 저와 파트너가 된 변호사님한테도요! 제가 괜히 오윤서가 된 게 아니라는 걸 알릴 필요가 있어요!"

주먹을 불끈 쥐며 말하는 그녀의 검은 눈동자가 크게 일렁였다. 정록은 미간을 꿈틀거리며 묻고 싶었다.

'대체 누구에게?'

어차피 앞으로 오윤서로 활동을 할 것도 아닌데 굳이 이렇게 힘을 줄 필요가 있는가 싶다.

차오르는 의문이 수도 없었지만 곧 그는 대수롭지 않게 생각했다.

"편하게 생각하세요, 오진심 씨. 이번 파티는 단순히 대표님이 혼자 크리스마스를 보내지 않으려고 마련한 술수일 뿐이니까요. 그냥 잠시 얼굴을 비치고 돌아오면 되는 일입니다."

연말 파티라는 거추장스러운 이름을 붙이기는 했지만 사실은 자신이 했던 말 그대로다. 하필 주말이었던 크리스마스를 쓸쓸하게 보내고 싶지 않은 올웨이즈의 연준규 대표가 연말 파티다 뭐다 해서 사람들을 끌어모은 것이 틀림없다.

귀찮기 그지없지만 참석을 한다면 콩고물이 떨어진다고 하기에 어쩔 수 없이 발걸음을 한 것이고.

진심이 무엇을 그리 염려하는 건지 모르겠지만 긴장을 할 필요는 없다는 소리.

정록은 심드렁하게 말을 한 뒤 진심에게서 시선을 뗐다.

"아니. 그럴 수는 없어요."

그런 그의 무심한 답변을 듣고 있던 진심이 단호하게 고개를 저은 것은 그때였다. 정록은 진지한 그녀의 대답에 깜짝 놀라 그녀를 쳐다봤다. 진심은 심각한 얼굴을 한 채 중얼거렸다.

"다른 파티도 아니고 제가 변호사님의 파트너가 되어서 참가하는 첫 파티예요. 다른 사람들이 크게 개의치 않는다고 해도……제가, 신경 쓰여요."

나지막한 음성이었지만 워낙 좁은 공간이었기에 귀에 콕콕 박혀 왔다. 정록은 아무 말도 하지 못했다.

"그러니까 저 열심히 할게요!"

"……."

"변호사님의 파트너로서 손색없이 말이에요! 이래 봬도 파티 경험은 적지 않다고요. 그러니 저만 믿으세요!"

힘차게 외치던 진심이 하얀 이를 드러내며 씩 미소를 지어 보였다.

빠앙!

그 모습을 홀린 듯 응시하던 정록은 뒤차의 클랙슨 소리에 겨우 정신을 차릴 수 있었다.

두근두근.

크게 뛰는 가슴 소리가 귀를 어지럽힌다.

겨우 도착한 주차장에서 자신의 에스코트를 받아 옆에 선 진심이 무어라 말을 걸어 왔지만 정록은 제대로 대답하지 못했다.

아마도 그녀가 했던 말이 꽤 큰 충격으로 다가왔던 모양이다.

'긴장을 놔선 안 되겠군.'

정록은 틈만 보이면 스스럼없이 파고드는 오진심의 무서움을 자각하며 속으로 웃음을 흘렸다.

"이야, 권 변. 정말 왔네? 그것도 쫙 빼입고! 난 솔직히 네가 안 올 줄 알았어!"

"어라? 권 변 파트너는? 파트너 동반이라는 이야기 못 들었어?"

"쉿. 이 자식아, 권 변한테 파트너가 어디 있겠냐? 말이 되는 소리를 해."

파티 당일인 오늘, 오프였던 정록을 비롯한 몇몇 변호사들을 제외하고는 로펌 올웨이즈의 문은 오전까지 열려 있었다.

그 때문인지, 어젯밤 퇴근하는 정록을 향해 '권 변은 내일 오프지? 부러워 죽겠어!' 하고 외치던 몇몇 변호사들이 파티 시간이 되어서야 회사에 도착한 정록에게 말을 걸어 왔다.

오전 근무를 끝내고 파티 플래너들이 사무실을 변화시키는 모습을 지켜본 그들 역시, 정장 차림에서 턱시도 차림으로 변모한 상태였다.

정록은 수다스러운 그들을 본척만척하며 평소의 올웨이즈라고 생각하기 힘든 사무실 안으로 발을 내딛으려 했다.

"하아, 하아. 같이, 같이 가요, 변호사님!"

그렇지.

시끄러운 녀석들에게 둘러싸여 있느라 잠시 잊고 있었다.

정록은 자신이 엘리베이터에서 내린 후 화장실을 들렀다 온다고 한 진심과 헤어진 상태라는 것을 뒤늦게 깨달았다.

귀 익은 음성에 뒤를 돌아본 정록은 검은 이브닝드레스 자락을 펄럭이며 제게 달려오는 여자를 발견했다.

하얀 얼굴 위에 붉은 홍조를 띄운 여자는 그의 코앞까지 다가와서는 고개를 숙이며 가쁘게 심호흡을 했다.

'내가 자기를 내버려 두고 들어갈 거라 여긴 건가.'

정록은 겨우 안정을 되찾은 뒤 생긋 웃는 진심을 말없이 응시했다.

정록이 살짝 고개를 끄덕이자 입꼬리를 올린 진심이 그의 옆으로 슬쩍 다가왔다.

그는 그런 진심과 함께 보조를 맞추려 했다.

"이야. 오전에 윤서 씨도 온단 이야기는 들었는데 정말 올 줄은 몰랐어요! 하하. 이거 이브를 오윤서와 함께 보내다니. 평생의 영광인데요?"

"그러게 말이야. 참, 윤서 씨. 나중에 파티 끝나고 사진 한 장 같이 찍어 줄 수 있죠? 아무한테도 안 보이고 나만 가지고 있을게요!"

그러나 그런 두 남녀가 발을 뻗기 전, 뒤늦게 진심을 발견한 오재윤 변호사와 이준호 변호사가 활짝 웃으며 진심에게 말을 걸어왔다.

정록은 그들의 찬양에 과찬이라며, 배시시 웃고 있는 진심을 흘긋거렸다.

'뭐가 그리 좋다고 웃어.'

그의 미간은 눈에 띌 정도로 좁아졌다.

"그런데 윤서 씨."

"네?"

"파트너는요? 윤서 씨의 파트너가 될 부러운 남성분은 어째 안 보이십니다?"

진심을 흐뭇하게 바라보던 정규원 변호사가 슬쩍 물음을 던졌다. 약간의 흑심이 들어가 있는 질문에 진심의 눈이 동그래지는 것을 정록은 똑똑히 목격했다.

정규원 변호사는 씩 미소 지으며 말했다.

"윤서 씨. 만약 혼자 오신 거라면, 제가 윤서 씨의 파트너가 되어도 되겠습니까?"

"안 됐지만 그건 무리야."

"어?"

"있거든."

정록은 어떻게 해야 할지 주춤하고 있는 진심의 앞을 가로막으며 갑자기 끼어든 자신을 노려보는 변호사들에게 말했다.

"있다고, 오진심 씨 파트너."

"권 변. 너 뜬금없이 그게 무슨 소……"

쉽게 정록의 말을 믿지 못하는 다른 변호사들을 무심히 응시하던 그는 진심을 향해 손을 내밀었다.

"들어가시죠, 오진심 씨."

그녀를 향해 내미는 정록의 커다란 손을 멀뚱히 응시하던 진심의 입꼬리가 스르륵 올라갔다.

"네!"

❖

'저건 또 뭐야.'

정록은 눈부시게 빛나는 크리스마스트리 근처에 천장에서 달랑거리는 나뭇가지를 발견하며 미간을 좁혔다.

'어디서 본 건 많다니까.'

연 대표가 의도했는지 아니면 단순히 파티 플래너의 계획 중 일부분인 건지.

겨우살이나무로 짐작되는 것을 장식하여 천장에 대롱대롱 매달아 놓은 걸 발견하고선 정록은 실소를 흘렸다.

[Kissing under the Mistletoe.]

크리스마스 장식을 한 겨우살이나무 아래의 이성에게는 아무나 키스를 할 수 있다는 서양의 크리스마스 풍습 중 하나.

남들 몰래 사내연애를 하고 있는 이들이라도 있는 건가 싶을 정도다.

'나랑은 상관없지.'

곰곰이 생각해 보아도 저와는 거리가 먼 이야기다.

정록은 자신과 같이 파티에 참석했음에도 불구하고 어느새 수많은 사람들에게 가득 둘러싸여 있는 진심을 주시하며 생각했다. 금세 저렇게 많은 이들의, 물론 대부분이 남자지만 그래도 저렇게 수많은 사람들의 시선을 잡아끄는 것을 보면 오진심은 천생 연예인이다.

생글생글 웃는 것이 지루하지 않은 건지.

만약 자신이었다면 진작 얼굴에 경련이 일어도 모자랄 판이건만. 정록은 제게 쉬지 않고 말을 걸어 대고 있는 사람들에게 일일이 답변해 주는 진심을 말없이 지켜보았다.

"권 프로!"

그리고 이 모든 일을 벌인 장본인, 로펌 올웨이즈의 연준규 대표는 빨간 턱시도에 검은 셔츠를 입고, 하얀 보타이를 착용한 채 그의 앞에 모습을 드러냈다.

정록의 얼굴은 구겨졌다.

"대표님. 꼴이 그게 뭡니까?"

"뭐? 하늘 같은 대표한테 다짜고짜 그게 무슨 말버릇이야!"

하하, 웃음을 흘리던 연 대표가 대뜸 말을 던지는 정록을 바라보며 소리쳤다. 정록은 어깨를 으쓱이며 들고 있던 샴페인을 입안으로 털어 넣었다.

"하여간 버릇없는 자식. 그나저나 오윤서 데려온 게 너라며?"

왜 조용하나 했다.

정록은 툴툴거리던 연 대표가 씩 웃으며 제 허리를 꾹 누르자 인상을 썼다.

연 대표는 아랑곳 않고 말했다.

"너 인마, 이제 좋아진 거냐?"

"뭐가요."

"오윤서 씨 말이야! 좋아진 거지? 연말 파티에 데려올 생각을 다 하고 말이지! 그래 인마, 그렇게 점차 친해지는 거지! 하하하!"

호탕하게 웃음을 터뜨리는 연 대표를 가만히 내려다보던 정록은 대답했다.

"말씀드렸지 않습니까. 제대로 해 보겠다고. 그 이후로 오진…… 오윤서 씨가 제대로 일을 하길래 그에 맞는 대응을 해 주었을 뿐입니다."

"으이고, 냉정한 자식. 뭐 그래도…… 적응을 해서 다행이네. 조금만 더 견뎌 보라고. 앞으로 네 달밖에 안 남았잖아? 네 달만 더 견디면 여기 있을 일 없는……."

"네?"

"……어? 내가 뭔 말 했나?"

정록은 말을 하다 말고 급히 화제를 바꾸는 연 대표를 주시했다. 연 대표는 무언가 찔리는 것이 있는 사람처럼 흠흠, 헛기침을 흘렸다.

"어쨌든 잘 대해 주란 말이지. 네 말대로 요즘엔 일도 잘한다며."

"노력하겠습니다."

연 대표에게 그들 두 사람의 일을 일일이 알릴 필요는 없었다. 말을 했다가는 귀찮아질 것이 분명했으니까.

연 대표가 했던 조금 전의 말이 왠지 거슬리기는 했지만 정록은 크게 신경 쓰지 않기로 했다. 왜냐하면 그 말에 태클을 걸 만한 여유가 없었기 때문이다.

"어어?"

갑자기 발걸음을 떼는 정록을 보고 연 대표가 의아한 음성을 쏟아 냈다. 정록은 연 대표의 목소리에도 불구하고 쉬지 않고 발을 앞으로 움직였다. 웅성거리는 소리가 귀를 울렸다.

정록은 자신이 눈치채기가 무섭게 파티장 곳곳이 소란스러워지자 더욱 조급해졌다.

"어머, 윤서 씨!"

말을 먼저 꺼낸 것은 마침 진심과 네 발자국 떨어져 있던 재윤의 비서 혜선이였다. 정록이 거의 진심의 근처에 다다랐을 때 혜선은 싱긋 웃으며 말했다.

"겨우살이나무 아래에 계시네요!"

'젠장.'

심장이 덜컹거렸다. 진심이 '네?' 하고 의아한 표정을 짓는 것이 보였다. 혜선은 이글거리는 눈으로 진심을 주시하고 있는 변호사들이 들으라는 듯, 입술을 달싹였다.

"왜, 그런 말이 있잖아요. 겨우살이나무 아래에 있는 이성한테는 키스를 해도 괜찮다는."

"……!"

"계속 그곳에 서 계시면 키스 받으실 수도 있겠네요?"

생글생글 웃는 혜선의 말에 진심의 입술을 훔치기 위한 변호사들 간의 제로섬 게임이 시작됐다.

"윤서 씨!"

"실례합니다, 윤서 씨!"

"하하. 이거 어쩔 수 없네요. 속설이 그러하면……."

정록은 그런 그들을 한심한 듯 바라보다 진심과 눈이 마주쳤다.

'변호사님!' 하고 인파에 밀려 옴짝달싹 못한 채, 겨우살이나무 아래에서 있는 진심이 제게 구원의 눈빛을 보내는 것이 보였다.

정록은 한숨을 푹 내쉬며 잠시 멈추었던 발을 다시 앞으로 내디뎠다.

"윽!"

"뭐야!"

"얌마, 권 변!"

소리치는 변호사들의 외침에도 불구하고 힘으로 그들 사이를 뚫은 정록은 어느새 진심의 옆에 섰다.

"하하, 뭐야, 권 변? 너도 윤서 씨한테 키스하고 싶은 거냐?"

소동을 눈치챈 연 대표가 껄껄 웃으며 외쳤다.

정록은 그런 그를 말없이 흘긋거리더니 다시 진심을 내려다보았다.

"변호사님. 저……!"

그러고는 현 상황에 당황해하는 진심에게 고개를 푹 숙였다.

살짝.

아주 살짝 입술에 닿았다 떨어지는 입술의 촉감이 진심의 속눈썹을 파르르 떨리게 하는 것이 보였다.

한편 진심은, 두 눈을 멀뚱거렸다.

이거…….

'꿈인가?'

콩닥콩닥 뛰는 심장 소리가 귀를 먹먹하게 만들 정도로 크게 울렸다. 진심은 현실을 의심했다.

'달콤해.'

따스한 온기가 입술을 뒤덮는다. 스르륵 녹아내릴 만큼 부드러운 온기다. 잠시 꿈을 꾸고 있는 걸까란 생각을 하기는 했지만 천천히 멀어져 가는 여운에 알아차렸다.

이건, 꿈이 아니라고.

'아…….'

그의 입술이 떨어져 나간 뒤.

진심은 무의식적으로 손가락을 위로 들어 올렸다. 스윽, 입술을 만지작거리자 찌릿한 전기가 전신으로 퍼져 나간다. 멍하니 고개를 들 수밖에 없었다.

그러한 진심의 눈에, 아무렇지도 않은 태연한 얼굴로 서 있는 남자가 보인다. 많은 이들이 보는 앞에서 서슴없이 제게 입을 맞춘 남자는 무표정하다 못해 뻔뻔했다.

"어……어어?"

눈 깜짝할 사이에 벌어진 사건으로 인해 넋이 나간 것은 비단 진심뿐만이 아니다. 반짝반짝 빛나는 크리스마스트리와 화려한 장식으로 인해 연말 파티 분위기를 물씬 내고 있던, 로펌 올웨이즈의 서초동 사무실.

좋든 싫든 대표의 호출로 인해 연말 파티로 발걸음을 한 올웨이즈의 사원들은 제 눈으로 보고도 믿기 힘든 광경에 일제히 행동을 멈추었다. 누군가는 크게 숨을 들이켰고, 누군가는 샴페인 잔을 들고 있던 손을 파르르 떨었으며, 누군가는 욕설을 흘렸다.

다른 사람도 아니고, 로펌 내에서도 가장 감정의 기복이 없기로 알려진 천하의 권정록이 행한 믿을 수 없는 돌발행동에 모두가 경악했다. 어안이 벙벙한 표정을 짓고 있던 사람들 중 가장 먼저 입을 연 것은 그들을 향해, 정확히는 정록을 향해 농을 건넨 연준규 대표였다.

"궈, 권 프로."

낮게 내리까는 연 대표의 음성에 진심은 그를 쳐다봤다.

정록 역시 마찬가지.

연 대표는 짧게 숨을 내쉬며 입술을 달싹였다.

"이…… 이 미친놈아!"

순식간에 두 남녀의 코앞까지 다가온 연 대표는 얼굴을 붉으락푸르락 붉히며 소리쳤다.

"너 지금 무슨 짓을 한 거야!"

마치 자신에게 화를 내는 것 같아 움찔하던 진심은 연 대표의 외침에도 불구하고 태연하게 대꾸하는 정록을 응시했다.

"잘못한 겁니까?"

"뭐?"

"하라고 한 건 대표님이셨잖습니까."

표정 변화 하나 없이 정록은 대답했다.

찬물을 끼얹었던 파티 분위기가 더욱 싸늘하게 굳어 갔다. 연 대표는 황당한 정록의 답변에 허탈한 숨을 토해 내며 외쳤다.

"누가 진짜 하래? 으으으! 이 자식은 진짜……. 윤서 씨, 괘, 괜찮아요?"

진심은 갑자기 제게로 돌아온 화살에 화들짝 놀랐다.

"네?"

연 대표는 그런 진심에게 푹 얼굴을 숙이며 두 손을 모아 합장까지 했다.

"정말 미안합니다! 미안해요."

"대표님?"

"권 프로 이 자식이 틀에 박힌 놈이라 그런지 농담을 모릅니다. 정말 미안해요. 불쾌했죠?"

"아……."

"뭐 해, 이 녀석아! 윤서 씨한테 사과 안 해?"

정록에게 버럭 소리치는 연 대표의 닦달로 인해 그가 진심을 바라봤다.

콩콩, 심장이 들썩여 진심은 그의 검은 눈을 제대로 바라보지 못했다.

정록은 굳게 닫혀 있던 입술을 움직였다.

"오진심 씨."

"네?"

"불쾌했습니까?"

직설적인 그의 답변에 진심은 침을 꼴깍 삼켰다.

"사과를 하랬지, 누가 질문을 하랬냐!"

연 대표가 소리쳤지만 그의 말은 들리지 않았다.

어떻게 답변해야 할까.

사실대로 말하면 사람들이 어떤 눈으로 쳐다볼지 상상이 가질 않았다. 진심은 제 대답을 기다리며 빤히 자신을 응시하고 있는 정록을 한동안 응시했다. 그러다 씩 웃으며 코웃음을 흘렸다.

"아뇨. 딱히요."

"……응?"

고개를 가로젓는 진심의 답변에 연 대표의 눈이 동그래졌다. 진심은 싱긋 웃으며 말을 이었다.

"역시 파티에는 이런 서프라이즈 이벤트가 있어야죠. 그나저나 의외였어요. 권 변호사님은 이런 이벤트에 동참하지 않으실 줄 알았는데 말이에요."

그를 흘긋거리며 대답하는 진심의 답변에 정록이 말없이 어깨를 으쓱였다. 진심은 입가에 옅은 미소를 그리며 연 대표를 쳐다봤다.

"하지만 대표님."

"으응?"

"저야 이런 이벤트가 익숙하지만, 다른 사원들 중에는 곤란할 분들이 계실 수도 있으니 이 장식은 그만 치워 버리는 게 어떨까요?"

진심은 험악하게 얼굴을 일그러뜨리고 있는 혜선을 쳐다보며 붉은 입술을 움직였다.

"아아, 그, 그래! 그러는 게 낫겠어요! 정 프로. 저거 떼어 내 줄래?"

"예? 아, 예!"

마침 겨우살이나무 장식 뒤편에 있던 정규원 변호사를 발견한 연 대표가 지시했다. 규원은 힘차게 대답했다.

진심은 상황이 정리되어 가자 흥미를 잃고 뿔뿔이 흩어지는 사람들을 흘긋거렸다. 그러고는 겨우살이나무 장식 처리에 대해 고민하는 규원에게 말을 걸었다.

"저기, 정 변호사님."

"네, 윤서 씨!"

"음, 그 장식이요. 저 주실 수 있어요?"

"예?"

규원이 눈을 크게 떴다.

진심은 빙긋 웃었다.

"사실 장식이 좀 예쁘다고 생각해서요. 만약 버리실 거면 저한테 주세요!"

"아."

"안 되나요……?"

맑은 눈을 일렁이며 묻는 진심의 말에 규원이 하하, 웃으며 손을 흔들었다. 곧 그에게서 예의 장식을 손에 쥔 진심은 씩 웃으며 규원에게 윙크를 했다. 규원이 볼을 살짝 붉히며 흠흠, 헛기침을 했다.

진심은 한 번 올라간 입꼬리를 내리지 않고선 어딘가로 걸어갔다. 상황이 정리되자마자 다른 남자 변호사들에게 끌려갔던 정록의 곁이었다. 정록은 겨우살이나무 장식을 든 채 제게 다가온 진심을 내려다보며 미간을 좁혔다.

"그건 왜?"

진심은 멀리서 흘러나오기 시작하는 파티의 음악 소리를 들으며 정록을 쳐다봤다.

"오진심 씨?"

배시시 웃으며 그를 올려다보는 진심의 뜨거운 시선에 정록이 인상을 썼다. 진심은 말없이 그와 겨우살이나무 장식을 번갈아 쳐다보더니 씩 입꼬리를 올렸다.

'이걸 우리 현관에 두고, 요 밑에 서 있으면…….'

"아뇨. 안 해 줍니다."

입술을 씰룩이며 속으로 중얼거리던 진심은 깜짝 놀라 얼굴을 들었다.

정록이 냉정한 표정을 지으며 말하는 게 보였다.

'어떻게 안 거야?'

진심은 작게 외쳤다.

"왜요!"

'겨우살이나무 장식 밑에 있으면 키스를 해 주는 게 풍습이라며!'

억울해하는 진심을 가만히 내려다보던 정록은 후우 한숨을 내쉬었다.

"변호사님! 어디 가요!"

다른 곳으로 떠나가는 그의 뒤를 보며 진심은 입술을 삐죽였다.

❖

"솔직히 말해."

정록은 제 옆구리를 쿡 찌르는 윤혁의 말에 고개를 돌렸다. 윤혁은 인상을 쓰는 정록에게 의미심장한 눈빛을 쏘아 댔다.

"윤서 씨한테 흑심 있냐, 없냐?"

"뭐?"

"아니, 그렇잖아! 유 검 제외하면 여자는 돌보다 못한 존재로 대하는 녀석이 갑자기 입을 맞춰? 하긴. 요즘 붙어 지낼 때부터 뭔가 이상한가 싶었지만 그래도 설마 했어! 아까 내 눈을 얼마나 의심했는지 알아?"

"……."

"그러니까 불어, 인마. 권정록. 너 사심 있지?"

바른대로 말 안 하면 가만히 안 두겠다는 표정이다. 이미 한 번 동료 변호사들에게 잡혀 한 소리 들었음에도 불구하고 또 들을 말이 남은 건지.

정록은 저를 노려보는 윤혁에게 대꾸하지 않고 등을 돌렸다.

"인마, 어디 가!"

연말 파티에 머무른 지 벌써 두 시간.

이 정도면 도리는 다 했다.

게다가 모두의 앞에서 확실한 존재감마저 드러냈으니 이보다 완벽한 파티 참가는 없을 거다.

정록은 소리치는 윤혁의 말을 깨끗이 무시하며 주위를 두리번거렸다.

'없군.'

한 차례 소동 이후 다시 많은 사람들에게 둘러싸였던 여자는 쉽게 시야로 들어오지 않는다.

'이번엔 또 누구에게 발목을 붙잡힌 건지.'

파티장으로 변모한 사무실 내부가 이렇게 넓게 느껴질 줄은 몰랐다. 한참 동안 그녀를 찾던 정록은 곧 포기하며 엘리베이터 쪽으로 걸어갔다. 하필이면 겨우살이나무 아래 서 있던 그녀가 옴짝달싹 못 하는 모습을 방관하지 못했다.

그런 그가 모두를 비집고 앞으로 나아갔던 것은 그녀를 향해 음흉한 눈빛을 쏘아 대는 동료들에게 주의를 줄 목적에서였다.

그래도 명색이 여자 친구가 아닌가.

「변호사님!」

자신의 등장에 당혹스러워하던 그녀가 제 옷깃을 살짝 잡아채는 것이 느껴졌다. 도와 달라는 그 행동이 고요하던 그의 마음을 요동치게 만들었다.

「너, 사심 있지?」

'사심?'

굳이 따지자면 없다고 변명하는 것이 우스울지도 모른다. 변명할 가치가 없다 여겼기에 대답도 하지 않았다. 엘리베이터에 올라탄 정록은 지하 주차장 버튼을 누르고선 내부의 거울을 응시했다.

'……'

평소의 냉정한 얼굴과는 달리, 현재 그의 얼굴엔 미세한 변화가 일어나고 있었다. 슬며시 올라간 이 입꼬리가 바로 그 예다. 정록은 괜히 그 입꼬리를 주시하다 시선을 돌렸다.

두근두근 뛰는 심장의 움직임 소리가 선명하게 느껴졌다. 그래도 파트너로 동행했던 진심을 내버려 두고 갈 수는 없었다.

"변호사님!"

차 안에서 그녀에게 연락을 할 생각이었던 정록은 자신의 차 근처에서 들려오는 외침에 귀를 기울였다.

"드디어 오셨구나!"

그가 파티장에서 그렇게 찾던 여자가 그의 차가 주차된 근처에서 쪼그리고 앉아 있던 것이 보였다.

정록은 미간을 찌푸리며 그녀에게 다가갔다. 검정 이브닝드레스를 입은 진심은 숄을 걸치고 있기는 했지만 살결을 다 가리진 못했다. 정록은 황급히 입고 있던 턱시도의 재킷을 벗으며 그녀에게 걸쳐 주었다.

고마워요, 하고 진심이 작게 고개를 주억였다.

"언제부터 여기 있었습니까?"

"네? 어, 얼마 안 됐어요."

정록이 입을 굳게 다물고 있자 움찔하던 진심은 서둘러 말을 덧붙였다.

"어, 사실은…… 음, 한 20분 정도?"

"그런데 왜 전화를 안 했습니까!"

진심은 소리치는 정록을 올려다보며 어색하게 웃어 보였다.

"깜빡 잊고 가방을 차 안에 두고 갔더라고요. 너무 긴장을 해서 잊어버렸었나 봐요."

정록은 그녀의 말이 끝나기가 무섭게 조수석을 흘긋거렸다. 그녀의 말대로 빨간색 가죽 클러치가 조수석에 고스란히 놓여 있는 게 보였다.

한숨이 터져 나왔다.

"변호사님도 오셨으니 차에 탈 수 있겠다!"

그런 그의 마음을 아는지 모르는지, 진심이 밝게 중얼거리는 게 들려왔다. 정록은 차 문을 열어 주었다.

"아, 따뜻하다."

전열 좌석으로 되어 있는 조수석에 살포시 엉덩이를 붙인 진심이 웃으며 말했다. 정록은 대답하지 않고 액셀러레이터를 밟았다.

주차장을 나선 그의 차는 곧 부드럽게 도로 위를 달리기 시작했다.

"콜록콜록!"

그녀를 집에 데려다주기 위해 핸들을 잡고 있던 정록은 귓가로 흘러들어온 기침 소리에 슬쩍 진심을 응시했다.

"감기 걸린 거 아닙니까?"

정록이 말하기도 전에 이미 글로브 박스에서 목도리를 꺼내 든 진심이 웃으며 대답했다.

"다행히 그 정도는 아니에요! 단순히 목이 칼칼한 정도?"

"……그래서 내일 만날 수 있겠습니까?"

"네? 내일 왜 만…… 헉, 맞다! 내일이 크리스마스지?"

새로운 사실을 깨달았다는 듯, 진심이 눈을 크게 뜨며 소리쳤다.

'잊고 있었던 건가?'

그렇게 시간을 달라 요구했던 것과는 달리 망각하고 있었던 게 틀림없다.

'어떻게 그걸 잊을 수 있지!' 하고 자책하는 진심에게서 시선을 뗀 정록은 피식 웃으며 물었다.

"몇 시에 보면 되겠습니까?"

❖

펑펑.

이른 새벽부터 하늘에서 하얀 꽃송이가 내려왔다. 순식간에 세상을 뒤덮어 버린 눈은 진심이 그렇게도 바라고 또 바라는 화이트크리스마스를 연출하는 데 일조했다.

그리고 어제였던 이브, 예고했던 눈이 내리지 않는다며 기상청을 향해 원망의 소리를 흘리던 진심은 어찌 된 셈인지 침대에 누워 일어날 생각을 하지 않는다.

간밤에 소복소복 쌓인 눈 소리를 들었음에도 불구하고.

'으으.'

입술이 떨렸다.

꽁꽁, 이불을 돌돌 말아 싸매고 있음에도 불구하고 한기가 가시질 않아 미칠 지경이다. 진심은 부르르 떨리는 몸의 진동을 막지 못하며 미간을 좁혔다.

째깍째깍.

벽에 걸린 시계에서 초침이 움직이는 소리가 들려왔다. 귀를 웽웽 울리기까지 하는 그 소리가 마치 소음처럼 머리를 장악하는 것 같아 인상을 쓰게 된다.

"콜록콜록!"

진심은 으스스 오한이 들자 몸을 더욱 웅크리며 기침을 흘렸다. 창가로 스며드는 아침 햇살로 짐작건대 지금쯤 일어나야 할 시간임에도 몸을 일으킬 수 없었다.

진심은 파리하게 질린 입술을 꽉 악물며 눈을 감았다.

'어떡해…….'

심장이 벌렁거리는 것이 다가오는 약속 시간에 대한 압박감 때문인지, 아니면 감기 기운 때문인지 모르겠다. 진심은 하아, 하고 거친 숨을 몰아쉬며 슬며시 눈꺼풀을 들어 올렸다.

현재 시각 오전 9시. 그리고 그와 약속했던 시간은…….

「10시 어떠세요?」

「그렇게 일찍이요?」

「네! 빨리 만나면 좋잖아요! 10시에 만나요, 변호사님. 아셨죠? 잊으시면 안 돼요! 절대로 안 돼요!」

진심은 가쁜 숨을 흘렸다. 떨떠름한 표정의 그를 향해 10시를 주장하고 또 주장했던 자신은 9시가 되어 가도록 준비조차 하지 못하고 있었다.

'얼른 준비해야 하는데…….'

천 근을 얹어 놓은 듯, 제 몸이 뜻대로 움직여지질 않았다.

눈물이 핑 돌 정도다.

'대체 어떻게 된 거냐고.'

굳이 원인을 따지자면, 아마도 감기 기운이 있는 상태에서 찬바람을 쐤기 때문일지도 모르겠다. 진심은 다른 사람들에 비해 무척이나 건강한 편이었지만, 한 번 찾아온 감기를 쉽게 떨쳐 내지는 못하는 편이었다.

그런 이유로 감기에 걸릴까 싶으면 애초부터 차단하는 편이었는데, 요 며칠은 그러지 못했다. 정록과 함께 파티에 참석할 수 있다는 기대감이 그녀에게 강행군을 이어 나가게 만들었다.

'안…… 돼.'

째깍째깍.

그녀가 힘없이 드러누워 있는 동안 시간은 계속해서 흘러간다. 진심은 이를 악물고 몸을 일으켰다. 중력의 부작용으로 인해 자꾸만 몸이 뒤로 넘어갔지만, 몇 번의 시도 끝에 그녀는 바로 앉을 수 있었다.

하아, 목구멍이 얼얼한 숨을 토해 낸 그녀는 입술을 깨물며 침대에서 일어났다.

'준비……해야…… 해. 어떻게 얻어 낸 그의 시간인데…….'

이틀이었던 그 시간이 하루로 줄어든 것도 아까운데, 만약 오늘도 그를 만나지 못한다면 남자 친구가 있음에도 불구하고 그녀는 홀로 크리스마스를 맞게 된다. 진심은 주먹을 세게 움켜쥐며 성큼성큼, 침실에서 벗어나려 했다.

쿵!

눈앞이 하얗게 물들었다.

❖

'늦어.'

그렇게 약속 시간을 지키라고 할 때는 언제고. 대체 몇 분째인지.

정록은 째깍거리는 손목시계를 내려다보며 한참을 서 있었다.

9시 50분쯤 진심의 집 앞 주차장에 도착한 그는 계속해서 저를 주시하고 있는 경비원의 눈빛에서 자유로울 수 없었기 때문이다.

"흠흠!"

까만 차를 주차해 놓은 뒤, 말없이 서 있기만 한 지 벌써 20여 분.

벌써 10시 10분을 가리키고 있는 시계를 흘긋거리던 정록은 어느새 제 코앞까지 와 있는 경비원의 날카로운 시선에 고개를 들었다.

"총각. 대체 누구를 만나러 온 거요?"

진심이 머물고 있는 곳은 고급 오피스텔이었기에 상대적으로 경비도 삼엄하다. 물론 그가 진심의 결근 사건 때 그녀의 집을 방문한 적이 있기는 했지만, 어디까지나 그건 혁준이 그녀의 집에 함께 있을 때였다.

혁준이 없는 지금, 그것도 새로 부임한 것 같은 빳빳한 제복 차림의 경비원이 차만 세워 둔 그를 의심스럽게 바라보는 것은 지극히 정상적인 일일 터.

정록은 제게 눈을 부라리며 해답을 요구하고 있는, 직업의식이 투철한 경비원을 향해 쓴웃음을 흘렸다.

"아는 사람을 만나기로 해서요."

"아는 사람? 여기서? 몇 호 사는데?"

'몇 호?'

그러고 보니 그녀의 집이 몇 층이더라.

잠시 고민하던 정록은 여전히 눈을 가늘게 뜬 경비원에게 대답했다.

"1702호일 겁니다."

"1702호. 1702호…… 헉! 잠깐만. 그 층에는 배우 아가씨가 사는데?"

역시 프로의식이 투철한 경비원 아니랄까 봐 몇 층에 누가 살고 있는 건지 꿰고 있다.

정록은 조금 난감한 표정을 지었다.

"설마, 총각."

"……."

"배우 아가씨랑 아는 사이인 거요?"

뭐라고 대답을 해야 하나.

이럴 때 진심이 내려와 주거나, 아니면 그녀에게 연락을 할 수 있으면 한결 수월할 텐데.

정록은 '그것도 아니면, 스토커인가!' 하고 저를 예의주시하고 있는 경비원을 향해 짧게 한숨을 내쉬었다.

이렇게까지 하지는 않으려 했지만.

"……어?"

정록의 정체를 의심하며 눈에 불을 켜고 있는 경비원을 향해 그는 주머니에 들어 있던 핸드폰을 꺼내 들었다. 갑자기 사진이 띄워진 핸드폰을 들이미는 정록의 모습에 조금 당황하던 경비원은 액정 속의 모습에 눈을 동그랗게 떴다.

"아무래도 한 번 올라가 봐야 할 것 같습니다."

"어?"

"문 좀 열어 주시겠습니까?"

"아, 으응! 그래야지! 얼른 올라가요!"

어제 있었던 연말 파티 때, 윤혁이 억지로 찍어 줬던 진심과의 투샷 사진이 이런 식으로 도움이 될 줄이야.

정록은 저와 진심의 모습이 담긴 핸드폰 사진을 한참 동안 들여다보던 경비원이 세게 고개를 끄덕이며 달려가는 것을 말없이 지켜보았다.

"고맙습니다."

그는 굳게 닫혀 있던 출입문을 열어 주는 경비원에게 인사하며 로비 안으로 발을 내디뎠다.

'대체 뭘 하고 있는 거지?'

현재 시각 오전 10시 30분.

그가 알고 있는 진심이라면 진작 내려와서 차에 올라타고도 남을 시간이건만, 아직까지 내려오지 않다니.

이젠 조금 걱정되기까지 한다. 간밤의 연말 파티가 많이 피곤했던 건지도 모르겠다. 저 역시 기상할 때 약간 뻐근하기도 했으니.

정록은 17층 버튼을 누르고 엘리베이터를 타고 올라가며 생각했다.

'현관 앞에 서 있으면, 많이 당황하려나.'

저를 발견하고 두 눈을 동그랗게 뜰 여자의 모습이 눈앞에 그려져 웃음이 터져 나올 것만 같다.

그렇게 우여곡절 끝에 도착한 1702호의 앞.

저번의 방문과는 달리 이상할 정도로 긴장이 되어 크게 숨을 고른 그는 슬며시 초인종 버튼을 눌렀다.

'…….'

한 번 꾹 눌러 보았음에도 불구하고 집 안에선 아무런 소리가 들려오지 않는다. 다시 한 번 딩동 버튼을 눌러 보았지만 여전히 묵묵부답.

미간을 찌푸리던 정록은 한 번 더 초인종을 눌렀다.

딩동.

"……!"

길게, 복도를 울릴 만큼 커다란 초인종 소리가 이어지고, 고요하기 그지없던 집 안에서 우당탕 무언가 부딪치는 소리가 났다.

뭔가 이상한 예감에 미간을 꿈틀거리던 그는 달칵 열리는 문을 발견하고 뒷걸음질 쳤다.

"오진심 씨. 안에 계셨으면서 왜……!"

짧은 숨을 토해 내며 말하려던 정록은 입을 다물 수밖에 없었다.

"헤에, 변호사니임!"

완벽하게 문이 열림과 동시에 그의 가슴 쪽으로 쓰러진 산발의 여자가 배시시 웃음을 그리고 있었다.

❖

난생처음 생긴 남자 친구와 함께 맞이할 크리스마스를 대비하여 진심은 저만의 완벽한 계획을 세웠었다.

데이트 방식부터 시작하여 장소, 멘트, 옷차림까지.

그 모든 것을 계획하기까지 얼마나 설레고 설레었던가.

이곳저곳에서 정보를 습득하며 플랜 B까지 준비해 두었던 진심은 입가를 씰룩이며 히죽거리다 눈을 번쩍 떴다.

"헉!"

얼굴을 파르르 떤 그녀의 행동에 이마에 얹어져 있던 무언가가 어깨 쪽으로 툭 떨어졌다.

'어?'

진심은 그것이 축축한 물수건임을 깨닫고선 미간을 좁혔다.

'이게 왜 여기에……?'

의아해하던 그녀는 자신이 침대에 누워 있던 상태라는 것을 깨달았다. 눈을 동그랗게 뜬 그녀는 깜빡깜빡, 눈꺼풀을 내렸다 올리기를 반복했다.

'뭐지? 내가 왜 누워 있는 거지?

수많은 의문들이 그녀의 머리를 잠식했다. 폭신한 침대에 누워 베이지색 천장을 몇 번이고 올려다보던 그녀는 기억을 더듬어 보았다. 그러다 문득 고개를 돌려 벽에 걸린 시계를 바라보았다.

'세, 세 시! 꿈을 꾸는 건가?!'

진심의 얼굴이 파리하게 질려 갔다. 입술을 떨던 그녀는 침대에서 일어나기 위해 허리에 힘을 주었다.

"으윽."

감기로 인해 지끈거리는 머리에 두통이 일었다.

진심은 젖어 있던 물수건으로 인해 촉촉해진 이마를 짓누르며 주위를 두리번거렸다.

'이상하네. 나 분명히…… 저기서 쓰러졌던 것 같은데.'

오늘 아침, 정록과의 약속 시간이 가까워 오자 억지로 몸을 일으켰던 것은 생생하게 기억이 난다. 몸을 씻기 위해 욕실로 향하려다가 차마 침실을 넘지 못하고 앞으로 고꾸라진 것도.

차가운 바닥과 얼굴을 부딪친 후 그대로 정신을 잃었다. 그렇다면 바닥과 키스를 한 상태에서 눈을 떴어야 했는데 왜 침대에 누워 있었던 건지 도무지 이해가 되질 않는다. 진심은 입을 쭉 내밀며 기억을 더듬었지만 그 뒤에 일어난 일을 떠올릴 수는 없었다.

'귀소본능이었던 건가?'

의문에 휩싸였던 진심은 거친 숨을 흘리며 침대를 벗어났다. 그녀는 힘겹게 침실의 문으로 걸어가 문고리를 잡아 돌렸다.

달칵 소리와 함께 침실 문이 열렸다. 갈수록 거칠어지는 숨결이 진심을 압박했다. 눈물이 찔끔 흘러나오는 것을 꾹 참으며 벽을 짚어 가던 진심의 귀에 요란한 소리가 들렸다.

탁탁탁탁.

부엌에서 들려오는 소리였다.

'혁준 오빤가……?'

코가 막히고, 극심한 두통이 가득했지만 사고회로는 돌아가고 있었다. 부엌에서 흘러나오는 소리가 요리를 하는 소리라는 것은 바보가 아닌 이상 알아차릴 수 있었다.

진심은 눈썹을 꿈틀거렸다.

'그럴 리 없잖아. 혁준 오빠는 은영 언니랑 놀러 간다고 했었는데…….'

칼로 무언가를 내리치고 있는 듯한 소리에 멈칫하던 진심은 얼굴을 도리도리 흔들었다. 크리스마스 연휴가 시작되기 전에 은영과 스키장을 갈 거라던 혁준의 말이 떠올랐기 때문이다.

'그렇다면 대체 누가…… 헉!'

그런 그녀의 의심은 시간이 흐를수록 짙어졌다.

가슴이 철렁거렸다.

안 그래도 오한으로 가득했던 몸의 털이 쭈뼛 서기 시작했다. 진심은 어지러운 시야를 바로잡기 위해 힘을 주었다.

어금니를 악물면서까지 벽을 짚고 섰던 진심은 여전히 탁탁탁탁, 하는 소리가 들려오고 있는 부엌을 노려보았다.

'……핸드폰, 핸드폰!'

도움이 필요했다.

아직 부엌에 있는 정체불명의 도둑이 제 존재를 알아차리지 못한 듯하니, 지금 이 순간이 가장 중요한 기회였다. 진심은 헉헉 숨을 몰아쉬며 주위를 둘러보았다.

'핸드폰이 어디 있더라?'

안정을 찾지 못한 거친 호흡이 입술 밖으로 흘러나왔다. 아찔한 감각이 전신을 장악했다. 진심은 숨을 몰아쉬며 자신의 핸드폰을 찾기 시작했다.

'핸드폰. 핸드폰이 있으면……!'

1번 버튼을 눌러 정록에게 도움을 요구할 생각이었다.

'그와 약속 취소를 한 기억도 제대로 나지 않지만, 아마 전화를 걸면

바로 와 주겠지? 그래도 여자 친구니까!'

진심은 쿵덕쿵덕 뛰는 심장 박동을 주체하지 못하고 서둘러 눈을 돌렸다. 그러고는 마침 거실의 카펫 위에 널브러져 있던 핸드폰을 발견했다.

'들키면 안 돼!'

심장 소리가 거세지는 것이 두려움 때문인지, 달아오르는 열기 때문인지 모르겠다. 진심은 자칫하다간 부엌에서 정면으로 보이는 거실의 제 모습을 들킬 수 있다는 생각에 몸을 최대한 숙였다.

감기 기운으로 인해 눈앞이 어지럽기는 했지만 입술을 깨물어 가며 슬슬 기어가던 그녀는 힘껏 팔을 뻗으면 핸드폰을 움켜쥘 수 있는 거리에 도달했다.

'조금만…… 끅, 조금만 더 힘을…….'

그런 진심이 온 힘을 다해 손을 뻗고, 그 손가락 끝에 핸드폰의 차가운 감촉이 닿을 때였다.

슥.

'……응?'

진심은 양털로 된 카펫 위에 놓여 있던 핸드폰을 집어 들어 제 손바닥 위로 올려 주는 친절한 행동에 배시시 웃으며 고개를 들었다.

"하아, 하아, 고마워, 요?"

인사를 하려던 그녀의 얼굴이 딱딱하게 굳어졌다. 그런 진심의 눈에 황당한 표정을 짓고 있는 남자의 얼굴이 보였다.

"어휴! 저 진짜 깜짝 놀랐어요! 처음에는 완전 도둑인 줄 알았다니까요!"

생긋 웃으며 진심이 소리쳤다.

그녀의 앞에 앉아 커피를 마시던 남자는 빨갛게 상기된 얼굴로 미소 짓는 여자를 빤히 바라보았다.

"도둑?"

"네! 아니, 어떻게 들어오신 거예요? 변호사님, 저희 집 비밀번호도 아세요?"

진심은 가만히 저를 주시하는 정록을 향해 물었다. 환하게 웃는 진심을 쳐다보던 정록은 차분하게 가라앉은 검은 눈으로 그녀에게 물었다.

"오진심 씨."

"네?"

"기억 안 납니까?"

"무슨 기억이요?"

진심은 눈을 깜빡이며 되물었다. 정록은 그런 그녀를 직시하다 흐리게 웃었다.

'왜 저러시지?'

진심은 굳어지는 그의 얼굴을 보며 구레나룻 쪽을 긁적였다. 잠시 내려놓은 커피 잔을 다시 들어 올린 정록이 말을 잇기 시작했다.

"문을 열어준 건 오진심 씨였습니다."

"네? 제가요?"

진심은 기억이 나지 않는다는 듯 눈을 큼지막하게 떴다. 정록은 살며시 눈짓한 후 말했다.

"약속 시간이 됐는데도 내려오지 않는 오진심 씨가 이상해서 위로 올라오니…… 산발이 된 여자가 문을 열어 주더군요."

"헉!"

진심은 숨을 크게 들이마셨다. 정록은 멈추지 않았다.

"문을 열자마자 저를 안고선 웃는 오진심 씨의 모습이 이상해서 처음에는 술에 취한 줄 알았습니다. 제정신은 아닌 것 같아 보여서 말이죠."

"콜록콜록!"

방금 뱉어 낸 기침은 감기로 인한 기침이 아니었다. 진심은 새빨갛게 익은 얼굴을 그에게서 돌리며 헛기침을 흘렸다. 정록은 아랑곳하지 않고 입술을 달싹였다.

"하지만 술 냄새는 나지 않더군요. 그리고 다시 오진심 씨를 보니……."

"콜록콜록!"

이번에 흘린 기침은 감기로 인한 기침이다. 진심은 말끝을 흘리며 저를 쳐다보는 정록의 시선에 목이 따가운 기침을 뱉어 냈다. 그녀를 지켜보던 정록이 자리에서 일어나 가스레인지 쪽으로 향했다.

'뭐지?'

갑자기 시작된 기침으로 인해 인상을 쓰고 있던 진심은 냄비 속에서 무언가를 퍼서 들고 오는 정록을 멍하니 응시했다.

진심은 정록이 제 앞에 국그릇을 내려놓는 것을 바라보았다. 콩나물이 가득한 국그릇에선 김이 모락모락 피어나고 있었다. 정록은 그것에 그치지 않고 다시 등을 돌려 어딘가로 향했다.

"변호사……님?"

진심은 투명한 일회용 장갑을 끼고 믹싱 볼 안에 손을 넣었던 그가 빨갛게 무쳐 있는 무언가를 꺼내는 것을 바라보았다.

곧 다시 그녀의 앞으로 다가온 정록이 밥그릇과 함께 방금 전 꺼내 온 무침을 제 앞에 내려놓자 진심은 눈을 크게 떴다. 정록은 숟가락과 젓가락을 그녀에게 내밀며 말했다.

"감기에 걸렸을 때는 음식을 잘 먹어야 합니다. 그런데 오진심 씨의 냉장고에는 먹을 게 그리 많지 않아서 제가 좀 만들어 봤어요."

"……."

"뭐 합니까? 얼른 먹지 않고. 아침부터 계속 굶지 않았습니까?"

"……."

"다 먹어야 약을 먹죠. 빈속에 약을 먹었다간 오히려 덧납니다. 그러니 빨리 드십시오. 한 톨도 남기면 안 됩니다."

훈계하는 선생님처럼 제게 지적하는 정록을 바라보던 진심은 어색한 표정을 지으며 고개를 까딱였다.

정록은 억지로 쥔 숟가락으로 밥을 한 움큼 푸는 진심을 향해 말했다.

"앞으로는 그런 드레스를 입는 걸 피하는 게 좋을 것 같습니다. 아니 그 전에, 아픈 것 같으면 미리 말을 해요. 꾹 참고 있지 말고."

오물오물. 밥을 입안에 넣고 움직이는 진심에게 정록은 계속해서 말을 이어 갔다. 진심은 정록이 직접 무친 것이 분명한 더덕 무침을 집고선 입안에 쏙 넣었다.

"만약에 내가 오지 않았으면 혼자 끙끙 앓고 있었을 거 아닙니까."

"……."

"가끔 보면 오진심 씨는 미련한 구석이……!"

혀를 차던 정록의 말이 뚝 끊어졌다. 말없이 입을 오물거리던 그녀의 커다란 눈에서 후드득 굵은 눈물방울이 떨어져 내렸기 때문이다.

"죄송…… 흑, 죄송해요. 저도 모르게…… 그만. 하아."

"……."

"하하, 마, 맛있어요. 진짜 맛있어요, 변호사님!"

진심은 줄줄 흘러내린 눈물을 손등으로 닦으며 정록에게 외쳤다. 그 모습을 바라보던 정록은 짧게 한숨을 내쉬었다. 진심은 입안에 든 음식을 꼭꼭 씹어 꿀꺽 삼켰다.

'크리스마스……. 내 생애 이런 크리스마스는 처음일 거야.'

감기에 골골거리며 본의 아니게 데이트를 파투 내 버렸지만, 동화 속

왕자님처럼 그가 해 주는 요리를 맛보기까지 하다니. 진심은 여전히 후드득 눈물을 떨어뜨리면서도 자꾸만 올라가려는 입꼬리를 막지 못했다.

"오진심 씨."

입안에 든 모든 것들을 삼키며 호흡을 가다듬던 진심은 저를 부르는 소리에 고개를 들었다. 어느새 제 앞에 와 있던 정록이 저를 빤히 내려다보고 있었다. 진심은 생애 최고의 크리스마스로 각인될 오늘을 똑똑히 기억하겠다는 듯 그를 빤히 응시했다.

정록은 살짝 입술을 깨물었다 그녀를 향해 손을 뻗었다.

'어?'

부드럽게 뒤통수를 감싸는 정록의 손길이 느껴졌다. 진심은 순식간에 다가온 정록의 숨결에 눈을 크게 떴다. 정록의 입술이 진심을 뒤덮었다. 코끝을 간질이는 숨소리가 눈앞에서 느껴졌다.

순간적으로 그의 얼굴이 무척이나 가까워졌다고 생각했는데, 착각이 아니었던 모양이다. 얼마나 가까웠는지 그의 기다란 속눈썹의 개수까지 헤아릴 정도다. 몽롱해진 시야 탓이라고 생각할 수도 있었지만.

"……."

슬며시 떨어져 나간 후 저를 내려다보고 있는 정록의 검은 눈을 보자니 그것은 또 아닌 것 같다.

두근두근.

진심은 얼빠진 얼굴로 고개를 들어 올렸다. 살짝 허리를 숙인 채 그녀를 내려다보고 있는 남자가 무슨 생각을 하고 있는 건지 모르겠다. 속을 읽을 수 없는 눈동자가 저를 빤히 직시하는 중이다.

얼굴이 화끈거렸다. 뜨거운 열기가 전신으로 퍼져 나간다. 진심은 반사적으로 들어 올린 손가락으로 그의 입술이 닿았던 제 입술을 쓸었다. 촉촉해진 입술의 촉감이 어쩐지 부끄럽다.

게다가 하필 울고 있었던 터라 얼굴에 눈물 자국도 남아 있었다. 언제나 예뻐 보이고 싶은 그의 앞에서 밥을 먹던 도중 키스를 당하다니.

'이럴 줄 알았다면 키스당하기 전에 이라도 닦고 오는 건데.'

진심은 아쉬운 마음에 고개를 아래로 떨구며 중얼거렸다.

"밥…… 먹던 중이었는데."

"그래서 싫었습니까?"

"네?"

진심은 침울해하는 저를 보고 빙긋 웃는 정록을 발견했다. 그의 얼굴 가득 퍼져 나가는 옅은 미소가 심장을 콩닥콩닥 뛰게 만들었다.

그녀는 홀린 듯 정록을 응시했다.

"난 좋았는데."

"……!"

"오진심 씨는 싫었다, 이겁니까?"

"누, 누가 싫었대요?"

진심은 자신이 환자라는 것도 잊고 자리에서 벌떡 일어나 소리쳤다. 온 힘을 다해 외치는 진심의 목소리에 정록이 그녀를 가만히 쳐다봤다. 진심은 한 자, 한 자 힘을 주어 가며 소리쳤다.

"엄청 좋았어요! 진짜 완전 좋았다고요!"

"……."

"또 하고 싶을 정도로 정말 좋았어요! 사실이에요, 변호사님!"

그가 믿어 주지 않을까 싶어 진심은 온 힘을 다해 외쳤다. 그녀의 외침을 황당하게 바라보던 정록은 곧 풋 웃음을 터뜨리며 다시 한 걸음 그녀에게 다가왔다.

두근두근.

후드득 떨어지는 눈물을 거두고선 정록을 올려다보던 진심은 가까워진 그를 향해 양팔을 벌렸다.

손을 뻗어 그녀의 허리를 감싼 정록이 진심을 제 품으로 끌어당겼다.

'아.'

검게 일렁이는 정록의 눈동자에 제 모습이 비친다. 빨갛게 상기된 얼굴로 그의 품에 안겨 있던 자신은 서서히 다가오는 그를 향해 맑게 미소를 지었다.

제가 생각해도 부정할 수 없을 만큼.

사랑에 흠뻑 빠진 여자의 얼굴이었다.

❖

"이게 뭐야?"

습관대로 집을 둘러보던 혁준이 낯선 무언가를 발견하고선 걸음을 멈추었다. 출근 준비를 하기 위해 거실을 돌아다니던 진심은 나지막한 중얼거림에 뚝 걸음을 멈추었다.

'헉!'

무심코 고개를 돌리던 진심은 가스레인지 앞에 서 있는 혁준을 발견하곤 눈을 크게 떴다. 그러나 곧 씩 미소를 그리며 혁준의 곁으로 사뿐하게 걸어갔다.

"윤서, 네가 만들었어?"

혁준은 의심이 가득한 눈으로 진심을 쳐다봤다. 그는 어느새 곱게 닫혀 있던 냄비의 뚜껑을 들고 있었다.

'그럴 리가.'

진심은 입이 근질거려 미칠 지경이었지만 어깨를 으쓱이는 것으로 대답을 대신했다.

"맛있어 보이지?"

"……겉으로는."

"먹어 봐, 오빠. 얼마나 맛있는데."

생글생글 웃는 진심이 국자를 들고 와선 혁준에게 내밀었다. 혁준은 미심쩍은 얼굴로 진심을 바라보다 냄비 안에 든 콩나물국을 흘긋거렸다.

"먹으라니까."

진심은 주저하는 혁준에게 친히 국을 떠 주는 친절까지 보이며 권유했다.

윽, 하고 끝까지 사양하려던 혁준은 결국 국자로 살짝 뜬 콩나물국을 먹고 말았다.

"뭐, 뭐야, 이거?"

똑같은 단어의 구성임에도 불구하고, 처음 냄비를 발견했을 때 했던 말과는 사뭇 다른 의미를 지닌 혁준의 외침에 진심의 눈꼬리가 부드럽게 휘었다.

"맛있지?"

"네가 만든 거야? 천하의 오윤서가, 요리를 했다고?"

혁준은 지나치게 놀라며 미간을 찌푸렸다. 진심은 기겁하다 못해 경악한 혁준이 다시 한 번 국을 맛보기 위해 국자를 제게서 빼앗는 것을 내버려 두며 몸을 돌렸다.

"미쳤어! 어떻게 이런 맛을 낼 수 있지? 은영이 저리 가라잖아!"

수제 도시락 가게를 운영하는 자신의 와이프를 들먹이며 혁준은 감탄에 감탄을 거듭했다. 자신이 만든 음식이 아님에도 불구하고 굳이 정정할 생각을 않았던 진심은 왠지 콧대가 높아지는 것을 느꼈다. 그녀는 절반쯤 남은 콩나물국을 모두 흡입할 기세로 맛보고 있던 혁준에게서 시선을 돌렸다.

"오빠, 늦었어. 얼른 출근해야지!"

"어? 어어, 그, 그치만……."

"그럼 나 먼저 나간다?"

"어? 안 돼! 잠깐만!"

혁준이 냄비 앞에서 발을 떼지 못하는 사이 모든 출근 준비를 마친 진심은 깔끔한 정장 차림으로 집 밖을 나섰다. 그녀가 쾅, 문을 닫고 나오기가 무섭게 얼마 되지 않아 혁준 역시 문을 열고 다가왔다.

"참, 오빠. 앞으로 월, 수, 금은 나 데리러 안 와도 돼."

혁준이 로펌 올웨이즈를 향해 출발하려는 순간이었다.

진심은 액셀러레이터를 밟는 혁준을 향해 기다렸다는 듯 말을 꺼냈다. 핸들을 돌리던 혁준이 '왜?' 하고 짧게 질문을 던졌다. 진심은 창밖으로 시선을 옮기며 대답했다.

"그냥. 그날들은 앞으로 대중교통 이용하려고."

"……뭐?"

"오빠도 엄청 바쁜 사람인데 내 사정이 여의치 않다고 해서 자꾸 잡아둘 수는 없잖아. 안 그래?"

찡긋, 한쪽 눈으로 윙크까지 해 가며 말하는 진심을 보고 혁준은 한동안 말을 잇지 못했다. 아마도 진심이 듣지 못했을 거라 여겼는지, '우리 윤서가 철이 들다니' 라고 울먹이는 혁준의 중얼거림을 그녀는 똑똑히 들을 수 있었다.

"그럼 오빠. 조심히 들어가!"

얼마 뒤, 올웨이즈가 있는 건물 앞에 도착하자 살포시 조수석에서 내린 진심은 창문을 내린 혁준에게 손을 흔들었다. 지나치게 생기가 넘치는 진심을 보고 미소 짓던 혁준은 곧 그녀의 시야에서 사라졌다.

"좋은 아침이에요, 윤서 씨!"

"어서 오세요, 윤서 씨!"

로비의 리셉셔니스트들이 힘차게 출근하는 진심을 향해 반가운 인사를 건넸다. 진심은 그런 그들에게 화답하기 위해 환한 미소를 지으며 그들에게 외쳤다.

"좋은 아침이에요!"

온 세상이 하얀 꽃잎으로 뒤덮인 화이트 크리스마스가 끝이 난 후.

기상했을 때부터 지금까지 상쾌하다 못해 깃털처럼 가벼운 마음으로 출근을 한 진심의 심장은 콩닥콩닥 뛰고 있다.

어제 아침부터 몸을 움직일 수 없을 정도로 앓았던 감기 기운은 훌훌 떨쳐 버린 지 오래. 이보다 더 활기가 넘칠 수 없다는 생각이 들 만큼, 그녀의 몸은 건강했다.

'이게 다 변호사님 덕택이야!'

감기에 걸리면 기본으로 일주일은 몸져누워 있었던 과거와는 달리, 하루 만에 회복하게 된 것은 29년 만에 생긴 오진심의 남자 친구 덕분이라고 해도 과언은 아니었다.

감기에 좋은 음식을 친히 만들어 준 걸로도 모자라, 그녀를 위해 감기약을 사다 주고, 감기에 걸린 그녀를 옆에서 간호해 주고, 그녀가 약 기운에 빠져 곤히 잠들 때까지 지켜봐 주었던…… 남자 친구.

그를 생각하면 자꾸만 입꼬리가 올라가 주체를 하지 못하겠다.

'내게 넘어오도록 만들어야 하는데, 내가 계속 넘어가 버리면 어떻게 하냐고.'

더 많이 좋아하는 사람이 지는 거라던데.

날이 갈수록 그가 좋아서, 그것도 너무 좋아서 미쳐 버릴 지경이다. 진심은 올웨이즈가 있는 15층이 가까워질 때마다 두근두근 뛰는 심장 소리를 느끼며 고개를 절레절레 저었다.

'변호사님 얼굴을 어떻게 보지?'

어젯밤, 약 기운에 취해 잠이 들기 전까지 정록은 그녀의 집을 떠나지 않았다. 돌아가려는 그의 옷깃을 잡고 떠나지 말라고 간곡히 부탁했던 진심의 말을 거부하지 못했기 때문이다.

스르륵 눈을 감기 전, 마지막으로 떠올리던 그의 모습은 제 침대 옆 의자에 앉아 서류를 훑어보던 것이었다.

땡 소리와 함께 15층에 도착한 엘리베이터 문이 열리자 진심은 더욱 가빠 오는 심장의 박동을 느끼며 속으로 중얼거렸다.

'평소대로 하는 거야.'

"그래, 평소…… 윽!"

"……!"

스스로를 향해 힘차게 되뇌며 사무실로 나아가던 진심은 그만 앞을 가로막은 누군가와 부딪쳐 버렸다.

짧은 신음을 흘린 진심이 슬며시 고개를 숙이자 초등학생에서 중학생 정도로 되어 보이는 남자아이 하나가 진심을 당황한 얼굴로 올려다보고 있었다.

'아이? 어린아이가 여긴 웬일이지?'

이 건물의 15층부터 17층까지는 모두 로펌 올웨이즈의 사무실이었다.

'다른 변호사님들 자제분인가?'

아이가 올 만한 곳이라기에는 꽤 괴리가 있었다. 잠시 놀라기는 했지만 진심은 빠르게 정신을 차렸다. 그녀는 저를 얼떨떨한 눈으로 올려다보고 있는 꼬마를 향해 방긋 미소를 그려 보였다.

"안녕?"

"……!"

"여기서 뭐 하고 있니? 혹시 아빠 따라왔어? 아니면 엄마?"

소년은 올웨이즈의 입구 앞에서 어슬렁거리며 안으로 들어가지 않고 있던 모양이었다. 진심은 만약 소속 변호사들과 함께 왔다면 그들에게 데려다줄 생각으로 아이에게 말을 걸었다.

"……."

그런 아이가 저를 뚫어져라 응시하는 게 보였다. 어린아이가 품기에는 꽤 날카로운 눈빛이었기에 진심은 순간 멈칫했다.

'혹시 알아본 건가?'

제게서 눈길을 돌리지 않고 시선을 고정시키는 아이의 눈빛을 보자니 이마에 송골송골 땀이 맺혔다.

아무리 어린 꼬마 아이라고는 하나, 자신을 모를 리 없을 터.

"저기……."

"우찬이니?"

제 발에 저린 도둑처럼, 아이에게 변명을 하려 할 때였다. 진심은 등 뒤에서 들려온 누군가의 목소리에 고개를 돌렸다. 진심은 파란색 청소부 복장의 한 아주머니가 입술을 떨며 제 쪽을 바라보고 있음을 깨달았다.

'이 아이랑 아는 사인가?'

왠지 놀란 표정을 짓고 있던 아주머니의 얼굴에 의아함을 느끼던 그녀가 아이에게 시선을 던지려고 얼굴을 돌렸지만.

"어?"

틀림없이 조금 전까지 그녀의 앞에 있던 남자아이는 쾅, 소리를 내며 비상계단이 있는 쪽으로 달려간 뒤였다.

진심은 갑자기 벌어진 상황에 깜짝 놀라 주위를 둘러봤다. 그러다 곧 남자아이를 부르던 청소부 아주머니 역시 그의 뒤를 따라 사라져 버리자 벙찐 표정을 지으며 한참을 서 있었다.

'방금…… 뭐였지?'

워낙 순식간에 일어난 사건들로 인해 얼떨떨한 얼굴을 하고 있던 진심은 곧 8시가 되어 간다는 것을 깨닫고선 앞으로 발을 내디뎠다.

째깍째깍.

매번 8시 20분에서 25분 사이에 출근하는 정록을 위해 미리 커피를 탈 준비까지 마친 진심은 책상 위에 올라와 있는 시계를 흘긋거렸다.

'변호사님이 늦으시네.'

올웨이즈의 변호사들이 보통 출근하는 시간은 8시 30분이었지만, 항상 그보다 일찍 도착해서 이른 하루를 시작하던 정록의 집무실은 굳게 닫혀 있었다.

'따로 늦는다고는 하지 않으셨는데…….'

혹시 문자가 왔나 싶어 핸드폰을 꺼내 흘긋거렸지만 정록에게선 아무런 연락이 없었다. 의자에 앉아 시계를 들여다보며 조금 더 시간을 보낸 진심은 아홉 시가 되자마자 벌떡 자리에서 일어났다.

"어, 윤서 씨!"

오전 9시 5분쯤이 되어서야 슬렁슬렁 사무실로 출근을 한 옆 집무실의 최윤혁 변호사가 고개를 빼꼼 내밀고 있던 진심에게 손을 들어 올렸다. 정록이 오나, 안 오나 하며 복도를 두리번거리던 진심은 똑바로 섰다.

"이제 출근하세요?"

"네. 차가 조금 막히더라고요."

벅벅, 뒷머리를 긁는 윤혁의 말에 진심은 옅은 미소를 지었다. 그러고는 다시 정록이 오는 것을 살피기 위해 그에게서 시선을 돌리며 엘리베이터 쪽으로 눈길을 옮겼다.

"그런데 윤서 씨는 여기서 뭐 하고 계세요?"

뭐 하기는.

윤혁은 그런 진심을 방해할 생각이었는지 자신의 집무실로 들어가지 않고 계속해서 말을 걸어 댔다. 오늘 처리해야 할 일들이 태산 같다며 투덜거리던 윤혁의 비서, 은지의 말이 떠올라 진심은 대충 대답했다.

"변호사님 기다려요."

"권 변이요?"

"네. 그런데 최 변호사님은 업무 시작 안 하세요?"

진심의 대꾸에도 불구하고 '곧 해야죠' 하고 웃으며 답한 윤혁은 '아아' 하며, 심드렁하게 숨을 흘린 진심이 엘리베이터 쪽에서 눈을 떼지 않는 것을 보고 중얼거렸다.

"권 변이 윤서 씨한테 말 안 했어요?"

"네?"

윤혁이 뭐라고 하든, 정록이 오기만을 기다리며 엘리베이터 쪽을 향하고 있던 그녀의 눈이 그제야 윤혁 쪽으로 움직였다.

윤혁은 의아해하는 진심에게 대답해 주었다.

"권 변, 감기 걸렸다던데?"

❖

"콜록콜록!"

콜록 콜록 콜록.

한 번 시작된 기침은 도대체 멎을 생각을 않는다. 눈앞이 어질할 정도로 기침을 하던 정록은 겨우겨우 호흡을 고른 뒤 다시 귀를 기울였다.

— 너…… 정말 괜찮아?

들고 있던 핸드폰 너머로 귀 익은 음성이 들려왔다. 정록은 지끈거리는 이마를 문지르며 숨을 내쉬었다.

"괜찮아. 그러니까 그 일 처리는 대충 알아서 부탁할게. 오늘 출근을 못 해서 말이야."

— 어? 어어. 그 정도야 별거 아니지!

"고맙다. 그럼."

— 야, 잠깐만!

종료 버튼을 누르려던 정록의 움직임이 멎었다.

'빨리 끊고 싶은데.'

핸드폰을 타고 들려오는 목소리가 계속해서 귀를 울리고 있어 정록은 살짝 미간을 좁혔다.

"왜."

평소보다 훨씬 걸걸한 목소리를 흘리자 상대가 주저하다 말을 꺼냈다.

— 내가 약 좀 사서 갈까?

"……뭐?"

— 아니. 상태가 심각한 것 같아서. 이렇게까지 감기 걸린 적 있었어? 너 주말에 대체 뭐 한 거야?

타박하는 것이 분명한 여름의 말에 정록은 인상을 썼다.

'뭐 했긴.'

「헤헤. 변호사님…….」

"……후우. 됐어. 집에 약 있어. 계속 얘기하니 머리가 아프다. 끊을게."

— 어? 야! 잠깐만! 권정…….

일말의 망설임도 없이 전화를 뚝 끊은 정록은 핸드폰 액정에 뜬 시간을 발견했다.

오전 9시 50분.

지금쯤이면 다른 변호사들은 이미 출근을 하고도 남았을 시간이다.

'그녀 역시 몸을 회복했을까.'

그러고 보니 윤혁에게만 말했을 뿐, 오늘 출근하지 않는다는 말을 그녀에게 하지 않은 것 같기도 하다. 정록은 뒤늦게 떠오른 생각에 눈을 질끈 감으며 다시 핸드폰의 연락처를 뒤적였다.

'오진심. 오진심이 어디 있더라.'

"제길."

따로 그녀의 전화번호를 외우지 않았기에 연락처를 뒤적이던 정록은 얼굴을 일그러뜨렸다. 핸드폰 속의 글자들이 꼬부랑 글씨처럼 마구 날뛰기 시작했기 때문이다.

'사태가 심각하군.'

아무래도 어젯밤 그녀에게서 감기가 옮아도 단단히 옮았던 모양이다. 정록은 진심의 이름 찾기를 포기하고 핸드폰을 내려놓았다.

'걱정할 텐데…….'

윤혁에게 대충 상황을 일렀기에 망정이지, 그러지 않았다면 그녀의 성격상 오버하며 마음을 졸였을지도 모르겠다. 그런 여자의 모습이 왠지 눈앞에 선하게 그려져 옅은 미소를 짓던 정록은 거칠어지는 숨결에 거실로 발걸음을 옮겼다.

'약이라도 먹고 일단 한숨 자야겠다.'

콕콕 찌르는 두통을 애써 무시하려 노력하며 그는 거실장 속에 넣어둔 감기약을 찾으려 했다.

딩동.

기다란 손가락으로 서랍에서 감기약 하나를 집어 들기가 무섭게 초인종 소리가 울렸다. 알약 하나를 입안으로 털어 넣은 정록은 고개를 들었다. 그러고는 인터폰에 보이는 낯익은 얼굴에 눈을 동그랗게 떴다.

"변호사님! 계세요? 변호사님!"

믿을 수 없는 인물이 인터폰을 노려보고 있었다.

"최 변호사님한테 듣고 제가 얼마나 놀랐는지 아세요? 감기라니. 그렇게 저보고 뭐라고 하실 땐 언제고 감기라뇨!"

툴툴거리던 여자가 거침없이 현관 안으로 발을 내디뎠다. 정록은 들어오라고 말하지 않았음에도 불구하고 이미 거실 쪽으로 걸어가는 그녀의 기다란 머리카락을 멍하니 바라봤다. 상큼한 레몬 향이 그녀에게서 느껴지는 것 같아 코를 찡긋거렸다.

서서히 약 기운이 도는 모양인지, 눈앞이 흐릿해지는 것을 느끼던 정록은 머뭇거리다 그녀의 뒤를 따랐다.

"그래도 그렇지 서운하다고요. 연인 관계를 떠나서 엄연히 변호사님 비서는 전데, 왜 출근 못 한다는 이야기를 최 변호사님한테 먼저 하신 거예요? 저한테 연락 주시지 그러셨어요!"

이미 소파로 가 앉아 있는 여자는 천천히 제 곁으로 걸어오는 정록을 향해 붉은 입술을 달싹였다.

'빨갛……군.'

정록은 유독 붉게 보이는 그녀의 입술에 시선을 고정시켰다. 번들거리는 그녀의 입술이 탐스러울 정도다.

"변호사님 결근 소식에 놀란 건 비단 저뿐만이 아니에요. 변호사님이 아프시다는 이야기에 다들 얼마나 놀랐는지. 변호사님, 그간 아파서 결근한 적은 없으셨다면서요?"

재잘재잘.

끊임없이 말을 늘어놓는 여자는 그의 머리를 얼얼하게 만들었다. 정록은 굳은 얼굴로 그녀를 바라봤다.

"그런데 대체 어쩌다 감기에 걸리신 거예요? 변호사님, 어제만 하더라도 멀쩡하셨잖아요!"

반짝반짝, 빛나는 여자의 눈동자가 맑은 바다처럼 요동쳤다. 지나치게 가까울 정도로 제게 얼굴을 들이민 진심을 주시하던 정록은 눈썹을 꿈틀거렸다.

'몰라서 묻는 건가. 아니면 모르는 척하려는 건가. ……정말 이해가 안 간다는 표정을 짓고 있는 것을 보면 전자에 가깝겠군.'

정록은 쓴웃음을 흘리며 말없이 진심을 바라봤다. 진심은 한참 동안 곰곰이 생각하다 '아!' 하고 탄성을 터뜨렸다.

"서, 설마……."

"그 설마가 맞습니다."

"헉!"

크게 숨을 들이마시는 진심의 얼굴이 화르륵 붉어졌다. 제 눈치를 살피며 입술을 씰룩거리는 것을 보자니, 어제의 키스를 떠올리는 것이 분명했다.

'미치겠네…….'

수줍어하는 그녀의 모습에 괜스레 자신의 가슴도 묘하게 뛰는 것 같았다.

'어째서 그런 짓을 하게 된 거더라.'

정록은 밥을 먹고 있던 그녀에게 입술을 가져다 댄 자신의 행동을 떠올리다 휘휘 고개를 저었다. 그는 냉정한 얼굴을 하고선 얼른 말을 덧붙였다.

"그러니 이만 돌아가시죠, 오진심 씨. 겨우 나은 감기가 다시 옮을 수도 있어요."

"그, 그래도……."

"어서요. 명령입니다."

"……."

"뭐 하고 있습니까? 빨리 안 돌아갑니까?"

"변호사님."

팔을 뻗어 그녀의 손목을 덥석 잡은 정록은 진심이 돌연 심각한 표정을 짓자 주춤했다. 진심은 의아해하는 정록을 향해 눈을 부라리더니 자유로웠던 팔을 들어 올렸다.

"……!"

정록은 고운 미간을 찌푸린 진심이 제 이마에 손바닥을 대자 움찔했다. 당황한 그가 그녀의 손을 뿌리치지 못하는 사이 한동안 정록의 이마에 손을 대고 있던 진심이 중얼거렸다.

"열이 너무 높아요. 안 되겠어요. 변호사님은 여기 앉아 있을 게 아니라 푹 쉬셔야 해요."

"……."

"그러니 일어나세요. 침대까지 부축할게요."

정록은 벌떡 일어나선 제게 손을 뻗는 그녀를 응시했다. 멀뚱히 자신을 올려다보기만 하는 정록을 향해 진심은 외쳤다.

"어서요!"

얼음이 동동 띄워진 찬물에 작은 물수건을 살짝 넣었다 건진 진심은 쭈우욱 물기를 짠 후 정록의 이마 위에 올렸다. 차가운 기운이 온몸으로 퍼져 나가자 눈을 감고 있던 정록의 눈꺼풀이 미세하게 떨렸다.

진심은 굳은 얼굴로 겨우 잠이 든 남자를 내려다보며 긴 한숨을 내쉬었다.

'나 때문이야.'

내색하지 않기 위해 더욱 참고 있던 그의 입술 사이로 미약한 숨결이 흘러나왔다. 만일 어제 자신이 그에게 감기를 옮기지 않았더라면 이렇게 그가 침대에 드러눕지는 않았을 텐데.

가슴이 따끔거려 한동안 그에게서 시선을 떼지 못하던 진심은 입술을 악물었다.

"미안해요."

도움은커녕 갈수록 폐만 끼치는 것 같아서 마음이 무겁다. 진심은 약에 취해 깊게 잠든 정록의 침실 문을 닫고 밖으로 나왔다. 그러고는 벌써 열한 시를 가리키고 있는 벽시계를 올려다보며 의지를 다졌다.

'이러고 있을 게 아니지.'

정록이 잠들어 있는 사이, 그의 열을 더욱 내릴 방법을 강구해야 한다.

진심은 서둘러 거실로 달려가 바닥에 던져두었던 핸드백에서 핸드폰을 꺼내 들었다. 병원을 갈 수는 없는 상황이라 해열에 좋은 민간요법 등을 검색한 진심은 이내 정록의 집 근처에 죽 집이 있는지도 알아보았다.

다행스럽게도 5분 정도의 거리에 여러 종류의 죽을 파는 가게가 존재했다. 진심은 지갑과 모자, 그리고 마스크를 챙겨 든 후 신발장 근처에 걸려 있는 열쇠를 챙겨 들고 밖을 나섰다.

열은 없었던 저와는 달리 정록의 이마는 불구덩이에 손을 들이민 것처럼 뜨거웠다. 쉽게는 가라앉지 않을 것 같아 얼음을 넣은 물에 수건을 적셔 찜질을 하게 만들기는 했지만, 걱정이 되는 것은 어쩔 수 없다.

대형마트까지는 아니지만 있을 건 다 있는 상가 내 마트로 발을 내딛은 진심은 마침 일을 하고 있던 점원을 향해 말을 걸었다.

"아주머니. 혹시 말린 표고버섯 있어요?"

감자와 당근을 정리하던 점원이 스윽 고개를 들어 진심을 응시했다.

"있기는 한데 선물용이라 좀 비싸요."

"괜찮아요! 어디에 있죠?"

힘껏 고개를 끄덕인 진심을 가만히 바라보던 점원은 명절용 선물세트를 진열해 둔 진열대 쪽으로 손을 가리켰다. 진심은 성큼성큼 걸어가 제 얼굴을 가리는 크기인 말린 표고버섯 세트를 집어 들었다.

'해열엔 이게 좋다고 했으니까.'

계산을 마치고 나온 진심은 주위를 둘러보았다.

얼마 떨어지지 않은 곳에 조금 전 검색했던 죽집이 보였다. 곧 정록이 깨어날지도 모른다는 생각이 들어 그녀는 발을 조금 빨리 움직이기로 했다.

"안녕하세요. 혹시 녹두죽 있나요?"

누군가를 위해 이렇게 바쁘게 움직인 건 처음이다. 그것도 난생처음 사귄 남자 친구를 위해서.

가슴이 콩닥콩닥 뛰는 것 같아 입꼬리를 올리던 진심은 죽이 나올 동안 차분하게 기다리며 마침 틀어져 있던 가게 내부의 TV를 올려다보았다.

《요즘 20대 여배우들 중에는 쓸 만한 애들이 없지. 김윤미가 쏠쏠한 활약을 하고 있긴 한데, 이렇다 할 임팩트를 주지 않고 있단 말이지. 뭔가 밋밋해.》

아마도 연예 다큐멘터리 프로그램이었던 모양인지, 진심도 한 번 함께 일한 적이 있던 모 감독이 방송사와 인터뷰를 하고 있는 모습이었다. 진심은 본능적으로 인상을 쓰며 중얼거렸다.

'저 인간은 아직도 저러네.'

그 감독은 같이 일했던 여배우들과 작업이 끝나면 그녀들에 대해 험담하는 인터뷰를 하기로 유명했다. 이번 타깃은 진심의 소속 후배인 윤미였던 모양이다.

쯧쯧, 혀를 차던 진심은 곧 흥미를 잃어버렸다.

《역시 아직은 오윤서야. 아무리 연기를 못한다지만 그래도 걔는 저만의 아우라가 있었다고. 이제 와 생각하는 거지만 은퇴가 참 아쉬운 녀석이야.》

귀를 의심했다.

저만 보면 매번 성질부리기에 바빠서 자신을 싫어하는 것이 아닌가 싶었던 감독의 말이 충격적으로 다가왔다. 진심은 멍하니 고개를 들어 TV를 올려다보았다.

"손님, 주문하신 죽 나왔습니다."

"……아, 네!"

잠시 넋을 잃고 있던 진심은 뒤늦게 정신을 차렸다.

"윽!"

얼른 계산을 마치고 난 뒤 밖으로 달려 나가려다 마침 가게 안으로 들어오던 손님과 그만 부딪쳐 버렸다. 짧게 신음을 토한 진심과는 달리 험악한 얼굴로 '앞을 보고 걸어야지!' 하고 외치는 남자를 쳐다보지도 않고 진심은 죄송하다는 말만 뱉은 뒤 죽 가게를 벗어났다.

'아직…… 완전히 잊지는 않았나 보네.'

하긴, 이제 겨우 몇 달이다.

잠정 은퇴를 한 지 일 년을 막 넘긴 상황.

아무리 깨끗한 이미지에 오점이 생겼다고는 하지만 진심은 십 년 동안 최정상의 자리를 지킨 연예인이었다.

사람들의 뇌리에서 쉽게 사라질 리 없다.

「너 말이야. 지금 로펌 비서로 일한다고, 정말 네가 로펌 비서가 된 거라고 착각하는 건…… 아니지?」

잊을 만하면 다시금 깨닫게 된다.

자신은 그의 정식 비서가 아니라는 사실을.

그리고 앞으로 4개월 뒤면 그토록 돌아가기를 염원했던 연예계로 돌아가야 한다는 사실.

분명 정록의 집을 떠나기 전에는 두근두근 설레는 마음이 가득했건만, 죽과 여러 가지 것들을 사 오고 돌아오니 이상하게 힘이 나지 않는다. 진심은 풀 죽은 표정을 지으며 그의 집 안으로 발을 내디뎠다.

"다녀왔습니다."

여전히 잠들어 있는 건지 정록의 집 안에서는 아무런 소리도 들려오지 않았다. 침울한 표정을 지으며 내부를 한 번 훑어보던 그녀는 휘휘, 생각을 떨쳐 내려 애썼다.

'그건 그거고, 일단은 변호사님의 열을 내리는 게 먼저야!'

정록이 아픈 상황에서 저도 축 처져 있다면 그 기운이 옮아갈지도 모른다. 시간이 곧 금인 그에게 하루 동안 아무 일도 못 하게 만든 것도 충분히 폐가 되는 일이건만 그 병치레를 오래 하게 만들 수는 없었다.

진심은 주먹을 불끈 쥐고 들고 온 죽을 냄비에 부었다.

펄펄 끓여 따뜻한 음식을 그에게 먹이고 싶었다. 조금 전까지만 하더라도 세상의 짐을 다 짊어지고 있던 진심의 입술 사이로 작은 흥얼거림이 흘러나오기 시작했다.

요리는 할 줄 모르지만 그를 위해 죽을 준비하고, 표고버섯 달인 물을 준비하는 자신이 새삼 신기하기 그지없다. 항상 무언가를 받던 입장에서 주는 입장이 되어 보니 더욱.

'여자 친구 노릇도 나쁘지는 않아.'

부드럽게 미소를 그리며 국자를 젓고 있을 때였다.

'응?'

어디선가 들려온 달칵 문 열리는 소리에 진심은 고개를 돌렸다.

"아, 변호사님! 일어나셨어요?"

머리카락을 앞으로 늘어뜨린 정록이 터벅터벅 제게 걸어오고 있었다. 그의 눈이 지나칠 정도로 가라앉아 있다는 것을 아직 눈치채지 못했던 진심은 활짝 웃으며 그에게 말을 걸었다.

"잠깐만요! 제가 얼른 죽을……!"

숨 가쁘게 말을 잇던 진심의 음성이 입술 밖으로 나오려다 말고 삼켜졌다.

'어……?'

진심은 귓가에서 느껴지는 따뜻한 숨결에 눈을 깜빡였다.

'뭐, 뭐지? 지금…… 이거……?'

등 뒤에 서 있던 그가 기다란 팔을 뻗어 제 어깨를 감싸고 있었다.

두근두근.

고요하던 심장이 거세게 들썩였다. 진심은 숨을 크게 들이마신 채 입술을 꾹 짓눌렀다.

"하아."

정록은 그런 그녀의 어깨 위에 스르륵 제 얼굴을 가져다 대며 중얼거렸다.

"어지러워."

"벼, 변호사님?"

"잠깐만."

"네?"

"잠깐만 이렇게 있어."

거칠어진 숨소리가 귓가를 간질인다. 진심은 침을 꼴깍 삼키며 제게 명령한 정록이 짧게 한숨을 내쉬는 것을 지켜보기 위해 스륵 고개를 옆으로 돌렸다.

'헉.'

정록이 제 어깨에 얼굴을 파묻다 말고 빙긋 웃었다. 진심은 차가운 얼굴이 부드럽게 미소로 물들자 눈을 동그랗게 떴다. 정록은 당황한 진심을 불렀다.

"오진심."

"예?"

"예쁘네."

"네……?"

놀라는 진심에게 그는 진한 미소와 함께 속삭였다.

"예쁘다고, 너."

❖

오진심.

아니, 연예계에서는 오윤서라 불리는 그녀의 아름다움은 비단 어제오늘 일만은 아니다. 연예계에 처음 발을 내딛었던 열일곱부터 가짜 잠정 은퇴를 하기 직전이었던 올해까지.

진심은 등장을 하면서도, 그리고 뒤를 돌아 손을 흔들면서도 수많은 이들에게 본인의 아름다움에 대한 찬양을 받았다.

대한민국에서 최고로 예쁜 여배우.

방부제 저리 가라 할 정도로 그 아름다움을 유지하는 그녀에게 있어 '예쁘다' 라는 단어는 흔한 인사치레, 그 이상 그 이하도 아니었다.

그런데…….

"예쁘다고, 너."

작게 중얼거린 그 말의 파문이 이리도 크게 느껴질 줄은 몰랐다. 진심은 화르륵 달아오른 얼굴을 어디로 고정시켜야 할지 가늠하지 못했다. 뒤를 돌아 그의 품에서 빠져나온 진심은 후다닥 정록에게서 몇 발자국 물러났다.

정록은 그런 그녀를 가만히 내버려 두며 오히려 진한 미소를 짓고 있을 뿐이었다. 그의 검은 눈동자가 제 움직임을 좇자 왠지 부끄러워진다.

두근두근. 눈치 없는 그녀의 심장은 날뛰기 시작했다.

“벼, 변호사님?”

이 말을 꺼내기까지 무척 힘이 들었다. 어찌나 놀랐는지 목소리가 떨려 왔으니까.

진심은 당황한 티를 내지 않기 위해 노력했지만 음성이 진동하는 것을 막지는 못했다. 진심은 저를 내려다보고 있는 정록을 응시했다. 그의 차분한 눈빛에 가슴이 터져 버릴 것만 같다.

‘잠깐. 방금 변호사님이 예쁘다고…… 한 거 맞지? 나보고?’

소리를 지르고 싶은 심정이었다. 그렇게 흔하게, 자주 듣던 말인데 왜 이렇게 낯설게 들리는 건지.

다른 사람도 아니고 정록이 한 말이라 그런가?

숨이 가빠 왔다. 정록의 가라앉은 눈동자는 여전히 움직일 줄 몰랐다.

“호, 호호. 가, 갑자기 그러시니까 어쩔 줄 모르겠네요. 무, 물론 제가 예쁜 건 대한민국이 다 아는 사실이긴 하지만 그래도 변호사님이 그 말을 하실 줄은…….”

“귀엽기까지.”

“헉!”

“놀라니까, 더.”

진심은 두 눈을 동그랗게 떴다. 얼마나 놀랐는지 눈이 튀어나올 정도다.

나지막하게 중얼거리는 정록이 손을 들어 올려 그녀의 보드라운 뺨을 쓸었다. 그 차가운 손끝이 온몸에 찌릿한 전율을 일게 만들어, 그녀는 저도 모르게 부르르 떨었다.

꿈이라면 깨지 않았으면 좋겠다.

다정한 그와 사랑스러운 말을 속삭이는 그.

둘 다 그녀가 꿈에서나 그리던 모습이었으니까. 언제나 까칠한 정록이 아닌 그녀에게 환한 미소를 보내 주는 정록의 모습은 너무도 낯설기만 하다.

진심은 배시시 웃으며 그의 손길을 느끼다 문득 고개를 들었다.

'……어?'

코끝에 감지된 익숙한 냄새에 미간이 좁아진다. 진심은 킁킁, 코를 씰룩거리며 그를 쳐다봤다. 정록이 갑자기 손을 뿌리친 진심을 의아하게 내려다보고 있었다.

킁킁. 한 번 더 코로 냄새를 맡던 진심은 눈을 가늘게 떴다. 그리고 그에게서 물러났던 발자국을 힘껏 앞으로 뻗었다.

"변호사님."

"예뻐."

"……."

"정말 예쁘다."

조금 전까지만 하더라도 귀가 녹아 버릴 것처럼 달콤하게 느껴지던 말들이 이제는 아무렇지도 않게 다가온다. 진심은 예쁘다는 말을 습관처럼 중얼거리는 정록을 직시했다. 그러다 슬쩍 얼굴을 옆으로 돌렸다.

정록의 등장 전까지 존재하지 않았던 웬 컵 하나가 식탁 위에 덩그러니 놓여 있었다. 진심은 무어라 말하고 있는 정록에게서 등을 돌리며 그것을 향해 손을 뻗었다.

"윽!"

'술 냄새!'

어떻게 몰랐을까.

'조금 전 그에게 안기기까지 했는데. 이렇게 확 느껴지는 술 냄새를 어째서 눈치채지 못했던 거지?'

진심은 황당한 얼굴로 바라보다 적게 남아 있는 술과 정록을 번갈아 응시했다. 그러고선 다시 서 있는 정록에게 다가가 물었다.

"변호사님."

"응?"

"이거 드셨어요?"

정록의 검은 눈이 그녀의 손에 들린 컵을 향했다. 정록은 싱긋 웃었다.

"응. 물."

"……."

'이게 어딜 봐서 물이야!'

정록의 집에 처음 발을 내딛었을 때, 이것저것 살펴보다 냉장고 안에 든 술 컵을 보고 의아하게 여기긴 했었는데.

설마하니 아픈 와중에 이것을 마실 줄은 꿈에도 예상하지 못했다. 진심은 어휴, 하고 짧게 한숨을 내쉬고선 정록의 손목을 덥석 잡았다.

"오진심?"

"시끄러워요. 감기 환자가 술이라니. 제정신이에요?"

"응?"

"내가 자기 생각해서 뭘 사 왔는데. 참나. 여기 앉아요!"

"……."

"권정록!"

"으응."

제 이름을 버럭 외치는 진심을 보고 당황하던 정록은 그녀의 손에 끌려 근처 식탁 앞 의자에 착석했다. 진심은 컵에 든 술을 싱크대에 과감하게 버리고선 정록을 바라봤다.

"윽."

"아직도 열이 안 내렸어! 게다가 술까지 마셨으니 제정신이 아니겠지. 그럼 그렇지. 변호사님이 의도 없이 나한테 예쁘다고 할 리가."

쯧쯧. 그의 이마에 손을 댄 진심은 혀를 차며 중얼거렸다. 정록이 그녀의 손을 멍하니 올려다보는 것이 보였다. 진심은 콧방귀를 뀌며 그를 노려봤다.

"뭘 봐요?"

"……!"

"거기 꼼짝 말고 있어요. 제가 움직이라고 할 때까지. 알았어요?"

"……."

"알았냐고요."

굳이 한 번 더 묻는 진심에게 정록이 말없이 고개를 끄덕끄덕 움직였다. 진심은 입술을 씰룩이며 그의 등장 전까지 하던 일을 하기 시작했다.

보글보글. 말린 표고버섯을 가득 넣은 물이 끓는다. 그 옆에 작은 냄비를 얹고 녹두죽을 부은 진심은 죽을 따뜻하게 데워 나갔다. 한참 국자를 젓던 진심은 뒤를 돌아 정록을 흘긋거렸다.

다행히도 정록은 그녀의 명령대로 그 자리에 앉아 자신의 뒷모습을 빤히 쳐다보고 있었다. 허공에서 그와 눈이 마주쳤던 진심은 귓불이 빨개지는 것을 느끼며 홱 얼굴을 돌렸다.

'술 취한 거 맞아?'

물론 건장한 남자가 소주 한 컵 가지고 술에 취할 리 없지만, 현재의 정록은 몹시 취약한 상태라, 그래서 그가 쓸데없는 말을 한 건지도 모른다는 생각이 든다. 하지만 저를 직시하고 있는 그를 보자니 취했다고 여기는 건 자신만의 착각인 것 같기도 하고. 진심은 입술을 씰룩이며 펄펄 끓는 녹두죽을 퍼선 그의 앞에 대령했다.

"먹어요. 한 톨도 남기지 말고."

눈을 부라리며 진심이 그릇을 가리키자 정록이 저를 바라본다.

그녀가 아팠을 때, 그가 했던 말을 그대로 했다는 걸 알고 있는 걸까?

진심은 주저하다 숟가락을 드는 정록의 앞에 살포시 자리를 잡았다. 한동안 식사를 시작한 정록을 바라보던 진심은 슬며시 자리에서 일어났다. 식사가 끝나면 표고버섯을 달인 물을 건네주기 위해서다.

'조금 더 있어야겠어.'

진심은 아직 다 우러나지 않은 냄비 속을 들여다보곤 자리로 돌아왔다. 그러고는 턱을 꽃받침 모양으로 괴고 앉아 정록을 지켜봤다.

'잘 먹네.'

자신이 직접 만든 음식은 아니지만 사 온 음식을 맛있게 먹어 주니 괜스레 뿌듯하다. 이윽고 제 말대로 한 톨도 남기지 않고 그릇째 싹 비운 정록에게 진심은 미소를 지어 보였다.

"더 줄까요?"

고개를 주억이는 정록에게 빙긋 웃은 그녀가 아직 남아 있던 죽을 모조리 건네기가 무섭게 정록의 숟가락이 움직였다. 진심은 나지막하게 중얼거렸다.

"평소에도 이렇게 말 잘 들으면 좋겠네."

무심코 머릿속에 감돌던 생각을 입 밖으로 꺼내 버렸다. 그의 시선이 제게 꽂히자 진심은 화들짝 놀라 제 입을 막았다. 그러다 서서히 손을 아래로 내리며 물었다.

"들었어요?"

정록이 말없이 눈웃음을 그렸다.

화끈, 얼굴이 달아올랐다.

진심은 변명을 하려고 입술을 달싹였다.

“그러니까 제 말은요…… 평소의 변호사님이 너무 까칠하다 이거죠. 속내도 잘 드러내지 않고. 사귀고 있으면서도 사귀고 있는 건지 모를 만큼 답답할 때가 한두 번이 아니니까. 그래서…….”

“그래서, 솔직해지면 좋겠다?”

진심은 웃는 그에게 눈을 빛냈다.

“그거죠!”

“이 정도면 솔직하다 생각하는데.”

“솔직은 무슨. 그거 알아요? 변호사님 완전 철벽남 그 자체라고요.”

“내가?”

“네!”

목청껏 외친 진심은 식사를 이어 가는 정록을 쳐다보다 목구멍을 간질이던 말을 꺼낼까 말까 고민했다.

‘제정신이 아닌 것 같으니까, 어쩌면 이 말을 할 수 있는 기회일지도 몰라.’

“저…… 변호사님.”

“응?”

역시. 아직 반말을 사용하는 걸 보면 확실히 제정신은 아니다. 진심은 씩 웃으며 속에 든 말을 꺼내기로 결심했다.

“몇 가지 묻고 싶은 게 있는데요.”

어느새 두 번째 식사를 마친 정록이 그녀의 의문에 흔쾌히 답해 주겠다는 듯, 진심을 지그시 쳐다봤다.

콩닥콩닥. 다시금 심장이 벌렁거려 헤헤, 웃던 진심은 결의를 다진 후 입을 열었다.

"변호사님. 저랑 변호사님, 사귀고 있는 거…… 맞죠?"

그 말에 정록이 고개를 갸웃거렸다.

"아닌가?"

"아니요, 맞아요!"

진심은 그가 대답하기 무섭게 소리쳤다. 그녀는 호흡을 가다듬었다.

"그럼 저랑 함께 있으면…… 어때요? 좋아요?"

'난 너무너무 좋은데. 당신과 함께 있는 이 시간이, 너무 행복한데.'

가슴이 울렁거렸다.

진심은 눈을 질끈 감으며 그의 답변을 기다렸다. 정록은 조금 전과는 달리 잠시 머뭇거렸다.

"응."

귓가로 흘러 들어오는 그의 음성이 다정했다. 진심은 눈을 번쩍 뜨고 선 그를 쳐다봤다.

"좋아."

정록은 그런 그녀에게 짙은 미소를 그려 주었다.

두근두근.

그 미소에 녹아내릴 것만 같다.

'나, 나빠. 제정신이 아닌 사람이 이렇게 사람을 홀려도 되는 거야?'

진심은 입을 쭉 내밀려다 말았다.

"그, 그럼 한 가지만 더요!"

얼마든지 물어도 좋다는 듯 정록이 대답하지 않자 진심은 주저하다 소리를 흘렸다.

"나…… 좋아해요?"

아무리 먼저 좋아하는 사람이 지는 거라지만, 간혹 불안할 때가 있다. 제 대시에 의해 사귀자고 한 거라서 더 그런 건지도.

진심은 말을 꺼낸 후 멈칫했다.

'괜한 소리를 한 건가? 이렇게 가슴 졸이고 있다는 걸 들켜 버리면 완전히 지는 거 아닌가?'

그의 답변을 듣기가 왠지 두려워져 그만 시선을 돌려 버렸다.

'어떡해. 너무 쓸데없는 말을 한 것 같아.'

스스로 꺼낸 말이 이토록 후회스러울 줄이야.

진심은 얼굴을 아래로 떨구며 입술을 세게 짓눌렀다.

"오진심."

그런 그녀를 부른 정록의 목소리엔 힘이 들어가 있었다. 진심은 저도 모르게 얼굴을 들었다. 정록이 약간 화난 얼굴로 자신을 쳐다보고 있었다.

"그렇게 자신이 없어?"

"……네?"

"아니면 내 표현이 부족했나?"

정록이 한숨을 내쉬더니 자리에서 벌떡 일어났다. 그 과정에서 두통이 일었는지 비틀거리기까지 했다.

진심이 깜짝 놀라 '변호사님!' 하고 그를 불렀지만 곧 괜찮다는 듯 손을 들어 올렸다. 그는 이내 진심의 코앞까지 다가왔다. 그러고는 그녀의 앞에서 무릎을 꿇고 앉아 진심의 손을 잡았다.

'어어?'

차가운 손의 냉기가 손바닥을 타고 전신으로 퍼져 나갔다. 진심은 눈을 크게 떴다. 정록은 머뭇거리지 않고 그녀의 손등에 입을 맞추더니 진심을 올려다보았다.

"잘 들어. 한 번만 말해 줄 거니까."

두근두근. 호흡이 가빠 온다.

"좋아해."

"아……."

"좋아한다고, 오진심."

'……거짓말쟁이. 한 번만 말한다고 해 놓고 두 번이나 말했잖아.'

그를 내려다보던 진심의 눈꺼풀이 파르르 떨렸다.

말을 다 한 후 싱긋 웃고 있는 정록의 눈꼬리가 머릿속에 각인되듯 선명하게 남는다. 진심은 울컥 차오르는 감정을 꾹꾹 누르며 그에게 대답하려 했다.

"그런데……."

정록은 눈동자를 일렁이며 입술을 열려고 하던 진심의 무릎 위로 고개를 숙이며 중얼거렸다.

"눈이 감겨. 미안. 좀 잘게."

"네?"

"……미안."

그 말을 끝으로 푹 얼굴을 파묻어 버리는 정록의 행동에 진심은 벙찐 표정을 지었다.

"변호……사님?"

제 허벅지 위에 얼굴을 댄 정록은 방금 전 그렇게 설레는 말을 한 사람이라고는 느껴지지 않을 만큼, 미동조차 하지 않는다.

"변호사님!"

톡톡, 진심은 그의 머리를 두드리며 소리쳤지만 정록은 그런 그녀의 손을 뿌리치기 위해 팔을 들어 올릴 뿐이었다.

"변호사님! 이렇게 자면 어떡해요! 제 대답은 듣고 자야죠! 그리고 여기서 자면 어떡해요! 저기요, 변호사님! 저 아직 할 말 더 남았다고요! 이봐요, 권정록 씨!"

제5장
위기일발 오 비서

문 두드리는 소리에 비너스 엔터테인먼트의 연준석 대표가 고개를 들었다.

"들어와."

굵고 짧은 명령을 내린 연 대표는 조심스럽게 문을 열고 들어오는 혁준을 발견했다.

"호출하셨다고 들었습니다."

"앉아."

"예."

혁준은 왠지 모르게 가라앉아 있는 연 대표의 목소리에 본능적인 위험을 인지했다.

'무슨 일이 있는 건가?'

아침에 출근하자마자 연 대표가 찾았다는 이야기는 그리 좋은 소식만은 아니었다. 그는 숨을 들이마시며 연 대표가 안내하는 소파에 엉덩이를 붙였다. 연 대표는 긴장한 채 제 눈치를 살피는 혁준에게 황토색 서류 봉투를 내밀었다.

"대표님?"

"꺼내 봐."

"예?"

"어서."

의아한 표정을 지으며 눈앞에 놓인 봉투를 내려다본 혁준은 손을 뻗었다. 서류 봉투 속에는 몇 장의 사진이 들어 있었다.

'이게 무슨……!'

사진을 꺼내 들던 혁준의 눈이 휘둥그레졌다. 연 대표는 사진을 바라보던 혁준이 저를 쳐다보자 말했다.

"어젯밤, 우편함에 꽂혀 있었다더군."

"대표님. 이건……."

"대체 애 관리를 어떻게 하는 거야? 조 팀장, 제정신이야?"

윽박지르는 연 대표에게 혁준은 답할 수 없었다. 창백하게 질린 혁준을 향해 연 대표는 소리쳤다.

"언제 찍힌 거야? 알고는 있어? 꼴은 왜 이래? 누가 보면 은퇴하고 놀러만 다니는 걸로 오해하겠어!"

부드득 이까지 갈며 외쳐 대는 연 대표에게 혁준은 짧은 한숨을 흘렸다. 잠시 동요했지만 이내 침착을 유지한 혁준은 연 대표를 응시했다.

"아마도…… 지난 연말 파티 때가 아니었나 싶습니다."

사진 속 주인공들은 놀랍게도 검은 이브닝드레스에 하얀 털로 된 숄을 두른 진심과 그런 진심을 에스코트하고 있는 권정록 변호사였다. 로펌 올웨이즈의 지하 주차장으로 짐작되는 곳에서 찍힌 두 사람의 모습이 어떻게 이곳까지 흘러와 있는 건지.

심장이 철렁한 것을 느끼면서도 냉정을 잃지 않은 혁준은 연 대표의 답을 기다렸다. 연 대표의 눈이 가늘어졌다.

"연말 파티?"

"예. 올웨이즈의 대표님께 못 들으셨습니까? 크리스마스이브 즈음에 연말 파티가 있었습니다. 윤서도…… 사원으로 참석한 거고요."

"……."

연 대표는 기억을 더듬었다. 그러고 보니 자신의 사촌 형이 언젠가 크리스마스 연휴에 시간이 되냐고 물었던 기억이 나는 것 같기도 하다. 연 대표는 인상을 썼다.

"그래서 오진심이랑 권 변호사가 이런 차림이다?"

"파티 콘셉트가 그랬습니다. 윤서 드레스 찾느라 꽤 고생을 했죠. 은퇴를 했다 할지라도 다른 여자들한테 기죽으면 안 되잖습니까."

"……."

"파트너로 권 변호사님이 가기로 해서, 윤서가 데리러 와 달라고 부탁을 했습니다. 두 사람이 차를 같이 타고 도착한 것 같아 보이는군요. 여기 자세히 보시면……."

"올웨이즈 쪽 건물이군."

"알아보시는군요."

말없이 사진을 주시하고 있는 연 대표에게 혁준은 서둘러 말을 덧붙였다.

"대표님이 무엇을 걱정하시는지 알고 있지만 너무 신경 쓰지 않으셔도 될 것 같습니다. 두 사람이 일적으로 요즘 하도 붙어 다니길래 저도 조금 알아보긴 했거든요."

"알아봐?"

"예. 권정록 변호사님한테 직접이요."

심드렁한 반응을 보이던 연 대표의 눈에 이채가 서렸다.
"뭐래?"
"예?"
"권 변호사가 뭐라고 했냐고."
"아, 네. 그러니까 권 변호사님은……."

「조혁준 씨. 걱정하지 마십시오.」

무슨 사이냐고 물었을 때, 저를 향해 정록이 꺼냈던 말이 떠올랐다.
혁준은 제 대답을 기다리는 연 대표를 향해 말하려 했다.

「저와 오진심 씨는 단순한…….」

'어?'
기억을 더듬어 보던 혁준은 순간 눈을 크게 떴다. 그 뒤의 말이 또렷하게 생각나지 않았기 때문이다.
'권 변호사가 무슨 말을 했었지?'
혁준은 미간을 좁혔다.
"어이, 조 팀장!"
"예?"
"무슨 생각을 그리 하나? 그래서. 권 변호사가 조 팀장한테 뭐라고 답했는데?"
혁준은 저를 직시하며 시원한 대답이 나오기를 고대하는 연 대표에게 쉽게 대답하지 못했다.
"조 팀장!"

갑자기 입을 다물어 버린 혁준이 연 대표는 못내 답답한 모양이었다. 버럭 소리 지르는 연 대표에게 혁준은 어색한 웃음을 흘렸다.

"어쨌든 신경 안 쓰셔도 될 것 같습니다. 아무 사이도 아니니까요."

"확실한 거지?"

"……예."

살며시 고개를 끄덕이는 혁준을 한동안 쳐다보던 연 대표는 후우 한숨을 흘렸다.

"조심해야 해. 안 그래도 연말 들어 요즘 오진심이 뭘 하고 지내는지 묻는 녀석들이 많아졌다고. 이런 와중에 진심이 녀석이 비밀리에 비서 수행 중이라는 이야기가 퍼지면 우리는 물론, 올웨이즈도 귀찮아진단 말이지. 촬영 날짜 확정될 때까지 죽은 듯 지내야 한단 말이야. 알아?"

"알고…… 있습니다."

"조 팀장이 오진심 관리 제대로 해. 그러라고 바쁜 조 팀장을 진심이네 집까지 들락거리라 시킨 거잖아."

쓴웃음을 그리는 혁준을 흘긋거리던 연 대표가 눈길을 테이블 위로 돌렸다. 진심과 정록의 모습이 담겨 있는 몇 장의 사진들이 테이블 위에 흩어져 있었다.

연 대표의 얼굴이 어두워졌다.

"문제는 이걸 대체 누가 보냈냐는 건데. 사진만 덜렁 보내니 의도를 알 수가 없군."

"……."

"진심이한테 한동안 눈에 띄지 말고 출근하라고 전해. 쓸데없이 화려하게 다니다가 남들 눈에 들지 말라고."

"예."

"아, 그리고."

연 대표는 얼굴을 일그러뜨리며 자리에서 일어났다.

"권 변호사랑 필요 이상으로 가까워지지 말라고도."

❖

정록은 무거운 무언가가 짓누르는 느낌에 눈꺼풀을 스르륵 올렸다. 하얀 천장이 시야로 들어와야 하거늘, 어찌 된 셈인지 검은 실 가닥이 보였다.

'뭐지?'

그의 고운 미간이 촘촘해졌다. 이번엔 팔을 들어 올려 눈앞을 가리고 있던 '그것'을 거두려 했지만, 들려고 했던 오른쪽 팔을 들어 올릴 수가 없었다.

그의 눈썹이 꿈틀거렸다. 정록은 황당하기 그지없는 지금 이 상황을 이해하려 애썼다.

"우웅."

그런 그의 귓가로 낯선 누군가의 음성이 들려왔다. 정록은 그제야 제 가슴 위에 누군가의 작은 머리가 올라와 있다는 사실을 깨달았다. 워낙 약 기운이 셌던 터라 사고회로가 제대로 돌아가지 않았던 까닭일까. 어떻게 이 존재를 알아차리지 못했던 건지.

정록은 제 가슴팍에 얼굴을 파묻고선 색색, 자고 있는 사람의 이름을 부르기로 했다.

"……오진심 씨."

"흐으응."

"……오진심 씨. 오진심 씨!"

"네, 변호사님! 부르셨…… 어? 변호사님, 일어나셨어요?"

저를 보고 반사적으로 눈웃음을 그리는 여자는 생긋 미소를 지어 보였다. 헛웃음이 흘러나오려는 것을 꾹 참고선 정록은 물었다.

"네. 전 잘 잤습니다만."

정록은 산발이 된 여자의 머리카락을 응시하며 다음 말을 이으려 했다. 그러나 그가 소리를 흘리기 전, 진심이 돌연 손을 뻗었다.

정록은 주저 없이 제 이마와 자신의 이마에 각각 손을 얹고 있는 진심을 놀란 표정으로 바라봤다.

진심은 안도의 한숨을 내쉬며 중얼거렸다.

"열 내렸다."

"……!"

"다행이에요, 변호사님! 어휴. 어제 열이 안 내려서 얼마나 걱정했는지 몰라요. 정말 큰일 나는 줄 알았다니까요?"

재잘거리는 여자의 두 볼엔 홍조가 가득하다. 정록은 뭐라 말을 잇지 못하고 그녀를 지켜볼 수밖에 없었다. 진심은 그 이후로도 '그렇게 감기에 걸리실 줄 몰랐어요. 의외로 허약하신가 봐요?' 하고 농담까지 건네며 배시시 웃었다.

그러다 말없이 자신을 쳐다보고 있는 그의 시선을 알아차리고선 얼굴에서 미소를 거두었다.

"변호사님? 왜 그러세요?"

의문이 가득한 진심의 얼굴에서 눈을 돌릴 수가 없었다. 고요히 뛰고 있는 가슴의 박동이 느껴졌다.

"변호사님?"

"여기서, 밤을 샌 겁니까?"

"네?"

"간호……."

"아아, 밤새 간호를 한 거냐고요?"

정록은 대답하지 않았다.

'그러고 보니 어째서 오진심 씨가 이곳에 있는 거지?'

그녀가 찾아온 기억도, 제 집의 문을 열어 준 기억도 존재하지 않는다. 그런 진심이 자신의 침대 곁 의자에 앉아 제 가슴을 베개 삼아 엎드리고 잔 것은 더더욱 기억에 없는 일이다.

정록은 하얀 이를 드러내며 웃는 진심을 멍하니 직시했다.

"당연하죠! 아픈 사람을 두고 어딜 가겠어요?"

맑은 미소를 짓던 여자는 아찔해진 그를 향해 소리쳤다.

"왜 그런 표정이에요? 제가 떠날 거라 생각했던 거예요?"

"아뇨. 그게 아니라."

"네."

"……오진심 씨가 집으로 찾아온 기억이 없어서요."

"……네?"

그녀가 토끼 눈을 떴다.

제 말이 황당하겠지. 스스로도 당혹스러운데 말을 들은 상대는 오죽하겠나.

정록은 작게 말했다.

"거실에서 약을 먹고 난 후 초인종 소릴 들은 기억은 나는데……."

"그게 제가 누른 초인종일 거예요!"

"아. 그렇습니까?"

"네! 그럼 그 뒤의 기억은…… 하나도 없다고요?"

정록은 괜스레 억울한 표정을 짓는 진심에게 어색하게 고개를 주억여 주었다. 진심은 동그랗게 뜬 눈을 그에게 고정시키며 묻고, 또 물었다.

"정말 하나도 기억 안 나요? 제가 변호사님을 위해 냉찜질을 준비한 건요? 죽을 사 와서 대령한 건요? 해열에 좋은 물을 달여서 건네준 건요?"

그런 일까지 했나.

송골송골, 이마에 땀방울이 맺혔다.

기억력 하나는 특출 난 자신에게 어쩌다 이런 일이 일어난 건지 모르겠다. 난감해져 입술을 굳게 다물어 버린 정록을 향해 입을 쭉 내밀던 진심은 얼굴을 구겨 가며 소리쳤다.

"그럼, 변호사님이 저한테 좋아한다고 한 것도…… 헉!"

원망이 가득한 음성을 흘리던 진심이 말을 쏟아 내다 말고 입을 가렸다. 실수를 저지른 표정이다. 정록은 눈을 가늘게 떴다.

"제가 오진심 씨한테 그랬다고요?"

"……."

"정말입니까?"

"그, 그럼 정말이죠! 제가 그런 거 가지고 거짓말을 하겠어요?"

추궁하는 정록에게 진심은 빽 소리쳤다. 정록은 여전히 의심이 가득한 눈으로 그녀를 향해 중얼거렸다.

"좋아한다고 했다? 내가? 오진심 씨한테?"

"뭐, 뭐예요? 그럼, 아니라는 거예요?"

흐음, 콧소리를 흘리며 턱 끝을 매만지자 진심의 눈빛이 달라졌다. 정록은 순식간에 매서워진 진심의 시선을 발견하고선 움찔거렸다. 진심은 '오진심 씨?' 하고 말을 건네는 정록에게 얼굴을 들이밀었다.

"변호사님!"

"예?"

"설마 저 좋아한다고 했던 거. 그거 거짓말이었어요?"

직설적인 질문에 숨이 컥 막혔다.

'이 여자가 무슨 소리를 하는 거야.'

정록은 아침부터 눈을 빛내고 있는 그녀의 시야에서 벗어날 수 없었다.

"말해요. 그 말, 거짓이었냐고요."

조금 전까지만 하더라도 추궁하던 쪽은 자신이었는데, 눈 깜짝할 사이에 역전이 되어 버린 상황에 식은땀이 흐른다. 정록은 사실대로 말해 주지 않는다면 가만두지 않겠다는 표정을 짓는 진심을 지그시 응시했다.

진심은 큰 눈을 계속해서 부라리고 있었다.

"기억이……."

"그런 식상한 변명 말고요! 좋아. 그럼 제정신일 때 묻죠."

"……."

"나 좋아해요, 안 해요?"

취조가 수준급이다.

잘만 하면 제대로 된 법조인이 될 수 있을지도 모르겠다는 생각이 들었다. 자신을 서서히 압박하는 진심의 눈동자에 심장이 덜컹거리는 것을 느끼던 정록은, 대답 대신 이젠 자유로워진 팔을 그녀를 향해 뻗었다.

작은 탄성과 함께 코끝에서 진심의 체취가 느껴졌다. 콩닥콩닥 뜀박질하던 그녀의 가슴이 자신의 것과 어울려 점점 거세져 갔다. 정록은 그녀의 귀에 대고 중얼거렸다.

"대답이…… 됐습니까?"

차마 제 입으로 그 말을 하지는 못하겠다. 눈을 뜨자마자 그 말을 하는 것은 무리가 있으니까. 게다가 왠지…….

'쑥스러운 것 같아서.'

강하게 그녀를 끌어안은 채 속삭인 정록의 말에 진심이 끄덕끄덕, 얼굴을 주억였다. 정록은 피식 웃으며 실소를 흘리다 크게 숨을 들이켰다.

"그런데…… 오진심 씨."

"네?"

고개를 들어 저를 올려다보는 진심을 보자니 두근두근, 심장이 거세게 요동쳤다.

정록은 떨리는 음성을 흘렸다.

"지금, 몇 십니까?"

❖

대한민국에서 머리 좋기로 소문난 사람들이 모여 있는 서초동 법조타운.

이곳에서도 촉망받는 회사로 발돋움하는 중인 로펌 '올웨이즈'에서 혜선은 비서로 일하고 있었다.

'조금 늦었네.'

매끄럽게 주차를 마치고선 차에서 내린 그녀는 손목에 찬 시계를 내려다보며 중얼거렸다. 오전에 잠시 볼일을 보고 오느라 그만 5분 정도 지각을 하고 말았다. 담당 변호사에게 미리 말해 두기를 다행이었지, 아니었다면 한 소리를 들을 뻔했다.

다행히 오늘은 미팅 약속이 정오를 넘어서 있었던 터라 안도의 한숨을 내쉬던 그녀는 무심코 주변을 둘러보다 눈을 동그랗게 떴다.

"어떡해요. 5분이나 늦었어요! 정말 죄송해요, 저 때문에……."

한숨을 푹푹 내쉬며 외치고 있는 목소리가 귀에 익었다. 그 청아한 음성의 주인공이 누구인지는 단번에 알아차릴 수 있었다.

'오윤서?'

혜선의 회사에서 화제의 중심에 있는 여자, 오윤서.

대한민국에서 모르는 이가 없을 만큼 유명한 그녀가 어쩌다 혜선이 다니는 회사에 오게 된 건지는 떠올리기도 싫다. 이젠 목소리만 들어도 누구인지 알 만큼 기분 나쁜 그 목소리에 혜선은 본능적으로 미간을 좁혔다.

'아침부터 재수 없게.'

연예계에서 인정받은 잘난 외모 하나로 등장하자마자 올웨이즈의 남자 변호사들을 홀린 오윤서에 대한 혜선의 인식은 그리 좋지 않았다.

그녀가 이곳, 올웨이즈에 입사하기까지 엄청난 노력을 기울였던 터라 더욱.

오윤서의 비밀 입사 소식을 알리던 올웨이즈의 대표인 연준규에게서 그녀가 회사에 잘 적응할 수 있도록 배려해 주라는 말까지 들었지만, 싫은 건 싫은 거다. 올웨이즈에서 일하는 비서들 사이에서도 오윤서는 호불호가 갈리고 있었고 그녀와의 불편한 직장 생활은 무려 두 달 넘게 지속되고 있었다.

'빨리 떨어져 나갈 줄 알았는데 예상보다는 오래 붙어 있단 말이지.'

사실 처음 그녀가 '임시 비서'로 올웨이즈에 왔다는 이야기를 들었을 때는 코웃음을 쳤다. 여태까지 타인의 추앙만 받고 살아왔던 그녀가 다른 사람의 뒷바라지를 하는 비서 일에는 적응하지 못할 것이라 여겼기 때문이다.

그 이유에서 처음 오윤서가 발을 내딛었을 땐, 비서들 사이에선 오윤서가 며칠 만에 사직서를 제출할 것인가에 대한 내기가 돌곤 했었다.

'언제까지 버틸 건지는 모르겠지만, 빨리 나가 줬으면 좋겠는데.'

오윤서는 모르겠지만 올웨이즈에 일하고 있는 그 누구도 이 일을 가볍게 여기고 있지 않다. 그래서 본업을 제쳐두고 이 일을 일종의 유흥거리처럼 대하는 오윤서가 못마땅하기만 하다.

'흥.'

차갑게 가라앉은 혜선의 눈동자는 급하게 차에서 내리는 오윤서에게서 떨어질 줄 몰랐다. 상기된 얼굴로 말하는 것을 보니, 아마도 밤새 그 사람과 함께 있었던 게 틀림없다.

'그러고 보니 입고 있는 옷도 어제와 그리 다르지 않잖아.'

행여나 그녀가 자신을 볼까 봐 주차장의 기둥 뒤편에 몸을 숨긴 혜선은 인상을 쓰며 오윤서가 있는 곳을 노려봤다. 제대로 일할 마음이 없다면 저 차를 타고 집으로 돌아가 주면 좋으련만.

"괜찮습니다."

주차장의 가장 구석진 곳에 서 있던 오윤서였기에 사실 어떤 차에서 내리고, 또 누구와 대화를 하는 건지는 잘 보이지 않았다. 오윤서와 대화를 나누는 상대가 조명 아래로 나온다면 제대로 보이려나, 하고 생각하던 혜선은 눈을 동그랗게 떴다.

'어?'

밝은 조명 쪽으로 나온 오윤서의 대화 상대는 혜선도 익히 아는 얼굴이었다. 안절부절못하는 오윤서를 향해 남자는 말했다.

"다행히 어제 일의 여파로 오전 미팅은 잡아 놓지 않은 상태니, 지금 가도 일에 지장은 주지 않을 겁니다."

"……그래도."

"괜찮아요. 그것보다 오전엔 잠시 병원에 다녀왔으면 합니다만."

"예? 병원이요? 다 나은 거 아니셨어요?"

"대충은 그런 것 같지만 혹시나 해서요. 한두 시간이면 될 것 같습니다."

"아, 네! 그럼 그렇게 처리하도록 할게요!"

"고맙습니다."

"뭘요!"

방긋 웃으며 외치는 오윤서에게 아주 희미하게 미소를 짓는 남자는 다름 아닌 오윤서의 담당 변호사, 권정록이었다.

'정말 권 변호사 맞아?'

혜선은 단순한 변호사와 비서 사이라기에는 매우 화기애애한 두 사람의 모습을 멀뚱히 응시하다 인상을 썼다. 제 눈으로 직접 목격하고도 쉬이 믿어지지 않는 그 모습에 혜선은 한참 동안 멈추어 서 있었다.

❖

"예?"

정록이 진료를 받기 위해 회사 근처 병원으로 향한 사이, 콧노래를 흥얼거리며 서류를 정리하던 진심은 고개를 들었다.

'대체 무슨 소릴 들은 거야?'

한창 일을 하고 있어도 모자란 시간, 우르르 몰려와선 제게 미소를 짓고 있는 몇몇 비서들의 눈초리가 심상찮다. 진심은 등 뒤로 땀이 흐르는 것을 느꼈다.

"어쩐지 수상하다고 생각했어요. 왜, 그때 연말 파티에서, 권 변호사님 엄청 이상했잖아!"

"맞아요. 바늘로 찔러도 피 한 방울 안 흘릴 인간이 윤서 씨 도와준다고 그런 짓을 했을 때 알아봤어야 했어!"

"솔직히 말해 봐요, 윤서 씨. 두 사람 단순한 직장 동료 사이 아니죠?"

매섭게 휘몰아치는 질문들로 인해 머리가 지끈거린다. 진심은 하하, 웃음을 흘리며 그럴 리가 있냐고 대답했지만 쉬이 믿을 것 같지가 않다.

'곤란한데.'

대체 어떻게 의심을 하게 됐는지 모르겠다.

정록이 자리를 비운 사이 난처한 상황에 처해 버린 진심은 '무슨 사이예요?' 하고 제게 끊임없이 물어 대는 비서들을 응시했다.

"다들 그만들 해. 다짜고짜 이렇게 물으면 윤서 씨가 얼마나 곤란하겠어?"

아무리 아니라고 말해 봐도 믿을 것 같지 않아 어떤 식으로 이 난관을 헤쳐 나가야 할까 고민하던 진심의 귀에 그들을 말리는 목소리가 들려왔다.

그 음성의 주인공이 오재윤 변호사의 비서로 일하고 있는 혜선이라는 것은 쉽게 알 수 있었다. 진심은 고개를 절레절레 저으며 말하는 그녀를 바라보았다.

고맙다고 말을 하기 위해서였다.

"고……."

"두 분이 그렇고 그런 사이라고 한들, 우리들한테 말해 줄 리 없잖아. 다른 분도 아니고 윤서 씨라고. 지금까지 그 흔한 스캔들 한 번 안 난 연예인 출신 아니야? 그런 분이 권 변호사님이랑 사귄다고 해서 우리한테 말을 해 줄 이유가…… 아, 그렇지. 윤서 씨, 스캔들이 없지는 않았구나."

때리는 시어머니보다 말리는 시누이가 더 밉다, 라는 말이 있다.

'딱 그 짝이야.'

진심은 많은 관심 속에서 저를 구해 줄 듯 말하다가, 강력한 펀치 한 방을 날리는 혜선을 보고 혀를 내둘렀다. 아무래도 혜선은 자신을 싫어하는 것이 틀림없다.

스캔들.

하긴 그 스캔들 때문에 하늘을 날던 자신이 여기까지 곤두박질친 것이 아니었던가. 진심은 '그 스캔들의 여파가 크긴 컸어요' 하고 중얼거리는 혜선에게 미소를 지어 줄 수가 없었다.

'난감하네.'

작정을 하고 달려온 것이 분명해 보이는 이 비서들을 떼어 낼 방법이 도통 떠오르지 않는다.

얼굴에 철판을 깔고 '변호사님이랑 저는 아무 사이도 아니에요' 하고 말해 보았지만 믿어 줄 생각은 없어 보였다.

대체 무엇 때문에 그리 확신을 하는 건지 모르겠지만, 업무까지 방해하며 물러날 생각도 하지 않는 그녀들을 진심은 당혹스럽게 응시했다. 대답은 정해져 있으니 너는 말만 하면 된다는 식으로, 눈빛을 보내고 있는 그녀들의 뜨거운 시선에 어색한 미소만 짓고 있을 때였다.

"무슨 일입니까?"

진심은 마치 얼굴 뒤로 후광이 비치는 구원자처럼 터벅터벅, 복도에서 집무실 쪽으로 걸어오는 한 남자를 발견했다. 그의 맑은 눈동자와 잘 어울리는 검정색 슈트를 입은 남자는 근처 이비인후과에서 진료를 받고 온 정록이었다.

그를 발견한 진심의 얼굴에 화색이 돌았다.

"변……."

"마침 잘 오셨어요, 변호사님!"

진심의 입이 열리기가 무섭게 홱 뒤를 돌아보던 비서들 중 한 명이 크게 외쳤다. 평소 탕비실 근처나 휴게실 쪽에서만 보아 왔던 비서들이 자신의 집무실 근처에 와르르 몰려와 있자 정록은 의문을 품은 듯했다.

정록의 미간이 미세하게 좁아지는 것을 보며 진심은 쓴웃음을 흘려야만 했다. 이준호 변호사의 비서인 태은은 눈을 빛내며 정록에게 물음을 던졌다.

"권 변호사님!"

"네."

"권 변호사님, 혹시 오윤서 씨랑 사귀는 사이세요?"

"예?"

'올 것이 왔군.'

진심은 입술을 파르르 떨며 고개를 아래로 숙였다. 눈치 없이 말을 던진 태은의 허리를 근처의 누군가가 콕 찔렀지만 태은은 끄떡 않고 정록이 대답을 기다리고 있었다.

정록의 검은 눈동자가 천천히 진심을 향했다. 진심은 깜짝 놀라 얼굴을 좌우로 흔들었다.

정록은 제게 눈빛을 쏘아 대는 비서들을 말없이 쳐다보더니 하아, 한숨을 내쉬었다. 그가 사실대로 말하지 않기를 간절히 바라며 콩닥콩닥, 입을 꾹 다물던 진심은 이어지는 정록의 대답에 눈을 동그랗게 떴다.

"다들 뭐 하는 겁니까?"

"네?"

"그런 쓸데없는 질문을 하려고 이 귀한 업무 시간을 낭비하는 겁니까?"

냉랭한 그의 말에 진심의 책상 앞을 막고 있던 네 명의 비서들이 움찔했다. 진심 역시 서늘한 그의 눈동자에 심장이 덜컹거린 것은 마찬가지다. 정록은 한심하다는 듯 그들을 흘겨보며 중얼거렸다.

"여러분이 왜 그런 의문을 품은 건지 잘 모르겠지만, 말도 안 되는 일이군요. 저는 오진심 씨와 아무 관계도 아닙니다. 게다가."

진심은 시선을 옮긴 정록과 허공에서 눈이 마주쳤다. 정록은 말을 이었다.

"저와 오진심 씨라니……. 웃기는군요. 저도 눈이 있습니다."

"……!"

"대답이 됐습니까? 이제 그만 돌아가셨으면 좋겠습니다만."

❖

툭.

진심은 신경질적으로 들고 있던 복사 용지를 내려놓았다. 아니, 내려놓았다기보다는 던졌다는 표현이 더 정확할 것이다. 정록은 갑자기 제 책상 위에 펼쳐진 서류 더미를 황당하게 바라보다 고개를 들어 올렸다.

"오진심 씨?"

"말씀하신 접견신청서 네 부입니다."

"……."

"그럼."

"잠깐만요."

홱 몸을 돌아서던 진심이 입을 삐죽였다. 반쯤 돌리고 있던 몸은 그대로 둔 채 얼굴만 살짝 움직이자 정록이 벌떡 일어나 있는 모습이 보였다.

진심은 흥, 하고 콧방귀를 뀌었다.

"왜 그러시죠?"

"저기."

"네."

"화났습니까?"

진심은 어렵게 말을 건네는 정록을 향해 호호, 웃었다.

"어머. 화라뇨? 갑자기 무슨 소리세요, 변호사님?"

"……."

"그럴 리가 없잖아요. 제가 왜 화를 내죠? 아! 뭐……. 변호사님이 '저도 눈이 있습니다' 라고 하신 말에 조금 상처를 받긴 했지만 고작 그 정도로 화를 내지는 않아요."

"화났네."

"안 났다니까요!"

진심은 픽 웃는 그를 향해 버럭 소리쳤다. 정록은 그런 그녀의 말은 믿지 않는다는 듯 자리에서 일어났다.

'뭐야!'

그녀의 코앞까지 다가온 정록은 검은 눈으로 자신을 응시하더니 이내 빙긋 웃었다. 평소 미소도 잘 안 짓는 사람이 심장이 덜컹거릴 정도로 눈꼬리를 휘자 진심은 멈칫했다. 정록은 그런 그녀에게서 눈을 돌려 밖이 훤히 보이는 유리창을 바라보았다. 그러고는.

"변호사님?"

진심은 제 곁을 지나쳐 블라인드를 내리는 그의 행동을 지켜봤다. 차르륵 소리를 내며 내려간 블라인드도 모자랐는지, 정록은 팔을 뻗어 집무실의 문을 잠갔다. 갑작스러운 그의 행동에 놀란 진심은 어리둥절한 얼굴로 정록을 응시했다.

정록은 모든 행동을 마친 뒤 다시금 그녀의 앞으로 걸어왔다.

"설마 그 자리에서 제가 그들에게 사실을 말했어야 한다고 생각한 건 아니겠죠?"

끄덕끄덕.

"올웨이즈의 비서들은 눈치가 빠른 편입니다. 제가 그런 식으로 냉정하게 답하지 않았다면 아마도 지금까지 오진심 씨와 저를 추궁하고 있겠죠."

맞는 말이었다. 진심은 말없이 그를 직시했다.

정록은 말을 이었다.

"오진심 씨는 그걸 원하는 겁니까? 주변 사람들이 다 알아 버려 시끄러워진 연애를 원합니까, 아니면 우리 둘만 알고 있는 은밀한 연애를 원합니까?”

“으, 은밀한 연애요!”

선생님의 질문에 대답하는 학생처럼 힘껏 외치자 정록이 부드럽게 미소 지었다.

“저도 그걸 원합니다.”

그의 눈동자에서 시선을 뗄 수 없다.

이리 뜨겁게 바라보면 숨을 쉴 수가 없는데.

진심은 콩닥콩닥 일렁이는 가슴을 느끼며 다가오는 정록의 얼굴에서 고개를 돌리지 못했다. 그와의 거리가 불과 20센티도 되지 않을 만큼 가깝다. 코끝에서 제 것이 아닌 숨결이 느껴져 입술이 바짝 말랐다. 입꼬리가 씰룩였다.

진심은 스르륵 눈꺼풀을 아래로 내렸다.

‘벼, 변호사님도 참.’

은밀한 연애를 말하자마자 집무실에서 바로 스킨십을 시도하려 하시다니.

‘꽤 엉큼한 구석이 있었네.’

하지만 그것이 싫지는 않다.

두근두근, 가슴의 박동 소리가 귀를 울려 와 자꾸만 웃음이 흘러나오려고 한다.

‘어?’

내색하면 지는 것이라 생각하고 꾹 참던 진심은 자신이 눈을 감은 지 꽤 오랜 시간이 되었음에도 불구하고 아무런 변화가 없자 의문을 품었다.

‘이상하네. 지금쯤 변호사님의 촉촉한 입술이 내 입술과 닿아야 하는데……?’

얼마나 지났을까.

기다려도, 또 기다려도 다가오지 않는 물컹한 촉감을 하염없이 기다리던 진심은 결국 참지 못하고 눈을 번쩍 떴다. 그러자 조금 전까지만 하더라도 그녀의 앞에 서 있던 정록은 안 보이고 웬 남자아이 하나가 저를 빤히 올려다보고 있었다.

진심은 화들짝 놀라 뒤로 물러났다.

“저기 삼촌, 이 아줌마는 대체 누구야?”

❖

“여기.”

탕비실을 다녀온 진심이 뚱한 얼굴로 과자 봉지 하나를 내밀자 작은 얼굴이 들렸다. 웬만한 클라이언트들 못지않은 포즈로 소파에 앉아 있던 아이가 그녀에게서 과자 봉지를 건네받았다.

“고마워요, 아줌마.”

“…….”

소년은 순식간에 봉지를 뜯어선 그 속에 들어 있던 감자 칩을 입안으로 넣는다.

와자작, 와자작.

그의 입안에서 감자 칩이 부스러지는 소리가 들려오고 있었건만, 어찌된 셈인지 부스러지는 것은 제 심장인 것 같다.

‘아…… 아줌마……. 아줌마라니!’

이상하게 용납되지 않는 그 단어를, 다른 사람도 아니고 그의 앞에서 해 버린 요 발칙한 꼬맹이를 도저히 용서할 수 없다.

차마 입 밖에 내기도 싫은 그 단어를 아무렇지도 않게 말하는 아이에게 진심은 이를 갈았다. 그러다 홱 고개를 돌려 데스크 앞쪽에서 핸드폰을 들고 있는 정록을 응시했다.

소파를 제 것처럼 이용하고 있는 꼬맹이를 쫓아내 달라고 부탁하기 위해서였다.

"……그럼 그렇게 하도록 하죠. 조만간 찾아…… 네? 지금요? 아…… 네. 괜찮습니다."

하지만 진심의 구세주가 되어 줄 정록은 꽤나 어두운 얼굴로 전화를 받고 있는 중이다. 허공에서 마주친 그의 검은 눈이 마치 '그 아이 좀 상대해 주세요' 라고 말하는 것 같아 진심은 푹 고개를 떨구었다. 그녀는 한숨을 내쉬며 시선을 옮기다 히죽 웃고 있는 아이를 발견했다.

와자작.

고사리 같은 손을 봉지 속에 쏙 집어넣었다 다시 빼내며 과자를 입안에 넣는 녀석의 눈빛이 심상찮다. 진심은 묘한 미소를 짓는 아이를 가늘게 뜬 눈으로 쳐다보다 그에게 걸어갔다.

"맛있어?"

"응."

"하긴. 내가 고른 과자니 당연히 맛있겠지."

탕비실 내에서 꼬마 남자아이가 좋아할 만한 과자를 고르느라 꽤나 애를 먹었다.

평소 과자를 잘 먹는 편이 아니었기에 더욱.

식욕을 자극할 만큼 와자작 소리를 내고 있는 아이의 모습이 얄밉기도 했지만, 뿌듯하기도 해 흡족하게 중얼거렸다.

그러자 그녀의 말을 듣고 있던 꼬마가 나지막하게 중얼거렸다.

"흐응. 아줌마가 직접 골랐구나."

'이 꼬맹이가 정말…… 어?'

심드렁하게 고개를 끄덕이는 아이에게 꿀밤을 선사하고 싶은 충동을 느끼던 진심은 이상하게 그의 얼굴이 낯익다는 것을 알아차렸다. 진심은 미간을 찌푸리며 과자를 먹고 있던 아이를 한참 동안 내려다보았다.

아이는 갑자기 제게서 시선을 떼지 않는 진심의 시선이 당황스러웠는지 과자를 먹다 말고 고개를 갸웃거렸다. 진심은 기억을 되짚어 보다 소리쳤다.

"우찬이?"

"……!"

'역시 그때 그 꼬마네!'

"우찬이, 맞지?"

성은 모르지만 확실히 그 아이였다.

'어쩐지. 이상하게 낯이 익더라니.'

진심은 깜짝 놀라 눈을 동그랗게 뜨는 녀석을 향해 빙긋 웃으며 어깨를 으쓱였다.

어제 아침, 정록이 감기를 걸렸다는 것을 알기 직전 잠시 마주쳤던 아이라는 게 떠올랐다.

진심은 눈을 휘며 아이에게 미소 지었다. 아이, 아니 우찬이라는 이름의 소년은 그런 진심을 뚫어져라 응시하다 이내 다시 과자 봉지로 손을 집어넣었다.

와자작.

자신을 알아본 진심에게 대꾸도 해 주지 않고 과자 봉지에 손 넣기를 반복하는 우찬을 쳐다보고 있을 때였다.

"오진심 씨."

통화가 끝났는지 정록이 그녀에게 말을 걸었다. 진심은 얼른 정신을 차려 그를 응시했다.

"잠깐 외출을 해야 할 것 같습니다. 급한 볼일이 생겨서 법원에 가야 할 것 같거든요."

"네? 아, 네! 그럼 저도 준비를……."

"아뇨. 오진심 씨는 여기서 저 아이의 어머니가 올 때까지 잠깐 기다려 주세요."

"예?"

"이곳에서 일하시는 분이니 곧 오실 겁니다. 연락을 드렸거든요. 그리고……."

"……."

"끝나면 전화하겠습니다."

서둘러 브리프케이스를 챙겨 드는 정록을 따라 움직이려던 진심은 이어지는 말에 멈칫하다 배시시 웃었다. 그녀를 스쳐 지나가며 작게 속삭인 그의 말이 기분 좋았기 때문이다.

진심은 '그럼.' 하고 집무실을 빠져나가는 그의 커다란 등을 지켜보았다.

'멋져라.'

롱코트를 챙겨 들고 집무실을 나서는 정록의 뒷모습은 일류 모델 포스 저리 가라다.

'저 남자가 바로 내 남자라고.'

진심은 씩 웃으며 눈썹을 한 번 까딱이더니 뒤를 돌아보았다.

"헉!"

진심은 어느새 제 뒤로 다가와 있는 우찬을 발견하고선 흠칫 놀랐다.

"이 아줌마. 정록 삼촌 바라보는 눈빛이 음흉해."

그런 그녀를 올려다보며 와자작, 과자를 씹던 우찬이 중얼거렸다.

"너, 성이 뭐야?"

정록의 말로는 금방 올 거라던 우찬의 어머니는 벌써 30분째 감감무소식이다. 어쩌다 보니 우찬을 돌보게, 아니 감시하게 된 진심은 제 앞에 앉아 여전히 과자를 먹고 있는 우찬에게 물음을 던졌다.

우찬은 귀찮다는 표정으로 그녀를 한 번 흘긋거리더니 대답했다.

"심."

"그럼 심우찬이네?"

"뭐."

말이 짧다, 요 녀석.

왠지 부글부글 머리가 끓었지만 진심은 태연하게 미소 지었다.

'이미지를 생각하자, 이미지.'

이런 꼬마 아이에게도 흥분을 하게 된다면 훗날 복귀를 했을 때 좋을 것이 없다.

진심은 생긋 웃으며 다시 물음을 던졌다.

"몇 살?"

"지금 나 취조하는 거야?"

"뭐?"

"수상한 아줌마네. 모르는 사람한테는 함부로 신상정보를 알려 주지 말랬어."

"누가!"

"아줌마는 그런 것도 몰라? 그건 기본 중의 기본이지. 학교에서부터 배운다고."

'말끝마다 아줌마, 아줌마. 아직 해가 안 바뀌었으니 난 아직 스물아홉이라고!'

진심은 20대를 불과 며칠 남겨 둔 제게 꼬박꼬박 아줌마를 붙이는 우찬을 보고 이를 갈았다.

'변호사님이랑 친해 보이지만 않았어도 진작 꿀밤을 건넸을 텐데.'

행여나 요 꼬맹이에게 트집을 잡히면 정록의 귀에까지 들어갈 것 같아, 진심은 목까지 차오른 화를 겨우겨우 가라앉혔다.

'침착하자.'

"그, 그래? 호호, 미안. 내가 학교를 졸업한 지 오래돼서, 요즘 애들이 어떤 교육을 받는지 잘 몰라."

"똑똑하다더니 순 거짓말이었어. 애들이 알면 기겁하겠다."

픽 웃으며 중얼거린 우찬의 음성에 어색하게 미소를 지으려던 진심의 얼굴이 굳어졌다. 우찬은 갑자기 달라진 눈빛의 진심의 표정에 움찔거렸다.

무언가 잘못했다는 얼굴이었다.

"알고 있었어?"

진심은 조금 전의 목소리와는 달리 약간 가라앉은 음성으로 물었다.

끄덕끄덕. 고갯짓을 하는 우찬의 모습이 꼭 잘못하다 들켜 버린 아이와도 같아 괜히 가슴이 콕콕 아팠다.

진심은 쓴웃음을 흘리며 그를 쳐다봤다.

"비밀로 해 줄 수 있어?"

"……비밀?"

"응. 나 여기서 일하고 있는 거, 아직 다른 곳에 알려지면 안 되거든."

이해가 가지 않는다는 표정을 지으며 우찬이 고개를 갸웃거렸다. 진심은 상냥하게 설명했다.

"넌 꽤 똑똑한 것 같으니까 미리 부탁하는 거야. 내가 허락할 때까지만 비밀 지켜 주면, 내가 너한테 보답을 할 수도 있지 않을까?"

"보답?"

"예를 들자면, 네가 좋아하는 연예인 사인을 받아 줄 수도 있다는 소리지. 아니면 내 사인을……."

"아니. 난 아줌마 사인 말고, 윈스. 윈스 사인 부탁해."

요즘 가장 잘 나가는 여자 아이돌 그룹을 언급하며 씩 웃는 우찬에게 진심은 주먹을 뻗으려다 말았다.

"그, 그래. 고마워. 비밀, 지켜 줘서."

"뭘 그 정도야."

황당한 표정으로 말하자 태연하게 슥, 콧등을 문지르는 우찬의 행동을 보고 있자니 왠지 헛웃음이 터져 나왔다. 진심의 머릿속에 이 소년과 정록이 어떻게 친해졌을지 대략적으로 그려졌다.

'두 사람 다 약간 싸가지가 없으니 쿵짝이 맞는 게 있었을지도.'

진심은 정록의 축소판처럼 제게 틱틱거리고 있는 우찬에게 옅은 미소를 그려 주었다.

똑똑.

그러던 사이 열려 있던 집무실의 문에서 노크 소리가 흘러왔다. 진심이 고개를 돌리자 웬 중년 남성이 문 앞에 서 있는 게 보였다.

'클라이언튼가?'

진심은 지난 2개월 동안 습득했던 자연적인 반사 행동으로 자리에서 일어났다.

"어떻게 오셨나요?"

"아버지."

진심은 낭랑하던 우찬의 목소리가 순식간에 돌변했다는 것을 깨달았다. 달라진 태도에 의아함을 느끼며 우찬을 내려다보던 진심은 문 쪽에서 있던 남자가 다가오고 있음을 발견했다.

그는 딱딱하게 경직된 우찬의 머리를 슥슥 문지르더니 진심을 향해 말했다.

"아아, 죄송합니다. 여기 우리 우찬이가 있다고 들어서요. 이 녀석아,

바쁜 변호사님들 곤란하게 만들면 어떡해?"

"……죄송해요. 죄송합니다."

자유롭게 소파를 장악하던 우찬이 제 아버지의 꾸중에 갑자기 제게 사과를 했다. 진심은 부드러운 미소를 지으며 고개를 가로저었다.

"아니에요. 우찬이 매우 착한 아이던데요? 그렇지, 우찬아?"

눈웃음을 짓는 진심의 시선을 피하며 우찬이 얼굴을 돌렸다.

진심은 그 모습에 이상해하면서도 크게 의문을 품지 못했다.

"그런데…… 여기 비서님이신가요?"

"네?"

"아뇨. 저도 이곳에 몇 번 와 본 적이 있었지만…… 처음 뵙는 게 틀림없는데, 이상하게 낯이 익어서."

진심은 그 말을 흘리며 자신을 뚫어져라 응시하는 우찬 아버지의 눈빛에 멈칫했다.

"흐음."

한 걸음.

뒤로 물러나는 진심에게 주저 없이 발을 뻗으며 턱 끝을 매만지는 남자의 행동에 진심은 적잖이 놀랐다. 우찬의 입은 어떻게든 틀어막긴 했지만, 이 남자에게까지 알려지면 꽤나 곤란하게 될 것이 분명했다.

지금 모습은 그간 알려진 모습과는 워낙 차이가 있었고, 오늘 아침에 이상한 예감이 들어 굵은 뿔테의 안경까지 쓰지 않았다면 진작 들켜 버리고 말았을 것이다. 진심은 그녀의 머리부터 발끝까지 훑어보는 남자의 시선을 느끼며 숨을 들이켰다.

"아버지."

그때, 우찬이 그녀를 수상하게 바라보는 남자의 옷깃을 잡아당겼다. 진심을 쳐다보던 그의 시선이 우찬을 향했다. 우찬이 굳은 얼굴로 진심을 흘끔거리더니, 이내 제 아버지를 올려다보며 말했다.

"가요. 늦었잖아요."

"뭐?"

"어서요."

"……."

우찬의 아버지는 그런 우찬의 말이 꽤나 못마땅한 눈치였다. 우찬과 진심을 번갈아 보며 인상을 쓰던 그는 이내 짧게 한숨을 흘렸다. 알겠다고 대꾸한 남자는 진심에게 다시 눈을 돌렸다.

"잠깐이었지만 우찬일 돌봐 주셔서 감사했습니다."

"네? 네."

"그럼."

진심은 짧게 목례한 후, 등을 돌리던 남자에게 얼떨결에 함께 고개를 끄덕이려다 눈을 크게 떴다.

'……'

그들이 나가면서 발생한 문 닫는 소리가 귀를 울렸다. 진심은 두 부자가 나가고도 한참을 멍하니 서 있었다.

'그 눈빛……'

제게 인사를 하던 우찬의 아버지가 마지막으로 보낸 시선은 인사라기보다는 관찰에 가까워서, 진심은 무의식적으로 입술을 파르르 떨었다.

❖

"우찬이요?"

007 작전을 방불케 했던 정록과의 퇴근길.

그와 함께 퇴근하기 위해 주위를 몇 번이나 살피고 둘만의 약속 장소에 도착한 진심은, 자신을 기다리고 있던 정록의 차에 살포시 올라탔다. 외근을 나갔다 온 정록에게선 진한 커피 향이 느껴졌다. 그것마저도 달콤하다 여기며 배시시 웃던 진심은 퇴근 시간까지 내내 머리를 떠나지 않았던 의문을 던졌다.

핸들을 잡고 있던 정록이 그녀의 질문이 의문스러웠는지 되물었다. 진심은 맑게 웃었다.

"변호사님이 아이랑 친하게 지낼 거라고는 생각해 본 적이 없어서, 정말 놀랐어요! 변호사님, 아이들 좋아하세요?"

"왜요. 싫어할 것 같습니까?"

"아, 아뇨. 그런 게 아니라……."

픽 웃는 그의 말에 진심은 얼른 손을 내저었다. 정록은 중얼거렸다.

"솔직히 말하자면 싫어하지도, 좋아하지도 않습니다. 우찬이 녀석은 자주 보이다 보니 말을 트게 됐고, 그래서 가끔 녀석이 집무실로 들락거리는 것을 허용하게 됐죠. 워낙 자연스럽게 가까워져서 저도 꽤 놀랐습니다."

"그랬구나."

"우찬이 어머니는 만나 보셨습니까?"

"네?"

"좋은 분입니다. 일이 바쁘셔서 우찬이와 시간을 많이 못 가지시기는 하지만, 우찬이가 미래에 법조인이 되고 싶어 한다는 걸 알고 간혹 몇 번 이곳에 데려오신 적이 있었죠. 어제는 허락을 받고 온 건지 모르겠습니다만…… 아마 집에 가서 많이 혼났을 겁니다."

정록이 옅은 미소와 함께 중얼거렸다.

'어머니라니?'

"아버지가 오셨는데요?"

"예?"

"변호사님이 나가시고 한참을 기다려도 우찬이 어머니가 안 오시더라고요. 그래서 계속 기다리고 있는데 우찬이 아버지라는 분이 나타나셔서 우찬일 데리고 가셨어요."

"……그랬습니까?"

끄덕끄덕.

진심의 답변에 정록의 미간이 살짝 좁아졌다.

'잘못된 건가?'

진심은 어두워진 그의 얼굴을 흘긋거리며 눈을 굴렸다. 정록은 이내 아무것도 아니라는 듯 휘휘 머리를 젓더니 진심에게 물었다.

"그나저나 오진심 씨."

"네?"

진심은 말을 걸어 놓고 잠시 호흡을 고르는 정록을 의아하게 바라봤다. 가짜 기침을 하며 딴청을 부리던 정록이 천천히 입술을 움직였다.

"그…… 말일 날 계획이 어떻게 됩니까?"

『2권에서 계속…』